边角料书系

君自故乡来

孟泽人文随笔

孟泽 著

团结出版社
UNITY PRESS

© 团结出版社，2025 年

图书在版编目（ＣＩＰ）数据

　君自故乡来：孟泽人文随笔 / 孟泽著 . -- 北京：
团结出版社，2025. 5
　ISBN 978-7-5234-1645-7

　Ⅰ . I267.1

中国国家版本馆 CIP 数据核字第 20257WP152 号

责任编辑：李　可
封面设计：阳洪燕

出　　版：团结出版社
　　　　　（北京市东城区东皇城根南街 84 号　邮编：100006）
电　　话：（010）65228880　65244790（出版社）
　　　　　（010）65238766　85113874　65133603（发行部）
　　　　　（010）65133603（邮购）
网　　址：http://www.tjpress.com
电子邮箱：zb65244790@vip.163.com
经　　销：全国新华书店
印　　装：三河市东方印刷有限公司

开　　本：130mm×210mm　　32 开
印　　张：12.5　　　　　　　　　字　数：189 千字
版　　次：2025 年 5 月　第 1 版　　印　次：2025 年 5 月　第 1 次印刷

书　　号：978-7-5234-1645-7
定　　价：68.00 元

自　序

　　近年来读书，不再为自己在大学里所从事的"专业"所左右，更加"随心所欲""兴之所至"了。这既是自己读书原本从来不讲规矩的"性质"使然，也是想要接触的人物和求解的历史让我不能不"移情别恋"，移情别恋的最大端，就是湖湘人物留下的文字。

　　晚清湖湘，因为特殊的文化水土，特殊的历史机缘，一时人文炳蔚，英雄崛起，其中曾国藩、胡林翼、左宗棠，更是出类拔萃，光彩照人。戏仿梁启超的口吻说，他们不止是晚清不一二睹的大人物，更是中国历史上不一二睹的大人物。

　　他们巨大的"事功"、强悍的意志和丰沛的情感世界，首先自然得益于他们本人不平凡的禀赋，同时与那个特殊时代所产生的史无前例的历史需要有关，而在精神深处，则联系着他们所遵循的思想和禀承的教养。

　　尽管从某种我们熟悉的历史观看，他们的"事功"并不具有充分的政治正确性，他们的努力所对应的是一个充满原罪的不堪救药的衰朽王朝，这个王朝的覆灭完全合乎历史的逻辑。如此，他们对于这个王朝的拯救，不免显得无谓和可疑，甚至显得荒谬和反动。他们一度显赫的"事功",将无法不黯然消失在历史的长河中,被忽略,被遗忘,或许还要被敌视和诅咒。此所谓大德大善与大罪大恶,常常不过一纸之隔、一纸两面而已。我们无须纠结于此。

真正让我们动心并且用心究诘的是,历史的逻辑,并不遮蔽和否定历史主体的光辉,个体生命的自主自胜与强力意志,人的尊严与意义,历史转折处风云际会者的悲剧精神及其英雄气象,其拯救与自我拯救,其解放与自我解放,常常有着独立于具体历史正义的属于人和人类全体的普遍正义和崇高,这种正义和崇高,同样暗示出主体在自我确立过程中的魅力,暗示出人性人道的某种永恒属性。

他们所奔赴的天命,自然是基于"家""国"一体、"政""教"合一的"君父"之命,让他们在战场上"建功立业"的敌人,则同样是啼饥号寒而被他所服膺的"主义"命名为"盗匪"、被他广大的悲悯所排除的苍生。但是,那种舍我其谁的投身献身,那种全力以赴的自我成全,却终究也是任何价值体系中的生命存在所试图寻找的托身之所和止归之处,吊诡的历史常常盛开着让人难以草草辨识、难以简单分别、难以轻松取舍的"恶之花"。

其时,从朝廷到地方,无论"政治生活和私人生活,都同样地被那些无休止地上演的虚荣伪善、阴谋诡计、钩心斗角所败坏了"。整个国家,因为体制上无解的因循与结构上不能真正自我更新的封闭,因为极权的垄断性与自身不可抑制地生长的腐蚀性、破坏性,也因为肉食者的贪婪、懒惰、残暴、麻木、玩世不恭、良知泯灭而一天天堕落衰弊下去,上下相蒙,官民隔绝。统治集团演变为赤裸裸的利益集团，而天聋地哑、无由上达的底层社会，则只剩下哀哀待毙的贫穷、绝望和悲苦，他们中间少数富有生命力的人，不免要铤而走险，揭竿而起，以性命搏出路，最终葬身于骨山血海。

同治二年（1863）《复毛寄云》信，左宗棠言及浙江战后的现状时说："惟灾黎满目，田野荒芜，无以为计。纵岁事大稔，吾浙犹多不登食籍之民，殊可悲也。现因淫雨弥月，仅存之豆、麦、春花亦复无望。衢、严各属与杭、湖傍山各县，竟有人相食者。虽各设粥厂并运谷米，收买铜铁、铅锡、茶叶，聊纾旦夕之死，而杯水车薪，于事鲜济，真不图天地间竟有此等变相地狱也。"几乎同时在《致曾国荃》信中，左宗棠说："入浙以来，日见凋耗情形，心酸泪落，即杭城而论，昔时户口八十余万，今之存者，不过四五万而止，而又或鳏或寡或孤或独，无一家骨肉得完者，哀我人斯，竟至于此。"

如此这般的现实所激发出来的良心血性，很难不让人产生以身许之的期望，产生拯饥救溺的冲动。曾国藩们的作为，正是可以范围在这种期望与冲动之中。他们出身有别，禀赋参差，但教养相仿佛，德性人格有着相似的谱系和调性，都是传统文化陶冶出来的宁馨儿：履历非常、性情丰赡、精神饱满、人格光昌。他们留下的文字，既照见幽暗的历史，也照见幽微的人心，洞彻天地，贯通古今，读起来常常惊心动魄。

中华文化是一种弱宗教性的文化，为人处世的智慧，往往体现为一种教养，而不是一种戒律，个人与世界的互动方式，出于自觉而不是强制，所谓极高明而道中庸。从他们每一个人身上，都能读到一种基于自我建构的有关家国天下的建构，关于自我的规训与安排，他们的道德文章与功业，是从严格的修身——自我规训开始的，并且常常以这种自我规训作为训育子弟、维系家国、立功天下的起点和终点。所有谋国、淑世、立人的哲学，无不基于"反求诸己"的修身自律，基于成人成己的抱负。

咸丰十一年（1861），左宗棠（1812—1885）在给长子孝威的信中说："尔年已渐长，读书最为要事。所贵读书者，为能明白事理，学作圣贤，不在科名一路，如果是品端学优之君子，即不得科第亦自尊贵。若徒然写一笔时派字，作几句工致诗，摹几篇时下八股，骗一个秀才、举人、进士、翰林，究竟是甚么人物？尔父二十七岁以后即不赴会试，只想读书课子以绵世泽，守此耕读家风，作一个好人，留些榜样与后辈看而已。生尔等最迟，盼尔等最切。前因尔等不知好学，故尝以科名歆动尔，其实尔等能向学作好人，我岂望尔等科名哉！

读书能令人心旷神怡，聪明强固，盖义理悦心之效也。若徒然信口诵读而无得于心，如和尚念经一般，不但毫无意趣，且久坐伤血，久读伤气，于身体有损。徒然揣摩时尚腔调而不求之于理，如戏子演戏一般，上台是忠臣孝子，下台仍一贱汉。且描摹刻画，勾心斗角，徒耗心神，尤于身体有损。近来时事日坏，都由人才不佳。人才之少，由于专心做时下科名之学者多，留心本原之学者少。且人生精力有限，尽用之科名之学，到一旦大事当前，心神耗尽，胆气薄弱，反不如乡里粗才尚能集事，尚有担当。试看近时人才有一从八股出身者否？八股愈做得入格，人才愈见庸下。此我阅历有得之言，非好骂时下自命为文人学士者也。读书要循序渐进，熟读深思，务在从容涵泳以博其义理之趣，不可只做苟且草率工夫，所以养心者在此，所以养身者在此。"

引用这一篇有点冗长的文字，试图发现的是左宗棠对于他所处世界的认知和作为士大夫的自我认同，这种认知和认同以及由此出发的对于人、人才的定义与斟酌，在今天依然具有启示性。一个人道的世界正是从无量数的历史人物的淬炼中延伸过来的。左宗棠出身寒素，但毕生勇猛精进，处世行事，大气蓬勃，同时心思缜密，手眼周详。他做人有道，教子有方，谋勇兼胜，很多方面都可以是励志的榜样，他对于家国天下的使命感和担当意识，令人亢奋激动。

一般来说，一个与所处时代有着深刻而广大的互动纠缠的大人物，其气质性情与人格，往往都充满着令人惊讶的复杂性和丰富性。就如约翰·罗斯在《拿破仑一世传》的开篇所说的拿破仑："他的性格中，存在着错综复杂的结合——刚强与文雅的结合，激情与理智的结合，北方人的求实精神与东方人的丰富想象的结合。而这些看起来水火不相容的特点在他身上的结合，可以说明他一生中的许多神秘事迹。对于传奇故事的爱好者说来，幸而天才的人物是不可能完全分析清楚的，无论是最敏锐的历史哲学家，还是最认真的遗传学大师，都无法做到这点。"这段关于拿破仑的分析，用在左宗棠身上，也并不显得夸张突兀。他是猖介的，又是通达容忍的；他是旁若无人、发扬蹈厉的，又是洞悉机要、体贴入微的；他是进取的，又曾怀退隐之志，要长作击壤之民；他无事不欢，大包大揽，又见微知著、冷静专一；他是自负的，然而也是自卑的；他铁腕行事，雷霆霹雳，却自有低眉俯首的时候，连他的温情和哀伤，也常常带有强悍强势的味道……

一个时代的英雄，常常预示着一个时代可能的走向。

左宗棠豪气干云的事业心与功名心，他的缺少反思性的天才自负和舍我其谁的硬汉气魄，他对传统体制及其文化的无所保留的服膺，在一个面临"三千未有之大变局"的仓皇时代，阻碍了他对于现实有更具前瞻性的把握。他自以为是的，也被世人广泛称道的不世事功，大多只能在传统价值体系之内才能获得肯定。在他身上，真正可以让他所面对的世道起死回生的近代意识十分淡薄，他对西方的认知，范围在他自胜胜人的主观意志之下，按照他的方式所从事、所主导的"洋务"与"自强"，从起点上就并不符合现代工商业发展的基本逻辑，对于日薄西山的时局和世运，只有补苴罅漏的功能而少有贞下起元的意义。

这正是左宗棠作为晚清"英雄"的致命局限。他与近代世界的隔膜，代表着晚清精英群体的普遍隔膜，由此而来的是面对新世界的无知、傲慢、颟顸与措置失当，以致肇端了差不多二百年来中国在现代化道路上的挫折和悲剧。因为挫折与悲剧，让我们对于原本应该充满温情和敬意的历史，不能不充满焦虑和怨恨，由此我们甚至不愿意太多了解和欣赏他们作为历史当事者、作为不世出的人物的精彩与蓬勃。

然而，历史从来不只是关于过去的故事，历史人物也不只是某一种制度和文化的穿线木偶，最滥污的历史中也会有耀眼的人性的与神性的光辉，而那种让人惊艳的人性与神性，甚至就是我们存在的家园，是人之为人的根本记忆，是我们唯一可以皈依的故乡。所谓人道正是记忆的苏醒，是故乡的召唤，残损的性灵由此获得滋养，短缺的现实由此得到补救。

已经不止一个世纪，我们的生活一直伴随着宏大的题旨和崇高的使命。一些万众一心的目标和非如此不可的理由垄断着我们，让我们颠颠倒倒，欲仙欲死。我们试图中断僵固的历史，抹去不堪的记忆，我们期待可以推倒重来，以期获得完全的新生，结果却常常只得到肉体的轮回——一代一代人的牺牲，无关乎灵魂的超拔。我们总是兴冲冲地出发，又一败涂地返回，辛酸的痛苦的旅程，甚至没有给我们留下前车之鉴的经验和智慧，好了伤疤忘了疼，我们至今折腾在自以为是的远大前程中，很少看懂深渊一样的自我，看清眼前和足下的虚实。我们牵挂全世界，但很少反思自己；我们关心别人的罪，很少关心自己的孽；我们害怕空虚，讨厌孤独，向往广场，崇拜潮流，一不小心便迷失了作为个体的人的初衷，遗忘了自我的立场和标准，舍弃了人之为人的来源与去处，并以此不着边际地自豪和骄傲。

这一切当然不是单一元素带来的因果，但无疑与我们简化了历史因此也简化了人性有关，与我们失去了记忆也因此失去了家园有关，与我们没有接纳从数千年文明延伸过来的人的基本定义与章程有关。

如何真实地拥有自己从肉到灵的生活？如何明心见性，洞彻从我们每一个人心底涌起的黑暗和光明？历史悠远，现实寥廓，世事苍茫，我们需要从出发的地方寻找初衷、动机和可能性，需要从树根长出的地方重新寻找阳光和空间，而这正是"君自故乡来"的题中应有之义。

目　录

第二辑　君自故乡来

第三辑　冬夜颂

第一辑

两个外省人的盛唐

两个外省人的盛唐

"故人西辞黄鹤楼，烟花三月下扬州。孤帆远影碧空尽，唯见长江天际流。"

这是一首送别诗，是李白众多送别诗中的一首——《黄鹤楼送孟浩然之广陵》。诗人对孟浩然的一腔情意，挥洒于广大无边的时空，千百年来，在每一个读者心中都可以得到响应。

按照唐诗专家的意见，这首诗作于公元728年（盛唐开元十六年）。这一年，李白28岁，比李白大12岁的孟浩然正好40岁。

十年后，孟浩然应赏识自己的大人物张九龄邀请，在荆州幕府中短暂逗留，返回襄阳。李白再次写下著名的诗篇《赠孟浩然》，表达了他对于孟浩然的仰慕："吾爱孟夫子，风流天下闻。红颜弃轩冕，白首卧松云。醉月频中圣，迷花不事君。高山安可仰，徒此揖清芬。"

是怎样的一种品格和气质，让从来就不是以"凡人"自居的李白，对一个"白首卧松云"的诗人，如此心驰神往，如此不吝赞美之辞呢？

一、孟浩然，祖居襄阳城外岘山之江村，他本人在诗中说："敝庐在郭外，素业惟田园。左右林野旷，不闻城市喧。"

他应该是懂得农时农事的。盘桓故里，晨兴暮归，有时"灌蔬艺竹"，但稼穑未必纯粹是为了收获。登山临水，勾留名胜，也并不总是怀古伤今。他生活的地方已经远离尘嚣，而他甚至还到离襄阳30里外的鹿门山隐居过，曾经有先贤在那里采药，一去不返，高风邈远，遗迹犹存，让他向往。

据《新唐书》记载，孟浩然年轻时，便贵节好义，侠骨柔肠，喜欢救患释纷。"为学三十年""昼夜常自强"，因为诗书传家，孟浩然不缺少儒家教养，还有模山范水、写生写意的特殊天分。如此，豪杰性情与雅人深致，难得地集于一身。他深谙"琴上音"，也懂得"酒中趣"，"逸气假毫瀚，清风在竹林"（《洗然弟竹亭》）更是习以为常的生活。见过他的人说他"骨貌淑清，风神散朗"，而在王维给他作的绢本画像中，孟浩然长身玉立，脸型瘦削，轮廓分明，"穿白袍，靴帽重戴，乘款段马"，风仪落落。一个总角的童子，提着书箱，背着古琴，一路跟随。

孟浩然身上分明有一种出尘的潇洒。

二、在古代中国，很少会有读书人，一开始就决定自己将终老丘壑。

孟浩然同样如此。"慈亲向赢老，喜惧在深衷。甘脆朝不足，箪瓢夕屡空。执鞭慕夫子，捧檄怀毛公。感激遂弹冠，安能守固穷。"（《书怀贻京邑故人》）说起来，似乎是因为要赡养赢老的慈亲，让他不能"守固穷"。事实上，让他真正在意的，是世路"穷通",是否可以有所作为。"欲济无舟楫,端居耻圣明"(《临洞庭》),时代优裕,世道清明,如何可能袖手旁观——"坐观垂钓者,徒有羡鱼情"呢?

忆昔开元全盛日,长安是每一个读书人的梦想之地。

孟浩然到达长安时,他的诗已经做得很好,好到让名满天下的张九龄、王维也经常提及。据说,那一年"秋月新霁"的时候,他和长安的才俊们在太学"赋诗作会",当孟浩然写出"微云淡河汉,疏雨滴梧桐"的句子时,举座叹其"清绝",以至不得不搁笔。

出众的诗赋可以赢得声誉,或许还可以作为进身的阶梯,进而获得功名。

但这并不是每一个人都可能遭遇的。

何况,出众总是难免和某种出格的性情联系在一起。

然而,当以诗赋作为进身之阶时,重要的就不是个性,而是与宫廷趣味、时代风尚相一致的共性。

真实的情形是,绝非为了游历观光而奔赴京师的孟浩然,并没有顺利通过进士考试,他直接给朝廷,给当路者,献过赋,上过书,但同样没有结果。"世途皆自媚,流俗寡相知"(《晚春卧病寄张八子容》),"寂寂竟何待,朝朝空自归"。他有点失望,甚至有点生气了,同时意识到"跃马非吾事,狎鸥宜我心""只应守寂寞,还掩故园扉"(《留别王维》)。

于是,在"九月授衣"的秋天,京城的寒意,催发了他的故园之思,他甚至没有准备好过冬的衣裳。

三、一个广为流传的故事说,羁留在长安的某一天,王维私自邀请孟浩然进入内署，没想到唐玄宗突然驾临，孟浩然不得不躲起来。皇帝看出了王维的慌乱，王维只好如实报告，皇帝听说孟浩然在此，倒是高兴地说："我听说过此人而没有见过，怕什么，何必躲起来？"玄宗让孟浩然出来，还问到孟浩然的诗。孟浩然拜谢，当场给皇上朗诵了自己的诗。当听到"不才明主弃，多病故人疏"一句时，皇帝说："你并没有向我求仕，我也未尝抛弃你，你怎么要这样抹黑我？"孟浩然没有讨得皇帝的欢心，他被"放还"（打发回家）了。

虽然自诩"先自邹鲁"，有圣贤血脉，但孟浩然不是宗室，也不是当朝认可的望族出身，他的性情、教养和趣味，都不是充满贵族气息和奢靡时尚的长安所能接纳的。他久居乡野，朴质不雅，与华丽矫饰无缘，一种冲淡的气质、不羁的风度、壮逸的情怀与自由自在的天性，不仅写在诗中，也写在脸上。他其实不堪驱使，未必可以忍耐作为官宦的烦剧，也未必可以胜任以利害为枢纽的人际互动。

他有时是骄傲和狂诞的。

在孟浩然从长安返回后，他的诗名与才名日益显著。

襄阳刺史兼采访使韩朝宗，邀约孟浩然一同赴京，要把他推荐给朝廷，以便任用。可是，就在将要出发的日子，正好有"故人"来访，孟浩然与之欢聚，酒喝得不少，话说了很多，快意到忘乎所以。这时，有人提醒他："先生不是与刺史韩公相约赴京吗？"孟浩然朗声道："这不喝上了吗？管不了那些了！"

孟浩然终于没有赴约，韩朝宗生气走了。

据说，孟浩然也没有为此后悔过。

正如李白所赞美的，孟浩然"红颜弃轩冕""迷花不事君"，以"布衣"终老于盛唐。虽然也曾流露过"书剑两无成"（《自洛之越》）的遗憾，但他似乎并不为此焦躁抑郁，失意很快被自己抚平。

"山水寻吴越，风尘厌洛京"，逗留洛京之外，孟浩然的足迹遍及南中国。山水，田园，季候，风物，一一流入他的笔端，也一一成为中国人心中的诗意符号。对于他来说，这原本就是自家生活。

有此一种并不忸怩的任性放达生活，所谓盛唐，才不是夸张粉饰出来的吧。

这也正是李白心仪的。

四、据说，李白与李唐王室出于同一世系，先辈因为某种不能明言的缘故，曾经流徙西域（中亚），李白本人长成于四川江油。在一些未必可靠的传言中，李白似乎有中亚（"胡人"）血统，据说在开放的长安就有十万外国人居留的唐帝国，这不是一件需要大惊小怪的事。何况"胡人"早已混血中原，所谓汉人，也未必是单一血统的种群。但确实没有人提到过李白高鼻色目。像李白这样天赋异禀，著名诗人贺知章都要惊呼为"谪仙人"的人，如果真的是"胡人"，人们似乎也不至于完全忽略。

有一点毫无疑问，李白不是一个熏陶教养于文明中心的人，而是一个与孟浩然同样有着荒野气质和疏狂性格的外省人。

按照李白本人暗示性的描述和同时代人的只言片语，李白是一个仗剑天涯的侠客，一个散尽千金的豪士，一个饮者，一个对于炼丹充满好奇的人。作为诗人的重要性，甚至还在这几种身份之外。

自然，同样是在李白的自我描述中，他也毫不掩饰有时如同转蓬的生计和无可投奔的悲哀。

他的生平充满传奇色彩，即使在看上去像史家一样严谨，像兄长一样宽容而老成持重的杜甫笔下，李白也是不可思议的，杜甫说，"李白斗酒诗百篇，长安市上酒家眠。天子呼来不上船，自称臣是酒中仙"。而真正传奇的，其实是李白的自由天性以及无法笼络的才华，是他不可解释的巨大忧愁、苦闷、绝望和骄傲，是他的想象力，联系着透彻的觉悟和极端的情感，联系着仙凡两界、天上人间、往古来今的想象力。

迷恋真率的行为，欣赏偶然事件，缺少动机和预想，也不看重目标和结局，忘机，浪漫，享乐，夸张，"云无心以出岫，鸟倦飞而知还"。这是神奇饮者、真心英雄才可能具有的品质。对于李白来说，则是他作为一个天才诗人的本分。

他的精神世界如同自然一样广大、丰富、不可预设，也无法限定。

在他面前，普通的、平庸的、没有才气也没有爆发力的东西，只能是淡漠、没有兴致甚至不屑一顾的。能够感动他的事物，一定有着非凡的生命力，或者是他在普通和庸常中发现了不同寻常。外部世界，只有在成为他内心的景致时，才会生气勃勃，才会意义充足。

他实在是自我中心的。

一切书写最终是自我书写，一切造型最终是自我造型。在他的诗中，我们见到的是中国诗歌史上最突出、最奔放、最狂热的"自我"。

就是在饯别朋友时，聚散的缱绻（深情款款），也无法遮蔽他以自我为中心的热情，遮蔽属于他自己的浩淼情思。

五、公元 726 年（开元十四年），李白离开四川，开始"酒隐安陆，蹉跎十年"的生活。

出川不久，便结识了孟浩然。他不止一次到访过孟浩然所在的襄阳，写过《襄阳歌》，消受那里不费一文钱的"清风朗月"，喝酒喝到"玉山自倒"。

地处长江、汉水汇流处的江城，是李白、孟浩然漫游东南的往复出入之地，这里早已都市繁华。送别孟浩然的黄鹤楼，常常是士子文人高歌酣饮的地方，留下了无数诗篇。

与李白《黄鹤楼送孟浩然之广陵》堪称双璧的，是出自崔颢手笔的《黄鹤楼》："昔人已乘黄鹤去，此地空余黄鹤楼。黄鹤一去不复返，白云千载空悠悠。晴川历历汉阳树，芳草萋萋鹦鹉洲。日暮乡关何处是，烟波江上使人愁。"

据说，因为崔颢这首诗，李白还很不高兴过，以至要"一拳击碎黄鹤楼，两脚踢翻鹦鹉洲"，因为"眼前有景道不得，崔颢题诗在上头"。

黄鹤楼，坐落在长江南岸的蛇山，蛇山与长江北岸的龟山相向而立。据传，三国时期已有黄鹤楼。长江西来东去，此处是俯瞰的最佳处，也是"极目楚天"的江城形胜。

关于黄鹤楼的传说尤其令人神往。

出自《报应录》的故事说：从前有个姓辛的人，在蛇山上沽酒为业。有一天，一位身材魁伟、衣衫褴褛的先生来到这里，神色从容地说，可以让我喝杯酒吗？辛氏慨然奉上一大杯酒。如此半年过去了，酒客天天来喝酒，辛氏没有半点厌倦怠慢的颜色。一天，那位先生对辛氏说，我欠你的酒债已经很多了，无可酬报，怎么办呢？说着，从篮子里取出橘子皮，在墙上画了一只黄颜色的鹤，画完后，以手击节唱歌，画在墙上的黄鹤，合律应节，翩跹起舞，喝酒的客人纷纷付钱观赏。就这样，辛氏的家产日渐可观。

十年后，那位衣衫褴褛、神色从容的先生再次飘然来到辛氏的酒店。辛氏上前致谢说，希望可以如其所愿地供养他。先生笑着答道：我哪里是为了这个而来的呢？接着便取出笛子，吹奏起来，很快，只见有白云自空而下，墙上的画鹤也飞起来，那位先生于是上前，跨鹤乘云而去。

为了感念那位先生，辛氏在蛇山上建楼，取名黄鹤楼。

六、728 年春天，李白、孟浩然在黄鹤楼上诗酒流连，孟浩然将要前往广陵。

"故人西辞黄鹤楼，烟花三月下扬州。"这自然是送别，送别中通常会有惆怅，会有失落。然而，李白的诗句中，哪里看得到类似"渭城朝雨浥轻尘""劝君更尽一杯酒"的感伤缠绵，哪里有"海内存知己，天涯若比邻"似的殷殷期盼？

烟花三月，春光浩荡，在神仙曾经将息徘徊过的黄鹤楼，诗人不羁的烂漫之心，早已随故人东去。扬州（广陵）是他向往的所在，何况时在暮春，烟雾迷蒙，繁花似锦。故人是他乐于追随的，吾爱孟夫子，风流天下闻。李白曾经叙述过一个商人妇在黄鹤楼上的相思，"去年下扬州，相送黄鹤楼。眼看帆去远，心逐江水流"。

这也是李白的自我写照吧。

心随流水，一直到目力的极限，于是有此千年后依然令人低回不已的绝唱："孤帆远影碧空尽，唯见长江天际流。"孤帆，远影，碧空洒落，大江东去，直到水天相交的尽头。

这显然不止是视觉中的外在物象，而是对应了李白浩茫心事的无限江山。也不只是离情别绪的象征，而是诗人厕身天地的自我放送。

难怪古人说：李白这首诗"语近情遥，有手挥五弦，目送飞鸿之妙"。

哭泣的杜甫与他的一首"快诗"

王船山对杜甫不乏微词，说杜甫太喜欢哭，哭穷、哭遭遇、哭身世，哭得像妇人似的，把本来应该有的圣贤豪杰气象，给哭没了。

年轻时受到过船山思想影响的毛泽东，同样不喜欢杜甫哭哭啼啼。毛泽东的不喜欢，是因为杜甫的"缠绵悱恻"不能够对应他心中潮水般的革命浪漫主义激情，不能够对应他"圣人不仁"的大度与刚强吧。

他们不喜欢哭泣的杜甫的内在逻辑其实是一致的。

当一个人"以天下为己任"，要"为万世开太平"时，就很难把自己当平常人看，也很难用平常心看待别人了。由此带来的，显然是中国式的大人格的"政治家"的高视阔步与"如天下苍生何"的自负自许——所谓"大行不顾细谨，大礼不辞小让"，而不是基于纯粹审美的判断。

一、作为诗人，哭泣的杜甫是我们心目中最重要的形象。而且，正是天性中不能解除的"妇人之仁"，造就了他最广大的悲悯。发自"妇人之仁"的篇章，表达了他个人、他那个时代、他所置身的宇宙天地最深沉的悲怆。

我们为什么会讨厌养育、保存了我们每一个人卿卿性命的"妇人之仁"呢？

是因为我们渴望强大到没有弱点吗？是因为我们僭妄到不再能够体会人类的渺小、卑微与懦弱吗？

是的，杜甫太喜欢哭，在听到好消息时，他居然也哭得收拾不住，以至于"涕泪满衣裳"。

这是我在被称为老杜"生平第一首快诗"《闻官军收河南河北》中读到的：

"剑外忽传收蓟北，初闻涕泪满衣裳。却看妻子愁何在，漫卷诗书喜欲狂。白日放歌须纵酒，青春作伴好还乡。即从巴峡穿巫峡，便下襄阳向洛阳。"

此诗作于公元 763 年的春天，杜甫流寓四川梓州（今四川三台）。这一年，他 52 岁。在古代，这是一个已经完全不能与青春产生链接的年龄。就在前一年的冬天，"官军"——唐朝政府军，收复了洛阳、郑州、开封等地，绵延多年的"安史之乱"算是有了一线曙光，但也仅仅是一线曙光而已。漂泊中的杜甫听到消息，写下了这首诗。

"剑外忽传收蓟北"，"剑外"指诗人当时所在之地，"蓟北"则是"安史之乱"的源头，在今天的天津蓟县附近。诗人多年来羁留"剑外"，战乱当然是最重要的原因。没有尽头的战乱如愁云惨雾，不仅积压在大唐帝国曾经明朗的天空，也长久地积压在诗人心头，天下苍生如卷蓬，自己一命颠沛，前路未卜。如今，"忽传收蓟北"，好消息来得实在太突然，"初闻"之下，不禁泪水滂沱——"涕泪满衣裳"。始料不及的泪水无法控制的泪水呵。

待诗人稍稍镇定,"却看妻子"——回头注意到妻子和孩子,他们脸上的愁苦已经不在,什么也没说,那么轻松自如,仿佛了无牵挂,不知不觉中,"漫卷诗书",因为收拾不住喜悦,以至于"狂",以至于要"放歌""纵酒",以至于不记得自己早已是"白日依山"的暮年,只知道现在是春天,有春天伴随,正好"还乡"(杜甫在这首诗下自注"余田园在东京",东京就是洛阳)。此时,身虽然还在梓州,心却已经远行——"即从巴峡穿巫峡,便下襄阳向洛阳",一气流注的文字声韵(所谓"流水对"),对应的是在梦想中无数次体验过的"还乡"旅程,如同飞翔,如同行云流水。

这是一首快乐的诗,人称老杜"生平第一首快诗也"(【清】浦起龙《读杜心解》)。

确实,从诗的全部节调乃至每一个字眼中渗透出来的,都是明朗和轻快,连滂沱的泪水似乎也是清澈的。

二、杜甫出生于 712 年。那一年,晚年与杨贵妃演出绝世风流故事的唐玄宗李隆基刚刚登基。诗人的命运,他卓绝的诗篇,与这个艺术家气质的皇帝息息相关,也如同那个被称为"盛唐"的时代,有无远弗届的梦想,有无法宽解的哀痛。

关于诗人的少年生活,我们所知甚少。诗人曾自称神童,说自己早熟的才华为长者称叹。他的祖父杜审言,是武则天时代的诗人,诗写得不坏,但是杜甫的家世,绝非显赫。杜甫年轻时曾经有过不止一次漫游的经历,这种与生计似乎有关又似乎无关的漫游,伴随了杜甫终生。漫游和漂泊,也几乎是唐代大诗人普遍的生活方式，仗剑远行，寄情山水，结交英雄豪杰、诗朋酒侣，渴望荣誉，期待功业。

杜甫现存最早的篇章《望岳》，表达的就是诗人可以澄观宇宙、可以含纳造化的浩淼情怀。"岳"，特指泰山。孔子当年登泰山而小天下，秦始皇曾经用盛大的仪式封祭泰山。作为某种不可替代的地位、规格、品质的象征，泰山在杜甫之前的中国文化中，已充满宗教性意味。诗人从"望"——仰望，到"览"——登临俯瞰，这是一次想象中的登山历程，一次征服和被征服的历程，一次投身和信仰的历程。杜甫的诗句显示了可以与泰山相对称的庄重神圣，其中"会当凌绝顶，一览众山小"，日后成为每一个中国读书人都熟悉并以之自励的格言。

没有限定的自我想象，证明杜甫早年一点也不比李白缺少远大抱负和英雄气概。他也曾"放荡齐赵""裘马清狂"，只是，与大他11岁的李白相比，杜甫反而有着兄长般的内敛、细致和理性。他与李白快意交游，伟大的情谊造就了杜甫诗篇中绵绵的相思，对于李白的"痛饮狂歌""飞扬跋扈"，杜甫充满温柔的感应和怜悯。只有他懂得，"世人皆欲杀"的李白为什么会这样。

30岁以后，杜甫到长安应试进士，但是落第了。

十余年间，他一直试图获得朝廷的任命，但并不顺利。

755年，"安史之乱"爆发，叛军占领洛阳、长安，唐玄宗仓皇出逃。杜甫辗转奔走，曾经被叛军捕获，后来所幸逃脱，并在继位的唐肃宗那里终于得到"左拾遗"的官职。很不幸，没有多久，他就被贬逐了，因为他站错队，支持了后来遭到朝廷清洗的朝中大臣。

杜甫没有接受新的任命。

759 年，杜甫辞官奔赴了远在西北的秦州。如此选择的情由，我们已不得其详，只是此后十一年，他写下了现存诗篇的差不多六分之五。"天意君须会，人间要好诗"，白居易用这两句诗，诠释杜甫晚年流离颠沛的命运。

760 年，杜甫从秦州抵达成都，他有不止一个朋友任职于此。

在富饶的成都，杜甫有过短暂的快乐生活。他在城郊盖了一个因为他的诗篇而名满天下的"草堂"，房前屋后有春水流淌，有花径，有常常光临的鸥鸟。虽然门户蓬荜，但自制的小酒，自种的时鲜，偶尔可以迎来客人，还可以与邻家老翁隔篱对饮。

但是，这样"奢侈"的日子并没有持续多久。很快，成都出现了武装叛乱，他的茅屋也在秋风中坏掉。他眼睁睁看着屋上的茅草被狂风刮起，飘落到浣花江的西边，眼睁睁看着年轻人当面把茅草抱走，任他唇焦舌燥地喊叫追讨，也不归还。他气喘吁吁，只有依杖叹息。

不久，作为地方首长的朋友严武也去世了，成都的乱局更加扑朔迷离。杜甫只有离开，携妇将雏，登上一条小船。他显然想要沿长江东下出川，但因为疾病，因为变故，又不得不长时间滞留云安、夔州（白帝城）等地。

接下来的旅程成为杜甫生命的末路之旅，一个让人感到毛骨悚然的过程。他仿佛受到了诅咒一般，处处遭遇不幸。

768 年（大历三年闰六月），杜甫离开夔州乘舟出三峡，他的目的是回到故乡（洛阳）度过余生。他首先来到湖北江陵，颇不如意，又到公安，因为公安附近发生叛乱而南辕北辙地逃到岳州（岳阳），听说故人韦之晋在衡州（衡阳）担任刺史，遂决定前往投奔，到达衡州后却发现韦之晋已经调任潭州（长沙）刺史，于是再往潭州，不料韦之晋已经在他到达之前病逝。杜甫只得前往郴州，依舅氏崔伟，却在耒阳被大水围困。

据说，十余日不得饮食之后，杜甫终于得到了耒阳县令送来的牛肉和酒，不知是因为饥饿太久之后饮食过度，还是因为食物已经变质，诗人当晚就客死舟中。另据学者考证，杜甫离世完全没有这样的戏剧性，耒阳阻水后的秋冬时令，杜甫决定北归，他的小船重新回到洞庭湖，然而，"转蓬忧悄悄，行药病涔涔""家事丹砂诀，无成涕作霖"（《风疾舟中伏枕书怀三十六韵奉呈湖南亲友》），他已经衰病交加，不得不前往昌江（湖南平江）求医，就在昌江去世。那里至今有杜甫墓、杜甫祠。

这一年是 770 年（大历五年）。

三、从早年诗歌中，就看得出杜甫的老成持重。

在与世事交接中，躲不过时代的摧残与日常生活的伤害，诗人的关怀、感慨、忧伤变得具体而真切。

他曾经是自负的，自比"稷契"。

出于身世或者教养，或许还与性格有关，杜甫很少快乐闲适的篇章。"安史之乱"以后，自负、严肃中逐渐增加了悲慨和自我嘲讽，以至发展出被命名为"沉郁顿挫"的独一无二的杜氏美学。

这也是我们在后世流传的画像和传记资料中，可以看到的杜甫。

如此，《闻官军收河南河北》尤其轻快得醒目。它让我们见识了兴奋到居然不能自已的杜甫，见识了从来没有如此快乐的杜诗。不难想见，是怎样漫长的压抑和痛苦的期待，催生了杜甫"涕泪满衣裳"的狂喜。

然而，仅仅转眼之间，喜悦就成了无边苦难的衬托而使接下来的履历更加令人酸楚：战争远未达成理想中的结局，人间早已不复当初，自己的年华也是，"无边落木萧萧下，不尽长江滚滚来。万里悲秋常作客，百年多病独登台"。(《登高》)"亲朋无一字，老病有孤舟。戎马关山北，凭轩涕泗流。"(《登岳阳楼》)"名岂文章著，官应老病休。飘飘何所似，天地一沙鸥。"(《旅夜书怀》)"途穷那免哭，身老不禁愁。"(《暮秋将归秦留别湖南幕府亲友》)无论身世，无论家国，乃至天地之间，只剩下哭泣的长歌。

这便是杜甫给我们留下的接近定格的苍凉身影，似乎从来如此，也只能如此。

他的诗，大半哀音满纸，悱恻无欢。

他在日后被称为"诗圣"。也就是说，在诗的领域，他的地位相当于孔子。

他的诗被称为"诗史"。也就是说，他的诗是那个时代最可靠的风俗记录和历史见证。

艺术家徐渭的杀妻案

公元 1566 年，江南三月，草长莺飞，一个让人按捺不住的季节，在半亩方塘、荷竹掩映的绍兴"酬字堂"，徐渭手刃了他续弦的妻子张氏。这一年徐渭 46 岁。

徐渭被地方法司监禁起来，开始了长达七年的"桎梏"生涯。

一、徐渭，字文清、文长，别号天池、青藤。"文长"是他作为民间流传的机智故事的主人公为人们所熟悉的名字，"天池""青藤"则是那些使他成为不朽艺术家的作品上常署的名字。

明正德十六年（1521）二月初四，徐渭生于浙江山阴县城（今绍兴）。父亲是致仕的官员，生母是父亲晚年收房的婢女。徐渭生满百日，老病的父亲去世。

徐渭有点"生不逢时"。

父亲死后不久，生母即不为家庭所容，被逐。对于那两个异母而年龄上不止可以做他父亲的兄长来说，迟到的徐渭显得多余，因为家道已然中落，添丁加口会更多纷扰。

徐渭早熟早慧，他不能不更多地成长偏执、对抗的个性，来维护他在卑微处境中的自尊。

20岁前后，徐渭两次参加秀才资格的考试，考试可能是在兄长们并不十分赞赏的眼色下进行的。遗憾的是，居然没有中式，尽管他在绍兴已负"文名"，8岁就作得了八股文章，让人叹为徐家的"宝树成梁"。

自负而狼狈的徐渭在名落孙山后，痛哭流涕写信给主考，要求复试，信中说：徐渭时乖命蹇，从小孤苦伶仃，希望以科举自救，谁料再试不售。在家托靠兄长度日，其豆相煎。黄昏灯下，形只影单。请主考假以片刻，自信万言可待。涸辙之鱼，渴望清凉之水。假如果然昏愚，自当负石投渊，入坑自焚，不敢俯首匍匐，苟且偷生。

这是一种没有退路的申诉。

徐渭的信居然真的落到了主考手上，主考为他不再谦谦君子的慷慨陈词和不坏的文采所感动，取为山阴县学生员。这是徐渭在科举考试中获得的最高却仅仅是最起码的名分——秀才。

但接下来的乡试——举人考试，徐渭又不幸落选，日后还有七次同样的落选。

回到家里，兄长已经为他应承了一桩婚事，让徐渭入赘曾任广东阳江主簿的潘克敬家，娶潘的女儿潘似。潘似时年14岁，她的父亲有所闻于徐渭的才名，徐渭拮据的家庭当然乐意这样打发他。

与潘似的姻缘唤醒了徐渭童年时不曾体验过的温情，潘似谨循妇道，细心柔顺，说话行事宽厚沉静。潘克敬也很爱护自己的女儿，常常背着女儿的继母悄悄给他们一些钱，资助他们生活。

徐渭从此再没有住进自己家的老屋。两位兄长死后，老屋也在与兄长有关的一场官司中断送。

其时，明世宗嘉靖爷朱厚熜正在皇宫内参玄礼道，想要修成不坏的金身，常将少女的初潮炼成丹药进服。但是，神仙也挡不住北方俺答的入寇，徐渭的好友沈青霞，就在朝廷关于"和"与"战"的争执中因为效忠心切不免有"过激言论"而被廷杖致死。

徐渭第三次参加乡试失败。19岁的潘似在为他生下一个儿子后，肺病加重，这年冬天离世。

徐渭陷入茫然的空虚和愁惨中。他不敢相信，这就是人世间的永恒暌隔。他在诗中记梦，梦中看到妻子款款朝他走来，像生前那样伴随左右，柔情似水。醒过来则只有朦胧晓烟、月落乌啼。想起棠梨花落，无可挽回地沦落成泥，徐渭潸然泪下。

二、办理完妻子的丧事，徐渭决意离开潘家，以免睹物伤怀。离开时，他没有带走一件东西，为了他的自尊。

苦闷的流浪后，徐渭背一柄剑，挟几卷书，住进他在绍兴城东租下的茅屋，招收学童，教书自给。教书之余，研讨"心学"，寻找悠然心会的证悟。

"心学"迎合当时士子们对于"理学"的普遍怀疑，成为了众多精神苦闷者的归宿。因为"心外无物，心外无言，心外无理，心外无义，心外无善"，向古圣先贤看齐的无聊修炼可以放下，可以返回内心，以"良知"为引导，以"自心自性"为依归。

徐渭曾尖锐地讽刺官方的精神导师朱熹，他说：朱子把定自己的绳墨，只要人们说他是个圣人，没一点破绽，要求别人霸道苛刻，人人不中他的意，事事不称他的心，无过中求有过，谷子里挑米，米里面择虫，自然而然的人，被他琐碎地规定和刻板地训导得支离破碎。

这难免让人叹为"异端"。

徐渭的心性手眼，显然无法与来自官方和世俗的要求相一致，他孤傲、偏激、自卑、倔强而压抑，漂泊不遇，内心狂狷。为了解救贫困，他又不得不心存侥幸地参加政府三年一度的乡试。

在杭州，曾经有人给她介绍一严姓女子做继室，徐渭见过这位女子，觉得她有点呆傻，拒绝了。后来，严家遭"倭寇"洗劫，严翁被杀，严女被掳，她不甘屈辱而自杀。徐渭为她自杀的勇敢和贞烈而失悔自责。

至此，徐渭功名不就，又一直独身，倒是在戏剧和绘画领域开始了动地惊天的创造。可惜，戏剧和绘画并不像有些时候一样可以换来锦绣前程。何况，徐渭在一种扭曲、阴郁、乖戾的激情状态中的书写，常常精光四射，锋芒毕露，他的美学趣味是令人不免惊悚的"寡妇夜哭、鬼语秋坟"，他觉得好诗就应该有"冷水浇背"之效，这显然有违温柔敦厚之旨，也丝毫不可能有雍容富贵的气象。

与此同时，生活开始展示对称于他内心激情的动荡。

明中叶，例行海禁，靠海上贸易谋生的商人往往不得不沦为自我武装起来的浪人和强人，他们与日本人联手，号称"倭寇"，合伙劫掠东南沿海，有时如入无人之境。突发的变故最容易打破皇权政治虚假的承平，暴露所谓承平之下惊人的吏治腐败与虚弱。当局者不得不以"抗倭"相号召，鼓励民众自卫。

"抗倭"的火光照亮了徐渭灵魂深处的晦暗渴求。少年时代，他曾经习过剑，学过兵法，而他爱激动的个性与军事的攻守，似乎正有着一种天然的契合。当"倭寇"在东南沿海旋风般骚扰为患时，徐渭舍生冒死，身当矢石，参与过保卫桑梓的战斗，甚至因此赢得一些声名。

不久，被指为明代巨奸的严嵩"党"人胡宗宪主持东南军务，成为一方重臣。胡喜欢结交文士，徐渭的文韬武略自然容易受青睐，胡多次招揽徐渭加入幕府。

徐渭左右为难，他当然愿意得到胡的器重，为抗倭，也为自己的前程做些功德。但是，胡宗宪"党"严嵩，又让他不安。

徐渭终于应召上任，成为胡的幕僚，条件是：胡必须用对待客人的礼节而不是作为下属的规矩对待他，可见他最看重的依然是尊严。徐渭开始用比较系统的用兵和治兵方略参与胡的军务。对于胡宗宪来说，更紧要的工作当然是把他主持抗倭的战绩和"心迹"著为文字，呈献给上司和朝廷。

胡宗宪"一片冰心"的奉承，令嘉靖爷龙颜大悦，徐渭的"文字"之功，也令胡宗宪大为感激，因为表奏文章写得恰如其分地漂亮。让皇帝满意开心，在当时并不是一件容易的事，有人就曾因为奏章写得不好，让嘉靖爷恼怒廷杖，打得皮开肉绽。

此时徐渭的生活，从未有过的潇洒。

文官武将参见胡总督，莫不兢兢小心，诚惶诚恐，作为幕僚的徐渭却可以一顶破帽，长衣大履，在衙中署里来去自由，略无忌惮。有时幕中有事商量，徐渭却深夜尚在市中叫嚣，一场大醉。有人将此种情节禀告胡宗宪，胡宗宪说：

"好！"

据说，徐渭还倚仗胡的权势，对曾经同他过意不去的人进行了异常快活的报复。打猎、嫖妓、醉酒，徐渭风光八面。一位姓王的女人同他生活了不长一段时间，恶劣不堪，徐渭休掉了她。

三、嘉靖三十九年（1560），徐渭作《镇海楼记》，彰扬胡宗宪抗倭的丰功伟绩，胡赠银百二十两，让他购买住宅。徐渭取宅名为"酬字堂"，表达对胡的谢意。房子颇具规模，占地十亩，屋二十二间，小水塘两个，徐渭常在此"网鱼烧笋"，啸咏高歌。

就在这所房子里，胡宗宪还为他聘定了继室，女子姓张，年轻貌美。像从古至今的戏剧情节里常有的情形那样，美人总是在主人公"春风得意"时出现。

可是，徐渭早有一种不幸的预感，也许，正是这种预感才使他尽情任性地"挥霍"眼前的快乐光景。

两年后，尴尬的事情终于发生了。

严嵩在中国皇权政治屡见不鲜的残酷角力中，被人劾以"植党蔽贤、溺爱恶子"之罪，嘉靖以老年的多疑也模糊地感觉到严嵩和他的"犬子"严世蕃过于丢人现眼的为所欲为，下旨逮捕严世蕃，罢免严嵩。同年十一月，新任首辅徐阶策动南京给事中罗凤仪参胡宗宪"党严嵩及奸欺贪淫十大罪状",皇帝诏令将胡宗宪逮捕至京。

人走茶凉,胡宗宪的总督府内立即作鸟兽散。

徐渭倒吸了一口凉气。

紧接着,徐渭被靠帮助嘉靖装神弄鬼而发迹得令人眩目的礼部尚书李春芳所要挟,具体情节不得而知,体现在徐渭诗文中的情景就是让徐渭空前地惊恐不安。

更要命的是,胡宗宪居然在狱中没有出息地自杀了,不再辩护自己的"清白"。徐渭异常痛切地写下一篇祭文,泪眼模糊又慷慨激动地表达了他的怀念、愤怒和无可奈何。

没有道理可讲的倾轧,完全可能降临到作为胡宗宪得意幕僚的徐渭头上。徐渭悄悄返回"酬字堂",画了不少画,狂放恣肆的狼藉笔墨中,显出对于宽厚与柔情的渴望。

这是徐渭最需要有人温情眷顾的时候。

但是,自从潘似死后,徐渭心灵缺少的正是温柔的体贴和宽解。年轻貌美的张氏即使能够通达地看待他作为幕僚的失败,似乎也难以忍受家中由此而来的穷窘。天下从来就少有能够共患难的"义夫节妇",所以才需要费力地表彰,何况张氏也许根本上就不懂得心比天高的徐渭此生此世的颠倒和梦想。

徐渭紧张、苦闷、焦虑、狂躁。

他为自己写好了《墓志铭》,并请人做好一副棺材。这既是绝望的尽头,也是绝望的缓解——代价是情感变质。

他的精神已经濒于崩溃了。

嘉靖四十四年夏,天气沉闷,令人烦躁不安,徐渭用斧头猛敲自己的脑袋,他自己记载,头骨破裂,血流如注,不死。

他又从墙上拔出一枚三寸长的铁钉塞入耳窍，然后扑倒在地，铁钉撞进耳窍，鲜血喷射，他以为自己死了，又不死。接下来他用铁器锤碎自己的睾丸，仍不死，只是比死更明白死了。

在很多情况下，当自杀者第一下没有了结生命，接下来的自杀就在意志和力量上很难保证成功了。而且，徐渭的行动更可能是一种变态的自虐，是某种可怕幻影的亡命追逐，让他欲罢不能。

在徐渭一系列自杀行动中，没有关于他的妻子张氏的任何活动迹象。可以想见的是，如果张氏像徐渭诗文中描写的前妻潘似一样呵护他，徐渭当不至于因此而"九死九生"。

徐渭像干瘪的虮虱，佝偻了，气断不属。一个华姓工匠用"海上仙方"替他止了血。

第二年春天，徐渭身体渐好，神志变得清明，他怀着从死亡中走出来的冷静写诗道："纵令潦倒扶红袖，不觉悲歌崩白云。"看来，悲情难解，豪气犹在。

不幸，就在这个春天，徐渭手刃了张氏。地方上的舆论，似乎并不偏向徐渭。

据说，徐渭某次外出回家，见一和尚与其妻通奸，他执刀杀僧，倒在血泊中的，却只是张氏，并无他人。这一传说，与据认为是徐渭手笔的杂剧《歌代啸》中的情节不谋而合。

四、《歌代啸》的文字，今天看起来真是"一点正经也没有"，时髦的学者毫不费力就可以读出后现代主义艺术的顽劣、空虚与无厘头。剧中人物三清观张和尚爱财如命，李和尚一门心思与女人偷情，以至闹出种种不堪收拾的丑剧，惊动了与三清观内的景象其实并无二致的官府，葫芦僧断葫芦案，最后李和尚居然赚得与一吴姓妇人欢喜成婚，以续"香火"，佛子佛孙，瓜瓞绵绵。

徐渭虽然参禅，对操佛门"职业"的和尚，似乎并无好感。他对人性中与生俱来的七情六欲早有洞察，因此，对无论"堂皇冠冕"（官人）还是"光头"（和尚）之下的罪恶，看得同样真切，也无意讳饰。

无论如何，长得漂亮又年轻的张氏，也许与和尚无染，但这并不能排除其他"有染"的可能性。徐渭赋性多疑善妒，其时正处在空前的失意和躁动中，他完全可能按捺不下心头的狂乱，做出极端的事情。更要命的是，他自尊，他比任何人都需要尊严，因为像他这样几乎没有位阶、没有功名的读书人，在世俗生活中，其实并没有尊严。

在监狱写成的一封信中，徐渭替自己辩护说：出于残忍而入于疯狂，出于猜忌而矫枉过正，事难预料，大约如此。但如果仅仅以为疯狂，我为什么不无故杀死路人？如果说生性残忍，我为什么没有杀死先前被我休弃的王氏？如果以为天生多疑妄动，但杀人伏法的道理，我也是明白的。如果以为此举是为了标奇立异，我为什么不和张氏同衾喋血，岂不更让人觉得新鲜而留名后世？

让徐渭容忍妻子的不贞（即使是蛛丝马迹）显然是不可能的，尽管他自己常常偎红倚翠，这都是他的时代所通行的习俗和道德范围内的事。

也许，徐渭从来就把自己在世俗品德和功名利禄上的"弱点"视为天才的理所当然，而张氏却不堪忍受，不堪忍受他矫亢的敏感，丧气的自尊。生活本不需要天才，何况，天才总有"弱点"，而徐渭的弱点早已在屡战屡败的科举考试中表现得明明白白。

这是一出并不光彩的悲剧。

经历七年与老鼠争食的监禁后，通过朋友们八方奔走，徐渭终于被释放。

从此，徐渭寂寞的晚景中绝少有女人的影子，唯一一次例外是他在北京的忘年好友李如松家中。李虽武将却敬重徐渭的文才，派一名侍女照顾他，徐渭走时，对这名侍女不胜依依，侍女也腮红泪落。

徐渭传世的字画多出于晚年，它们是中国艺术史上罕见的珍品，石涛、齐白石曾以"青藤门下走狗"自署，表达对徐渭五体投地的崇拜。而在徐渭还活着时，汤显祖偶然中看到了徐渭的诗集，看到了他早年创作的杂剧《四声猿》，汤显祖激动地对人说："安得生致文长，自拔其舌！"他以为作者已经作古。后来，当他知道徐渭还活着时，便写信给徐渭："更乞半坳天池水，将君无死或能来。"意思是说，赐给我一点你的作品吧，希望你活下去，我会来看你的。

这是苦闷的十六世纪中国，一个遗世独立的伟大天才向他的同类表达的心仪与敬意。

英雄末路半为僧:

绝情的"情圣"苏曼殊

苏曼殊，1884年生于日本，父亲是旅日商人，生母是日本女子河合若（庶母河合仙的妹妹）。因为出身"暧昧"，由河合仙抚养，至6岁时回到广东沥溪（今属珠海），入村塾读书，生活与情感上得到的待遇皆不高，身体羸弱，性情孤僻，自伤为"日本人"。

13岁时患病，姊母预其不治，置于柴房待毙。稍长，曼殊至上海、日本求学，生活、学业全无保障，常叹身世孤零。17岁时，忽生禅念，潜回广东流浪至厓山慧龙寺剃度，不久，偷食五香鸽子，犯戒被逐。

重返日本后，住庶母河合仙家，入横滨大同学校读书。其间，有两件事值得提及，一件是静子对他的爱情。据说，曼殊因为自己受戒的身份而不能不"忍情"，静子蹈海自尽。另一件是曼殊在日本参加了"拒俄义勇军"，表兄断去其经济供给，曼殊弃学回国，投身革命，从此与晚清时局结下不解之缘。

曼殊回国后，先在苏州吴中公学社任英文教员，后来在陈独秀等办的《国民日日报》任英文翻译，听说黄兴在长沙酝酿革命，即设计赴长沙，参加"华兴会"，任教于明德学堂、经正学堂、湖南实业学堂。又奉华兴会指派，逗留广州、香港。其间，再度出家，但不堪僧家生活之苦，故时时往返僧俗之间。曾不满意于康有为而要枪击康氏，为人劝阻，赴暹罗、锡兰，行迹不定，但决计弃家，不回沥溪。

此后，曼殊往来于上海、杭州、长沙、日本等地，往还者是陈独秀、章太炎、刘师培、陈去病、刘三等，从与他交往的名单中，几乎可以看到一部完整的中国近代史。曼殊的活动也不是单纯的文人或僧侣的活动，而与晚清革命息息相关。1909年曼殊26岁时，抵爪哇任中华学校英文教师，在那里，因为不服水土，加上原本体质虚弱，又常贪嘴不能自律，时与药炉为伍。

1911年，闻武昌首义，上海光复，曼殊欣喜若狂，典衣卖书，急谋归国。但革命远未达成理想中的结果，曼殊及同志者难免失望而悲伤，悲伤而迷乱，英雄末路，西风故国，无可如何，于是征歌选色，直到"裘弊金尽"。

然而，献身国家与革命的热情作为曼殊身世及精神的一种底色不可能轻易抹去，何况他的心性中原本不缺少与时代相对称的狂热与激情。因此，无论是出家人的姿态，还是浪子的疯魔，都不能掩饰曼殊的身世之感与故国之思，掩饰他无所归止的痛苦和彷徨。他曾经想赴印度求法，成为"白马投荒第二人"，至死都想去欧洲，去意大利，去学画，去祭吊拜伦。

从爪哇返国，曼殊依然到各地就业就食，有时东渡扶桑探亲，病体支离，殊少安宁，但创作诗画不辍，从不怠慢。1918年5月，终至不起，弥留时曰："但念东岛老母，一切有情，都无挂碍。"

曼殊短暂而不失传奇色彩的生涯，并不完全由浪漫构成，在俗世的传说中，曼殊成了"不可无一、不可有二"的"风流和尚""情僧"，"其性情奇，行止奇，学艺奇"（黄沛功《燕子龛诗序》）。但曼殊短暂生涯真实的落魄、不堪、执着与梦想，也许正是被逐渐浸没在这种传奇化的表述中，而且，曼殊自己的文字也难免这样"戏剧化"的虚荣倾向。

确实，尽管曼殊临终自认为"一切有情，都无挂碍"，而且动不动便要"向千山万山之外，一片蒲团，了此三千大千世界"，但曼殊其实是多情、苦情甚至纵情的。

此种情感，首先是关于亲情和男女之情的。

曼殊生而尴尬，从父亲及父系家庭获得的爱极其可怜，致使他对远在日本的养母一往情深，常露依恋之态。在爪哇，认黄水淇的母亲为义母。在与朋友的交往中，曼殊除了在基本的操守与立场上坚定不移外，对朋友总是满心怜惜眷顾，有时甚至用"无赖"的方式索取朋友的信任和关照，求人借贷，求人"寄我数言，以慰岑寂"。不仅在经济上是无助的，在亲情上所得也稀薄，这自然滋长了曼殊对于感情的渴望。于是，他多少有些夸张地自述女人对他的投身，譬如静子，还有那些青楼中与他自己一样身世飘零的女人。曼殊常说，思维身世，有难言之怆，故自命为"愁人""恨人"。当他以"愁人""恨人"之身遭遇女人的殷勤怜爱时，他用诗表达了自己随身世早已破碎的柔情，表达了"半是泪痕杂脂痕""与人无爱亦无嗔"的伤痛。

毫无疑问，情诗是曼殊诗中最出色的一种，《本事诗》《为调筝人绘像》《寄调筝人》都写得凄清婉转、柔肠寸断。在旧体诗已经程序化为一些基本的语言代码用以指称相应的情境时，只有那种无法取代的性灵和真挚的情感可以冲破已成为定势的语言外壳，让人获得簇新的感动。曼殊诗中的"男女之情"有时甚至上升为家园之情与生命之感，从他独特的身世感受中生发出来，尤其艳冶而激越。

必须承认，也只有能够唤起不止于男欢女爱的更辽阔绵远的感受时，情诗才会不只是与青春有关的消费物。高旭说"曼殊诗其哀在心，其艳在骨"，黄沛功说"不知者谓其诗哀艳淫冶，放荡不羁，岂贫衲所宜有。其知者以为寄托绵邈，情致纡回，纯祖香草美人遗意"，俨然是屈骚风范。这样的评价，自然溢美得让人不能接受。应该说，曼殊的诗整体水平并不高，曼殊也难称是大诗人，但个别篇章和句子却只有曼殊可以道出，因为曼殊的"哀""艳"属于他个人，而且铭心刻骨。

曼殊僧钵漂泊，尘劳行脚，缘于身世与心性，而此种身世、心性又与民族家国之情状，与时代的精神状态相关联，特别是在种族觉醒、东西文明交接之初，强势与弱势、母国与异邦、母语与西语……各种碰撞汹涌而来，曼殊之不偶于世，实与此种文化、家国的分裂相关，最深刻的动机常常是有关个人家园的，特别是关于生命和精神的家园。

曼殊常住日本，但他总是说，江山信美非吾土，徒增惆怅，"相逢莫问人间事，故国伤心只流泪"，谓"伤心人别有怀抱"。他曾以英雄自期，赋诗道："海天龙战血玄黄，披发长歌览大荒。易水萧萧人去也，一天明月白如霜。"（《以诗并画留别汤国顿》）又对拜伦表现出特别的亲近，曾"泛舟中禅寺湖，歌拜伦《哀希腊》篇，歌已哭，哭复歌"(《潮音跋》)。他同时对反叛者、革命者秋瑾、郭耳缦等表达过敬意。

当多少有些放诞的浪漫情怀从主体的英雄气质中荡漾出来，其中的凄楚与颓废就显得意义充足、耐人寻味，由此而来的审美书写，乃至他出家头陀的身份，都获得了一种令人怦然心动的品质和风度。郁达夫说："我所说的他在文学史上可以不朽的成绩，是指他的浪漫气质，继承拜伦那一个时代的浪漫气质而言，并非是指他哪一首诗歌或哪一篇小说。笼统讲起来，他的译诗，比他自作的诗好，他的诗比他的画好，他的画比他的小说好，而他的浪漫气质，由这种浪漫气质而来的行动风度，比他的一切都好。"(《杂评曼殊的作品》)

很显然，曼殊的"浪漫气质"之所以动人，正在于他无羁绊的英雄性气和无功利的审美风度，孙中山许之为"率真"的，其实也就是他为人为文的"任性妄为"，不计功利，不计因果。

作为革命者的曼殊，一如他作诗作画作文，更多是出于精神上的郁结和无法自已的情感宣泄。同样的道理，曼殊数度出家，平生以"衲"自称，究心梵典，倡扬佛法，不遗余力，除了他对"世间法"的绝望，除了和尚的身份或许多少有利他隐匿作为革命者的踪迹外，一切选择仍然是有关于性情的。

大体上，他有一份必要的理性和清明，但有时狂躁冲动，气质中多感性成分，个别时候甚至显示出轻度的精神分裂，不能自制，喜怒形于外，嗜糖食、雪茄而不惜自戕。他"不修边幅"的生涯和"杂乱无章"的写作与作为，正好对应那个苦闷而狂乱的时代。这个时代正在成长出一种主体性，这种主体性不再是皇权政治及其文化所能笼络和定义的。

因此，曼殊的诗中已较少见到充满臣妾意味的自足、圆满、妥协与不安，在古典的诗意及其言说方式中，已经融入了属于近代的带有个人主义意味的梦想与激情。

杨毓麟：
一个长沙人的血性与温情

杨毓麟（1872—1911），长沙高桥（今长沙县高桥镇）人，字笃生，号叔壬，又号守仁，曾先后担任《游学译编》《神州日报》《民立报》的总主笔或撰稿人，笔名有：湖南之湖南人，三户遗民，寒灰，卖痴生，耐可，蹈海生等。

杨毓麟最为人所称说的事情有二。

第一是在1902年出版了《新湖南》，辨析"湖南人之奴性"与"独立之根性"，不仅提供了"新湖南"这个意味深长的重要概念，对湖南人的性情、气质、种族、文化背景，可能的与应该的作为，作了崭新的揭示和总结，而且为启蒙革命过程之中的个人独立、地方自治、国家解放提供了理论张本，其中言及"民族建国主义""个人权利主义""三权分立"等，更是空谷足音。

第二是1911年在英国利物浦的蹈海自杀。必须承认，"新湖南"作为对于中国社会及其前途的分析、检讨与策划，对湖湘文化的阐述，因为其理论色彩与思辨性质，加上是用文言写作，远不如湖南新化人陈天华用白话所作《警世钟》《猛回头》

那样具有感染力、感召力，影响的范围和程度相对有限。但是，今天考量，则其内涵似乎更深沉，也更可能及于久远。其次，同样作为蹈海者，杨毓麟之死在当时所形成的波澜，远不如此前蹈海的陈天华壮阔。或许，这与武昌首义、民国很快告成、历史翻开新的一页，有一定关系。

2008年，岳麓书社出版饶怀民先生整理和撰著（与李日合著）的《杨毓麟集》《蹈海志士杨毓麟传》，印数不多，发行有限，杨毓麟的事迹，传播依然不广。这对于普及长沙的历史人文，了解湖湘精神的底蕴来说，自然是一件非常遗憾的事。

从杨毓麟的生平事迹，从他存世的文字，我们不仅可以看到他不寻常的热血气质——无所依傍，浩然独往，前僵后仆，无所于悔，而且可以感受到一种难得的理性和温情——澡雪国魂，昭苏群治，缱绻悲悯，伦理情深。

如杨毓麟这样，自居"死士"，不惜牺牲，谓"男儿戮死自有方，欧刀料理翻寻常"，他们在激进与保守、自我毁灭与自我保存之间的彷徨与抉择，即使今天，也很难不让人凄然以伤、惨然以痛、肃然以敬。他们的所思所言所作为，构成了长沙历史人文最深刻、最动人的底色。而杨毓麟的《新湖南》，他的殉国，是尤其值得阐释、值得打量的经典与个案。

杨毓麟少而颖悟，据说"七岁能文，惊名宿"。13岁已遍读十三经、史记、文选。15岁中秀才，曾就读于岳麓、城南、校经三书院，"泛览国朝人经说，本国文学，历史，尤留心经世文学"。

杨毓麟与杨姓同宗杨昌济同龄且友善，杨昌济辈分高，是

"叔祖"，他自称"再侄"。两人性情不同而欢爱不衰，杨毓麟"性情激烈，个性强劲"，杨昌济厚道、温和。杨毓麟的敏感、勇力与傲岸，言论之犀利、飞扬，似乎更能让杨昌济倾慕，杨昌济在自己的《达化斋日记》中记录了他们的交往。

1894年甲午，杨毓麟读关于"时事之书，独居深念，辄感愤不能自已"，作《江防海防策》。1897年，杨毓麟25岁，中式为举人，入选二等优贡，以知县分发广西。适逢陈宝箴巡抚湖南，开时务学堂于长沙（1897年10月），杨毓麟具才名，又趋新，被聘为教习，从此与梁启超、谭嗣同、唐才常一起倡言变法。

1898年9月，戊戌变法失败，时务学堂解散，"毓麟几及于难，避乡数月乃免"。1899年，入江苏学政同乡瞿鸿机幕，不久辞去。此后埋首湘绅龙湛霖教馆，午夜青灯读禁书，"以求世界之知识"。与龙氏"极相得"，劝龙氏捐资办学，"长沙胡子靖创办明德、经正两校，龙氏尝竭资以助，笃生实有力焉"。

1901年年末，杨毓麟离开长沙前往上海。第二年东渡日本留学，入早稻田大学，学法政，主编《游学译编》，"专以输入文明，增益民智为本"，作《满洲问题》，"声政府之罪，慷慨淋漓，声泪俱下"。

1903年，沙俄拒绝从满洲撤军，留日学生五百余人集会东京，开拒俄大会，成立"拒俄义勇军"，后改名为"军国民教育会"，以养成"尚武精神，实行民族主义"为宗旨，提出鼓吹、起义、暗杀三种革命途径，练习射击，学做炸药，派遣"运动员"，组织暗杀，声称"非隆隆炸弹，不足以惊其入梦之游魂。非霍霍刀光，不足以刮其沁心之铜臭"。杨毓麟自认"运动员"，愿意负责江南一带策动武装起义，与黄兴等组织暗杀团，"研究爆发物十余种"，因制药失慎，一眼被炸伤，"党人能自造炸弹，自守仁始"。

就在这一年，杨毓麟曾与同志者携炸药回国赴北京，于草头胡同租屋一间，计划在故宫内廷或颐和园内一举炸毙西太后及朝廷命官。居京数月，往返京津之间，终因戒备森严，无从下手，失意南返，旅居上海。

1903年12月，应邀回长沙，筹备华兴会。1904年2月15日，参加华兴会成立大会，派往上海，任华兴会外围组织爱国协会会长。黄兴、刘揆一等在长沙与哥老会首领马福益商定："计以十月十日清西太后七十生辰全省官吏在皇殿行礼时，预埋炸药其下，以炸毙之，而乘机起义"，爱国协会拟在上海响应。但起义因有人告密而流产，黄兴等逃往上海。

1904年11月7日，黄兴、刘揆一、杨毓麟、章士钊等四十余人在上海英租界新闸马路余庆里开会，决定"分途运动大江南北之学界、军队、起义鄂、宁等处"。不久，余庆里机关遭破坏，清兵在余庆里机关搜出手枪、炸药、名册、会章等物品，按册捕去黄兴等13人，发现杨毓麟名片多张。杨毓麟改名杨守仁，于12月上旬与宋教仁等一道逃亡日本。

此次失败后，杨毓麟认为在东南沿海发动起义终究不如"袭取首都收效之速"。于是，"继乃变计，混迹政界，以从事中央革命"。杨毓麟再次回国入京，受庇于管学大臣张百熙，出任译学馆教员，以教员身份为掩护，策动暗杀。

1905年7月16日，清廷颁发谕旨，派载泽、戴鸿慈、徐世昌、端方等分赴东西各国考察政治，稍后又加派绍英参与其事，凑成五人，俗称五大臣出洋考察宪政。杨毓麟得此消息，赴保定，会晤杀手吴樾，曰"清廷伪为预备立宪，遣五大臣出洋考察政治，以愚吾民，恐中国永无再见天日之会也"。吴樾慨然曰"彼五大臣，可击而杀之也"。吴樾提出，与其先杀铁良，不如先杀五大臣。杨毓麟首肯，但考虑自制炸弹无电动开关，实施者终不免于难，不忍心吴樾去执行此一计划，他本人作为"北方暗杀团"团长，毅然力争担任炸手。吴樾起而制止曰："樾生平既自为中华革命男子，决不甘为拜服异种非驴非马之立宪国民也，故宁牺牲一己肉体，以剪除此考察宪政之五大臣。"又曰："樾请为诸君子着先鞭，更愿死后化一我为千百我，前仆后继，不杀不休，不尽不止！"并建议杨毓麟设法打入载泽幕中，以便里应外合。

由于五大臣行期提前，吴樾于 9 月 24 日怀揣炸弹，乔装成皂隶，从容步入北京正阳门车站站台，登上五大臣专车，当机车与车厢挂钩时，车身震动，触发炸弹，吴樾当场死难，载泽、绍英受轻伤。此时，杨毓麟已预先谋得载泽随员一职，以为内应，事件发生后，清廷并未怀疑他，杨仍以随员身份同行，12 月 11 日出发，抵达东京。时人云"吴樾之中国炸弹第一声，即守仁之密谋也"。

杨毓麟到达东京后，同盟会已经成立，亟待发展，杨与黄兴、宋教仁等会晤，毅然辞去随员职务，于 1906 年 6 月 25 日正式加入同盟会。不久，其姊寿玉病逝，他"归慰先慈，家居七日即返沪，自此不复履三湘故土"。

1907 年 4 月 2 日，《神州日报》在上海创刊，杨毓麟任总主笔，于右任任经理。报纸"以沉郁委婉见长"，"顾名思义，就是以祖宗缔造之艰难和历史遗产之丰富，唤起中华民族之祖国思想"，"激发潜伏的民族意识"。报纸创刊仅三十七天，因邻居失火而连带受灾，机器设备付之一炬，火起时，杨毓麟还在伏案疾书，烈焰封门，他沿窗外电杆逃下，免于难。报纸为此仅停刊一天，继续出版。在作为总主笔一年多里，杨一直"风风雨雨，夜以继日，四处奔波，可谓至苦"，发表大量政论和时评，内容无非痛陈民族危机，号召国人奋起，宣传革命排满，揭露政府黑暗官吏贪鄙残忍，痛斥清廷"预备立宪的虚伪和荒诞"，"以其坚确之辞义，抒其真挚之情感""欲天下哭则哭，欲天下歌则歌"。杨毓麟乃报纸"最努力的一个人"（于右任）。

1908 年，杨毓麟被留欧学生监督蒯光典聘为秘书，随行赴英国。于右任送之以词《踏莎行》："绝好河山，连宵风雨，神州霸业凭谁主。共怜憔悴尽中年，哪堪漂泊成孤旅。故国茫茫，夕阳如许，杜鹃声里人西去。残山剩水莫回头，泪痕休洒分离处。"

1909 年，杨毓麟辞去秘书一职，转赴英国苏格兰爱伯汀大学读书，专攻英文及生计学，借以"探社会学之奥"。1909年秋，孙中山流亡伦敦，杨毓麟与之会面，建议设立欧洲通讯社，孙中山在《致王子匡函》中说"昨日笃生兄来谈通讯社事，弟甚赞同其意"。

1910 年夏天，杨毓麟利用暑假到英国农村考察，并与杨昌济一道到巴拉特度假，接触英国社会，看到底层英国人的贫困，深陷痛苦之中，既不满现实，又对未来失望，既赞美铁血，又感叹铁血革命换来的社会并不令人乐观。他曾经在诗中抒写豪情曰："山河破碎夕阳红，只手擎天歌大风。莽莽中原谁管领，龙蛇草泽尽英雄。"而此时，则心境暗淡，曰："去国意未忍，回辕当此时，津梁疲末路，醒醉动繁思。世事真难说，余心不可移。平生凄恻惯，宁与白鸥期。"

1911年，杨毓麟在英国听闻黄花岗起义失败，黄兴遇难、损失惨重，悲愤交加，"精神痛苦，如火中烧"，以致旧病复发，头痛浮肿，不能成眠，痛苦难以自解，加上原本身体虚弱，"年长失学，好作繁思，感触时事，脑病时发，贪食磷硫补品，日来毒发，脑炎狂炽，遍体沸热不可耐"（他曾在1909年给妻子俪鸿的信中谈到，"请二哥买脑丸"），"惯不乐生，恨而之死，决投海中自毙"。留书托石瑛、吴稚晖将留学英国数年所积攒的一百三十英镑中的一百英镑转寄同盟会，作为革命经费，其余三十转寄其老母，以报养育之恩。之后，1911年8月5日，赴利物浦，又给杨昌济留信曰："怀中叔祖大人：作此函与长者永诀也。守仁脑炎大发，因前患脑弱，贪服磷硫药液太多，此时狂乱炽勃，不可自耐。欲趁便船归国，昨晚离厄北淀来利物浦，今晨到车站，然脑迸乱不可制，愤而求死，将以海波为葬地。今日命尽矣，形神解脱，恩怨销亡，万事俱空，一缘顿尽，骂我由公等，不暇惜矣。旅费余三十磅，寄归与慈母，为最后之反哺，不敢提及自戕一字，恐伤母心，亦不忍作一禀。"

留下此信后，杨毓麟蹈海自尽，终年40岁。遗体在8月7日为一渔父觅得，葬利物浦公墓。

杨毓麟之死，同志于革命者，顺理成章地释之为"殉国"，拟之为屈灵均。于右任回忆，人们曾经以"湘中二杨目之"，杨毓麟自别于杨度，说"彼（杨度）时髦也，我何敢望"。南社诗人高旭作《浪淘沙》以吊："天末又西风，彻耳惊鸿。男儿羞作可怜虫。宁与金瓯同碎却，遗恨无穷。奇气化长虹，往事都空。鲁戈难返日当中。一任狂涛号日夜，淘尽英雄。"

杨毓麟作为近代中国的启蒙革命者，其所具有的不惜牺牲的烈士情怀和血性，显然有作为湖湘子弟的特殊禀赋，同时也是那个沧海横流的时代召唤的结果。

而最让人觉得不同寻常的，是他作为革命者的勇敢、决绝和不顾一切，与作为知识者对中西文明与文化清醒澄明的理性洞察，对传统的温情与敬意，以及作为家庭中人，作为儿子、父亲、丈夫的柔软、深情和明哲，形成了鲜明的反差。两相对照，真是不可思议，是分裂的，也是充满张力的，是豪迈悲壮的，又是令人心碎的。

旅居英国时，在给儿子克念信中，杨毓麟谈到读经，谈到学好中国的传统典籍，他说："近日无知少年醉心西化，一言及四书五经，便有吐弃不屑称道之意，殊为大谬。此辈只知有欧洲，却忘记得自己是中国人。欧洲各国，现在中小学校，每礼拜必须有数点钟讲解耶稣教《圣经》。此《圣经》，既系宗教哲理糅合杂凑之书，又系二千余年以前陈腐学说，若以欧化少年眼光论之，宜其吐弃不屑矣。然彼中方且崇拜之，诵读之。何况四书五经为周秦以前政治、文化、历史、道德、伦理之所荟萃，于世界各国中流传最古之学说，实蔚然为一大宗者，而可弁髦土苴之乎？吾国文教，推崇孔子，孔子并非宗教家，其生平所注意者，全系政治、文化、道德、伦理诸问题……无一书不切于人事者。专注意生人治乱安危问题，而不肯妄谈人道以上之议论，系吾国有史以来各大学问家特别可贵之性质。"对于传统的尊重，并不妨碍杨毓麟对于现实、对于新世界的关切，在同一封信中，他还说："人事必以现在者为主，故宜详于今日世界事情，而古代无妨稍之从略。"这样的说法，类似于我们今天说少醉心中国历史，多关注世界文明。与此一致，杨毓麟在《论道德》中对于传统的纲常名教，作出了明确的批判，"有天然之道德，有人为之道德。天然之道德，根于心理，自由平等博爱是也，人为之道德，原于习惯，纲常名教是也。天然之道德，真道德也，人为之道德，伪道德也"。而伪道德，"其惑世诬民，则直甚于洪水猛兽"。

在他留下的不多书信中，难得地呈现了与其整个激烈的革命生涯不同的极其温情的另一面：和母亲说伦敦空气不良，所以每天到公园散步一点钟，始觉佳适；和妻子孩子谈家常，对于孩子的教诲、规范和希望，尤其恳切动人：

让孩子不要依赖外家，最好送入新式学堂，"凡人贵自立，不宜使倚傍他人作生活。英国人教养小儿女，一切必令小儿女自己支持自己，自小习惯，自然养成独立自治性质"。

要求孩子在新式学堂里学习好算学、英文、体操、格物，反复强调体操的重要。同时叮嘱孩子，要学会做人："不可在学堂内与同学诸人终日闲谈乱讲，不可与同学诸人闹意见，待同学诸姊妹宜格外客气，彼此以求学用功相勉励，见学堂监督教习，尤宜恭而有礼，恪守校训，不可违抗……一切日用饮食起居，须有一定规则，按照一定钟点。钟点是人生在世上一件必须谨守的事，人无一定做事钟点，便是不能学好的凭据。""晚上休息上床，不可胡思乱想，须认定一段格言，或认定一个算学题目，用心思索，自然安然入梦，神魂清爽。平日除与诸女同学往来，不准尔与男学生往来，亦不准妄向别的人家行走，违背我的规矩，便不是我的女儿。"

教导孩子怎么学写作文，"作文全在多看古文，多明事理。多看古文，乃能知文法，多明事理，乃能深切事情"。

告诉孩子当知生于忧患，"孟子有言孤臣孽子，操心危，虑患深，故达"，又曰"生于忧患死于安乐"。"须立志学做圣贤豪杰，须自恪守钟点做起，孔子言，人而无恒，不可以作巫医。"

告诉孩子不可妄言，不可自夸自诩，不能自以为是，必须"谨慎小心，说话尤宜谨慎。每说一句话，必想了又想，愈迟愈妙。因凡事必从忙里错过，凡说话亦从忙里错过。驷不及舌，悔之无及。谨言慎行，是孔子教人千稳万当法门"。"为人须要切实，须要虚心求益，不可听教习夸奖一二语，便忘却自己是一事不知之蠢物。世上道理多，事情多，无论是何等绝顶天才，不过晓得十万分之一，学得百万分之一。且即此十万分之一，百万分之一，若非细心研究，切实履行，时时刻刻以扎硬寨打死仗方法对待之，尚且不能得手。""一个人的知识，对于世界上真理，总不能得有千万分之一。"世上聪明人多，切实成为一个有用的人却不多。

教导孩子懂得知识与德性对于人生的重要，懂得如何得到正当之知识及坚强之德性："时局多艰，民穷财尽，能得一好学堂读书，便是人生幸福。吾儿万勿偷闲习懒，必须勇猛精进，发愤修学，为目前立身要策。凡人一生持身处事，皆须有正确之知识，及坚强之德性。知识不正确，则于判断是非，推察人情事理，必多谬误；德性不坚强，则一切知识，皆是浮光掠影，自己一毫不能受用，一旦遇国家有事变，全然担任不起。欲得有正确之知识及坚强之德性，皆须由学问上得来。科学中如算学、几何、物理、化学等等，皆所以启发人生正当之知识。如古代名人传记及宗教家哲学家之遗训（如《四书》即是），皆所以扶植人生坚强之德性。平日读书修学，切实有恒，一刻不间断，一点不草率，即是养成坚强德性之一项方法，如修学不能有恒，用功不能切实，则其人必非佳士，因其德性之不坚定，只此一端，已可概见。"

他还叮嘱孩子，不可贪看无聊小说。

此种私人范围内的忠告和诉求，彰显了杨毓麟并不异于常人的理性与深情。也许，所谓特立独行，所谓传奇身世，其实都是成长在常识常情的范围之内的。

"心里受伤，永难痊愈"：
鲁迅如何激进

在《庄子》中，得了"天眼通"的老子，心驰八极，视通万里，因此可以把满世界的是非恩怨看作是"动物世界"里的故事在继续搬演，没什么需要大惊小怪的。在这样的老子面前，忧心忡忡、辗转不得安宁的孔子就显得愚不可及，他周游列国落得像"丧家之犬"的下场，也纯粹是"咎由自取"。

鲁迅在几乎要被我们看作是"后现代"的"前现代"中国，如今的处境跟老子眼中的孔子正相仿佛，人们越来越多地看出鲁迅像唐·吉诃德一样的孤立、狭隘、偏执、莫名其妙：他作为"民国"的元老而自寻烦恼地沦落成"民国"的"遗民"乃至敌人，他说，"我久已不知道有所谓中华民国"，"先前是作为奴隶，革命后却做了奴隶的奴隶"；他涉足"新文化运动"，不经意间成为"旗手"，不小心又"众叛亲离"，因为"有的高升，有的退隐"，以至莺鸣求友，不免凄惶地呼唤"新的战友在哪里"；他置身左翼文艺阵营，却"锱铢必较""是非丛生"，不断被老中青年的文人们"看破"，被各种名头的"奴隶总管"按照自己的需要加以"供奉"或者"围剿"；他忍不住感慨"生丁此时此地，真如处荆棘中，国人竟有贩人命以自肥者，尤可愤叹。时亦有意，去此危邦，而眷念旧乡，仍不能绝裾径去，野人怀土，小草恋山，亦可哀也"。"我们活在这样的地方，我们活在这样的时代"。他还说，"人生现实实在苦痛，但我们总要战取光明，即使自己遇不到，也可以留给后来的。我们这样地活下去罢"。

满腹怀疑，浑身长刺，得理不饶人，鲁迅把"象牙之塔"读成了"蜗牛之庐"，似乎是专门要给人家营造的舒服的好世界、好心情添堵添乱。

他有点执迷不悟。

以弱肩而"俨然有释迦、基督担荷人类罪恶之意"，此事关乎鲁迅"超人"的气质和他自赋的使命，我们无可置喙。可是，不惜与天下人为敌，不只是以放弃尘世间对他来说原本唾手可得的荣华为代价，简直是以自己的全部生命为抵押，鲁迅究竟所为何事？在隔代的缅怀中，我们将要无法认同，甚至无法想象他"冷酷"的苦衷和"绝情"的根据了。只是他的文字所记下的几次杀人事件，可以让我们约略懂得，世上终究"没有无缘无故的爱，也没有无缘无故的恨"。

也许，就是那几次"血光"的见识，锁定了鲁迅毕生的情感与全部的理智。

第一次当然是鲁迅自述过的幻灯片中的杀人场面，让他放下多年的"格致之学"，转而以文艺为"志业"，意在改变"愚弱的国民"的精神；第二次是曾同在日本留学的秋瑾被杀，小说《药》以此为原型；第三次是自己的学生刘和珍等，他们倒在段祺瑞执政府的枪口下，鲁迅记道："我没有亲见；听说，刘和珍君，那时是欣然前往的。自然，请愿而已，稍有人心者，谁也不会料到有这样的网罗。但竟在执政府前中弹了，从背部入，斜穿心肺，已是致命的创伤，只是没有便死。同去的张静淑君想扶起她，中了四弹，其一是手枪，立仆；同去的杨德群君又想去扶起她，也被击，弹从左肩入，穿胸偏右出，也立仆，但她还能坐起来。一个兵在她头部及胸部猛击两棍，于是死掉了"；第四次是在广州亲历"大革命"时期的"血的游戏"，"我一生从未见过这么杀人的，我就辞了职，回到上海，想以译作谋生"。他无可奈何地想到，"倘再发那些四平八稳的'救救孩子'似的议论，连我自己听去，也觉得空空洞洞了"；第五次是"1931 年的 2 月 7 日夜或 8 日晨柔石、胡也频等五个青年作家的同时'遇害'"，直到 1936 年 4 月 15 日在给颜黎民的信中，鲁迅还提到，他不愿赴朋友之邀，去"看桃花的名所"龙华赏花游春，"我有好几个青年朋友就死在那里面，所以我是不去的"。

是的，鲁迅的某些文章对于我们来说越来越显得隔膜，其中很多有关具体历史和人事的判断已逐渐变得模糊甚至暧昧，热烈的同情和响应减少了，因为不再生死当前。我们已经无法体会鲁迅时代那种一步之差便有人兽之别的道德考验与人格分野，无法分辨在真实的苦难面前其实不可能等而视之的冷血与热血，甚至难免觉得鲁迅耗费性命于一些似乎每天每个时代都在搬演的"故事"的辨正与揭发，不值得，也许还不必要，因为，这种故事，只要有人的地方，就少不了，就不会有清净的一天。

但是，在《记念刘和珍君》《为了忘却的记念》中，鲁迅当年体验过的那种疼痛、揪心、破碎和绝望，那种噬人的悲愤和悲凉，还是会让我们浑身发冷，难以自持："那样的惨杀，我实在没有梦想到，虽然我向来以'刀笔吏'的意思来窥测我们中国人"，"不是年轻为年老的写纪念，而在这三十年中，却使我目睹许多青年的血，层层淤积起来，将我埋得不能呼吸，我只能用这样的笔墨，写几句文章，算是从泥土中挖一个小孔，自己苟延残喘，这是怎样的世界呢？""虽然不是我的血所写，却是见了我的同辈和比我年幼的青年们的血而写的"，"其实，我的有些主张，是用许多青年的血换来的"，"我们要叫出没有爱的悲哀，叫出无所可爱的悲哀"。

慈悲需要仁慈才能养成，人心需要人性才能滋润。鲁迅能用什么去平复他彻骨的伤痛呢？他曾经对健忘的不愿看到历史中的真实的"文艺家们"说："有些事情，真也不像人世，要令人毛骨悚然，心里受伤，永难痊愈的。"

"心里受伤，永难痊愈"，这是鲁迅的自供吧，也是他不能不"激进"的注释。只要感情上不能平复，思想上也就无从宽容，鲁迅毕生的判断与选择，就无法不以此为底色，一切怀疑、冷漠、愤激与绝对之辞，于是都有了依据。何况，无边无际的虚无、伪善、势利、怯懦、颠顶，总是如同潮水般地包围着我们，让我们心安理得，让我们苟且偷生。

"尼采爱看血写的书。但我想，血写的文章，怕未必有吧。文章总是墨写的，血写的倒不过是血迹。它比文章自然更惊心动魄，更直截分明，然而容易变色，容易消磨。这一点，就要任凭文学逞能，恰如冢中的白骨，往古来今，总要以它的永久来傲视少女颊上的轻红似的。"

是的，冢中的白骨一定会傲视少女颊上的轻红。这是鲁迅早已预料过的自己的命运。

鲁迅"兄弟反目"的精神分析

鲁迅与知堂，是中国"新文化运动"中旗鼓相当的人物，同样的饱学，同样的"情""识"兼胜，同样的先知先觉。然而，他们的性情气质与风度，他们的自我认同与文化认同，包括他们在具体生活和政治上的取舍与抉择，并不一致，生前身后的毁誉，更是大相径庭，而中年后始料不及的"反目"，似乎成为了他们日后一个走上"神坛"，一个走向"深渊"的某种戏剧性的分界和预告。

早年，因为家庭变故，父亲早逝，鲁迅、周作人兄弟相濡以沫，棠棣情深。在鲁迅前往南京念书，包括后来留学日本而不免兄弟参商时，他们之间的往还文字，充满期待、怜惜、眷顾和体贴，令人心仪不已。鲁迅对周作人的垂注关爱，自然是无条件、无保留的，长兄如父，鲁迅端正严谨，满腹心事，需要把一个破落的家庭扛在自己的弱肩上，而周作人小小年纪，但面对兄长，不仅不添乱，还力求善解人意，显出一派多少有些与年龄不符的充满稚气的老成持重。

直到成年后，终于聚首北京，在风云际会中一起成为"新文化运动"的"旗手"，他们之间的关系，鲁迅一直是支配性的，而且，这种充满伦理之义与手足之情的支配性，似乎也是没有疑议的。

周作人在回忆文章中说，他在日本曾经想学法语，但被鲁迅劝阻，"缘法文不能变米肉也"。生存的压力，很多时候会让"长者"的管教与管治，显得合理甚至神圣。兄弟俩早年在日本从事译介，既为理想，其实也为谋生，"留学费是少得可怜，也只是将就可以过得日子罢了"，周作人记到，"他（鲁迅）老催我译书，我却只是沉默的消极对待，有一天他忽然愤激起来，挥起他的老拳，在我头上打上几下，便由许季弗（寿裳）赶来劝开了"。

从这样的记述看，在很长时期内，鲁迅事实上代理了父亲的角色，在照顾、要求并且约束、管教周作人，替他安排读书，安排生活，乃至婚姻，乃至人生。这样的关系，在鲁迅那里，逐渐习以为常，居之不疑，或许还有因为承担了家庭责任的成就感和满足感，以至无论言语，还是行为，都难免构成某种居高临下的"压迫"之势，尽管鲁迅有足够充分的现代教养。而对于成长中的周作人来说，面对鲁迅的"管治"，也许就会有一个从全盘认同到勉强服从到逐渐逆反的过程，对于最终出现某种"反叛"的下意识冲动，周作人本人显然不可能像旁观者一样有所审察。同样，作为当局者，鲁迅也未必会如此心理学地看待他与知堂日后发展出来的"恩怨"。

谷崎润一郎谈到周作人时曾说："周氏的为人和容貌态度十分温和，是一种阴性的、女性的性格……"显然，阴性的女性的性格，并不意味着没有峻急和决绝，或许，在一定条件下，阴性气质更容易延伸出某种自负、冷漠和怨毒。

周作人自己感慨："老实说，我觉得人之相互理解是至难——即使不是不可能的事，而表现自己之真实的感情思想也是同样地难。"这样的感慨，未尝不可以看作是他从亲戚朋友关系，特别是从至亲的家庭成员之间的生活体验中得来的教训。从周作人处理他家里的佣人（据说，他使用的佣人吃里扒外，把整包大米"运"出去兑换银圆，周作人鼓足勇气要辞退他，但当佣人忽然向他跪倒，周作人大惊，赶紧上前扶起，说"刚才的话算没说，不要在意"）以及处理与弟子沈启无的关系（发表"破门"声明，说是"赶尽杀绝"）看，这些所谓令人侧目的"小概率事件"，其实正体现了他的性格的两面性：柔软又峻急，温和又强固，懦弱又决绝。

　　张中行说，"一团和气的温厚，来源是天性加学识的厚重。北大故人赵荫棠说，有天生的圣人，那是须带憨气的。周作人是修养的圣人，是知且智者，周作人自己曾说，自觉有时脾气很坏，'如果作了皇帝，说不定也会杀人'。"温源宁说，周作人"有铁的温雅"。"破门"事件之后，武者小路致信周作人，说："你和我一样都有一种外柔内刚的倾向。世上的人们往往太小看我们，所以，时而展示一下自己的真正价值也是必要的……"

　　性格中峻急而强固的一面，混合着潜意识里对于如父长兄的积郁怨怼（这是漫长的相处中不可能没有的），周作人在某件具体事情的激发下，把自己和鲁迅的关系弄得最终不可收拾，就是水到渠成的事情了。何况，此时，鲁迅也不再可能把弟弟当成孩子来宽容，而要求他具有成年人的理性和担当，可以对自己做出来的事情负责，而鲁迅本人，自然再怎么具有

"自反"之心，也终究无法预计并且体谅，作为一贯言听计从的弟弟周作人潜意识里可能爆发的"弑父"冲动，会是如何匪夷所思，以至不可挽回。

我想，这应该是鲁迅周作人"兄弟反目"的心理学依据吧。姑妄言之，也许有辱"斯文"。

至于那些有关他们"兄弟反目"的具体情事的描述与演绎，在市井中几乎流为八卦秽闻，则难免多"小人之心"的揣摩与窥伺，而那种以为"反目"是因为他们在"新文化运动"中思想上逐渐分道扬镳所致，则未免过于高看了"主义""道路"对于具体人际关系的决定性。

启蒙与信仰之间的困扰：

读鲁迅《破恶声论》

《破恶声论》是鲁迅早年用文言写作的一篇未完稿的文章，刊于 1908 年 12 月 5 日在东京出版的留学生杂志《河南》，署名迅行。鲁迅生前自编的集子没有收录过这篇文章，许广平1938 年编定的《集外集拾遗》也没有收录，1981 年人民文学出版社出版的《鲁迅全集》收入《集外集拾遗补编》。

这篇鲁迅忘记了或者并不看重的未完篇的佚文，透露了五四新文化运动之前鲁迅弃医从文后的浩渺心思，他所开列的时代"恶声"是"破迷信也，崇侵略也，尽义务也""同文字也，弃祖国也，尚齐一也"，在已经完成的部分中，鲁迅对"破迷信""崇侵略"的说法进行了驳议，"破迷信"一节涉及维新、启蒙与信仰的难题，一百多年后，这个难题依然困扰着我们。

一、"非信无以立"

1898 年，晚清洋务派大佬张之洞在湖广总督任上刊印了日后成为近代著名文献的《劝学篇》，以"中学为体，西学为用"相号召，意在挽救危亡，卫道卫君。

表面看，所谓"中学为体，西学为用"，是一种学术文化选择，实际上，还不如说是一种政治选择。张之洞以考量学术的名义，给出的其实是政治救亡的重要纲领。以"用"的妥协，换取"体"的安全，因此深得朝廷欢心，朝廷诏命由军机处将《劝学篇》颁发各省督抚、学政，以资治理。

在《劝学篇》第三篇《设学》中，张之洞倡导改佛寺道观为学堂，所谓"庙产兴学"的风潮，便由此发端。从 1901 年起，朝廷明令地方省、州、府、县，侵夺寺产，建立学堂，至 1906 年颁发"劝学章程"，责成地方利用祀典庙宇乡社办学。

为什么会有这样的思路和举措？

对于中国士大夫，特别是作为当局者的士大夫来说，宗教的意义似乎从来就在于它可资利用与否，这自然也代表了皇权政治基本的宗教用心与态度。章太炎、苏曼殊曾经作《徼告十方佛弟子启》《告宰官白衣》，反对毁寺庙、兴学堂，其根本的理据，却同样是宗教所具有的显著的社会功能，这其实也是近代以来知识者在强调"美术""文学""哲学"等"不急之务"的重要性和合法性时所常见的思路。章太炎明说，宗教的功能至少比"文学"大，"文学"尚且在发扬之列，为何可以冷淡佛教？

对于此事，王国维、鲁迅同样有所反应，他们给出的论述，现在看来，显得最具有现代意识。

王国维在一篇名为《寺院与学校》的文章中认为，所谓新文明，应该坚决反对毫无法理依据的财产侵占，占伽兰为学校，当然是毫无法理依据的财产侵占，由此损害的是社会正义，而社会正义是社会健康的根底和保障。

在《破恶声论》中，鲁迅从另一个方向反对"毁伽兰""灭佛法"，他认为，即使以救国家、兴教育、启民智的名义也不行，因为"佛教崇高，凡有识者所同可，何怨于震旦，而汲汲灭其法。若谓无功于民，则当先自省民德之堕落，欲与挽救，方昌大之不暇，胡毁裂也？"[1]

鲁迅的此种态度，缘于他对信仰的普遍性与必然性的洞悉——"向上之民，欲离是有限相对之现世，以趋无限绝对之至上者也。人心必有所凭依，非信无以立，宗教之作，不可已矣"。

在这里，鲁迅把宗教看成人在"两间"所必须有也必然会有的"形上之需求"。

不仅如此，鲁迅同情并且高度肯定了华夏生民基于自身生存处境所选择的区别于一神论的有机主义信仰，他说，"顾吾中国，夙以普崇万物为文化本根，敬天礼地，实与法式，发育张大，整然不紊。覆载为之首，而次及于万汇，凡一切睿知义理与邦国家族之制，无不据是为始基焉。效果所著，大莫可名，以是而不轻旧乡，以是而不生阶级；他若虽一卉木竹石，视之均函有神秘性灵，玄义在中，不同凡品，其所崇爱之溥博，世未见有其匹也。顾民生多艰，是性日薄，洎夫今，乃仅能见诸古人之记录，与气禀未失之农人；求之于士大夫，戛戛乎难得矣。设有人，谓中国人之所崇拜者，不在无形而在实

---

[1] 本文所引《破恶声论》文字，均见人民文学出版社 1981 年版《鲁迅全集》第八卷《集外集拾遗补编》，下同。

体，不在一宰而在百昌，斯其信崇，即为迷妄，则敢问无形一主，何以独为正神？宗教由来，本向上之民所自建，纵对象有多一虚实之别，而足充人心向上之需要则同然。顾瞻百昌，审谛万物，若无不有灵觉妙义焉，此即诗歌也，即美妙也，今世冥通神秘之士之所归也，而中国已于四千载前有之矣，斥此谓之迷，则正信为物将奈何矣。"

没有迷信，何来正信？何谓"迷信"又何为"正信"？"迷信"与"正信"如何确认，由谁来确认，通过什么逻辑来确认？对于鲁迅的此种诘问，几乎难以置辩。

鲁迅说，人世间的"事理神秘变化"，并非"理科入门一册"所能范围，即使叛逆如尼采，接纳了达尔文的进化论，以至"搰击景教，别说超人"，但他的意思却并不是要消灭信仰，而是要改变信仰，尼采的学说，本质上同样不脱"宗教与幻想之臭味"。

基于这样的认识，对于维新运动以来"腾沸于士人之口"的所谓"破迷信"，鲁迅大不以为然，他甚至认为，这是末世"士夫"自身致命的缺陷所带来的无知盲目——"盖浇季士夫，精神窒塞，惟肤薄之功利是尚，躯壳虽存，灵觉且失，于是昧人生有趣神秘之事，天物罗列，不关其心，自惟为稻粱折腰，则执己律人，以他人有信仰为大怪，举丧师辱国之罪，悉以归之"。

鲁迅痛疾地批评说："墟社稷毁家庙者，征之历史，正多无信仰之士人，而乡曲小民无与。伪士当去，迷信可存，今日之急也。"他还说，宗教正像艺术，原本出于生命的自发与自慰，"自慰之事，他人不当犯干。诗人朗咏以写心，虽暴主不相犯也；舞人屈伸以舒体，虽暴主不相犯也。""而志士犯之，则志士之祸，烈于暴主远矣。"鲁迅的意思很明确，毁家灭国的人，就是那些"无信仰之士人"，而与乡曲小民无干；私人性的"自慰"，包括一切发自人性的从身体到语言的表达，他人无权横加干涉。

鲁迅毫无保留地肯定了宗教对人本身以及人间生活的慰护，肯定了信仰之于个人不可干预的自主性与私人性，而对"强天下于一途"的所谓爱国"志士"的思路，对"志士英雄""伪士"们可能的作为，反而充满忧虑和警觉。在鲁迅看来，那种宣称可以"善国善天下"，因此要"定宗教以强中国人之信奉"的"敕定正信教宗之健仆"，与"破迷信之志士"，实际上是同一种人，同样"心夺于人，信不由己"，同样无知而无畏。

与常见的启蒙思想者的思路相反，也与我们一般所理解的鲁迅——以全部热情拥抱了启蒙的时代理性与使命——不同，在《破恶声论》中，鲁迅对于知识者——"无信仰之士人"的"理性"和"抱负"充满怀疑，对于未失信仰的"冥通神秘之士""乡曲小民""气禀未失之农人"，反而充满尊重与信任，显示出一种自任"小民""农人"的平等观，一种对于其实为功利主义所主导的启蒙思想者的看破，尽管他本人不能不属于启蒙思想者的阵营。

此时的鲁迅，同样怀抱家国，忧患元元，但因为没有当局者的浅薄、急切、势利、自私和昏迷，而有着某种绝不自以为可以"一肩任天下""举天下而廓清之"的反思者的冷静、从容与自我批判意识，有着整体地感知个人以及社会需要的平常心，因此，对于社会文化的多元性，对于普遍的个人主体性（而不只是启蒙知识者的主体性），对于结构性的多层次的而不是单一平面的人本需要，以及基于这一需要的宗教信仰，他提供了堪称宽容的视界和深邃的解释。

二、"国民性"与人性

从《破恶声论》看，鲁迅对于宗教信仰，包括对于具体信仰和信仰者，多理解与宽容，对于连接着草根阶层生活信念与信仰的传统文化，也保有一定程度的信任，所谓"取今复古，别立新宗"。

然而，在日后越来越激烈的启蒙语境中，在不得不陷入社会文化选择的分辨与争执时，鲁迅的使命感和当局感逐渐强化。同时，他越来越感觉到，他所面对的社会与时代，完全不可"与庄语"，而只能用修辞性的话语方式表达自己的立场，只能"直唾之"。早年的信任与信心，早年肯定性的对话式的表达方式，逐渐被决绝的否定性的话语方式——他自己所说的"非常可怪之论"所取代，改造"国民性"的理想以及越来越明确的精英主义姿态，使鲁迅对于汉民族信仰的传统及现实充满疑虑。他说："中国人自然有迷信，也有'信'，但好象很少'坚信'。我们先前最尊皇帝，但一面想玩弄他，也尊后妣，但一面又有些想吊她的膀子；畏神明，而又烧纸钱贿赂，佩服豪杰，却不肯为他作牺牲。尊孔的名儒，一面拜佛，信甲的战士，明天信丁。宗教战争是向来没有的，从北魏到唐末的佛道二教的此仆彼起是只靠几个人在皇帝耳边的甘言蜜语。""他们的对于神、宗教、传统的权威，是'信'和'从'呢，还是'怕'和'利用'？只要看他们的善于变化，毫无操持，是什么也不信从的，但总要摆出和内心两样的架子来。"耶稣教传入中国，教徒自以为信教，而教外的小百姓却都叫他们是'吃教'的。"

鲁迅在这里所揭发的，自然是某种确凿无疑的令人惊悚的历史和现实，他的言论尤其指对着知识者的精神状态。这种以修辞性的话语方式表达的批判，把普遍性的人性检讨与对于具体社会现实的观照冶于一炉，而不再有分辨考究的细心与耐心。

在今天看来，鲁迅所揭示和批判的，与其说是"中国人"的欠缺，不如说根本上就是人的欠缺，是人的"理性"所秉承的局限，族群之间、人与人之间的差异，仅仅在于程度的区别和教养之不同而已。在中国，如果一定要归结到具体人群的话，充分呈现了这种状态的，更可能是"士人"，即鲁迅当年说的"伪士"与日后质疑的"文人""智识者"之流，他们以教化自任，以家国自许，最终却成为一元化威权政治的重要组成部分。

"君子之德风，小人之德草"，相对于作为"君子"的知识者和启蒙者，作为"小人"的草民其实无从问责。这也是鲁迅曾经充分地意识到的。在这里，作为指控对象的所谓"中国人"，严格地说，并不是一个恰当的指称，甚至不是一个清晰明确的指称，如果说鲁迅在批判"中国人"时，还多少隐含了某种自我指控的话，在体制化的社会实践中，当局者却往往有着自外于批判对象的优越感和豁免权，由此出发的所谓"国民性"改造，在特定的政治条件下，难免指向对于个人主体性的粗暴侵犯和剥夺。这是后话。

基于社会生活中所普遍呈现的精神和人格状况，对"国民性"施予激烈的批判，并不意味着鲁迅由此彻底切割了与信仰的关联，也很难因此说，鲁迅彻底改变了他前此对于信仰世界的认识。情况也许还相反，"五四"以后，对于"志士英雄""伪士"之属的知识分子的诘难与揭发，"抵抗虚无"，警觉"一无所信因此无所不为"，激扬"爱的大纛与憎的丰碑"，吁求"真心""真信""真诚"，感叹"在中国没有俄国的基督"，试图以己之肉身肩挑"黑暗的闸门"，鲁迅接近于自我献祭的思想与作为，抵达了现代中国的精神最高点，呈现出某种准宗教的意义和气象。这是他"虽不能爱"，却始终无法忘怀并且敬佩但丁、陀思妥耶夫斯基的原因，同时也是他的思想、他的言论，包括他的自我陈述，无法作纯粹学术打量和知识性考查，更不能以此进行简单臧否的根本所在。

更加重要的是，鲁迅对于"虚无"作为生命本质的正视，对于人性的"幽暗"以及人自身的有限性、局限性的意识，鲁迅的痛苦和绝望，同时代知识分子几乎无出其右者。

在某种意义上，这样的精神状态正是启蒙的终点，是信仰的起点，也是鲁迅更接近一个"信仰者"的原因所在。他为信仰者提供了可以作为起点的主体境界和精神契机，只是"启蒙"与"信仰"二元对立的思维定势与价值判断，让我们很不愿意朝这一方向去引申，或者有意无意地把容易发生的"信仰"引入到世俗政治领域，引入对于"肉身成道"者的顶礼膜拜。

自然，鲁迅与他所处时代的知识者，毕竟同样托身于士大夫文化传统及其世俗教养，同时，他们努力以进化的科学观看待生命，看待历史，加上垄断性的作为至高无上的"大功利"——家国使命的召唤和驱使，由此拥有的知识和理智，对于类似宗教的信仰来说，又往往构成解构和颠覆之势；而作为启蒙者的自我定位，不能不强化了包括鲁迅在内的中国现代知识分子在信仰问题上的世俗化倾向。他们把人性的幽暗、生命的无常、人间的困苦，更多看成是偶然的政治舛错，看成人间正道的迷失，看成可以改造的人性的堕落，无法认同个人在精神上同等的"卑贱"与"尊贵"，也很难肯定现实政治之外的精神执着和价值服膺，不免于以工具意识统率本体意识，以"生存"遮蔽"虚无"，把全部精神问题简化成为一个社会政治问题，把全部信念安置在有关现实的信念之中。

　　鲁迅最终以"两间"——"两间余一卒，荷戟独彷徨"——作为自我的出处，通过与现实政治的缠斗，获得生命的实感和整体感，以便出离"绝望"与"虚无"，而把宗教信仰大体当作了"两间"之外的选择，当作了一种取巧与逃逸，而不是另一种直面，当作了空虚的自卫，而不是另一种扩张。

　　至于全身心投入社会实践的激进主义者，他们的选择，多半压缩为唯一正确的选择——"革命"或者"保守"，投身政治而不得不托身于或一政权，托身于或一政权而不得不参与具体政治的运作，很难不落入具体的政治阵营、派别及其恩怨纠葛，也很难免于自我倾覆。与其说这是别有用心者制造的悲剧，还不如说是由知识者的性格、思维与价值取向必然延伸出来的命运。何况，所谓别有用心的当局者，由人民，也由知识者自身发现、造就、成全、拥戴的当局者，岂不同样出身于启蒙的知识者？其改造中国的思路中何尝没有改造国民性的逻辑？知识者的自我改造与自我剥夺，最终无论精神还是肉体的被清算、被损害、被消灭，未尝不是此种逻辑的尴尬呈现。

当然，这已经不是作为纯粹精神创造者的鲁迅所需要承担的追诉。

那么，是什么样的文化逻辑与现实逻辑，辅成了鲁迅的同侪、追随者和后继者的服膺和选择？

三、立人与"立人极"

早年鲁迅，在宽容地看待人民与宗教的关联时，曾经反复强调立国之道"首在立人"，"破人界之荒凉"。他说："惟声发自心，朕归于我，而人始有己；人各有己，而群之大觉近矣。"至于如何达成"人各有己"的局面，如何让人自我发声而且"声发自心"，鲁迅并没有给出明确的解答。他当然是肯定人的生存作为第一义的，所谓第一要生存，第二要发展。

提出"立人"的同时，在《破恶声论》中，鲁迅提出了"立人极"的主张——"吾未绝大冀于方来，则思聆知者之心声而相观其内曜。内曜者，破黮暗者也；心声者，离伪诈者也。人群有是，乃如雷霆发于孟春，而百卉为之萌动，曙色东作，深夜逝矣。惟此亦不大众之祈，而属望止一二士，立之为极，俾众瞻观，则人亦庶乎免沦没；望虽小陋，顾亦留独弦于槁梧，仰孤星于秋昊也。使其无是，斯增欷尔。""今之所贵所望，在有不和众嚣，独具我见之士，洞瞩幽隐，评骘文明，弗与妄惑者同其是非，惟向所信是诣，举世誉之而不加劝，举世毁之而不加沮，有从者则任其来，假其投以笑傝，使之孤立于世，亦无慑也。则庶几烛幽暗以天光，发国人之内曜，人各有己，不随风波，则中国亦以立。"

此一"立人极"的思路，也许正可以看成是鲁迅所吁求的"立人"事业的下手处。

"立人极"的说法，虽然有着属于鲁迅个人的特定含义，不过，在宽泛的意义上，"立人极"几乎可以看成是传统知识者的千年迷梦，也是中国士大夫普遍的"良知良能"，在类似晚清的时局中，尤其是迫切的需要。从洋务领袖（郭嵩焘就曾在悲愤中殷殷期待"圣人崛起"）到戊戌变法诸君子，无论是革命者（如章太炎），还是"反革命"者（如王国维），无不期待大英雄、大人格，甚至拟之以饲虎释迦、受难基督，只不过，他们心目中的释迦、基督，一定是现实政治的担当者，而不是开宗立派的宗教家。这样的祈愿，自然是无可指责的，也差不多是那个时代的"最强音"，正如孟子战国时代的危机中预言"五百年必有王者出"，与其说是出于理性的判断，还不如说是出于情感的向往。

显然，"立人极"的世俗政治性含义，远远多于宗教性含义，骨子里它甚至是反宗教的。一般情况下，这种对于"大人""大人格"的诉求，往往成为传统社会知识者最重要的自我暗示和自我期许，最终衍化为一种挥之不去的自我迷恋。从当年孔子"斯文自任"与孟子"舍我其谁"（《论语·子罕》"文王既没，文不在兹乎？天之将丧斯文也，后死者不得与于斯文也。天之未丧斯文也，匡人其如予何？"《论语·八佾》"天下之无道也久矣，天将以夫子为木铎。"《孟子公·孙丑下》"如欲治平天下，当今之世，舍我其谁。"）的豪情中，其实不难读出来这样的意思。

很长时间以来，我们习惯于把近现代中国知识者的反传统看成是对于古代政教及其精神的彻底背叛与颠覆。但是，极端的反抗者其实最容易与他反抗的对象发生同构，在四顾茫然的危机中，一个人最可能出现的反应往往是那种类似本能的下意识反应，这是心理学上的定律。对于中国知识者来说，近乎本能的下意识反应，正是没有任何限定的自我膨胀与道德理想主义扩张——"斯文自任""舍我其谁"。

从个人修为的角度看，"斯文自任""舍我其谁"，显示出极其可贵的担当精神，是知识者的自我唤起和自我责成。但是，当这种抱负一旦越过自我的边界，一旦丧失必要的限定，就会暴露出致命的骄傲和自负，就难免是僭越的，在士大夫文化传统中，则意味着知识者以天命自任的自我神圣化与神格化。接下来的立法和原则，难免令人惊悚：《论语》中的孔子说，君子有"三畏"——"畏天命，畏大人，畏圣人之言"，其中最真实而具体的是"畏大人"。"大人"是什么人？当然是自以为秉承了天命，可以赞天地之化育而主宰了现实的人；《孟子·离娄》中说"大人者，言不必信，行不必果，惟义所在"。那么，什么是"义"之所在呢？我们无数次见识到的真实的现实结果是，"大人先生"们"言不必信，行不必果"，朝令夕改，前恭后倨，以百姓为刍狗，以江山为草稿，而人们甚至以为这才是天才的气派，是豪杰的作为，是大行不顾细谨，大礼不辞小让。

此种"大人""圣人"之教,最终让知识者自然而然地生活在"大人""圣人"的垄断之下,自我矮化,自觉卑微。但这并不是面对超越者的卑微,而是对"大人""圣人"(在世俗的政治生活中,"大人"就是居上位者,"圣人"就是皇帝)的卑微,最终是对有权有势者的卑微。

儒家知识者消解"上帝",稀释"神权",沟通"天文"与"人文",这是人的启蒙,但从政治史的角度看,成全的却是强权者的自居神圣以及他们对此的自我解释,呈现在社会生活中的就是所谓"王道"与"霸道",事实往往是,从"王道"出发,走向"霸道",或者,名为"王道",实为"霸道"。强势者一旦成为"人极",他们就拥有"以身作则""宪章文武"的权力。所以,我们其实不难从《史记》所描述的项羽面对始皇帝南巡阵仗说"彼可取而代之",从刘邦说"大丈夫当如此"的宣言中,看到孟子"舍我其谁"的"大丈夫"的影子,从知识者对于"大丈夫"的期许渴慕中,看到所谓圣贤豪杰、霸业成就者如何过渡到以天命自居。

失去了宗教维度,政治成为中国文化的思想主体与价值核心,知识者只能与人间的"上帝"——世俗君王相往还,只能是皇帝的臣民,而不是上帝的子民。所谓正义,所谓幸福,所谓自由,自然也最终取决于现实政治的逻辑以及有此种逻辑支撑的威权,而几乎别无选择。鲁迅一度有所期望的民间信仰,也不能不在威权与教化中不成体统,脉息微弱。

此时,启蒙的知识者,期待成为"大丈夫",以天下自任、以唤醒人民自任的知识者,要么归化于真正成为了"大丈夫"的世俗主宰,要么销声匿迹,他们并没有开拓出世俗政治之外的精神世界与价值空间，因此也不可能成长真正的独立的自我，反而只能更加依附于一元化的政治世界。他们所能指望和信任的，他们的所有前程和全部哀乐，无不系于世俗权力的拥有或者丧失，而这自然不能不取决于已经成为"圣人"的垄断者。由此成就的悲喜剧，千年来搬演不衰，椎心泣血，有所区别的仅仅是人物置换，场景变异而已。

30年代，曹聚仁在《杀错了人》中曾经感叹："中国每一回的革命，总是反了常态。这种反常状态，我名之曰'杀错了人'。"据说，鲁迅对此"异议"道："我想，中国的革命闹成这模样，并不是因为他们'杀错了人'，倒是因为我们看错了人。"鲁迅的洞察显然比曹聚仁高明。但是，所谓"看错了人"，又何尝不正是常态？如果"立人极"主要指向现实政治，是一种政治思维的延伸的话，这种"看错了人"的错误就一定会经常发生的。

显然，"立人极"之最终成为一种政治现实，与家国一系、君父一体的文化传统有着密切关联。

晚清变局，家国体系遭遇了空前的挫折，在某种意义上，正是传统"家国"体系的挫折和失败，激发了共同体内部自我拯救的强大热情。拯救者的初衷和动力，表面上似乎是为了获得新的民族国家身份与现代个人身份，获得个人的生存权利和尊严，实质上，重建"家国"体制及其精神家园的下意识冲动，也许更加具有主导性和决定性。关于启蒙、关于自我解放的精神动员，很容易落实为对于神圣家国伦理的尊崇，那种几乎没有前提、没有反思、没有解构的所谓天下意识与家国情怀，成为了个体最重要的也是必然的归宿，很多时候，甚至是唯一的归宿。

在启蒙知识者那里，包括在日后的政治实践中，诉诸"国民性改造"与知识者"自我改造"的宏大悲愿，正是在"国家""民族"的大前提下名正言顺地走向了个人主体性的全面剥夺，"革命"最终成为奴役性的，而不是解放性的；成为占有性的，而不是创造性的；成为自我否定而不是自我肯定。只要归结于家国伦理，则一切罪孽都是神圣的，所谓"天下无不是的父母"。

事实上，至少从汉代以来，由官方主导的政治哲学就一直强调忠孝一体，以培养对于家长的忠诚作为培养对于皇权的忠诚的起点，以对于皇权的忠诚作为孝道的神圣归宿，"其为人也孝悌，而好犯上者鲜矣。不好犯上而好作乱者，未之有也。君子务本，本立而道生。孝悌也者，其为仁之本与？"这是《论语·学而》中的经典表述。因此，传统的国家观念，大体上是家庭内部关系的复制和扩大化，以伦理为"天则"，以伦理为"宗教"，自然要指望伦理制度下的"天泽"，也就是居上位者的眷顾，以此构成心灵的全部归宿。特别是当那种万物有灵的有机生命观所构成的泛宗教信仰，被唯物主义和科学主义所瓦解时，情怀所指、心灵所向，就只剩下世俗政治所塑造的救世主和人间圣贤。当信仰与现实政治需要高度同一，全社会的精神运动，便有着某种伪宗教运动的景象。

肉身成道，"从神道而入治道"，近代以来，异域的或者本土的各种主义在民族革命中的演绎，无非如此。包括以基督教为号召，或者宣称要"将基督教付诸实践"的革命者，最终难免落入"另一版本的口含天宪、替天行道"。以上帝为旗帜而以启蒙知识者的自我神化为中心，以宗教为旗帜而以改朝换代为目的，"人文主义"的气质与"民族主义"的精神，"始终制衡着他们对普世信仰的领受"（书亚），任何主义或者宗教，无非革命的另一种手段而已，而几乎无关乎生命的自觉。

四、首尾相噬的困局

晚清已降的近代历史，某种程度上其实残酷地印证了鲁迅曾经有过的警觉和忧虑。

维新、启蒙、革命、继续革命，每一次"革命"，都天翻地覆，又似乎尴尬地复活了某一部分我们不忍见的传统骨血。知识者试图"立人"，而接下来的政治选择却不免于个人独立性的取消、自我的斫丧，试图"立人极"，却挡不住"志士"当国、"伪士"临朝的闹剧反复搬演。而且，几乎每一个当国临朝者，都是以"天下兴亡"为己任，以"经国济世"为抱负，以启蒙大众、教化百姓、"字养生民"为使命的。

对于自我提升的意愿与社会改造的热情，对于近代以来知识者所表现出来的担当意识与济世情怀，以及由此造就的思想、理想与实践，作过于简单的批判，显然是不恰当的。但是，一百多年来知识者创深痛巨的经历及其命运，让人不得不警觉，知识者的"自我造型"，以及与此相伴随的改造国民性的思维，是否体现了某种人性观上的"偏执"，换句话说，这种思维是否缺少关于人性的某种必要的觉悟或者预设？

宗教是弱者的旗帜，而在强权强势者手里，往往成为招贴。近代知识者期待精英，翘首强者，以启蒙相号召，宗教更容易沦为依附性的工具，甚至最终作为工具也必须被修正乃至取缔。

在某种意义上，精英主义的儒家人文主义，与超越性的宗教信仰，是形同水火的。按照儒家人文主义的思路，强调在伦理的道德的范围内解释和设定人的属性，安排灵与肉的生活，由此构成知识者的理智与感性，无从规避以现实政治为依归的偏执与偏至，同时强化了伦理本位的家国意识，以至任何终极关怀，都难免消解在貌似神圣的世俗政治与伦理目标之中。或者说，垄断性的世俗政治目标，以血缘伦理为本位的社会结构模式，最终取代了任何终极关怀，以至把人性完全范围在世俗的人间性之内，以所谓"现实精神"与"人本精神"安顿全部生命，而把神性以及人自我否定的超越性看成是异端，看成是"无君无父""禽兽不如""自绝于人"的表现。

然而，从超越性的维度，从信仰者的角度看来，这样的安排正是人难免"禽兽不如"的未开化的表征，是没有"进化"彻底的人的低级状态。超越性的信仰，必须在解构知识者的精英主义身份和立场，并且解除以血缘伦理关系为中心建构家国信念之后。对于知识者而言，只有解除了启蒙的自负，所谓信仰才可能发生，才可以成立。

按照这样的理解，以扩大化的血缘伦理为中心建构人的道德世界与生活秩序，甚至以此拟议形上世界，就是对于人的"本能"倾向的迁就和妥协，而不是超越"本能"的文明选择。自然，我们也可以从另一个角度说，"伦理"的发生、肯定与强调，对于人来说是"自然而然"的，超越性的信仰以及由此所建构的精神世界与人间秩序，反而不"自然"，甚至是反"自然"的，因此也更可能是反文明的。这样的情形，似乎正吻合了纪伯伦的诗句：在一个世界的最高道德，在另一个世界可能是最低的。

鲁迅之作为精英知识者，其精英知识者的意识，不仅秉承着难以逃逸的传统文化教养，而且因为危机的近代家国语境而被强化，尽管他对于人的普遍有限性以及人性的幽暗有着罕见的洞察与觉悟，尽管他意识到个人在"伦理关系"（最重要的伦理关系就是家国关系）中可怕的依附性。在《破恶声论》中，他曾经指出，时人强调"汝其为国民，汝其为世界人"的重要性，"前者慑以不如是则亡中国，后者慑以不如是则畔文明"，其实隐含了"灭裂个性""灭人之自我，使之浑然不敢自别异，泯于大群"的大荒谬与大恐怖。

但是，鲁迅终究无法把他日后所揭示的"国民性"弱点还原为人性的根本欠缺，他在中年以后的努力，多少否定了宗教信仰对于自我确立与自我解放的根本含义，对于个人来说，自我解放正是从基于特定信仰的自我认同出发的。因此，鲁迅，以及与鲁迅相似的现代知识者，并没有以他们卓越的心智和罕见的号召力，在世俗政治之外，创造出别样的精神空间和价值维度，或者说，他们所创造的精神空间与价值维度，并没有获得足够承受现实政治挤压的独立性与必要的张力。作为启蒙者的思想终点，原本可以转换成为信仰者的精神起点，然而，鲁迅及其同道者大多并没有走向信仰的国度，或者说，他们的思想没有指向世俗政治之外的精神维度，这取决于社会结构，也取决于文化心理结构。

无法回避的问题是，宗教信仰在中国文化传统的延伸中，如何可能成为启蒙知识者的内在需要？在世俗政治的力量足以构成，或者说仍然在努力缔造替代性的宗教信仰时，知识者的心灵秩序与价值世界，如何才能别开生面或者另起炉灶？

这其中似乎隐含了某种悖论，首尾相噬，难以轻松解答，言说者及其言说，本身就在悖论之中。

值得提出来的是，同样作为近代中国最重要的启蒙思想者和艺术家，日后却为了"生死"而出家奉律宗、自称"朽人"的李叔同及其所作所为，是否具有另一种启示性，像李叔同那样通过宗教信仰获得自我同一性，并且以此确立独立的精神世界与人格世界，同时并不抛弃淑世情怀，是否意味着现代启蒙知识分子的认同原本可以是多元的？中国知识者是否可以通过类似的选择与世俗政治建构某种新型的精神关系？

自然，这是一个更加艰难的话题。

信仰不是一个通过议论可以解决的问题，甚至不是一个可以随便置喙的问题。但是，无论有幸还是不幸，或迟或早，或深或浅，一个人总会与信仰照面。在某种意义上，信仰根本性地诠释了人的属性，而且伴随着人类从古至今的生活，在我们啼饥号寒时，同样在我们吃饱穿暖了以后。

作为所谓知识分子，出于自以为是的社会使命感来谈论信仰，而并不是出于个人灵性上的自觉与发愿，绕来绕去，仍然离不开近代以来"启蒙思想者"的基本立场和路数，也很难不成为鲁迅当年在《破恶声论》中批判过的"伪士"和"志士"，这实在令人惶恐。鲁迅说，那种每每以捣毁"愚民"的信仰为己任而自诩爱国的人，其实往往是对自己的国家"进毒操刀"的人。

相对于从自身生命需要出发的信仰者，"启蒙思想者"的身份和自我认同，多暧昧可疑之处。而启蒙，特别是那种最终落入狭隘的功利主义（无论是粗暴的民族主义，还是简单的进步主义）的启蒙，并不是天然合理的，也并不一定带来健康的个体主体性与民族主体性，必须有所限定，而且反求诸己，指向人的"自我启蒙"，这样才不至于太过僭妄。否则，以启蒙的名义，反而更方便造成新的强制，新的扭曲，新的蒙昧。鲁迅当年面对青年追随者的自省与彷徨——他说，他害怕自己青涩的果实会毒死喜欢他的年轻人——或许与此息息相关。

　　前些年，偶然读到过郜元宝的几篇短文，包括《现代无神论的开始》《在祥林嫂的目光逼视下》《颓败线的颤动》，我感觉这几篇文章触及到了鲁迅在启蒙与信仰之间的犹豫与迟疑，但意犹未尽。我想，郜元宝之所以把这几篇文章做成了类似随笔的文字，是因为其中牵涉的问题几乎无法作学术状，有太多前提性的预设和判断需要有所厘定，有所交代，而我们依然置身于"三千年未有之变局"，并且永远无法准确地称量自己的需要，无法准确地划定什么是人心人性的边界，尤其是当你其实不可能宣称自己全盘懂得并且掌握了作为一个整体的中国人的性格与需要，甚至从来就不存在一个所谓整体的中国人的性格和需要时，你给出的论断，也许只是你个人的想象、个人的心愿而已，难以成为公理与共识。

　　那么，包括对于鲁迅的理解，以及通过理解鲁迅而尝试揭橥知识者自我认同、自我救赎的思维与途径，也许不外乎是我们在特定时代与文化语境中再一次的自我澄清、自我诉求而已。

春雨楼头尺八箫：

达夫的牢愁

郁达夫在谈到乾隆嘉庆年间早死的诗人黄仲则时曾经说："《两当轩集》，在黄仲则死后不久，当乾嘉易代之际，曾经风行过一时。看了当时诸大家的评语，和两当轩诗词的刻本种类之多，就可以知道，这所以风行的理由，也很简单，第一，因为他的早死，他的潦倒，和他的身后的萧条；第二，他的诗格，在社会繁荣的乾隆一代之中，实在是特殊得很的。我们但须看看他的许多同时代的人的集子，就能够明白。他们的才能非不大，学非不博，然而和平敦厚，个个总免不了十足的头巾气味。要想在乾嘉两代的诗人之中，求一些语语沉痛、字字辛酸的真正具有诗人气质的诗，自然非黄仲则莫属了。"

这段话用在达夫自己身上，大体也是合适的，只是达夫所在的时代，无所谓繁荣，整个二十世纪的诗词创作也并不"和平敦厚"，多粗俗浅薄，趋时应景，而达夫的选择是"与其失之粗俗，宁失之纤巧"。

确实，二十世纪甚至是一个想"纤巧"都不太能够的时代，习见的是喧嚣，是热闹，是无聊的兴致和充血的豪情；达夫能够免于这种喧嚣粗俗，缘于他美学上的选择和对旧体诗词的学养，同时缘于他的身世与性情。达夫为人与为诗，殊多沉迷凄惘、哀伤牢愁。

一、流离身世

郁达夫生于 1896 年，家在富阳，离杭州并不算远，是郭沫若说的"奇山异水，天下独绝"的地方。很小父亲就去世了，靠母亲刻苦经营度日，与长兄郁华、次兄郁浩情义深挚，非同寻常。上过私塾，十五岁时毕业于富阳县立高等小学堂，奖得《吴梅村诗集》。此时，达夫于旧体诗词已涵茹深沉，他自述说："九岁题诗四座惊，阿连少小便聪明。"

1911 年，达夫前往杭州，第二年入之江大学预科，很快因为闹学潮被开除，转入杭州蕙兰中学后，又干脆辍学回家自修。

1913 年，达夫随长兄赴日本，第二年考入第一高等学校预科，与郭沫若同班。1915 年入名古屋第八高等学校医科，不久由医科改入法科。

22 岁时，达夫回国省亲一次，与孙荃订婚。1919 年考入东京帝国大学经济学部经济学科，是年，应长兄之邀回国参加外交官、高等文官考试，均未录取，有强烈的挫折感，也知道所谓考试中的曲折，愤然出京，重返日本。1920 年回国与孙荃结婚，1922 年获帝国大学经济学学士学位。此之前，已应郭沫若召回国筹办"创造社"，并执教于安徽法政专门学校。

1923 年，任北京大学统计学讲师，与鲁迅、周作人过从，结识并援助"四处碰壁"没有着落的湘西人沈从文。1927 年，在武汉、广州短暂任教后返回上海，主持"创造社"事，结识王映霞，辗转求之，终结秦晋之好。

1929 年，达夫曾赴安徽大学任教，被当政者指为"颓废文人"。1930 年参与发起成立中国左翼作家联盟。1933 年参加中国民权保障同盟，移家杭州，筑"风雨茅庐"。1936 年离杭赴闽。

1937 年，"七七事变"起，母亲为日军所迫，饿死故里。1938 年，达夫赴武汉作抗战宣传，与王映霞生嫌隙，疑虑重重，不得安宁。旋赴新加坡《星洲日报》任职。

1939 年，达夫发表《毁家诗纪》，把王映霞与某某的蛛丝马迹当成事实宣布天下，与王映霞的关系公开破裂，无法挽回。其时，手足情笃的长兄在江苏高等法院任上被日本人暗杀。1942 年新加坡沦陷后，达夫流亡苏门答腊，化名隐身。1945 年日本人投降时将他秘密枪杀。

二、自雄与自毁

因为少小离家，因为多愁善感的气质，达夫眼中所见，心中所思，多充满凄清、忧伤与愁苦；但因为放达的情性，人格中似乎也有一种不能自已的否定的冲动与力量。

在早年的诗词中，达夫对亲情、对家国、对自然物候，就比常人更多眷顾痴迷，且总是笼罩着一层悲凉之雾。达夫出身非名门望族，父亲死后更是贫寒多于小康，国家也在风雨飘摇中，一副衰败凋敝景象。当达夫以少年的落寞多思，客居并不友善的东瀛时，能感受到的是什么呢？是如《沉沦》中写到的性的苦闷，是爱的差错，是高于一般人的敏感与洞察。

孙荃是母亲为他物色的妻子，他根本没有付出过"求之不得，寤寐思服"的痛苦代价。后来的王映霞是他神魂颠倒、不惜一切得到的，但正是这样，一开始，他们的关系就不够平衡。流亡南洋时出现过的李小瑛，他只能爱而无法拥有，死前在身边的土著女人阿丽，却只是拥有而难言爱情。

除此之外，家国情怀，对美的感动，作为"无行文人"和新文化英雄的羞辱与骄傲，这一切注入笔端，都难免化作断肠语。

达夫的创作是最能证明文学就是一种作家的自叙传这一理论的。达夫性情中确实有一种自我暴露的倾向，小说《沉沦》中看得出这一点，从他发表纯属隐私的《毁家诗纪》，也可以看出这一点。这种自我暴露的倾向，也许与真实的或者想象的受屈辱受迫害的处境有关，与生命力的压抑郁结有关。

毋庸讳言，达夫性情中多少还有一种自毁的倾向，特别是在他潦倒不堪或感情受到伤害时，正像他酒酣耳热时，也常常顾盼自雄、以天下国家自任一样。

自然，对作为一代文人的达夫来说，是不能也不必用心理分析的方法，去界定和评价他的心理倾向的，它们与诗人创作特质连在一起，不可分解，否则便不构成作为文人的达夫。

还应该指出的是，达夫是在伪善已成为"良知良能"的道德文化中成长起来的，是从自足自恋到自戕自弃而不自知自省的庸人的平安与苟且中走出来的，他的"暴露"正有着一种复归人性的启蒙意义，他的"自雄""自毁"正有着一种拒绝苟且、拒绝扭曲的拯救意义。何况，它们还成就了达夫华美馥郁的诗词文章。

三、唯美的风景

达夫是二十世纪中国数得出的诗词大家。他学殖丰厚，早年广读古史、诗词、小说、杂剧，二十岁时写给大嫂陈碧岑的信就已经能够把一部诗史分梳在三言两语中，指点诸家，议论从容，判断大体不失据。那显然不是仅凭胆大就可以放言无忌的，而需要学识，需要悟性。

达夫 1939 年在《序〈不惊人草〉》中说："我是始终以渔洋山人的神韵，晚唐与元诗的艳丽，六朝的潇洒为三一律。"这种审美上的取舍，有达夫个人的"怪嗜与痂癖"，也有一种时代的含义。

五四后的中国文化界，当普遍的激昂情绪逐渐消歇，各种思想、热情、愿望还没有收缩、同化为一种统一的意识形态时，六朝烟水与晚唐诗歌的唯美风景，让不少人向往。

达夫有一份真实的柔弱（肺病一直伴随他），也有一份不羁的自由性情，而现实的遭遇又常常是穷窘尴尬的，多少有着超越意义的唯美取向，便成为选择的必然。

因此，他的文字常带情感，带色彩，带清新与灵动的气息，又不失历史感和深度文化背景的洞悉。相对一个枯槁而迟暮的社会来说，达夫的诗词表征着一种丰满的人性和赤子般的情怀，让你无法不为之愀然动心，悄然动容。

屈原：

来自民国三十年梁宗岱的礼赞

很高兴讲讲梁宗岱对屈原的理解。他在民国三十年五月写作了长文《屈原》，我认为，这是屈原接受史上很重要的文献。

梁宗岱，广东新会人，生于 1903 年，就读于广州培正中学、岭南大学，少年时便已获得"南国诗人"的称誉，出版新诗集《晚祷》。1924 年赴欧洲留学，先后在瑞士、法国、德国、意大利的多所大学学习，得到保罗·瓦莱里和罗曼·罗兰的赏识，他接受瓦莱里的建议，不以攻读学位为目的，而以充分接受西方文化精华为职志。"九一八事变"后回国，任职于北大、复旦等学校，1944 年回到父祖辈经营中医药的广西百色，研制"绿素酊"。解放初陷入一起冤狱，辗转多年后到中山大学教书，1983 年去世。

梁宗岱并不是一个完成了多么伟大"功业"的人，但是作为成长于"五四"时代的"新青年"，他的思想，他的人格，以及辅成了他的思想和人格的中西文化教养，值得我们仔细理会。他打小聪明、好学、专注，还有几分顽劣，性情天真而膂力过人，痴迷山野又流连市井，喜欢在风暴中展示自己的强健与野蛮，直到去世前一直坚持冷水浴，体验过并且迷恋歌德在《流浪者之夜歌》中表述的境界："一切的峰顶。"世俗舆情或以为他在男女之情上有欠庄重，乃浮浪子弟，其实他是单纯透明的，旅欧七年，不会跳舞，甚至不懂得要亲吻自己的女友，成婚后坦然把留学期间女友的名字嵌入孩子的名字中。更重要的是，梁宗岱服膺的是文艺复兴时代以来的人文主义精神，中学时代就对罗曼·罗兰《约翰·克里斯多夫》上的话怦然心动——"我活着，是为了完成我的律法，受苦，死，然而做我所要做的——一个人"。对于罗曼·罗兰题写在送给他的《贝多芬：他的伟大的创造时期》《歌德与贝多芬》上的"为善的美""生存不过是一片大和谐"，充满好感，满怀虔敬。

我为什么要向大家描述梁宗岱的生平与性格？因为，我觉得，一个在开放性的，同时意味着巨大历史转折的文化时代里成长起来的人，一个天性饱满而智力卓越的人，更能体贴同样处在八面临风、充满忧患的转折时代的屈原，更能懂得那种巨大的悲伤，深邃的发问，不可思议的忠贞，不能自已的向往与千回百转的怅惘。在某种意义上，我甚至认为，只有李白才能懂得李白，只有屈原才能懂得屈原。

同时，一个时代，是否有新的气象、新的价值理想，不仅体现在它是否有新的创造，更体现在它对于历史及其留存的篇章，有否新的创造性解释。或者说，对于传统（自我）及其经典的创造性解释，是我们拥有新的气象、新的价值理想的重要标志。

梁宗岱作为中国现代重要的人文主义者，一个有着类似于文艺复兴时期的天才人格的思想者、艺术家，一个不仅具有想象力而且充满行动热情的人，他提供了关于屈原及其作品的新的阐释。

他曾认为，我们民族有一个基本的弱点，就是要么全信、要么全疑；要么自尊，要么自卑；要么复古，要么非古，仿佛对自己的文化不走极端，我们就找不到出路似的。这妨碍了我们对自己的认识和对过去的认识，也妨碍了科学的发达。

通过梁宗岱对屈原的解读，分明可以意识到：我们的艺术精神同样不免有所"偏至"：伦理主义和道德主义的取向，整体主义与一元主义的思维垄断，因此多少损害了我们在艺术精神上的单纯和诚挚，损害了生命感知与审美感知的丰富性与充分性，我们很容易把神话和宗教的内容历史化，把历史道德化，把广阔的审美情感全盘纳入政治的轨道，舍此之外，似乎不能有别的考量。

正是如此，我们曾经把屈原的"香草美人"之思、"上下求索"之情全部解释成"忠君爱国"，用伦理范围审美，以至高明如班固、朱熹，却不免要责备屈原"扬才露己""怨天尤人"，责备他不懂得追求"周公孔孟之道，而独驰骋于变风变雅之末流"。触发屈原不同凡响的思想情感的，也许确实是他对于楚王的眷念，确实是他对于楚国的政治现实怆然有怀。

但是，大家知道，艺术的创造，原本对应着人类不为世俗生活所限定的无远弗届的精神世界，解读文艺，真正的目标和意义，不仅在于可以还原历史的具体性和创作者创作过程的具体性，更在于去获得关于人、人性的普遍领会，获得超越具体功利性的审美觉悟。这也是经典之所以可以延伸到不同时空的重要依据。而我们在对屈原的观照中，却总是忽略了生命意志的深远广大，而且像蒋勋说的，强化了伦理，却失去了爱，失去了那种可以使生命、使艺术光彩照人的爱。在道学家或者三家村学究的思维中，即使一件真正的艺术品，也往往成为目标具体的应时应景的产物，成为创作者功利主义诉求的写照。这自然不应该是屈原作品的全部命运。

正是从这一点看，在千百年来有关屈子的文献中，梁宗岱的《屈原》独树一帜，他对屈原的解读，有着一种罕见的透彻和澄明，一种深入个人心灵和民族文化机理的感知力和召唤力。他说，一件成功的艺术品，第一个条件，就是它是自主的，它是自己站在那个地方的，它能离开一切外在的考虑因素，如作者的身世、时代和环境，还能够在其他时代的读者心里引起共鸣。

屈原已经离开我们两千年了，但他的作品还是于我心有戚戚焉，为什么？我们和屈原所处的不是一个时代，我们也不喜欢楚王，或者说我们跟楚王一点关系都没有。因为，一切最上层的诗，都是最完全的诗，是作者人生观、宇宙观的一个完整的体现，同时能够满足读者的官能的需要、理智的需要、情感的需要。每一个伟大的创作者本身都是一个有机的整体，带有他特殊的疆界和重心，真正最有效的批评，就是摒弃一切生硬和空洞的公式，从作品本身直接去体察他对你的情感的激荡和激发。

梁宗岱早年第一次接触到一本研究屈原的书，便觉得失望甚至反感，在他看来，其中充满了可怕的误解，他甚至因此感叹：一切变为民族经典的伟大作品，都有一个共同的命运——就是难免被后来的专门学者，或者道德学家穿凿附会，乃至肢解，这种命运几乎不可避免。

二十世纪是一个所谓"疑古"时代，除了过于政治化的指认、过于道德化的检讨导致歪曲的理解与推崇外，还有"别出心裁"的对于屈原作品是否属于屈原的不断怀疑。梁宗岱觉得，这种怀疑，大多很没意思。因为，他们不懂一个伟大的人，也有他的单纯，也有他的复杂，也有他的高亢，也有他的低沉，也有他自己解不开的矛盾，他的内心一定是复合了宇宙、天地、人生等所有的悲欢哀乐，所有的冲突。没有矛盾，怎么会有屈原？所以屈原作品里面的不协调，甚至互相冲突的思想、情感，并不是我们怀疑它们的依据。

何况屈原所处的时代是一个开放的充满了危机和可能的时代，各种思想和意识形态全部集中的时代，何况屈原是我们中国诗史上开创的祖师！在他之前，中国的诗歌是短章促节，是他发展出了一种委婉曲折、回肠荡气的诗体——骚体，在这个过程中，他怎么可能没有尝试？没有失败？

按照梁宗岱的理解和逻辑，《九歌》当然是屈原的作品，而且是屈原的年轻作品，这对屈原来说很重要，正如《新生》对于但丁很重要一样。没有《新生》就不会有但丁的《神曲》，那么，没有《九歌》就不可能有后面的《离骚》。所以，如果剥夺了屈原对于《九歌》的创造的这个名分，那么《离骚》的存在就是一个更大的谜，一个不可思议的奇迹。

自然，屈原最伟大的篇章是《离骚》。梁宗岱认为，《离骚》的黄钟大吕里，有《九歌》的明媚和青春，有《天问》的怀疑与晦暗，古朴如浮雕，也有《九章》里的思想与经验。《离骚》是囊括屈原全部生命全部风格的整体，像《神曲》一样，它是象征主义的，最抽象的理智和理想化为最亲切的想象和最实在的经验；像《神曲》一样，诗人把他对理想的爱和对女人的爱合二为一，但丁的贝雅特丽齐，是他的哲学和神学，屈原的"香草美人"，则是他的家园，他的君国，他的宇宙天地。

梁宗岱说：但丁和屈原，像隔着世纪和重洋的同一颗星球诞生的孪生子，同样生长在国家多难之秋，同样遭到放逐，放逐后他们又把全部的心血灌注在他们的作品里，铸成光荣的伟词，成为灌溉两个民族的精神养料。你不能想象撇开屈原的东亚的文化和诗歌，正像你不能想象，近代欧洲的诗歌和文化没有但丁。他用米开朗基罗献给但丁的诗句描述屈原："没有比他的放逐更大的虐待，世界上也没有比他更伟大的人。"

按照梁宗岱的理解，说屈原的自沉是出于极端的悲愤或绝望，并不高明。因为屈原的诗处处告诉我们，他唱得最沉痛处就是他最依恋生命的时候，他是最纯粹的人，也是最丰富饱满的人，他不是一般意义上的失意者，更不是一个身世凄凉精神落魄的政客，他有常人难以企及的爱与理想。因此，他对于生的眷顾，强烈到不能不一遍又一遍地叮嘱自己，叮嘱自己不要轻易放弃自己。反之，每提到死，他却出以极坚决极冲淡几乎可以说淡漠的态度。他的自沉显然并不是愚夫愚妇般出于一时的短见和忿恚，他的死完全是出于他意志的绝对自由，而且是经过冷静理智的审思熟筹的。他的生的意志那么强烈、那么蓬勃，对于现实又那么惓怀、那么热诚，巨大的忧伤和巨大的痛苦，意味着一个生命力丰沛的主体，无法设想，一个只剩下憔悴和愁苦的人，可以承担屈原那样深邃广阔的精神世界。

因此，屈原的自沉对于他是一种"就义"——苏世独立，横而不流，定心广志，吾何畏惧；同时是一种"理想"——虽不周于今之人兮，愿依彭咸之遗则，超无为以至清兮，与泰初以为邻。

好了，这就是我要告诉大家的梁宗岱对屈原的礼赞，挂一漏万，也许还把自己的想法附会成了梁宗岱的意思。其实，我最想表明的是，对于经典的创造性解释，一定伴随着解释者新的思维方式与新的价值理想，否则，就只能盘桓在古人的阴影之下。谢谢大家！

（此文为 2013 年 5 月在湖北"长江讲坛"所作演讲，刊于《光明日报》2013 年 6 月 3 日）

老，然而妩媚的精灵：
黄永玉的画

知道黄永玉其人是从读沈从文的作品开始的。沈先生早年的文章中写到，他有这样一个自小流落他乡的亲人，如何含了一种湘西人的坚硬和灵性，在读那本大书——生活，如果生活的苦难没有把他的灵性耗尽的话，他理应能够表达生命的光辉。

因为沈先生的提醒，开始留心黄永玉的创作。读到的黄永玉第一篇文章是《太阳下的风景》，很平静、很日常的文字，却将"从文表叔"在时代沧桑中的孤独、冷清、淳朴、倔强，表达得让人忍不住要歌哭。

黄永玉是一个画家，以画谋生，但一手文章充满天趣：《老婆啊，不要哭》《这些忧伤的碎屑》《从塞纳河到翡冷翠》《吴世茫论坛》《无愁河的浪荡汉子》等，还有几本漫画集，每一个题目伴以简单勾勒的图画，都可以看见曾经沧海的达观和睿智，其中一幅题为"流落他乡的人啊，嫁到深山的女"，将生命在无声无息中的生灭与无所归依的流浪浓缩在一声轻轻的叹息中，让人过目难忘。从此知道黄永玉是一个涉笔成趣，眼前无处不风景的人，一个从生命的苍凉体贴出诗意的人，一个将世事的纷扰洞察到拥有平常心的人。

终于，看到了黄永玉的画，在湖南省博物馆，算上很多很多年前看过什么名堂也没有看出的汉代女尸，这是我第二次到这个博物馆看展览。

进门后就被黄永玉不太讲原则的色彩和构图牵引着，直到把所有展品一起看完。其中有不多的几件雕塑：《挤在一起就不冷了》《雨》《一个不随和》，仍然是类似小品的漫画风格。摆在门厅入口的《新时代不再忧伤》，也不是那种靠材料堆积出气势的大件，而是轻巧地暗示出一种舒放与轻盈。有一小部分丙烯画，题材基本上是西洋风景，是中国人眼中的西洋景，但很难说有多么特别。最多最激动人心的还是黄永玉式的中国画：《西洲曲》《梦底老梅树》《天问》《悲回风》等，题词是这些作品至关重要的部分，有些作品只有看了题词才可会心，譬如《大家张伯驹印象》，没有题词便无法体会黄永玉笔端生命的寂寞的底色。

对黄永玉的中国画作技术分析非我所能，我能说的是印象和感受。

中国画，特别是文人画走到今天，早已显出穷窘之相，但黄永玉的中国画一派生机盎然。它们不再纯粹得苍白，不再孤高自许、目下无尘，同时萧瑟荒寒、弱不禁风，不再因循萎缩、似曾相识，它们有一种装饰意味，有一种俗，但意趣不凡，又有一种雅致。

也许是这样的，黄永玉的中国画的魅力，正在于融通了一些早已固执封闭的对立的美学范畴而拥有一种张力，正像他的为人。他度尽劫波，老而苍劲，但童心未泯，老而妖媚，他有点玩世不恭，又庄敬严肃，他的心性是贵族气、文人味的，又不失平民品质，不失生存的狡黠，有书斋书卷陶冶出的气性，又有浪子的和荒野的禀赋，是盐水中泡过的，又像温室中成长的，有点坏，有点精明，纯粹到可以掺假，挑剔到随缘随俗，清浊一体，雅俗一身，最传统又最现代。

性格与生命的张力演绎出审美的张力，这种张力使得黄永玉的画虽然不具有中世纪大师们那种挤迫天地的原创性和气派，却打破了传统文人画的矜持与文弱；虽然不能有类似爆炸的大气磅礴的倾泻与挥洒，却荡漾出一片朗朗的天空；又因为传统的熏染和打造而精致，仿佛刻意，又仿佛毫不经意；仿佛涤尽繁华，又仿佛春梦依旧。

最让人费解又必须解释的是，他的色彩是杂乱又单纯的，是静穆又温暖的，即使嘲骂也内含热力，即使愤激也不忘轻松。也许，这一点温暖和轻松正是黄永玉——一个老而妖媚的精灵可以入时入世、可以雅俗通吃的窍门。

倒转然后成像：
"别一世界"的史铁生

1月6日晚，应复生约，在PAGE ONE咖啡馆，参加了一个小众的聚会，追思2010年最末一天去世的作家史铁生。举办人说，这是《天涯》杂志和"天涯网"发起的一个活动，全国十八个城市在同步进行。

好几位我认识和不认识的长沙知名作家讲话，回忆他们与史铁生曾经有过的交集和交往，他们对他的感佩。有几个年轻人朗诵了史铁生的作品。湖南大学土木工程系的一位女生，谈了她由于什么机缘，让自己对已逝作家以及他们那一辈人，从不信任、看不起，到有了认同、感动和负疚，朴素而且真诚。岳阳一位姓姚的先生（他自我介绍说是一个公务员，一个残疾人，也是一个写作者）通过主持人的电话，说了他二十五年来和史铁生的联系，他说他没有早点知道长沙有这样一个活动，否则他一定要赶过来的，他在电话里泣不成声，让参加活动的人无不愀然动容。

活动中间有手艺很好的朋友演奏了二胡和扬琴，主持人最后还播放了马思聪的《思乡曲》，声情并茂。

应主持人邀请，我说了几句话，念了史铁生小说《命若琴弦》的最后一页。

我说的话，略加修缮，大体如下：

非常惭愧，主持人以文学评论家介绍我，可是我真的没有做过什么文学评论，读大学中文系，然后在与文学相关的专业教书至今，很容易让人误会成"文学评论家"，但平生所写千字以上的文章，算是所谓文学评论的，总共不超过五篇。

我一直认为，文学与文学评论是两回事，文学是不一定需要文学评论的，倒是不够作为文学的东西往往需要文学评论，有意思的文学评论要么是自说自话，要么说文学以外的话。自然，大家也千万不要以为大学文学院的教授就能代表文学发言，正像你不要以为岳麓山上的和尚道士就可以指导你学佛向道，不要以为在作家协会就能找到作家，更大的可能是，他们两无干系。

史铁生的作品我读过一些，但远不是全部，也没有写过评论他的文字。不过，我一直记得，我的书架上有一本史铁生的小说集《命若琴弦》，1994 年购于北京王府井书店，九元六角一本，这就是我对史铁生的全部贡献。

虽然不吃评论饭，对于当代文学的关注也不是全身心投入，但对于我喜欢的作家，我其实是乐于虔诚地供奉的。所谓供奉，意味着我因为某一次即兴随缘的而并非专业的阅读，感觉到他进入了真正的文学版图，体现了我所在时代的某种艺术的或者思想的标高。因为即兴随缘，我的阅读绝对是任性的，想读就读，或者知道他好，反而不去读，这与对有些人的作品看了一眼就不想也无需再读，显然是两回事。

我自认为，史铁生是我早已供奉了的当代作家之一。今天上午，当主办者邀我参加这个活动，我从书架上轻易地找出了《命若琴弦》这本很不起眼的书。这本书的版权页居然是倒装的，那么，这本书也算是一本"残疾书"了。我突然觉得，这是一个有意思的巧合，或者竟是一个暗示，我们的艺术家，也许需要颠倒着去打量和沉思这个世界，才可能看出它的真实，倒转然后成像，我记得照相机的镜头似乎也是这样工作的。

史铁生的写作生涯就是他在轮椅上的生涯，这对于一个人的生活来说有多么不幸，然而，他"向死而生"，他的我们今天觉得尊贵、透彻、质实、厚重的文学，不正是他倒过来体会这个世界、体会人生的结果吗？

请允许我引申出一点谬论，因为生活在轮椅上，史铁生"无材可去补苍天"，也许更容易觉悟到人的"根本的欠缺"，他就是从这里出发，获得了作为现代艺术家最重要的精神品格——反思性的不再"自负"的自我。其实，真正通透的思想者和艺术家，从来都具有这样的品格，孔子就说过"古之学者为己，今之学者为人"，孔子当然是向慕"为己之学"的。

中国艺术家，中国知识分子，到了今天，这是再也不能遮蔽和回避的至关重要的自我认知。我们曾经一直以为这个世界是麻烦之所在，其实我们自己才是麻烦之所在，我们一直渴望着救世救人，其实真正需要拯救的是我们自己，我们一直互相勉励着要"惟歌生民病"，其实我们自己就是病。对于现代艺术与现代人文主义来说，这应该是起点的认知，也是终点的认知。

我不知道史铁生的作品是不是以此为终点，但我敢肯定，史铁生的作品是以此作为起点的。我想，这也正是他撼动而不是感动我们的秘密。尽管，我不得不承认，被士大夫情操，被"美文"传统熏陶得太久的自己，直觉上其实并不高兴史铁生满篇满纸的关于自我、关于生命的纠结与究诘，不耐他过于思辨性的多少有点生涩的叙事，他也完全不能像当代文坛的某些"大手笔"那样"咳嗽成珠玑，嬉笑成莲花"，他的文字不是活色生香的，他的故事也不带来巧克力一样的"丝般快感"。

然而，因为"倒转成像"，也许可以套用鲁迅著名的《白莽作〈孩儿塔〉序》中的一句话看待他，史铁生和他的作品"属于别一世界"。

贾樟柯是如何被成全的

2009 年 10 月 23 日晚，贾樟柯来长沙作演讲，小古送票，跑去听了。

真是不可貌相呵，就一个大男孩，没有"大师们"谁主沉浮的气概，没有作为导演习见的潇洒的邋遢。当他走上台开始讲演时，眼神中多的是掩饰不住的羞涩，以至有点手足无措，直到进入他自己主宰的话题，才算活泼自如起来。

如意料中的，贾樟柯讲述了他在山西汾阳少年时代的生活，他在北京的求学生涯，讲述了他用"身体"感受到的，因此难免被所谓"大时代""大愿望""大目标"遮蔽掉、过滤掉的生活及其变故与变迁，这种感受伴随着他生逢其时的开放性阅读，伴随他情感心智的一步步健全和完整。由此，他获得了基本的人生观、价值观和美学教养。

贾樟柯及其电影的决定性元素，也许就在这里。

差不多十年以来，我印象中贾樟柯的电影讲述，大多联系到他少年时代以来的经历，一种具体的个人化的，由细节构成的经历。他是从这一经历来获得关于人、关于生活、关于生命的根本立场与定义的，并由此出发有了"创作"的冲动和"自反"的兴趣，他说"拍电影的方法就是观察世界的方法"。

他是怎样观察世界的呢？

"无论是最好的时代，还是最坏的时代，经历这个时代的个人是不能被忽略的。《二十四城记》里有八个中国工人，当然这里面也一定会有你自己。"

世界上原本就没有不包含艺术家自身的艺术吧，即使是所谓"史诗"。

"为什么要慎重面对拍摄这件事。拿起摄像机，无论记录还是剧情，你心底到底有没有创作？你想传达什么样的信息跟观点？有没有可能用你的影像传达观点说服别人？拍摄绝对不是靠故事打动人的，因为雷同的故事太多。"

因为人世间的故事原本就只有那么多。感动我们的，表面上是故事，其实是故事后的情感和生命。

······

陈丹青说，与张艺谋等相比，"贾樟柯是跟他们不同的一种动物"。

简单地说，这种不同就在于，前者更多"政治家"的本能和素养，后者更多艺术家的专注与性情。至今为止，这同样也表现为他们在创作抱负上的区别。这种区别表面上看，似乎与时代变迁有关。

张艺谋兴起于80年代"启蒙"的社会思潮，受益受惠，并且借力发力于那一种主要以文学为载体的集体性的文化思潮。到了90年代，当主流价值和集体性的浪潮转变为经济中心、商业主义、大国崛起、文化工业时，张艺谋同样接轨并且得益于这一新的浪潮，由此继续成就着自己的"创作"神话和"英雄"事业。

而贾樟柯，走向电影的开始，他所体验到的就是一种矛盾的、悖论的、荒诞的文化现实。大多数情况下，所谓艺术、所谓心灵、所谓思想、所谓价值观、所谓人，在从来都强大，而且俨然理直气壮的合理的现实和现实的合理面前，原本就没有健康过，此时尤其灰头土脸，彷徨失据，从事电影或其他门类的艺术，首先必须弄清楚的，也许就是自己所必须服膺的逻辑、价值究竟是什么。

此时，除了作为消费的主义（又可以表述为人民群众的"精神生活"需要）以及依然强壮的国家意识形态，你可以通过不同的面貌和方式继续幸福地皈依于它们之外，其他的选择，大体需要一点属于个人情感、理性、心灵、气质的偏执，属于个人的特别的感受力、思想力和判断力，以及独立于体制化供养的勇气、幼稚和笨拙。

贾樟柯就做了这样的"其他的选择"。

就是这样的一个人，用一些并不宏大也未必完美的制作和即兴的议论，让张艺谋及其所代表的那一代人，破绽百出。他其实只是说了些平常人都可以有所感应的平常话，对于所谓"大历史"中的个人，有着起码的同情和珍视而已；他其实只是尊重自己的感受，而不是以时代、人民、国家为口实。然而，在我们这里，所谓艺术家，总是要被更高的使命、更大的抱负所武装，所驱使的。

于是，贾樟柯被成全了。

当我们不愿或不屑于再指望所谓"第五代"的创作后，就只有悄悄地指望着贾樟柯，以及和贾樟柯那样对于电影依然怀着天真隐秘梦想的同道者的努力。悄悄地，是因为我们已经有太多失望的经验，鲁迅说，阔了就变脸，此话总是灵验。

与彭燕郊老师有关的一点闲话

2007 年 5 月 26 日，在湘潭大学绿意淋漓的校园，我们为八十七岁的彭燕郊老师，为刚刚出版的三卷四册《彭燕郊诗文集》，举行了一天的座谈和研讨。一群因为各自的因缘对彭燕郊其人其诗有所了解的人在一起，很真诚，很激动，也很自然地表达了自己的敬意，为他七十年来对于诗歌的不悔痴迷，为他所抵达的精神高度与审美高度。

对很多参加者来说，那是一个如同节日一样的聚会。

本书就是那次聚会的言论结集，包括十一位嘉宾的致辞，近三十人的发言实录，十八篇论文。

文不称言，言不称意。面对一种创造性的劳作，面对由这种创造性的劳作所成就的诗歌现象，面对创造者本人，这显然不会是发言者、作文者想要说的话的全部，想要表达的意思的全部。而诗人自己，甚至觉得他的写作才刚刚开始，他还在学习，他还要学习，他不能答应我们希望他尽快写出七十年文坛生存史以便作为"新文学史料"的请求，他说，有好几首构思了上十年的长诗等待他完成，回忆录之类，暂时不能排上日程。于是，就在那一天，我们相约了三年后、十年后的聚会，主题彭燕郊，地点仍然在美丽而依然保留着青涩气质的湘潭大学校园。我们毫不怀疑，以如此罕见的健朗、矍铄和雄心，他至少还可以清明地生活写作十年以上。

然而，世事或可期，天意本难问。就在今年 3 月 31 日，彭燕郊老师猝然驾鹤，离开了他为之俯仰终生的诗歌，离开了依然在等待着他的华彩篇章的读者，他也无法见到这个早应该编成出版的论文集了。

两个多月来，遗憾和隐痛时时袭上我的心头。似乎不知道说什么好，似乎说什么都会落入矫情或者轻薄。我明白，生命是一团微弱的火，熄灭是它逃不过的宿命；我更明白，一个除了汉语之外身无长物的诗人的离去，在这个无论是荒寒还是温煦，从来不缺少如醉如痴、欲仙欲死表情的世界，也许更加平安。然而，我终究能够清晰地感觉到彭老师的离去带给自己的惊悚，我终究若有所失。我不敢说我懂得彭老师，懂得他的幸福、期盼、恐惧和忧伤，但是，我多少懂得一点他曾经爱重的那个世界。

我和彭燕郊老师往来较密，是近十年的事。

此前我曾经随先师羊春秋公学古典文学，羊公不见崖涘的才学，已足够让我呛水不已，哪里还有旁骛的心思？而彭老师，作为湘潭大学讲授诗歌和民间文学的教授，我虽然也忝列门墙，听他传道授业，但就在我上学的 80 年代初，诗歌正热闹，因为卓越的成就和资望，彭老师的身边，拥戴者正多，天生羞怯如我，在热闹的地方和人事中，总是不期然而然地沦为旁观者。加上原不怎么懂得新诗，所以不敢，也没有机缘和彭老师亲密接触。

从什么时候开始，大学的专业，即使是人文类的专业，越发显得重要的也是所谓学科、学位点，是课题、基地和奖项了。文学，特别是诗歌，除了它同样可以纳入学科体制，或者经过努力可以勉强跻身学科体制的部分外，几乎成为大学"专业化"（也就是职业化吧）教育的敌人，以至即使号称"文学"专业，也很难说与文学有关。不再看重文学的文学专业，远离人文的人文学科，在异代的想象中将无法复原其中的波谲云诡，正像我们今天不能想象科举时代"时文"的壮观。此时，时代也早已从主要以"文学"表达和表征全部意识形态的荒芜中走出来，走向了多元化和貌似多元化、专业化和貌似专业化的状态。

就在这样的时候，彭老师偶然又必然地回到了"边缘"，退居长沙，在湖南省博物馆宿舍，如"老农老圃"似的，与一些不能识时务的文学"瘾君子"安静地往还，悄悄交换自己手写的或者油印的诗歌小册子。

也许是某种同样属于"瘾君子"的本能驱使，也许是出于越来越稀薄的常识常情，或者，干脆是因为彭燕郊老师有意无意的"勾引"，在90年代的某一天，也就是彭老师差不多八十岁以后，我成了他湖南省博物馆宿舍的座上客，获得了随时"登堂入室"的资格。我可以一个电话过去就来到他的面前，很可能，他也正期待着我的到来，因为，如果我有一段时间没有找他，他会以某本书、某篇文章、某个问题为由，希望我前往，他还会说，你太忙，就有空再来。我太忙吗？我只是对于自己太深入以至可能介入一个人的生活，太深入以至可能介入一个人的精神和情感世界，怀着审慎和节制，我害怕自己不能负担他的殷殷期待，我更害怕在早已阅尽人世间殊殊万相的诗人面前，败露了自己极力掩饰的小心小性、小才微善。所有的扭捏和矜持，皆出于此。

现在想来，能够自由到可以无所忌惮地出入他的门下，对于一个自称也有精神饥渴的人来说，是何等的可遇不可求的福慧，但已非少年的我，对此却懵然不知，觉悟全无。何况，交往和交谈，总是温馨和惬意的。他的思考和表达，也完全没有他这个年龄的老人常常有的滞涩和反复，而是敏锐到可以修正你的思维或概念的混乱，弥缝你不妥当的表述，拉回你不小心走失的话题。

他甚至是"精明"的和"时髦"的。

他有最新鲜的有关政治与文化的资讯，包括小道消息，和他可以聊任何一个你想聊的话题。数十年风风雨雨，在他似乎更多收获了一种沧桑历尽后的纯粹和澄明，一种对于任何匪夷所思的人事和世象的洞察与通达，而不太看得到那种因为曾经有过没有任何保留的投身然后抹不去的因袭与因循。这其中，有多少是因为他思想的通脱，又有多少是因为他的投身几乎没有换来任何足以左右他精神与人格的"名缰利锁"呢？

他之能够在八十高龄以后，依然可以明敏地感应时代的脉息，依然心有灵犀、见微知著，并且常常以艺术的方式，把体验性的思考纳入感性充足的形式，以至拥有属于他自己的"诗的语法"（徐炼），也许在于他曾经大信大疑过，在大信大疑之后，又极其难得地并未归于冷淡、颓唐、怨怼与枯寂，而是以青春般的纯朴与热情，以不失饱满精气的沉练的理智与从容，返回了对于生命最基本的元素的守望与守护，返回了对于基本的美的元素的摩挲与召唤。而那种对于艺术、对于美的成癖的爱，在他如同发于天性一样不可斫丧。也许正是这一点，更加成全了我们心目中的彭燕郊。

他其实并没有放下任何与时代、与家国有关的是非，也没有远离尘嚣，他依然是在有关具体时代、具体人事的应对中，建构他超越了具体应对与具体指称的思想之度与审美之维的。我曾经试图以《"是你在我身边走着吗，我知道是的，我的光"——汉语诗歌的日常性与超越性》为题，以他的创作《无色透明的下午》《门里门外》等为例，阐述汉语诗歌如何在世俗的日常性（包括题材的日常性与情感的日常性）、社会性（包括对于情感世界具有支配性的政治、历史、人事、伦理）"酬答""应和""咏叹"中，抵达、完成其具有超越性和普遍性的审美境界的；其形而上的诗学旨趣，如何在不离人间性与"主体间性"的生活往还与情感接洽中得以实现。即使出尘的想象，也一定不失人间的况味。这可能是所谓"新诗"不能也并不见得需要解除的遗传优势。

我相信，这也是彭燕郊及其创作能够留给现代汉语诗学最重要的启示。与历史和时代的纠缠，这种纠缠带给内心的困扰和安宁，以及伴随这种纠缠的精神历程，自始至终支配着也滋养着他的诗性感受，他并没有超越现实与历史的美学津梁，譬如宗教，譬如所谓唯美主义。

不止一次，彭老师在我面前有点难为情地说到自己的"世故"。

你无法去计较这种"世故"，不仅因为你可以看出其中让人痛心的隐曲和隐衷，更重要的是，你分明知道，对于"世故"，老人其实有比你能想象的更加自觉也更加艰难的掂量和拷问，而他的内心，同时有比你所要求的更加深情的对于清洁的向往和珍重。

去年年末，彭老师参加了一次老朋友的聚会之后身体不适，我应约去看看他正在拟定的《诗选》和《散文诗选》的篇目。他一直说，四册《彭燕郊诗文集》定价太昂，他自觉有点愧对喜欢他的诗友，他说，诗人或读书人，一般不会是钱多阔绰的人，在书店里会把一本想买的书拿起又放下，放下又拿起，踌躇再四。因此，他希望自己能够再找机会，再想办法，赶紧出两种廉价的选集，方便爱好者购买。那天，他只能坐在床上和我说话，他说到，有人建议他把早年的长诗《春天，大地的诱惑》选入，他不想选，他现在所拟定的篇目也没有给几个人看，甚至不想给人看，他怕那种自以为懂得实际上却并不懂得的人的过分"亲昵"。他越来越感到作品的某种不可或缺的私密性，这种私密性联系着作品的神圣性和作品自身的尊严，就如同一个女人的身体，女人的身体是不可以轻易示人的，越是重要的部分，越是如此。身体是有灵性的，是需要感应的，只有懂得他并且气息相通的人，才能有权力观看、审视、判断和品评，这远不只是一个技术性的有关手段和姿态的问题，而是一件与心灵有关的事。

彭老师的说法，让我无法不震惊，这种貌似即兴的说法，显然沉淀着他长久以来对于创作——自然不是那种没心没肺因此也没有羞耻感的创作——的虔诚体会。

接下来，彭老师说到一个香港朋友的清高。那是一个翻译家（据彭师母张兰馨老师后来告诉我，他说的是九十高龄的诗人兼翻译家陈实），有很好的成就，彭老师曾经希望她联系花城出版社的林贤治，以便获得出版成果的机会，她不联系；黄礼孩编的《诗歌与人》想出她的作品选辑，她也不联系。她真是清高，她有条件，她可以这样，她可以这样自由选择。但是，彭老师说，我不是这样，我不能这样，我不能不和各种各样的人打交道，我这一辈子是在泥巴里打滚过来的，我没有选择的余地，我们这里，文艺没法不与一些文艺之外的东西打交道，它们会找上门来的。因此，我得尽量不犯错，尽量得到表达的机会，即使打点折扣，即使扭曲一点，只有艺术的底线不能放弃，别的很难说。

说这些话的时候，彭老师原本因为身体不适显出的萎顿，完全替换成了另一种神情，兴奋、郑重，还有一点慷慨。从这里，我知道，对于他来说，"世故"意味着一种如何清醒、如何自律的隐忍和妥协，而劫波度尽后的从容淡定，其实又暗含了怎样惊心动魄的倔强、固执和波涛汹涌。

我一直觉得，与彭老师的交流，可以这样随时进行下去，他八十岁以后几乎不打折扣的睿智敏捷，让我误认为他的生命可以无限延伸。

可是，人天的暌隔，造化在瞬息之间就完成了。

如今，彭老师居然已经看不到这本论文集了。好朋友老天曾经要来长沙，说长沙有两个人值得看望，这两个人都住在湖南省博物馆——一个是活着的彭燕郊，一个是马王堆出土的两千年前的辛椎夫人。想不到，如今彭老师也成了古人。这如何是好呢？烟熏火燎，我们日益丧失了觉悟能力的偏至而晦暗的内心，如何可能洞彻彭老师抵达"全光"的世界？

每一个生命都是一个秘密，何况深厚广大如彭老师。他再也不会给我们面授机宜了。我们忍不住悲伤。

这本关于彭老师的书，就权当是受业和受恩者的一恸吧。

（本文系《默默者存：彭燕郊创作研讨会实录暨论文选》一书后记，湘潭大学出版社，2009 年）

诗歌的社会功能答问

问:

诗歌的社会功能,无疑是一个古老的话题。从 20 世纪新诗发展过程中的经验来看,这种趋势的出现,极有可能与某种公众主题或者集体心理密切相关。近年来,诗歌对底层的关注,以及 2008 年诸多社会大事对于诗歌的影响,都使诗歌的社会功能问题提到议事日程上来。在此前提下,我们应持何种认识态度?

答:

这是一个古老的话题,一个很容易自我神圣化的话题,自我神圣化到完全颠覆自我、失去自我,所谓"经国之大业,不朽之盛事"。在汉语诗歌所处的文化传统中,审美从来就是在政治与社会的管辖之下,无可逃逸中的逃逸,如所谓道家美学、禅宗诗学(古代)、唯美主义(现代),也只是政治化与社会化的另一副面孔而已,在某种意义上,他们在骨子里是可以相通的。

因此,我认为,我们从来不缺少对于诗歌的社会功能的强调,它从来就供奉在我们的议事日程上,大可不必操心我们的诗人不以"天下""苍生"为己任，我们说的梦话都是关于"家国大义"的，我们再自私也是要承担"代圣人立言"的使命的。

问：

从历史的角度来说，诗歌与社会功能的高阶表现是"诗歌与政治"关系的确认。在 20 世纪初诗歌同类探讨中，我们更多看到的却是诗歌社会功能的重塑问题。所谓重塑，事实上是对当代诗歌历史感匮乏的补充与超越，在这一有限的回归中，我们能否检视近年来诗歌发展的诸多问题？（比如：写作的泛滥成灾，网络的秩序无度，身体的挥霍表演等）

答：

你说得太对了，至少在我们这里，一谈到诗歌的社会功能，最高的目标就是政治。正像我们的文人，我们的所谓知识分子，平生立志就是要成为帝王师，上友天子，下安黎庶，写作当然是为了实现这不止能够感动自己的抱负，当然是不敢"下半身"示人的。在这样伟大的抱负仍然深入人心、广有市场时，再重塑，我看，汉语诗歌就会只剩下"台阁体"。

写作泛滥了吗？网络还不够有序吗？有挥霍的身体表演吗？马路上有一个乞丐没有穿衣服，大咧咧地走着，你不能说那就是"无度"，那就是"身体挥霍"，那就是道德沦丧。

问：

如果诗歌的社会功能被重新捡拾，按照我们惯常的思维模式，怎样的主题、意象、风格、标准才算符合诗歌的社会意识？当然，这个问题从来都是对立统一的，作为一种逻辑判断，世纪初诗歌的社会功能问题正是以上述因素为前提资源的。

答：

首先，我不希望重新捡拾，我们也不需要重新捡拾，它虎视眈眈着呢。其次，我不认为，只有特定的主题、意象、风格、标准才算符合诗歌的社会意识。

问：

在世纪初诗歌社会功能问题的探讨中，"底层""诗歌道德伦理"由于其涉及面的广阔而成为热点话语。这些事实上并不具有概念确定性的词语虽不是制造新一轮的话语权，但是，他们的出现是否也会对诗歌写作整体产生客观的限制？与此同时，这种"限制"是否会在面对其自身时同样产生不容忽视的效力？

答：

恕我直言，所谓"底层"就不是一个应该与诗歌扯在一起的概念，所谓"诗歌道德伦理"更是一个令人惊悚的莫名其妙的说法。在这方面，我们有足够多的恐怖的历史记录和记忆。审美与道德不能说没有关系，但绝不是一个层面上的关系，道德与审美在汉文化中的纠缠，"历久弥新"，每下愈况。

大体上，在我们这里，道德一般是强势的，审美从来是弱势的，历史上的所谓反道德的书写，实在只是道德窒息的结果。道德意愿和教化冲动，挤压或者说压缩了审美情感的深厚广阔，某些时候，甚至构成了审美的取消和取缔。

问：

在诗歌公共话语空间和接受空间并不景气的今天，诗人的各自为战，写作与批评之间的脱节，都容易使诗歌社会功能、公共意识等命题成为他人质疑的借口。毫无疑问，对于许多诗人来说，其写作是无须命名与指认的，而在另一场景下，他们的创作又与此前的创作呈现泾渭分明的趋势。这种带有具体可变性的现象本身就隐藏着某种心态问题，它在实际操作中更多的可以视为写作和社会之间的距离感，如何认识这一现象？

答：

诗人各自为战了吗？我看到的更多的是拉帮结伙或者渴望拉帮结伙的，是已经加入组织和盼望加入组织的。写作和批评脱节了吗？我知道的某名牌大学的某名牌当代文学批评家，在一些作品的封底或别的什么地方写一段话，或者写一篇千字文，明码标价，有专门的中介经理收费的；当然，此种营生让某些不名牌的单位的不名牌的批评家也受益匪浅。

你说的"他们的创作又与此前的创作呈现泾渭分明的趋势"，我不知道"他们"是指哪些人，我对于那些可以轻易忏悔自己曾经的写作，并且同样可以轻易地改弦易辙的诗人，充满敌意，不论他们离所谓"社会"是近了还是远了。

（本文系答《中国诗人》杂志张立群教授访问）

来自珞珈山的辽阔和深远

康承佳有机会出版她的诗集了，她让我写几句话作为"序言"。

她说，这是她的第一本书，非常青涩，也很笨拙。她还说，如果老师最近时间不是特别合适，可以随时拒绝，不要紧的。

我不能拒绝，我很想写几句话，记录她留给我的印象和阅读她的诗的经验，她是近些年来我身边的学生中诗写得最让我欣赏的一个。

应该是在她进入中南大学的第一年，我应朋友邀请，到文学院作过一次讲座，讲题是"唐虞之道"，讲述的是早期中国思想的发生。讲座结束，康承佳来到讲台上，向我作自我介绍，还告诉我，她们年轻的班主任正是我曾经带过的学生。

我记住了这个有着明朗笑容和爽快言语的女孩，感觉到她对刚刚进入的大学有着很高的信任和不一般的期待，而我一直渴望看到，却同时害怕看到这种信任和期待，因为我太知道不是由专业的力量而总是由别的力量主导着运作，也主导着价值标准的大学，包括一些享有盛名的大学，其内里其实是如何空虚，如何乌烟瘴气。

后来，在我的课堂上，我有时会看到从文学院串门过来的康承佳的身影，我和她聊聊读书，也聊一点不着边际的问题，譬如说，深情毗邻变态，道德始于坏，热爱诗歌是一件美好而徒劳的事，等等。

后来，她给了我一些她的诗歌习作，那些习作是我喜欢的，其中有我认为难得的清新的干净的元素。我没有熟思，就在课堂上把她的诗念出来，自己不觉得唐突，台下的学生似乎也并不反感。

大约两年后，还是在我的课堂上，有一天，康承佳抱着一幅装裱好的字进来了。她把这幅字送给我，上面写着："您给了我们一个无需宗教的信仰，一个没有乌托邦的未来。"

我问这是谁的话，她说，是您在课堂上说过的啊，我有听课笔记的。

她告诉我，马上就要毕业，就请朋友写了这幅字，作为向老师告别的留念，毕业后她将去武汉大学读研。

我有点感动，也有点恍惚，转眼就四年了吗？小小少年居然就这样走出了青葱，看得出来，她是充满自信而且骄傲的，但也懂得"人情世故"了。

接下来，就在微信互动中，读到她在武汉的学业和生活，她新写的诗，她因为写诗得到的各种奖励，参加的各种活动，她的谋生近况。

自然，她此时的诗已经与当年在课堂上交给我的，不再是一个样子和分量了，有的我甚至都读不太懂，但仍然喜欢，仍然觉得她笔下的诗行，幽微而广大，结实而轻盈，含有"意外"的洞见，含有"属灵"的天真性情。

我算是学文学出身，但多年来热衷的是晚近时代中国思想者的精神变迁，自知对于诗歌并不专心，也不专业，不专业却一直存着一些关于诗歌的偏见，以为判断诗歌特别是汉语诗歌的好坏和高下，也需要有"非专业"的直觉和眼光，否则容易走偏，甚至指鹿为马。不仅因为如艾略特说的，文学就是文学，文学又不止是文学。还因为，建立在特殊的社会与文化水土之上的汉语诗歌，"不语怪力乱神"又总是很容易"高蹈远举"，成为一个阶层的特殊的自娱自乐，成为某种文化身份的装饰，无论栖身廊庙，还是走向山林，都难免作为内循环的自我囚禁的工具，以至工具决定目的，诗歌"进化"成一种特殊的语言系统，一种自我沉溺、自我戏剧化的生活方式，一种充满浮华气象、腐败气息的心理按摩，一种没有羞耻感的取悦或虚与委蛇的应酬应对，以至成为"台阁体"，成为陈陈相因的"宫词"，成为舌灿莲花、锦心绣口的"回文"。

我原来以为，新诗应该不会这样，因为它曾经的使命之一就是要打破那种阶层的文化的垄断与偏枯，打破那种越来越自我封闭的平庸、虚伪、僵固与颓败。但是，当整体社会文化结构和价值理想并没有真正出离传统的阴影时，我们同样可以从新诗中发现与旧体诗仿佛相似的行迹和品质。像古人一样熟能生巧地编织繁复的诗意和无聊的章句，如今的新诗从业者写几个晦涩的或者禅意盎然的分行的句子，弄几笔似花非花的水墨或者色彩，在这个"工具"发达、"文化"过剩、精神疲弱的时代，似乎已经不是难事。"盛世"多华章，只要你勇于作伪，善于做戏，就可以鱼目混珠，或许还可以因此赢得喝彩，跻身

"胜流"。只是从起点上，就不再有诗的含义，不再有作为艺术的诚实、单纯与圣洁。

基于此种自觉不免有点荒谬的偏见，我对新诗同样心存犹疑。如此，我更乐意以"业余"的身份和态度去观察它的生长与演绎，而我身边朋友的写作，包括自己学生的尝试，正是我热眼旁观的入口。

康承佳的诗歌写作，正像她的生活，才刚刚展开，从她对时空，对万物，对自我的感觉中，可以看出她的灵敏、锐利与别开生面，她的表达有一种特殊的真诚和贴切，同时显得出奇的辽阔和深远，这种大半来源于珞珈山下的辽阔和深远，与琐碎的生活和事物的日常，相生相克，构成一种突破性和超越性，带来奇幻和陌生感。

让我欣喜的是，她至今并没有被我们熟悉的宏大的浩渺的，或者陈旧的世故的主题支配，也并没有被有关诗歌的玄学和自我矫饰的积习左右，她的世界还只是展开在她眼前的世界，一个给她带来特殊的冷暖、疼痛、伤情的具体的世界，从这里出发，她一定会呈露更多"属灵"的细腻天性，一定会拥有更多指向辽阔和深远的温柔感应。

（本文系为康承佳诗集《蛮蛮》所作序言，中国文联出版社，2023 年）

兴于诗：

写给《旋梯》

四十年前，我的同学刘演林、严观、李少赢、曾思艺、程兴国，在毕业前夕，创办了"旋梯诗社"，出版了第一期《旋梯》。"旋梯"之名取自我们的老师、诗人彭燕郊先生的一首诗，这首诗的主题据说是永不止歇的上升，如"旋梯"一样上升。

四十年过去，创始者们已经成为各自业界的耆宿长老，而诗仍然与青春同在，或许，永远与青春同在吧。那个曾经在大学校园里一片树叶落下可以砸到三个诗人的狂飙时代虽然不再，诗歌却依然是我们不能忘怀的恋人，抬头俯首间，夜深人静时，常常不经意地出现在我们面前，如同青春的召唤和回响。人之异于禽兽者几希，那些伴随着创伤的永恒记忆，那些凝结为基本生命元素的情感与精神，让我们辗转反侧，让我们安宁，又总是不得安宁。是诗在还原着我们作为人的属性，是诗在抵抗着人和人类日复一日苟且偷生心如死灰的世故和迟暮，而在一个专业主义、工具主义的世界，只有审美的创造可以让我们的心志趋向于整体和有机，以便获得生命必要的完整、协调和统一，而写诗被认为是最低成本的美学训练——它平等地向我们每一个人开放。

　　两千五百年前，孔子曰：兴于诗，立于礼，成于乐。

　　我一直觉得，仅凭这一段话，孔子就是伟大的轴心时期里最伟大的思想者之一。在孔子那里，一个人的成长和完成，始于艺术，终于艺术。人在诗与乐中，感发兴起，蓬勃而葳蕤。此时，灵肉一如，心智和洽。而诗与乐，原本就是一个整体，它们代表着综合的知识，最高的价值，意义的来源，代表着人与人道的完美存在，代表着出神入化。百家众技则是专业分殊化的结果，所谓三教九流、九流十家。这种情况不止出现在中国，也包括古希腊、古印度、古巴比伦。

　　兴于诗，多么让人惊异的发现和发明！人类不正是从身体、从感觉出发，走进文明并且保有文明的吗？心生而言立，言立而文明（刘彦和语）。无论黑人、白人，无论亚洲、欧洲，人类最初的语言无一不是诗的，或者诗性的。因为这种诗和诗性，我们也许不必为日新月异的 AI 技术会在根本上替代我们而焦虑，而不知所措，反而可以让我们由此反向认识自己的"永恒"。我的朋友"琴人"杨岚说，人类一直引以为傲的思维能力和知识生产，如果可以被 AI 轻易超越，说明人之为人的独特性和创造力是在感受而非思维，在身体而非头脑。

　　诗的发生，链接着人的身体。按照汉语的说法，诗是特定"身心"状态下的产物。反过来说，我们的"身心"是通过诗和诗性的滋养得以饱满地发育和旺盛地生长的。我们每一个人在混沌初开时，都是不可救药的幻想家和探险家，都是通灵的审美主义者，我们每一个人都天人合一、人神共体。不可限定的诗情诗兴，呼应同时无限扩张着人的感官与感性，而且，不止是在那因为结实而空虚，因为形而下的身体健旺丰沛而不免纠结于形而上困境的年华。

诗不止是青春的。然而，青春一定是诗的。

基于无孔不入的集体的或者个人的功利需要，我们常常为了讲求实用而抛弃一切"无用之用"，"数字化生存"的逻辑和"科学主义"精神贯彻于皇天后土，贯彻于皇天后土上每一所规模空前的大学。然而，在人类发展至今的理想的教育体系中，并驾齐驱的是科学的认知的教育和感性的审美的教育，美学就是感性学而不是对于所谓美丑的简单甄别。没有人文的审美的科学，和没有科学的人文审美一样，由此造就的，常常是偏枯的人群和偏枯的人生。一个理想的校园，一定是向艺术的与科学的两极无限伸展的，对立、平行而互为存在的基础。

多么有幸，原野上的湘大，复校之初的定位就是一所文、理、工综合性大学，并以此自立于世。曾经在这里执教的师长中，有大诗人彭燕郊，还有不被认为是诗人的姜书阁、羊春秋……他们在"蹇斋"（彭燕郊先生自己命名的书斋）、在"松涛馆"（姜书阁先生的诗集署《松涛馆诗集》）、在"迎旭轩"（羊春秋先生的诗词曲集署为《迎旭轩韵文辑存》）……俯仰天地、吟啸古今，他们是创始时期的湘大真正巨人一样的存在。这里还有《旋梯》，它是一代代湘大学子们饱满的青春最自由不羁、最灿烂奔放的见证。

愿《旋梯》香火越来越盛。

少年·故乡·人文

不知从什么时候开始，便少有博尔赫斯说过的那种"一往情深"到可以把自己带走的阅读体验了，也不再沉迷于紧张的思辨与艰深的理性，遑论那种无论情感或者文字都要逼人涕泗滂沱的浪漫文本，读书越来越多"现实主义"考虑，对于读过的书的印象，也常常"模糊影响"，不得要领。真正让自己明目清心的阅读，一年下来，屈指可数。

多年前，读过初版的《毛泽东早期文稿（1912年6月—1920年11月）》，记得当时有醍醐灌顶之感，从此知道，一代伟人的青春如何摇曳多姿，如何丰富到斑驳，如何出人意料而又近情近理。没有想到，二十年之后，又得到了此书修订、重订的新版（2008年，湖南人民出版社），读下来，仍然震撼。1917年8月23日《致黎锦熙信》，尤其文情兼胜，令人情绪激越，理智澄澈。毛泽东作为"大政治家"兼"大宗教家"的自我期许，以及通过掌握"大本大源"来重造中国的抱负，在这封长信中，昭示得明明白白。而同一年，在朋友张昆弟的记述中，毛泽东感慨于"国民性惰，虚伪相崇，奴隶性成，思想狭隘"，殷殷召唤"安得有大哲学革命家，大伦理革命家，如俄之托尔斯泰其人，以洗涤国民之旧思想，开发其新思想"。其时，召唤者和他的同道同志，怀着"除旧布新"的热望，经常在湖湘间栉风沐雨，跋山涉水，锻炼筋骨，砥砺心志，情形仿佛今之"背包客"。

自古英雄出少年，当我们从一个年轻人的拿云心事中可以看到他日后的大半作为时，不得不相信，人生如同历史，很多结果，其实早已预埋在"初始的足迹"中。

差不多一百年前，少年沈岳焕离开故乡湘西，前往北京，去读所谓"人生的大书"，他就是日后成为 20 世纪最出色的汉语写作者之一的沈从文。沈从文被称为小说家，甚至是"京派小说家"，而在我的阅读经验里，他却是一个像福克纳一样把那个"邮票大的地方"写进了文明史的"化外之民"，一个用史志的方式书写了湘西、书写了凤凰的人类学者，一个用现代思想和体验洞穿了神秘的南蛮之地的"蛮子"。机缘凑巧，再次读他的《凤凰集》（1995 年，岳麓书社），我依旧相信，是人创造了"文"，于是才有"人文"，湘西自然曾经养育了沈从文，却是沈从文造就了一个从此有"人文""历史"的"湘西"，"湘西"属于沈从文，按时髦的话说，他有"命名权"。

应该是十年以前的事情了，二十多岁的"理工男"谭伯牛写作了《战天京》，把婉转于"圣""魔"之间的曾国藩以及湘军部属还原成了人物，把"传奇"还原成了"事实"，让治近代史尤其是湘军史的学者讶异。一个人对于局部历史的任何描述与判断，一定包含了他对于更大范围内的历史与文明的认知，对熟悉湘军史料如同老学究，治学居然有"乾嘉"气象，却在学术界找不到名分的谭伯牛，我不免好奇。"癸巳暮春"，终于得到他"敬赠"的一册《盛世偏多文字狱》(2013年,海豚出版社),收录了他近年来发表在一些杂志上的40篇文字,笔下人物包括左宗棠、王闿运、李鸿章、巴夏礼、李莲英,还有邵飘萍、胡适、张荫麟等,用他评述别人的话说,其中文章虽然短小,有的甚至裁剪为"专栏",却真是"博采群集、善勘同异、能体人情",每一篇都让我要歪着脑袋想一想,事情原来如此。

记得6月盛暑,长沙酷热,子文先生造访岳麓山下,送我一册《苍茫西藏》(2003年,文汇出版社),我一直置于案头,每每在更阑人静之际浏览一段。在我心中,西藏是神圣之地,是不能去"旅游"的,是不能随心所欲地"指点"的,所以与西藏有关的书,我一般只读古人的,不读今人的,我害怕那种洋洋得意的"发现",那种大无畏的"占有"。子文先生在西藏生活了二十多年,却说"对它了解得太少太少",以致很多年都害怕"完成这本书"。从他的文字中,我知道,那个"内地人不可思议的事情,在那里却是自然而然"而有着"别样的价值观念"的地方,其实已经是他的故乡,他再写一千本书,也依然会意犹未尽,他走不出他的故乡了。然而,何其幸运,他是一个有故乡的人。

(此文刊《光明日报》,2013年12月29日)

第二辑

君自故乡来

一个陌生文明的传世经典

两千五百年前，孔子对他的弟子说："有朋自远方来，不亦乐乎？"

这句话，日后成了几乎每一个中国人都能够脱口而出的成语，话的意思是最简单不过的，朋友、远方、快乐，有了这些，表明人的"存在"，不再止于眼前，不再止于自己，也不再止于简单的生计。

孔子还说过，"人而不仁，不知其可"。按照他和他的同道者的思路，"仁"是"人"的最根本的释义。"仁"是什么呢？"仁"就是一种缘于生理心理而可以抵达"义理"的无边无际、无穷无尽的感觉与感应，它把包括人在内的所有生命，看成为一个由"情感"与"意义"的网络连接起来的有机体，如庄子说的，"至大无外，至小无内"，一荣俱荣，一损俱损。人类不停地演绎发展着的认知和能力，并不改变此种基本的原理。

类似的话，构成了孔子的全部"哲学"。

因为仅仅说了这样一些意思最简单不过的话，孔子不被黑格尔称许为哲学家，而且，黑格尔大体上也不认为中国人有哲学，仅有道德和准道德的格言警句而已。黑格尔的话也许是对的，至少从他所置身的文化立场上看来，事情就是如此，再怎么解释申诉，孔子及其同道者的思想与西式的由"逻辑"和"体系"编织的哲学，也是两码事。

然而，就是凭借孔子之徒（包括那些貌似反对而其实也辅成了他的理想的"三教九流"们）那些意思最简单不过的话，一个迤逦千年的广大帝国的文化慧命得以延续，一个源深流广、泽被四海的精神共同体得以形成。在西土的文明之外，它们至今依然构成一种无法全盘"归化"的异质性的存在，一种别样的世界观与价值观，一个关于如何处置与安顿生命的"信仰""思想""技术"与"知识"体系，一个"不成体系"的体系。

简单地说，古代中国人创造的文化，其中所含纳的"哲学"甚至是反哲学的，他们的"逻辑"常常超越逻辑，如果不算是反逻辑的话；在他们的思维世界里，结构的愿望与解构的愿望、结构的能力与解构的能力，总是如影随形。他们对于事物本质的洞察与把握，不是通过分解，而是通过整合；他们所谋求的价值的认同与福慧的达成，不是通过添加，而是通过抽减；他们不是一往直前、不惜一切，而往往瞻前顾后、左顾右盼。至少，他们对于任何文明与进步的两面性，对于生命的扩张与收缩，对于"存在"与"虚无"，对于"进攻"与"保守"，有着同样的觉悟。这种觉悟自然是古典的，却透露出近乎"后现代"的智慧，它们本无所谓古典与现代的分野，它们所要接近和达到的原本就是一种生生不息，一种永恒的流转，如同四时风月，如同雨露星辰。

如此，我们将要读到的大部分中国人所运用的语言，是一种缺少"语法"的语言，但它可能离生命的本原更近，可能更加贴心贴性。中国人的"哲学"，是一种缺少概念精确性与规范性的哲学，但它们在某种意义上也许是可以引导哲学的哲学，天人共生、知行一体，极高明而道中庸。他们所书写的历史是一种既蒙昧又充满道德诉求的过于"人性化"的历史；他们的宗教大多是一种养生与养心术，一种对于认识迷障和欲望迷障的清理；他们的医学像是一种关于身体、关于性命、关于动植生物的宇宙学与政治学，正像他们的政治学、宇宙学，总有着几分生理学、伦理学的味道一样；他们的地理学，充满混沌初开般的幻想和好奇心，有时把世界演绎得像成人版的童话，很世故却难免想当然；他们的兵书更像是在茫茫世事、扰攘风云中传达为人从政的智慧与策略；他们把对自然的考量与应对，托付给经验，但也并不全盘放弃神秘主义的超验归结；他们的文艺，大体是人生际遇的实录，主要的诗意建立在人间的世俗情感之上，最显著的表达是相思与别离、得意与失意、清醒与仿佛、幸福与不幸、富足与饥寒，等等。一切受、想、行、识，一切喜、怒、哀、乐、爱、恶、欲，都集结决定于此岸，连彼岸也在此岸。

对于"彼岸"的"无知"和"混乱"，缘于他们对于"此岸"、对于"眼前"的执着，缘于他们刻苦的生存境遇与实用主义心志，也缘于无止境的自省和自诉，自省自诉同时是为了谋求更恰当的自立和相处。

大体上，中国文化是以"人"为终始的，而视"人"的一切"魔障"，为"利魔""智障""情障""理障"，为"情感""意义""伦理"的有机关联的缺失。于是，关于生命的连接以及身心家国的系统协调，成为最核心的命题，任何伟大的局面或渺小的事业，其兴衰成毁无不以此为据，任何指向功利境界还是天人境界的努力，无不由此出发。

这一切，似乎老生常谈，甚至不免要被人指目为虚妄荒诞的了，特别是在我们称为理性和科学的时代。

事实上，从技术的角度，我们早已可以解决让地球上每一个人活得丰衣足食的难题。这一难题曾经长期困扰着人类，无数的阴谋与是非，无数的压抑与扭曲，往往因此而起。但是，人类至今没有走出生长仇恨和愤怒的两极对立：一些人不知道何以为生，一些人不知道何以遣生。我们因此而仍然走不出饥馑、战争、死亡，可悲的是，它们多半是人为的。我们从"9·11"以及类似事件中看得到，由屈辱、恐惧、怀疑、破碎的道义、绝望的尊严所编织的内心风暴，可以制造出多么让人惊悚的事件。我们正在遭遇并且将无法回避的同样重大的事件是，在可以指望的时间内，人类自身的生产与复制，将成为一个在技术上与物质生产上完全相似的简单问题，而我们在精神上、在伦理上，并没有足够的信心与信念。

带来福利与带来灾难的，常常是同一个"媒介"。外在世界的工具化与人自身的工具化，总是并辔同行，形之于影，如同绝望之后尾随着希望，生机之后隐含着危机。

不同的历史情境下有同样需要抚慰的创痛与恐惧。我们似乎已经拥有很多，多到我们拿不起放不下，多到我们几乎失去了信任的能力与辨别的方向。然而，正像一位诗人说的，我们"两手空空，悲痛时握不住一颗泪滴"。我们并不比古人能够更完整充分地感受和感应生命，更自然圆满地拥有世界，拥有我们自身。

一言以蔽之，只要我们不是自负到如同中国古人说的井底之蛙，我们就会清楚地意识到人或者人类依然渺小、孤独和脆弱，从来如此，也许永远如此。

一些基本的欲望、情感、需要和限定，永恒地创造和纠缠着我们，理性的疯狂与疯狂的理性相去不远，我们面对着人类亘古以来的迷惘与忧伤。

现代技术延伸了我们的手脚、视官、听官，但我们依然不能免于"目迷五色，耳迷五声"的人性弱点。肢体与感官的放达并不完全代表生命的放达，财富的延伸并不完全代表觉悟的延伸，我们赖以存活的资源——空气、水、阳光，并不比过去更清澈明净，我们内心的天地，并不比过去更辽阔高远，我们常常因为趋时从众而模糊了自己的初衷，我们甚至丧失了回首反顾的能力和从容，不得不迷惘于身在何处、欲将何往。

命运即选择，每走一步都事关存亡绝续。

这不仅仅是对个人有效的常识。为了多一点生活下去的机会和可能性，我们只有大度地对待"异端""异己"的存在。保持对自己、对所有生命的感觉与感应，才会有包容和共生，学会对过去的尊重，才会有对未来的明敏。温克尔曼（Johann Joachim Winckelmann）曾经说，使我们变得伟大，甚至不可企及的唯一途径乃是模仿古典。

确实，回到古典，我们能够在混沌初开的诘问中，在天人之际的辗转发明中，更确切地体会到生命的真实的渴望，而在一个陌生文明的传世经典中，我们可以看到的不仅是孑遗的典籍，不仅是呈现出特殊个性和色彩的纸上菩提，而且是提供了别样的生命可能性并且经历了漫长历史与生活淘洗的智慧结晶。

（本文系 2003 年应英文版《传世藏书》编辑邀约为该书所作前言，原题为《他们的圣经》，后与英文译稿一起刊于《大视野》杂志，2003 年第 5、6 期）

究天人之际

一个人或者一个民族，初始的足迹往往成为无限回首反刍的依据，成为近乎"天然"与"前定"的走向中，首先被归结清算的所在。

自从"天朝上国"的迷梦被打破以来，我们一直在反省清算华夏民族初始的足迹，尽管至今几乎没有可以让人放心的共识和结论，却只有继续这种反省，继续鲁迅和他的同辈们曾经爱之恨之的分裂与苦痛，因为我们远还没有健壮到拥有足够的宽容和从容来无怨无悔地面对自己的祖先。现实的不堪与我们自身的虚弱每时每刻都在证明着这种归结清算的合理，"进化"或者"退化"都需要肯定或否定过去作为凭借，以壮行色。

何况，我们如今还必须面对人类共同的忧伤与迷惘。

一、与近代以来我们对于传统所取的不免"轻薄""亵慢"的态度大不同，孔子当年含泪缅怀梦幻般的人文初始的"三代"。唐尧虞舜、文武周公留给他的除了一些他想当然耳的圆满之外，一捆叫作《易》的简牍让他捉摸得魂牵梦萦，他认为那是上古圣人经天纬地的依据，蕴含家国天下、人伦物理的大义。

孔子处在一个开放而充满危机的年代，他的"崇古"正如我们今天的"趋新"一样，由此所表现出的热情与热望，简直不可思议。

　　自然，我们没有理由怀疑，先民的感应与发现或许更具有原生的性质，有着更丰厚的源于生命本身的养分；也没有理由认定，《易经》对世界不可理喻处的澄清与理喻是浅薄的。《易经》是先民辗转于天人之间的产物，荡漾着世事维艰、人命无常的悲怆旋律，记录了我们祖先隐秘的梦想与禁忌，它对无解的生存恐惧的化解，毋庸置疑。

　　也许，一切都缘于从自然母体分离的巨变，原始《易经》以神人接洽的方式试图返回天人一体的和谐，弥合天人之间的分隔与分裂，而在孔子置身的春秋战国时代，这种返回和弥合已经越来越遥不可及，于是，"大乐与天地同和，大礼与天地同节"——与自然浑然一体的大同理想之境，便如青草牧场，不免让"人"时时反顾，以致潸然泪下。对孔子而言，返回的梦想就不能不化作悲怆，化作悲观进取的动力了。

　　以自己对于眼前世界所怀抱的神圣忧思，以"知其不可为而为之""天之未丧斯文也，文不在兹乎"的信心与抱负，孔子建构关于文明的谱系与走向新文明的路径，《易经》本身近乎无稽的简率为他提供了填充发挥的空间和水土，它可以无限指称。在孔子遥远的设想中，曾经有过的黄金时代，礼乐整饬、文质彬彬，无论天上人间，一切都是浑朴完整，井然有序，而应对变故、修正现实的关键，在于回首反顾。

　　其实，孔子并不乏同道者。尽管返回的方式不同，孔子要求的是在人世间重造天道般安全有序的景观，于是有《论语》

"喋喋不休"的分辨与劝诫，而老子、庄子，却毅然奔赴了"如水的天命"。他们的共同之处在于，并不把理智和理性推向极端，以至在人之外树立一个对立于自身的异化（客观）的世界，一个抽象于本体的概念与逻辑的世界，而是折冲樽俎于"人"和"人事"。同时，他们并不讲求通过"人的本质力量的对象化"去完成生命，而是直接处置生命，以期立于不败之地，希望在天人之际发明或找到某种共生性的道德与气质，找到天人共生、人神共处的途径和方式，找到顺天应命的可能。

如此，华夏民族在人文逐渐展开的孔子时代，经过孔（孟）老（庄）的共同努力，没有制造和保留一个西方式的神的世界，而走向了世俗的敬天法人、敬德人事，无论是天遂人愿，还是人由天道，他们都试图从本体上确立一种一致一体而非二元对立的发生与发展的哲学。或许，这就是东西文化最初的一念之差，这种一念之差，在两千年前已大体确定。

既不走向全盘客观化、概念化、逻辑化的科学，也不是奉献出全部心量的神学，孔孟老庄之徒共同建构了中国式的天人之学，最终甚至成为西方式的宗教与科学的消解力量与敌人。

如果说《易经》《老子》（又称为《道德经》）、《庄子》（唐以后称为《南华经》）多述"天道"，那么，《论语》则多述与天道相一致的"人道"。如果说，儒家经典试图张扬的是人与人之间共生共处的道德气质，那么，道家经典所要张扬的就是人与自然（天、道）的共生性道德与气质，显著的差异，并不能掩盖骨血里的一致。

二、天人之际的辗转求索，源于生存的危机与苦难，"生生之谓大德"，"生生之谓易"，"生"的问题是如此重大，如此紧张，如此神圣。

对现实的固执的修正要求（孔子），对未知的敬重（《易经》），对于天道的眷顾（老子），对无拘无束无所系累的生命状态的向往（庄子），都缘于求生。只有一种诞生于苦难生存之上的哲学才会如此内向多疑、尽善唯美、少所认可，才会有如此私人化的对于生命的理解与掌握要求。最美好的语言和旗帜下也一定会有着最简单功利的动机——不被消灭。我们完全可以设想那个时代的自我觉醒与自我扩张（于是野心勃起、礼崩乐坏）带给圣贤们的恐慌和焦虑，他们说："人心惟危，道心惟微"，"道术将为天下裂"。

因为感觉到命若累卵，才产生了直接拥抱对立面的良知，产生了解除一切冲突与紧张的渴望。于是，人的觉醒，即意味着人的取消。正如沉没和倾覆的恐惧时时惊醒着更早的先民，使他们幻想在险恶的人世能找到天路和坦途。以否定、拒绝（孔子、老子、庄子皆如此）来表达一种接受，是失败者的自我确定，是唯独失败者才能够揭破的真理——孔子、老子、庄子都不是当世的所谓成功者，他们的哲学无不隐含着深刻的悲观与否定。

孔子对于道德、人格的反复强调，是人性中反道德的工具本质过分招摇的结果，道德的窒息与物性欲望的泛滥是互为因果的。同样，老子、庄子夸张的返璞归真的要求，与现实的赤裸裸的掠夺侵吞太过令人着迷又着恼有关。于是，他们的哲学中有令人心碎的绝望、骄傲和压抑，沉默而苍老的气质中甚至有孱弱和失血的成分，而不是一曲张扬感性生命（如古希腊）

的欢乐颂。

初始的人道精神成长于苦难，也能够适应苦难，适应王道与霸道。这是后话。最初，它们是向着更理想的"人"出发的，其中也有决绝、热血，有包容天地、涵盖万有的度量，有通灵达天的气魄，真诚到成为一种挑战和抗议，一种信仰，而不只是聪明、圆滑和世故，更不是如后世传承中油然泛起的因循、狭隘、苟且偷欢。

勃然苗生于混茫中的自我毕竟是庞大的，它并没有精确地计量自我与世界的比例。

以最少的规定达到对无限的规定，以超逻辑甚至反逻辑来接近服务于生命的最高的逻辑，以不可把握的直觉，表达连直觉也难以把握的未知与神秘，以表达的暗昧对称于生命本质的暗昧，这是《易经》《道德经》《论语》《庄子》等共同的语言方式。

以此为范本的古代汉语，是一种诗性的充满直觉意味的语言。它具象地描摹、表达、体贴（接受者重复这一过程）天地万物，人生种种，而较少构成隔离、分裂与对立，犹如由它所显示的天人合一的理想之境。它并不精确但自然浑朴，与具体的生命、真实的肉身有着隐秘的联系，充满了暗示、隐喻和催眠意味：笼而统之，大而化之，工夫即本体，理性的思辨与分解，常常消泯在混沌一片的直觉与具象之中，去而忘返。这并不意味着与对于真理的洞察完全背道而驰，而是别一个方向、另一种价值的引领。声称"上帝死了"的西人尼采说，所谓真理，也许仅仅"是一群可以活动的借喻、换喻、拟人说"，"真理是幻想"。

因此，缺少规定性、超逻辑的陈述与约定，反而导致了无

130

限阐释与依附的可能，反而足以容纳宇宙生命的万千气象和无限心量，它们允许作开放性的想象和发挥，甚至胡说，它们在一定意义上确然达到了我们知性与悟性的极限而显得不可穷尽，不可等闲视之。

这才有无数并不缺少创造性的人，以全部心智整理、注释、演绎它们，为此皓首穷经而不悔，使得中国哲学似乎总是徘徊在这种超逻辑、反思辨、反实证的"前哲学"状态。

与此同时，对它们的解释和演绎，发展出了无数种关于人生、政治的方法、策略、巧智与伎俩，其中不乏小器、卑琐的附会，甚至不乏平庸、恶劣的利用，与心智的开启、灵魂的拯救、天人的诘问无关，而成为定理和规则，成为纲常、术数，成为催眠与慰安，成为自欺欺人、自恋自虐、施虐施暴的手段和工具。

三、向历史附加一种本不存在的东西并不难，事实上我们每时每刻都在这样附加；向历史取消一种本来存在的东西也不难，我们时时刻刻都在进行这种取消。在过去与现在令人烦躁不安得难解难分时，要求客观与审慎，往往徒劳。

然而，从本来连体的事实和结果推断出相反的初始条件和可能性，也同样难免狼狈。

这是所有激进的或者保守的传统反省者共同的尴尬。

好在我们如今已逐渐懂得，一种形而上学的制约也许并不优先于工具、制度、经济状况、存活手段的制约。而且，一种形而上学，常常是存活的条件、经济状况、制度、工具支配出来的结果，而不是相反。

那么，当形而上学如《易经》《道德经》《论语》《庄子》终于不再对社会的具体运作产生作用时，它们所表达的自我救赎的热情与对于超越性的向往，就会成为一种纯粹的灵魂慰护。当我们不再要求它们成长出牛肉面包，也不需用它们谋求既得利益时，我们就会在意它们所表达的人类曾经有过的人文景象——苦难中的渴望、爱欲、幻想、颠倒、情结、精神天启，并为这一切深深地震撼。它们的作者其实是试图更加充分地拥有人和人性的，他们希图远离作为工具、动物的宿命而神圣地自如地置身于天地之间。

　　眼前的世界云谲波诡，日新月异，层出不穷的压迫与诱惑让人欲罢不能。但是，当我们发现，一种即使是前现代的景观也充满繁复单调、丧心病狂而并不特别有助于慰藉我们的灵魂，慰藉人类亘古至今的空虚与孤独时，《易经》《道德经》《论语》《庄子》所表达的精神，就成了物欲红尘中可以稍息片刻的宁静孤岛，可以滋补我们缺损的灵魂，可以清洁灰蒙蒙的现实。

　　原初的反思中也许有更充分的生命可能性，可以参照和修正我们的服膺与选择。人毕竟是一种只拥有有限而向往无限的可怜生物。

　　"崇古"与"媚新"的种种伪精神运动，在变故频仍的社会生活中总是互相煽惑、扰攘不休，但并不表明时代理性的真正成长和成熟，也并不表明民族的心灵拥有真正的自在与宽容，向人的努力（有时候表现为向神）与向物的奔赴，都可以导致皈依与迷狂，祸福相生，休戚相倚，吉凶悔吝，我们依然辗转在天人之际。

这决定了《易经》《道德经》《论语》《庄子》以及类似的汉语文献，不可取消也无法替代。

四、很多年前，"国学"还没有"热"，对于传统也更多批判之辞，而不像当今教主们那样各怀企图，鲁莽灭裂地大加利用时，因为一个难得的机缘，我用差不多两年时间把《易经》《道德经》《论语》《庄子》作了注释和白话翻译。至今还记得，抄写完最后一个字后，那种被高明的智慧澡雪了肚肠，因而神清气爽、宁静舒适的感觉，那种豁然贯通、醍醐灌顶的"自鸣得意"。如今回头看，几乎吓着自己，真是少年懵懂，无知便无畏，竟然敢对经典动手，自作解人，还灾梨祸枣。想到孔子年五十始治《易》，不禁汗涔涔下，羞愧不已。现在想来，除了让自己以认真虔敬之心领略了一次经典的洗礼外，我对这些经典的解读，几无"新得"，无非人云亦云、抄抄写写而已。自然，我也多少庆幸当年的莽撞，毕竟因此有过一次那样细读它们的经历，这是作为华夏子孙的幸运，何况自诩为读书人。

刘衍隍兄是读书人，四十年前，学优则仕，他从一个乡村少年做成了勤勉踏实的公务员，在政府部门任职多年，口碑极佳。就在亲朋戚友都认为他可以在仕途上有所施展时，九十年代他却下了海，据说掌控一家很大的公司，养活不少人。不过，无论做官还是经商，我心目中的刘衍隍兄，身上一直看不到官气，也罕见商人气，书卷气却是不需要说明就可以觉察到的，和他聊天，谈的也多是家国天下、道德文章、人间万象。

不知从什么时候开始，刘衍隍兄从商场洗手上岸，成了一个完全的读书人，读书的对象是传统典籍，方向却是指向当今社会世道人心的。他想要知道，无论是作为个人的自己，还是自己所属的这个庞大的族群，何以走到了今天，从今天起，又将如何继续走下去，如何走向理想的黄金时代，而不是走向歧途，走向万劫不复的深渊。几年前，他和我谈到阅读《易经》《道德经》《论语》的觉悟和体会，他是相信这些民族的核心典籍既然伴随了我们无数个世代，自然有足够充分的理由继续伴随着我们，甚至呵护着、引领着我们，穿越迷雾，到达彼岸。他把自己多年从政从商的经历、体会和见识，与这些典籍提供的启示联系起来，悠然心会。他关于《易经》《道德经》《论语》的说法让我惊讶，也让我感慨，汉语学术果然是一种"知行合一""知行一体"的学术，经验的体认有时甚至显得比纸面上的分解诠释更加重要，也更有意味。

刘衍隍兄是个行动主义者，不久前，真的捧出了《易经启示录》《道德经启示录》《论语启示录》三大本，把他这些年的思考全部纳入对《易经》《道德经》《论语》的解读中。我虽不敏，却至少懂得，没有对这些典籍的敬仰之心，没有对眼前世界的忧患之情，没有多年来沉湎书卷的书呆子气，没有良好的悟性和足够的聪明，一个在社会上摸爬滚打了大半生的人，是不太可能有信心有勇气完成这样的解读的。自然，我也知道，像我这样待在学院里的所谓学术从业者，或许对类似刘衍隍兄的经典解读，未必完全认同。但是，对于古圣先贤为我们留下的精神财富的低眉俯首，终究意味着我们对于自己以及自己所属的民族"何所从来"的企首和翘望，意味着我们如今终究可以越来越坦然地关心历史、观照现实、瞩望未来，而把自己的所思所想，嫁接在古老的智慧之上，正是我们得以确立自我、建构文化身份、拥有一种踏实的前程的必由之路。

我必须为刘衍隍兄对传统经典的热爱鼓掌，对他的辛勤耕耘和不菲收获致敬！

（此文系为刘衍隍著《易经启示录》《道德经启示录》《论语启示录》所作序言，湖南人民出版社，2018 年）

《易经》叙说

一、两千多年来,《易经》(或称《周易》) 享有 "群经之首" 的崇高地位, 历代饱学之士在俯仰天地、洞察万相、通达世事人生之后, 往往以阐释《易经》为最神圣的目标和责任。因此, 对《易经》的诠释、阐发与演绎, 几乎就构成了一部完整的中国古代思想史。在今天, 我们依然视之为古代华夏民族无与伦比的思想结晶和智慧大成。

按照通常的理解,《易经》除了神秘到无解或者有解而言人人殊的六十四卦卦名、卦象、卦爻辞之外, 还包括汉儒郑玄所说的《易经》"十翼", 即辅翼《易经》的著作十种: ①上经象辞; ②下经象辞; ③上经象辞; ④下经象辞; ⑤系辞上传; ⑥系辞下传; ⑦文言; ⑧说卦; ⑨序卦; ⑩杂卦。

"十翼" 是对卦象、卦爻辞的解释, 本身也不乏神秘色彩。

二、《易经》的作者, 易学史上有 "易更三圣" 之说, 指画卦者伏羲、演卦者周文王、传述者孔子。伏羲系传说中的半神半人者, 原始八卦究竟所从何来, 我们今天只能沿袭前人的假定, 正像我们也可以将八卦的产生与神农氏、黄帝、尧、舜等古代"英雄"连在一起一样。八卦的创始无疑是古代先民智慧的象征。演卦者周文王则有史可据,《史记》中说:"西伯(文王未称王时的爵号)囚羑里,演周易。"后人一般认为文王的儿子周公也有祖述之功,事情的究竟不得其详。所谓传述于孔子,指孔子晚年订《易》,韦编三绝,"十翼"的作者或许就是孔子,是他率先把上古《周易》在面临无解之际演述出经天纬地的大道理。

孔子研究过《易经》这毫无疑义,"十翼"所述也大致合符孔子的学说。但是,"十翼"的内容彼此出入,而且反复杂沓,不太可能出自一人手笔。因此,易学研究者多以为,"十翼"中不乏孔子的作为,但更可能是孔子以后(包括他的弟子)多人撰述,而归之于孔子名下。

这样的事在古代并不少见,而人们也乐于相信如此,毕竟孔子后来成了圣人。

三、解读《易经》,首先遇到的问题是《易经》的"易"字作何解释。

从字面含义看,有人认为,正如同龙、马、虎、鹿等古代神灵之物,"易"乃飞鸟之象。有人认为"易"字本于蜥蜴的蜴,蜥蜴颜色因环境而改变,《易经》述天道人事之流转,故取蜴为象征。东汉魏伯阳著《参同契》说"日月之谓易","易"字乃上日下月的象形。《易经》中,日、月确乎是一个至关重要的物象,而先民对日、月所可能投注的观念、心绪、情感、祈盼,同样是文化人类学者早已言之凿凿的事实。基于此,《易经》的"易"至少可以演绎出三种含义:①简易、平易。天地日月，大自然的法则原本就是至简至易一以贯之的。②变易。自然之象，人事之理，神鬼之谋，变化迁徙，无止无息，这也是古已有之的观念。③不易。天乾地坤，男阳女阴，万事万物虽然错综复杂、相因相生，但变者乃其象，其本质却是不易而简易的。

研读《易经》，上述解说均可成立，而其根本原因也许还在于大千世界原本就范围在一些最简易的规定中，何况这种规定在《易经》中几乎是一种没有规定的规定，一种可以做无限解释的规定。

一般认为，《易经》六十四卦由八卦演绎而来，八卦 ☰、☷、☲、☵、☶、☳、☴、☱ 自迭或相迭而成六十四卦。

那么，构成八卦和六十四卦的爻画"—""--"又何所指，何所象呢？古往今来，异说纷呈，或以为"—""--"代表天地、阴阳、蓍草长短、男阳女阴、奇数偶数，或以为"—""--"是受文字象形、结绳记事、龟骨卜兆的启发而虚拟的符号。其实，如果我们不拘泥一端，把上述说法结合起来，视八卦、六十四卦的发生为人文初始的迹象，似乎也并不违背文明的发生学原理。

八卦代指天地水火、雷风山泽，六十四卦所能指代的物象自然更多，这是文明演化的必然。而卦名的起源也许当与初始占筮所涉及的内容有关。因此，六十四卦卦名"有时总括全卦的内容；有时选取卦爻辞中的多见词作形式联系；有时两者兼而有之"（李镜池《周易通义》）。

除了卦象、卦名之外，卦爻辞是我们今天看来《易经》最主要的内容。

卦爻辞显然与特定的占筮有关，或者干脆是某一次占断的记录，今之解易者亦多从文字训诂和史事出发，而不再沿袭神秘的伦理附会或象数演绎。问题是，史事钩稽毕竟难以复原本相，而上古文字的"匪夷所思"以及《易经》传承中的错漏改窜在所难免。所以，对卦爻辞的解释难免言人人殊，令人望"古"兴叹。

四、《易经》流传至今，解易者不下两千家，帝王将相、谋臣智者、文士山人，无不申论阐发或以之经国济世，或以之安身立命，甚或以之自欺欺人。

古之解易，举其大者有所谓"汉易""宋易"，"汉易"重象数，"宋易"重义理。今人南怀瑾先生总结古来易学之大概列为十宗：①占卜；②灾祥；③谶纬；④老庄；⑤儒理；⑥史事；⑦医药；⑧丹道；⑨堪舆；⑩星相。

历代对《易经》的发挥是否合乎《易经》本义另当别论，那么，《易经》究竟何所指括？

近人顾颉刚、郭沫若、闻一多、李镜池、高亨等在较为现代的历史视野和方法论指导下研究《易经》，冲决了沿袭两千年的以传（指"十翼"）解经的模式，大大廓清了《易经》的神秘之雾。较为一致的观点是：《易经》乃卜筮之书，"就《周易》全书情况看，大部分内容仍属于筮辞的堆砌，多数卦的卦爻辞之间缺少甚至没有逻辑的联系"（朱伯崑《易学哲学史》）。

其实，宋人朱熹也有过同样的认识，朱熹说："易本卜筮之书，后人以为止于卜筮。至于王弼用老庄解，后人便只以为理，而不以为卜筮，亦非。想当初伏羲画卦之时，只是阳为吉，阴为凶，无文字。某不敢说，窃意如此。后文王见其不可晓，故为之作彖辞（指卦辞）；或占得爻处不可晓，故周公为之作爻辞；又不可晓，故孔子为之作十翼，皆解当初之意。""盖上古之时，民淳俗朴，风气未开，于天下事全未知识，故圣人立龟以与之卜，作易以与之筮，使之趋利避害，以成天下之事，故曰开物成务"。(《朱子语类》卷六十六)

由此出发，学者多舍弃"微言大义"，以《易经》卦象、卦爻辞为观察中华民族文明发生发展的重要文献，特别是考察殷周历史的重要文献，有人甚至把《易经》卦爻辞指实为"周文王、武王、周公、成王兴周灭商的历史进程及其成败因由的记录"（李大用《周易新探》），等等。

事实上，研究《易经》所显示的人文初始的发生特征及其对民族精神生成的决定性影响，也同样意义重大。除了卦象、卦爻辞外，《易经》"十翼"则是我们可以见到的先秦乃至秦汉有关"天人之学"的珍贵文本，尽管它们或许已远离《周易》本相，但它们对民族性格、气质、精神取向乃至语言方式的模铸和范型作用，却不可低估。

近年来，《易经》以它的神秘和神奇重新介入世俗生活，读易谈易者纷起，言道言佛、言天文命相、言高科技潜科学，这除了再一次证明人对于自身命运的多少无解与无奈之外，同时证明了《易经》的魅力正在于它的解释不可穷尽，而世界的未知与困窘从来没有终结。

因此，热衷于《易经》，即使比之为盲人摸象抑或庸众面对皇帝的新衣，也意味着"信心"不绝、人甚或人类并不一定是由自己决定的。

《老子》叙说

一、博大真人老子是一位隐君子，五千言的《道德经》（或称《老子》）使他成为人类文化史上的不朽者，但有关他的形迹生平，所知甚少。

《史记·老子列传》载：

> 老子者，楚苦县厉乡曲仁里（今河南鹿邑县东）人也，姓李氏，名耳，字聃，周守藏室之史也……老子修道德，其学以自隐无名为务。居周久之，见周之衰，乃遂去。至关，关令尹喜曰："子将隐矣，强为我著书。"于是，老子著书上下篇（即《道德经》上下篇，上篇德经，下篇道经），言道德之意五千余言而去，莫知其所终……

这是我们今天所见的最权威的关于老子的记载，但司马迁本人似乎也并不太自信。

野史外传中的老子，则更加令人茫然不知所措。《神仙传》中说：

老子者，名重耳，字伯阳，楚国苦县曲仁里人也，母怀之七十二年乃生，生时剖母左腋而生，生而白首，故谓老子。或云，老子之母适至李树下而生老子，生而能言，指李树曰："以此为我姓。"

类似的"仙语""鬼话"（一如经后世衍化的中国上古神话或史事）还有很多，或曰"玄妙玉女梦流星入口而有娠，七十二年而生老子"，或曰"李母昼夜见五色珠，大如弹丸自天下，因吞之即有娠"，或曰老子"身长八尺，黄色美眉，长耳大目，广额疏齿，方口厚唇，额有三五达理，日角月悬，鼻有双柱，耳有三门，足蹈二五，手把十文"，等等。

显然，这些都可能是老子被追认成为道教"教主"后再涂上去的油彩，与本来的老子无干。

研究老子的学者一般认为，司马迁所传大致不差，老子生活在孔子时代而长于孔子，曾为周之守藏室史官（图书典籍管理者之类），后来隐居，可能也有所游历，譬如《水经注》记载陕西就水上有老子陵，与《庄子》所载老子"西游于秦"相合。

老子在战国时期就有声望，《庄子》中多处引老子著作，述老子事迹，韩非子有《解老》《喻老》的文章，《吕氏春秋》更大量引用《老子》。

二、老子以天道喻为人处世之道，有道至人寓于世便如道之寓于天地自然。

虚极、静笃、归根而万物并作，恍惚、希夷、微妙，不可致诘，不皦不昧，不可名状而周行不殆，可以为天下母，这是天之道。

不矜不伐，为而不争，成而不有，大巧若拙，大智若愚，下流自处，如水的柔弱而刚强，如天之不言，这是为人之道。

以此施于伦理政治，则崇尚小国寡民，无为自化，无欲自朴，虚心实腹，弱志强骨。

质言之，天网恢恢，疏而不失，天道本于自然，无为而无不为，这是最高的人生，同时是最圆满的社会。

老子的思想很难用我们一般所谓"积极""消极"的概念来论定，正如"攻""守"并不总是对立一样，关键在于因时处地的把握。一人一己的体认，目的是保存自我，而保存自我也许正需要失去自我（消泯于天道自然），这样的道理在任何一种政治、经济与文化结构中，都可以生发出一种服务于自身的逻辑与智慧。

面对如此彻底的警醒与觉悟，渊博睿智如孔子，也不能不自惭形秽。《史记》中记载，孔子适周问礼于老子，老子居高临下地教导孔子说：

> 子所言者，其人与骨皆已朽矣，独其言在耳。且君子得其时则驾，不得其时则蓬累而行。吾闻之，良贾深藏若虚，君子盛德，容貌若愚。去子之骄气与多欲，态色与淫志，是皆无益于子之身，吾所以告之，若是而已。

孔子回去后对自己的弟子们感叹道：

> 鸟，吾知其能飞；鱼，吾知其能游；兽，吾知其能走。走者可以为网，游者可以为纶，飞者可以为矰，至于龙，吾不能知，其乘风云而上天。吾今日见老子，其犹龙耶！

孔子别去，老子又赠言道：

> 吾闻富贵者送人以财，仁人者送人以言，吾不能富贵，窃仁人之号，送子以言曰：聪明深察而近于死者，好议人者也；博辩广大危其身者，发人之恶者也；为人子者毋以有已，为人臣者毋以有己。

《庄子》中还有种种孔、老之间的辩驳与诘难，结果自然都是老子居于高明，而孔子惶然无所应对。

其实，这并不意味着孔、老之间的彻底对立，反而意味着他们的根本相通，老子（包括庄子）的至人、天人哲学，与孔子的君子之说，共同基于一种深刻的批判与否定，一者更贴近人本，一者更贴近伦理；老庄的"至德之世"与孔子的理想之治相比，前者只是更彻底的返回天人合一的理想状态而已。刘恒建在《天人合一与主客二分比较探源》中说：在儒家，天人合一意味着人与自己的道德本性原是一体并最终应当归于一体，因此问题是要去除现实中的功利、私欲遮蔽，以道德实践完成自然与自己的道德本性之间的合一，成人成己。在道家，天人合一意味着人与自己的本然真性（道，天）原是一体，人应该执守本真、不致丧失，自然去伪，这是一种超道德的道德。道家反对儒家的道德与作为并非不要道德，相反，是认为儒家的道德不够道德，是人失去了本原意义上的道德之后的次一级的道德。

如此，日后儒道并行、三教合一（儒、释、道）的出现也就顺理成章。

从这一角度看，《史记》《庄子》中关于孔、老关系的记载，至少在逻辑上是成立的。不同层面的向人的努力并不相互取消。宋代苏辙作《老子解》主佛老同源，又引中庸之说相比附，倡导复性，苏东坡大为激赏说："使战国有此书，则无商鞅、韩非，使汉初有此书，则孔老为一，使晋宋间有此书，则佛老不为二。不意老年见此奇物。"苏轼以他的宽厚、颖悟，洞见了其中的真实。

三、老子身后有非同寻常的嘉誉。

除庄子许之为"博大真人"并以自己的学说大半归于老子之意以外，甚至有不少皇帝作过《老子》注解。西汉初崇黄老，推尊老子，上拟六经，称老子著作为经；李唐开国，认老子为帝室所出，高宗乾封元年巡幸亳州，追尊老子为太上玄元皇帝，创置老君庙，以道教为国教；宋真宗尊老子为太上老君混元上德皇帝。

这些也许是出身并不高贵而且没有富贵的老子所始料不及的。

在世俗生活中，老子同样逐渐演化为"真人""教主"，出入神仙道化中，甚至与方术之士混为一体。

古今中外，关于《老子》一书的著述甚多，据梁若容引严灵峰辑老子知见目录，收专著一千一百七十余种，论说八百七十余篇，日本有两百多种，欧美超过百种。

《老子》可能是世界上最短又最读不完的一本书，毛泽东认为可以作兵书读。

《论语》叙说

一、《论语》不是孔子的著作，而是记载孔子言行的著作，是孔子及其弟子的语录，辑录者为孔子的门人弟子及再传弟子。

《论语》是有关孔子生平、思想最直接最重要的材料，是中国历史上影响至为巨大的一部经典，其精神传播和渗透，到了中国文化的几乎任何一个层面。

孔子，名丘，字仲尼，鲁国陬邑（今山东曲阜）人，鲁襄公二十二年（公元前551年）出生。《史记·孔子世家》说，其父"叔梁纥与颜氏女野合而生孔子"。史家多以为，所谓野合者，盖谓叔梁纥老而颜氏女少，非当壮室初笄之礼，故云野合。其实，在今天看来，"野合"意味着孔子就是一个出身暧昧的孩子，只是因为他作为道德理想主义者的光辉，日后更作为圣人，人们不能接受他的出身如何不堪。孔子三岁丧父，家境贫困，他自己说："吾少也贱，故多能鄙事"，童年嬉戏中，又"常陈俎豆，设礼容"，似乎是一个生而爱好仪式、礼制、规矩的人。

孔子成年后身材高大达"九尺六寸，人皆谓之长人"（《史记》），性情有点迂而不乏敏感自尊，特别迷恋并且异乎常人地熟悉古代的典章制度、礼乐陈设。可是，一开始欣赏他的人并不多。母丧期间，听说鲁国大夫季氏飨士，孔子前往投奔，季氏家臣阳虎毫不客气地拒之门外说："季氏飨士，非敢飨子也。"

因此，年轻时孔子只好勉为其难地做些"委吏"（管仓库）、"乘田"（管牛羊）之类的鄙职杂役，好在他从小就不娇贵，对此似乎也无怨言。同时，孔子学而不厌，诲人不倦。到三十五岁，已显得渊博儒雅，言论滔滔，侃侃足以应对。也逐渐有了名声和见解，不时接受别人（包括齐景公）的请教，内容包括政事、古史、文物、制度、礼仪等。

孔子真正"学以致用"是在他将近五十岁时，被鲁国任命为"中都宰"（县令之类），不久升为"司空"（管营造），再升为"司寇"（管司法）。

他试图让鲁国僭越无度、朝令夕改的政治多少回到从前或许有过的秩序和章程上去，不幸，他因为感觉不到一种真正的尊重和信用而离开鲁国，踏上了周游列国的苦旅。

二、他首先到了卫国，卫灵公"致粟六万"，以其在鲁国所得的俸禄待之。孔子住了十个月，担心"获罪"而出走。前往陈国经过匡地，被匡人疑为曾经作害于匡的阳虎，拘禁五日，弟子惶然，孔子说："文王既没，文不在兹乎？天之将丧斯文也，后死者不得与于斯文也。天之未丧斯文也，匡人其如予何！"孔子自命一脉尚存的"斯文"，自信天命不衰，"斯文"自然不绝。

遇险于匡后，孔子返回卫国。虽然不惜叩见卫灵公的夫人南子而使得自己的弟子也面露不悦，孔子依然没有得到想象中的礼遇。于是过宋适陈。途经郑国东门，与弟子相失，"累累若丧家之狗"，孔子只有嘿嘿苦笑。在宋国，有人要杀之而后快。在陈国打住三年，其间困于陈、蔡之间，七日绝粮断炊，孔子弦歌不衰，宽慰弟子说："君子固穷，小人穷则斯滥矣。"

孔子不悔初衷地继续他不见用于当权者的旅行，却常常受到狂人隐士的嘲讽和非难。

楚狂接舆经过孔子车旁就有意无意地唱道："凤兮凤兮，何德之衰，往者不可谏，来者犹可追！已而，已而，今之从政者殆而！"长沮、桀溺遇到孔子一行问路，也对子路说："滔滔者天下皆是也，而谁以易之？且而与其从辟人之士也，岂若从辟世之士哉？"孔子听了这番话激动地说："鸟兽不可与同群，吾非斯人之徒与而谁与！天下有道，丘不与易也。"天下有道，孔子并不想多事，问题在于天下无道，所以他总是想把眼前的世界从"鸟兽"群中引入"人道"，即使"荷蓧丈人"骂他"四体不勤，五谷不分，何为夫子"也在所不惜。

三、孔子漂泊十四载，年近古稀时，终于又回到鲁国。

他要拯救的世界是越来越令人丧气了，处处隐藏着私欲、阴谋和危机。他的理想本来就不乏一种"镜花水月"的审美性质，当他听到自己的弟子曾皙表述人生意愿时说："暮春者，春服既成，冠者五六人，童子六七人，浴乎沂，风乎舞雩，咏而归"，他深深地叹息、感动了，并且认同这种象征性地包容一切又超然于一切的人生仪式。他的儿子孔鲤先他而去，最能体贴他的心意，而且志气宏放安贫乐道的颜回也溘然长逝，孔子为此哀呼："天丧予！天丧予！"

晚景中，孔子时常举着手杖在自己的门前吟唱，像是不能自已的叹息："泰山其颓乎！梁木其坏乎！哲人其萎乎！"看来自负得不行，唱完便在门前坐下。七十三岁时，孔子"寝疾七日而没"，葬鲁城北泗上，弟子皆服丧三年。三年后，弟子们有的哭泣尽哀、相诀而去，有的依旧留下，只有子贡庐墓六年。后来，"弟子及鲁人往从冢而家者百有余室，因命曰孔里"（《史记》）。

四、孔子一生，悠悠行走，恪守一些有时高明有时古怪的原则。他说："朝闻道，夕死可矣。""天何言哉！四时行焉，百物生焉，天何言哉！""不怨天，不尤人，下学而上达，知我者其天乎！"俨然以天命自任，而不惜献身，举动作派也规矩森严，"鱼馁，肉败，割不正，不食。席不正，不坐。食于有丧者之侧，未尝饱""是日哭则不歌""其于乡党，恂恂似不能言者。其于宗庙朝廷，辩辩言，唯谨尔。朝，与上大夫言，訚訚如也；与下大夫言，侃侃如也"。迂阔的自我约束近乎伪善和做作，近乎自作自受，妨碍他用于当世的也正是自己——他心中高悬的理想之境。

孔子为政虽然少所成功，私人讲学授徒却达三千，据说身通六艺者七十二人。他以文、行、忠、信为教，以外修内省为务，主张毋意（不任私意）、毋必（不武断）、毋固（不固陋）、毋我（不自以为是）。与弟子们相处，虽然有时也唱唱歌、弹弹琴，但更多的时候是谨严端肃，甚至与弟子们闹闹别扭。

除此之外，因为"周室衰微，礼乐废，诗书缺"，孔子退而修诗书礼乐，删定《诗经》、整理《周易》、写作《春秋》，这与他为政为教其实是互相辅助发明的。他的梳理删削倡导，对上古典章文献的流播与走向有重大影响，与先秦诸子一道，成就了早熟的具有中国特色的"人文主义"。鲁迅说："孔丘先生确是伟大，生在巫鬼势力如此旺盛的时代，偏不随俗谈鬼神。"敬德事人的人文热情与努力，也许由此大大削弱了上古文化神人共处的蒙昧气氛，至少，使中国的文学从此与教化连在一起，走向世俗化的"兴观群怨"，而逐渐远离"怪力乱神"。

五、汉以后，孔子享尽殊荣，司马迁说："高山仰止，景行行止，虽不能至，然心向往之……孔子布衣，传十余世，学者宗之，自天子王侯，中国言六艺者折中于夫子，可谓至圣矣。"

圣人的名字日后越来越响亮，以至于需要避讳。

汉平帝尊他为"褒成宣尼公"，唐玄宗尊他为"文宣公"，元成宗尊他为"大成至圣文宣王"，明嘉靖尊他为"至圣先师"，清顺治尊他为"大成至圣先师"。到处立孔庙（文庙），塑夫子像，常得焚香礼拜供奉。

与此相应，《论语》这本箴言录式的著作也成了官方指定的教科书——"四书"之一。它所包含的精神确实至今难言肤浅，以一种"完全散文式的理智"（黑格尔）、灵感式的思想和结构、点到为止诉诸意会的言说技巧，表达一些难以具体规定的理想与规定，对人的使命与人格意义的强调贯穿始终。

《庄子》叙说

一、庄子，名周，战国初人，生活年代大致在孔子后，与孟子同时。家蒙县，春秋时属宋国，在现在的河南商丘市东北，与老子故里相去不远。

庄子身世贫约，曾经做过一回"漆园吏"——官有多大、职守为何不太清楚。但是，庄子似乎并不缺少"发达"的机会。楚威王闻其贤名，厚币迎之，许以为相，庄子笑着对楚国的使者说：千金，重利；卿相，尊位。你难道没有见过祭祀用的牲牛吗？精心豢养多年，衣以文绣，最终入太庙成牺牲，这时，想不被豢养是不可能了。走吧，我宁可游戏污渎而自快，宁可象活着的乌龟曳尾烂泥途中，也不想作神圣的牺牲。

看得出来，庄子的时代，世事纷扰，变故不少，人命无常。如果以生命为抵押换取远大前程，庄子并不觉得有何意义，何况这远不能解除庄子心中那种仿佛源于洪荒远古的渴望可以"出神入化"的冲动。

梁惠王也曾经召见过庄子，庄子破衣弊履来见。礼贤下士的梁惠王同情地说：先生为何如此潦倒？庄子答道：人有道德不能行，那才是潦倒，衣衫褴褛，说不上是潦倒。况且我生错了年代，碰上国君短智，宰相缺德，有何办法。

出言如此不逊，庄子是自己绝了自己的富贵。

但由此可见，他并非无是非好恶，而是太有是非好恶。谴责世道而放弃竞奔，庄子只能是一个放浪的审美者和思想者，发自灵魂的精神诱惑，如同乡愁，如同永恒的家园之想，有时身不由己。

《庄子》中记载，庄子曾经断炊而自比于涸辙之鱼。还记载他妻死而鼓盆歌唱，说庄子妻死后，他箕踞于地，敲着瓦盆唱歌。惠施前来吊丧，问他这样做是否太过分。庄子答道：她刚死时自己也悲伤，但细想，人本无生命也无形体气息，在恍惚茫昧中，一变有了气，再变有形，三变而成生命，有生就有死，犹如春夏秋冬，她如今安详地回到恍惚茫昧的天地间大屋子里睡觉去了，我哇哇大哭，这不是不明事理吗？所以我就不再伤感了。

这样的解说，自然是庄子哲学中非常顺当的思路。但是，无论如何，总难设想出他鼓盆而歌的达观自在，也许，这应该算是哭的另外一种形式——长歌当哭吧，能没有悲恸？

庄子哲学，就像是这样一种另外的哭泣，其本质在于，他从眼前无可告诉的苦难和苦痛，想到了整个生命的无助、渺小和孤独，而这，并不是身外之物的增长所能免除的。

二、庄子有一位与他心智相称的朋友——惠施。

惠施博学雄辩，才华打动了梁惠王、梁襄王，在魏国作宰相十余年，主张兼爱寝兵，为此多方奔走。庄子对惠施的作为不感兴趣，但这并不妨碍他们之间穷究性命和互相诘难。惠施曾讽刺庄子为盛五石水的大葫芦、臃肿卷曲的大樗树。庄子不以为然，认为正因为无所可用，所以不被人利用，反而可以自我保存；正因为措大无当，所以能浮游于江海、栖息于其下，得其所哉。谁说不是呢？

庄子惠施同游濠水石桥。

庄子说：你看鱼从容游泳，多么快乐。

惠施说：你不是鱼，怎么知道鱼的快乐。

庄子说：你不是我，怎么知道我不知道鱼的快乐。

惠施说：我不是你，诚然不知道你，你不是鱼，也一定无法知道鱼的快乐。

庄子说：从头再分析吧。你问我，怎么知道鱼的快乐，你是早已知道，我知道鱼的快乐了。你问我从何知道，我是在濠水上知道的呀！

类似的对话还有关于有情与无情。

惠施问：人真个无情吗？

庄子回答：是。

惠施问：没有情，怎么算人？

庄子说：自然给了容貌，上天给了形体，怎么能不算人呢？

惠施说：既然叫人，哪能无情？

庄子说：这不是我所说的无情，我说的无情，是不要以好恶伤了本身，顺其自然，不在生命上添加什么。

惠施说：不在生命上添什么，怎么有了身体？

庄子说：自然给了容貌，上天给了形体，不要以好恶伤害自己，而你现在劳神于外，累得立不住，靠着树还要唱，趴在桌上就睡着了，上天给了你形体，你却以诡辩知名！

取向不同，又步步紧逼，但卓越的理解力和领悟力，可以互相激发，可以消除智性的贫困与麻木，这种贫困与麻木对于真正的思想者来说才是真正不堪忍受的。

惠施死在庄子之前。有一次经过惠施的坟地，庄子给身边的人讲了一个故事，说从前郢地有一个泥水匠，鼻尖上沾了一点白沫，薄得像苍蝇的翅膀，他叫一个名石的木匠用斧子削去这层白沫，石木匠挥动斧子像风一样，结果白沫去了，鼻子毫无损伤；泥水匠也面不改色，一动不动。宋国国王听说了，召见木匠，要他再表演一次，木匠说：我确实那样做过，可我的对手已经死了，我无法再试。

庄子黯然感叹，惠施死后，自己再也没有可以谈话的对手了。

三、庄子一再申述过"大辩不言"的道理，在一种绝对精神的状态中，言论显然是不足以指称心灵的。

庄子著述非常慎重，《史记》中记载他著书十万余言，《汉书·艺文志》、高诱注《吕氏春秋》称《庄子》五十二篇，今所见《庄子》为晋郭象注本三十三篇，分为内七篇，外十五篇，杂十一篇。一般认为，内篇为庄子自著，外篇、杂篇大概是他的弟子后学附加于上的，因为外篇、杂篇多有矛盾之处。

其实，仅凭"矛盾"并不足以证明外篇、杂篇不合庄子本意。生在人间而作天人之想，这本身就险象环生，逻辑上多有背反，而且，事关人本的悟觉总是超越甚至不计逻辑的。

如此，也就难怪庄子多以寓言的形式来表达他的感悟了。

庄子对生命怀着出尘离俗的永恒之想，希图"心斋""坐忘"、泯灭智巧、无待无求以达到天人共生的境界。他说"人不胜天久矣""圣人工于天而拙于人"，不朽的奥秘在于"休乎天钧"、"合乎天伦"、神人为一、天人为一，所以宁畸于人而侔于天。

以此施于人生则求"素朴"，施于社会则求"蒙昧"："至德之世，不尚贤，不使能，上如标枝，民如野鹿，端正而不知以为义，相爱而不知以为仁，实而不知以为忠，当而不知以为信，蠢动而相使不以为赐。"

最高的自由是无所谓自由，最大的幸福是不知幸与不幸为何物，超然如大鹏、凤凰，如梦中的蝴蝶，这实质上也就是一种匿名的保存与高度内向的扩张——同时是收缩，绝对私人化又绝对忘我。

四、庄子的文章汪洋恣肆，与他狼狈的生存境况适成对照。

他的接近于文学想象的思维方式和类似乎审美的对于世界的观照，对中国文学的影响至为巨大，从陶渊明到李白到苏轼以至整部中国文学艺术史，都可以看到庄子作为一种背景式的庞大存在。而对于并不高明的政治家与以端谨恭肃修身齐家治国相标榜的所谓忠臣义士来说，庄子哲学对于既成秩序（包括心理）的消解力量和异端倾向是罪不可赦的，自身智能低下导致的失败往往可以归结泄愤于庄子。晋太尉王衍成为胡人石勒的俘房后就曾叹息："呜呼！吾曹虽不如古人，向若不祖尚浮虚，勠力以匡天下，犹可不至今日。"

这里的所谓"浮虚"就多少指对了《庄子》。

《庄子》因此而少有被列为官方经书的履历，尽管历代有不少鸿儒硕彦、正人君子以之消磨日月、协调心志、确立自我、保存品格。唯一的一次是唐玄宗开元二十五年赐号庄子为"南华真人"，名《庄子》为《南华真经》。除了李唐王朝以道教立国的"别有用心"外，也许，只有一个浩大如盛唐的时代才可能容纳浮虚纵诞的《庄子》，而小时代往往是需要一种所谓"建设性"的哲学以维系家国性命的。

"天体主义者"：
蔡伦

应"林邑讲坛"邀请，到郴州市桂阳县，给父老乡亲讲演了一回"我们需要什么样的和谐家园"，大言炎炎，自觉轻薄。

到了桂阳，才知道这个如今普通极了的县治之所，原来历史悠久，曾经人文繁盛。

桂阳地方，古称"楚尾湘源""桂阳国"，多矿产，精冶炼，擅农耕，秦始皇打通岭南，曾在桂阳储存转运粮草，汉高帝置"桂阳郡"，以便"镇南"。汉代当局者对于南方的每一次经略，都与桂阳有关，或借道桂阳，或以桂阳为南下基地。三国时，赵子龙曾经夺取桂阳，作为桂阳太守三年，后来随诸葛亮入川，桂阳相继属吴归晋。

历朝历代，桂阳都是南方重要的治所，是进入岭南的要冲。

同治年间，王闿运（湘绮）主修《桂阳直隶州志》说："桂阳之郡，北抚衡山，西枕苍梧，东踞章原，南临番禺，其势在尽据南海上游，水道之便利，戈船之电举，章武功，明得意，煌煌乎宏观，可谓英武之大略哉！"

王湘绮试图通过"地理"说明的，正是这一层"位居要冲"的意思。

桂阳最有名的名人，当然还是发明了"蔡侯纸"的太监蔡伦。

纸的发明，属于所谓"四大发明"之一，蔡伦的名字，在现代中国因此几乎无人不知。因为太有光芒，也因为自己一直认为，漫长的工艺技术史，分散的族群，隔绝的文明，缺少"文化遗传"动机、功能和足够手段的古代社会，人类对于纸的发明，也许不可以过于简单地安置在某一个人的头上。所以，平时反而没有仔细了解蔡伦身世的愿望。

在桂阳停留，所到之处尽是与蔡伦有关的纪念物：蔡伦井，蔡伦亭，蔡伦广场，明知有些东西可能是后世的附会，了解蔡伦的愿望还是变得急切起来，私下里翻看范晔《后汉书》之《宦者列传》中的《蔡伦传》，却真的把自己吓了一跳。

原来，蔡伦的身世性情，远非一个伟大的符号——"纸张发明者"所能概括，而实在要丰富有趣得多。

其中，让我完全不能置信的是，蔡伦竟然是一个"天体主义者"。

范晔在传中说："伦有才学，尽心敦慎，数犯严颜，匡弼得失。每至休沐，辄闭门绝宾，暴体田野。"意思是说，蔡伦有才学，做人做事尽心严谨，在皇帝面前，多次犯颜诤谏，直陈己见，以便匡正得失。庙堂之上的蔡伦，如此虔敬敦慎，却不妨碍他公事之余"休沐"时"独出机杼"，在旷野中尽情打开自己的身体，享受阳光的曝晒，享受雨露的浸润，享受明月清风的抚摸。这显然未必是那个时代的风尚，也未必需要看作是身为宦官难免的"变态",而是一个丰富饱满、富有创造力的生命自然而然的呈露吧,或许也是没有被莫名其妙的道德禁忌彻底锁定之前的国人曾经可以享有的身体"自由"和心灵"放纵"?

"暴体田野"的蔡伦,想当年,如何生长在遥远的南方而"有幸"成为宫中的侍者;又以怎样的才华而可以在汉和帝登基后"预参帷幄",以至作为"上方令","监作秘剑及诸器械,莫不精工坚密,为后世法";在汉安帝当政时,又凭什么获得授命,监督通儒博士良史,校雠刊定经传;更不用说他如何异想天开,"造意""用树肤、麻头及敝布、渔网"制作纸张,以至天下风从,咸称"蔡侯纸"。

更加匪夷所思的是,身为太监,蔡伦却有着天纵之才常常有的对于自身尊严的爱重,而不是像我们在史书上见多了的那种弄权使术的阉人,厚颜无耻地婉转周旋于宫里宫外,以得到主子的欢心为自己活着的全部使命和毕生志向,以至不惜庄子说的"每下愈况"的无耻作为。

蔡伦是凛然于死的:汉安帝亲政后,借故要处置蔡伦,"敕使自致廷尉",蔡伦"耻受辱,乃沐浴整衣冠,饮药而死"。

士可杀不可辱,匹夫不可夺志也。在这个甚至不算是"士"的太监身上,我们得以知道,此时,也就是东汉,古风未泯,傲骨犹存。蔡伦之"饮药而死",与他活着时之"暴体田野",表明他生气饱满、人性整全、精神光昌,非后世驯化成奴以至无筋无骨的同行可以比拟。

历史的伤口：
崖山古战场

崖山位于广东江门市新会区南端西江入海口，山不高，但右边是滚滚西江，左边是云水苍茫的南海，站在崖山上，让人顿生天涯地角的孤绝之感。

这是古代中国的蛮荒之地，南方之南。

当年，文天祥书写浩然之气充塞宇内的诗句"人生自古谁无死，留取丹心照汗青"，诗题《过零丁洋》，诗中还有"惶恐滩头说惶恐，零丁洋里叹零丁"的句子，这千古伤心的"零丁洋"，就在崖山望过去不远的珠江海面。是偶然的历史，让这一座山、这一片海精光四射、浩气凛然，引来无数亢奋的讴歌与悲怆的低徊俯首。

公元 1276 年，南宋都城临安被元军攻陷，恭帝被掳，皇室倾覆，江南望风披靡。杨淑妃带着皇子赵昰、赵昺仓皇逃窜，不难想象他们母子亡命天涯时，如何张皇，如何凄苦，如何蓬首垢面。不过，在一个政教合一、君父一体的国度，他们就像蜂王天生能够召集蜜蜂的归附一样，身边很快汇聚了一批忠于宋室的节臣义士，其中足以号召海内的便有文天祥、陆秀夫、张世杰等。他们立赵昰为帝，抵抗的旗帜辗转在山崖海曲，南宋的脉息犹存一线。

1278年，赵昰死，行都从湛江迁厓山，此时，文天祥已在潮汕之战中被俘，陆秀夫等拥立八岁的赵昺为帝，元军从三面向厓山合围，抵抗之地已无可回旋。文天祥被羁押至厓山海面，元军希望他劝降气数已尽的南宋君臣，文天祥拒绝。于是，宋元间最后一战在1279年（宋祥兴二年）二月初六那个大雾弥漫的早晨打响，地点就在厓山及其附近海面。元军趁雾发起进攻，追随赵宋的二十万军民早已预感甚至期待过的时刻终于降临。此前，他们已被元军截断了水和粮草的补给线路，饥渴交至，疾病流行，奄奄一息，战争的胜负其实早已分明。

当厓山的"行宫"成为火海时，据说元军特意安排文天祥在远处的海面目睹了这一让孤臣孽子伤心惨目的场面。只有张世杰率领残部突围。几天后，张世杰返回厓山，寻找他们的"蜂王"——昺，他不知道，就在战争的当天，昺由陆秀夫抱着从"奇石"蹈海"殉国"。张世杰绝望而去，被飓风吞没于海上，苍天似乎也不想再延续这只剩下牺牲的徒劳抗争。

胜利后的元军将领，在"奇石"上刻"灭宋处"几个大字，以表彰自己改天换地的伟业与豪情，有明大儒陈白沙改"灭宋处"为"死节处"，把历史的沧桑一瞬，裹上了厚重庄严的伦理衲裳。

七百多年后，我来到厓山，这里已是"爱国主义教育基地"，有三忠祠供养文天祥、陆秀夫、张世杰，有国母殿祭奠杨淑妃，香火旺盛，游人不绝。西江出海口一座跨海的大桥正在凿空升起，更前面仍然是云水苍茫。

此时，南中国海岸不再荒僻孤绝，这里早已是中国的发展前沿。一切都显得和平、安宁、无可置疑。

然而，似乎总有一些东西让人怆然有怀：赵昺八岁，他知道蹈海的意义和赴死的恐惧吗？中华民族改朝换代之事多矣，为何唯独宋、明之亡引来那么多慷慨的奔赴、殉难的义举、不朽的气节和滂沱的泪水？既然元和清同样是华夏历史中的章节，那么，由它们制造的历史的伤口，如何在恰当的解释中愈合平复？

包含人道常常也容纳兽道的道德伦理，需要服膺者不断打磨和照耀，用行动和牺牲，用泪水和血水，打磨出有关人与人之间的信心与信念、承诺与许诺，照耀出君臣之义、家国之义、夫妇之义中可以延伸的人性光辉。

也许，关于忠义、关于气节、关于爱国的旌扬，便是如此，它并不完全受制于所谓历史正义，而根源于人类精神与感情深处的某种涌动。所谓"人"，正是在历史的累累伤口处得以挺立起来的，于是，后来者在隔代的瞩望与相思中，常常不免要在这些伤口面前，沉吟往复，以至不能自已。

一个传奇的本事：
湖湘人文四题

一、"湖南清绝地，万古一长嗟"

《一个传奇的本事》是沈从文最重要的一篇散文，说的是他传奇的小说世界以及他个人不安定的人生的"本事"，绚丽而悲怆。

湖湘人文在近代崛起，蔚为大观，舍湖南难以言中国，湖湘子弟的作为早已成为一个传奇，一个充满想象和附会的神话，似乎也遥远地印证了一句神奇的古话："楚虽三户，亡秦必楚。"这里的"楚"，当然不止包括湖南，仅以楚国言，湖南也是边鄙。近代以前，湖南虽然有周敦颐、王船山（周敦颐的教养是在湖南之外所获得，王船山的"光大"在近代）等堪称领袖大师，但整体上依然算是蛮荒之地。那么，近代湖南的崛起，以至构成某种传奇性的壮丽景观，除了偶然的人事渊源之外，文化上的依据何在？传奇的"本事"究竟如何？

汉文明在漫长的推衍中逐渐形成了一种经验性的史观，

认为历史总是呈现出"文""质"（由此构成相应或不相应的"治""乱"）的循环。在一定意义上，这一观点与某些现代理论，譬如美国历史学家的所谓"边疆地理"学说，并不矛盾。一种文明当它演化到"文"胜于"质"的时候，难免颓唐、涣散，以至不堪收拾。这时，带有草莽气息的异质文化血液的加入（不管是自愿还是不自愿，同化还是被同化）或者传承于异质水土上的生发，可能成长出新的生命力，以"质"的力量——意味着质朴、蛮野、健康——消解"文"的繁缛、臃肿与颓堕，以至生长出某种新的"文化"与"文明"。

中国文化传承过程中不止一次出现过这种情况，比如南北朝时期的混血、蒙古铁蹄横扫中原、满族入主华夏。这么说，对其中的"血泪"也许过于轻描淡写了，对于其中用"血泪"建构的道德未免轻薄，也许还过高估价了湖南传统水土作为"边疆"的异质性。

事实上，这种异质性完全可以理解为一种朴拙的蛮荒性质。

野性不仅与生命力有关，而且同诗意相关。不乏诗意的野性状态，正是近代以前湖南的整体状态，杜甫所谓"湖南清绝地，万古一长嗟叹"是也。

这种状态是由蒙昧而浩荡的半巫术性质的原始文化基因，刻苦可怜的生存条件，半封闭的地理境遇，暴冷酷热的气候共同造就的。王夫之"六经责我开生面，我自从天乞活埋"的诗句，隐喻式地表明了湖南人的血性气质与中原文化的真正嫁接。如此，方可理解曾国藩"好汉打脱牙和血吞"的强人意志，谭嗣同"我自横刀向天笑"的凛然决绝，毛泽东"问苍茫大地"

的王者气象，所从何来。同时，也可以解释他们在某些方面为什么有比传统更加传统的行为方式与做派。

二、诗性与理性

二十多年前，湖南作家韩少功以"绚丽的楚文化哪里去了"的诘难，首领了中国当代文学迄今为止最富创作实绩的"寻根派"。

醉翁之意不在酒。韩少功的目的并不是要全面清理楚文化传统，而是要寻找事关文学的"思维优势"。从"匪夷所思"的《天问》《九歌》，到马王堆出土文物上"飞扬跋扈"的线条，确实可以看到楚文化勃然成长了一种有别于中原文化的浩大的"诗性精神"，一种不同于实用伦理教化原则的丰赡的想象力。

但是，在以"诗的国度"闻名于世的中国文学中，几乎再也找不到可以与此对称的文本。那么，这种"诗性精神"和"想象力"被消解、改造乃至中断的依据又是什么呢？

首先，当然是中原文化在特定的时空域限内更加吻合了人的或者民族的生存需要，更加成熟，更加具有社会合理性。同时，楚文化的生长本身与中原文化血脉相通，甚至，在整体上，与黄河流域的生存背景并无二致。因此，文化上由圆心向四周辐射延伸的一元化结果，几乎是必然。屈原的"天人诘问"可以落实为踏实的人性内省和道德忧患，飘逸灵异的"雅兴骚情"也一定可以填充细致入微的伦理教化精神。

正因为如此，近代以前的"湖南文学"一直处于某种被启蒙状态。而近现代，被启蒙了的"湖南文学"又几乎不具有任何区别于整体中国文学的"思维"上的特点，甚至更加充分地拥有着主流的意识形态色彩，除了少数"天赋异禀"的"另类"之外。

诗意的想象力与对于家国天下的理性关怀之间显示出一种无法解除的冲突与紧张。这种冲突与紧张所可能导致的并不美妙的结果之一，就是以诗意的想象与方式行政，或者以行政的思维与策略作文，把文学弄得很政治、很道德，把道德、政治弄得很文学。

这同时也是一元化社会经济结构和思维方式的逻辑结果。

诚然，冲突和紧张也可以构成张力，体现在卓然大方之家的沈从文、韩少功身上，则可以见出某种自觉的悲凉与悲壮，一种不是被理性所吞噬而是被理性所扩张的诗性与诗情。沈从文在上个世纪三十年代末就已经意识到自己诗意的沉迷将无可逃逸于民族覆巢之下的宿命。而韩少功正是在感性扩张与理性省思的张力中完成了"前后无援""价值不用等到将来的追认"（吴亮语）的"寻根"系列小说，包括他后来的写作。

三、"大事业家"与"大宗教家"

近代湖湘人文的彬彬之盛，当然离不开湖湘学术的发扬。

湖湘学术与宋明理学的历史进程相终始，从周敦颐、张南轩到王船山，从胡宏父子到曾国藩，无不以"傑然自立，志气充塞乎天地，临大节而不可夺，有道德足以赞时，有事业足以拨乱，进退自得，风不能靡，波不能流，身虽死矣而凛凛然长有生气如在人间者"自命，不惜"以死自担"（胡宏），强调人的社会责任感和历史使命感，突出人之所以为人的主体意志和伦理结构。

区别于程朱陆王之学，湖湘理学与其说是一种心性之学，还不如说更是一种"躬行"之学、"致用"之学，它虽然同样以修身为起点，但绝不屑于"平时袖手谈心性，临危一死报君王"的迂阔，主体意志的张扬，必须以经世致用为鹄的，于是更能够咬牙立志，拔起寒乡，以天下为己任，卫道救世。在近代，则创造了以书生领兵而功业卓著的奇迹。

王船山说"有豪杰而不圣贤，未有圣贤而不豪杰者"，强调内圣与外王、伦理与事功、意志与务实的统一；曾国藩曾经感叹，世界上的事业一半出于逼迫，一半出于利诱，由此对浮艳轻薄的书生意气绝无好感；毛泽东早年"独服曾文正公"，不止因为其"收拾洪杨一役"的完美无缺，而是向慕他作为"大事业家"兼"大宗教家"的"导师"性格与"领袖"气度。

他们潜在的传承，正在于他们某种意义上相似的文化心理结构，以"大事业家"为起点，以"大宗教家"为终点，"豪杰"而且"圣贤"，"内圣"而且"外王"，这一文化心理结构，甚至并不伴随所谓世界观的改变而消失，而可以表征为新的形态。

但显然的，"内圣外王"，或者说由此延伸出来的道德与事功、伦理意志与务实精神、公平与效率、伦理尺度与历史尺度，只有统一在特定的主体人格之上与社会场域之内，才可能获得恰当的、合理的实践。更多的时候，更多的情况下，其结构性的内在矛盾很容易彰显，也很容易因为其内在矛盾而构成分裂性的两极循环，要么是对于主体人格的无限苛求，对道德热情的持续煽动，对利欲的彻底围剿，以至"狠斗灵魂私字一闪念"，构成对于民族生命力的虐杀，而不是提升；要么是意识形态解体，存在即合理，成者英雄败者寇，商女不知亡国恨，无知无耻而无畏。

四、"霸气"与"匪气"

湖南人之领风骚于近现代中国革命，并不表明湖南人文精神率先具有了充足的现代品质。

恰恰相反，近代以前和以后的湖南，工商业经济成分远逊江浙、广东，市民社会、商业伦理的发育也相对滞后，至今依然如此。湖南人的性格中较充分地体现出一种与传统社会生活方式相连接的专制与颠顸，少有公共的规则与妥协意识，潜意识中压迫与反压迫、施虐与受虐的冲动同样强烈，破坏和捣毁的时代多显示霸气和忘我精神，和平建设时代则多暴露出匪气和唯我主义。或者说，在充满了理性的社会关怀意识的时候，表现出来的是"霸气"，在缺少了这种文化前提之后，便衍变成了一种"匪气"。

与"霸气""匪气"的纠缠相类似的是关于湖南人的"聪明"与"世故"。

湖南人的"聪明"，除了心智因素外，其实使人更多地感觉到的是一种基于"实用理性"的智慧：可以容纳新事物，也可以折中旧观念，但一切容纳与变通都精确严格地为既定的生存目的和功利价值所统辖，甚至包括对情感的统辖。

功利心重，视过程为目的的意识空缺，人格非出于性情而多出于利害，"聪明"非即于"敏锐"而即于"世故"。因此，成功立业者，也许所在多有，而一往情深乃至信仰的氛围却分外稀薄，即使在性爱和宗教情感上也难免心存狡黠，怀疑一切神圣，却很难怀疑眼前的利益目标。

自然，这已经不止是湖湘文化的弱点，而差不多是泛中国文化的特征了。

基于此，我们不必把任何一种乡土人文当作"想象的异邦"，以此证明它在现实中"发迹"或"败绩"的必然与合理。对于湖湘人文，也该如此。

对于传统的理性发扬，只有在勘破传奇的"本事"之后。

曹操如何"壮怀激烈"又"忧从中来"

建安十八年（213）夏五月，汉献帝刘协使御史大夫郗虑册命曹操为魏公，加九锡，曹操谦让三次，然后受命。建安二十一年（216），汉献帝晋操为魏王。四年后，曹操死，汉帝禅让，天下属曹魏。

这一段仓皇历史的导演者——曹操，生当"礼崩乐坏"的汉末，最初，他像一个求上进的贫寒青年一样，只是不想让别人"目为凡愚"，希望"建立名誉"，最终，却以拯救天下自任，要"垂名于后"。他的个性与作为，令世人讶异和惊悚，历朝历代，人们在"恶""善""奸""雄"之间，斟酌称量，力求平情。然而，大多数时候，特别是宋元以后，学士文人往往止步于道德判断，而忽略了曹操充满张力的性格与人格，忽略了他面对有常的"性命"与无常的"世事"时的踌躇、婉转与慌乱。

确实，曹操的作为，多少对应着我们每一个人内心的纠结，对于他的肯定与否定，就如同自我肯定与自我否定一样，如同所谓"本我""自我"与"超我"的博弈一样，因为难以取舍，难以定义，难免被简化或者符号化，非如此，我们难以心安理得地面对他。

曹操出身寒微,"莫能审其生出本末",他的那个说得出口的所谓"世系",据说是他父亲曹嵩被桓帝的宦官曹腾收为养子,并花钱买下太尉衔才获得的。曹操曾经自作家传,将自己的家族漫无边际地遥遥仰攀到周天子同宗曹叔振铎,这尤其可见他对此耿耿于怀。

自卑可以导演出无止境的自尊需要,更可以强化那种以生命为赌注的冲动,强化所谓勇敢、偏执、强固。曹操敢于亲率数千战士毅然同董卓的精骑决战,绝非只是出于"义勇",而包括他"自我证明"的骄矜和"志在天下"的盘算。这个"天下",原本是东汉豪右士族的天下。当他赌博似的出奇制胜,一举歼灭曾讥他为"赘阉遗丑"的贵族首脑袁绍,进而战伐攻取,差不多据有了当时的整个北中国时,他的"自我证明"的功业,在以成败论英雄的后人眼里,就不再是"匹夫之勇"的侥幸,而上升为"成者为王"的"历史选择"了。

他的多少有些令人生畏的领袖风范,不仅在于他敢于越夺古礼古训而无所忌惮,以高祖为"贪财好色",还体现在他为我所用、咄咄逼人的进攻性的行动策略与风格,譬如嘉赏贤能,延聘招揽文章学术之士,为有才艺而未必有德者的辩护,对冒犯尊严的异己者的惩处,俭朴到吝啬的持身持家。然而,英雄阔步伴随四顾茫然,豪迈伴随悲壮,"壮怀激烈"然后"忧从中来"。

强烈的一空依傍的主体,是高昂激越的,又是悲凉寂寞的;是忘我的,又是自我的;是高亢的,又是低回婉转的。意识到有限,因为渴望无限,于是有难以逃逸的哀恸,因为一无所有,于是有意气,有"独上高楼,望断天涯路"的空虚与向往。或许，这正是曹操成为诗人的契机。

仅流传有不事雕琢的"寥寥数章"，却成为中国诗史上的一流诗人，曹操的诗表征了他不可重复的性情、视野、胸襟、自我意识和对于宇宙生命的苍茫感受，表征了慷慨任气、跌宕悲凉的"汉魏风骨"，譬如"秋风萧瑟，洪波涌起"的《碣石篇》，"对酒当歌，人生几何"的《短歌行》。

浪漫的诗兴和远不止于诗兴的浪漫情怀，与"实用理性"支配下冷峻势利的政治头脑连在一起，行空蹈虚的形上忧虑、自由想象，与立竿见影、雷厉风行的现实作为集于一身，曹操把诗的人格（自由飘举）与文的人格（理性务实），把至庄至朴、黄钟大吕般的吟唱与轰轰烈烈的务实事功，融通无碍地统一起来。

《自明本志令》是曹操出色的自状，他说："设使国家无有孤，不知当几人称帝，几人称王。"他还说，别人见他这么强盛，又性不信天命之事，肯定妄相忖度，以为他有"不逊之志"，可是，齐桓公、晋文公之所以能够垂誉至今，就是因为他们兵势广大，却依然"奉事周室"，这不分明是以齐桓、晋文自况？而且，这一点也不表明曹操对"取而代之"有出自灵魂的禁忌或者基于某种神圣律令的考虑，他只是觉得名分并不妨碍也无损他自雄当世，一如他说，他之所以荡平寇乱仍不"委捐所典兵众，以还执事"，仅仅是因为"恐己离兵为人所祸也，既为子孙计，又已败则国家倾危，是以不得慕虚名而处实祸"。

选择和言说充满自信，充满张狂的自我色彩。在军事、政治上成就"霸业"的同时，曹操完成了精神、人格上的自我确立，既注重现实，又不乏人文理想，既作成政治上的领袖，又成为精神上的轴心。后人的记述显然并非空穴来风：说他"既总庶政，兼览儒林，躬著雅颂，被之瑟琴"（曹植），说他"御军三十余年，手不舍书，兼草书亚崔张，音乐比桓蔡，围棋埒王郭，复好养性，解方药，周公所谓多才多艺，孟德诚有之"（张溥）。

曹操临终前的《遗令》，是一份延续了他的个性的重要文献，其中言及"天下尚未安定，未得遵古也。葬毕，皆除服。其将兵屯戍者，皆不得离屯部，有司各率乃职。敛以时服，无藏金玉珍宝"。与《寿陵令》以及《遗命诸子令》一起，证明了即使在事关生死的隐秘处，曹操也同样具有一种豁达开放的观念和情志，不仅解脱了神学羁绊，而且远离了柔弱的顾盼和执持。但是，这并不表明曹操对"性命"的轻视，恰恰相反，意味着他对"性命"的深刻洞察。张溥说，曹操在军政事务倥偬之际，"复好养性，解方药"。如果说在"草书""音乐""围棋"上的造诣仅仅表明曹操才情充足、性情浪漫，那么"养性"与"方药"之事，却意味着他高度理性状态下另一种不失感性的自我把握，表明曹操不仅关注"性命"之常与人生的无常，亦复期望生命的奇迹。

确实，现行的由后人辑录的《曹操集》中有《四时食制》片段。据称，《四时食制》可能是曹操的一部完整著作，证明曹操对自身性命的观照和安排，绝不粗糙。另外，在《与皇甫隆令》中，曹操称"闻卿年出百岁，而体力不衰，耳目聪明，颜色和悦，此盛事也。所服食施行导引，可得闻乎？若有可传，想可密示封内"。据《博物志》载：曹操身边聚有大量方士，其中"甘始、左元放、东郭延年行容成御妇人法，并为垂相所录，行其术，亦得其验"。看来，曹操除了注重"服食"之外，对"导引""行气"之事也有考虑。而"服食""导引""行气"在曹操以后的时代发展成了专门之"学"与专门之"术"。

凡此种种，披露的正是一个在道德与历史包裹之外的生命的真实状态。

（本文刊《光明日报》2013年6月24日，此处文字有改动）

王安石留下的疑惑与困扰

对我来说，王安石意味着一些似乎总是找不到标准答案的疑惑。

疑惑之一，王安石究竟是小人还是君子。有足够多的野史甚至正史里面的说法，证明他确实是个小人，但也有足够多的正史和野史材料说他就是一个堂堂正正的君子。王安石的名言"天变不足畏，祖宗不足法，人言不足恤"，成了近代以来改革者最响亮的口号，有此种"无法无天"精神的人，似乎应该是有所谓"浩然之气"的大丈夫，怎么可能是鸡肚心肠的小人？

怎样标签王安石姑且不论，那么，是小人还是君子，这个事情很重要吗？黄仁宇曾经言及，对于具体的人事，我们不要一开始就上升到道德的高度，一旦以道德说事，就只能非白即黑，没有转圜的余地，就很容易把一个人钉死在某些其实未必可靠的抽象准则上，反而看不到具体的真实。确实，对于复杂的历史与人事，我们应该多一些现场的意识与专业的眼光，多一点就事论事的宽容，如果认为一个人在道德上不够高尚，在人格上不够完美，就一定不是一个好的专业工作者，一个可以对社会、对人类有所贡献的人，这也许很不恰当。道德人格的评判与具体的政治或其他专业的评判，有时候不必也不可能是完全融洽的，道德指控是最简单最方便的法器，有时候又是最不可靠最容易出错的法器。

尽管如此，尽管我深知，对于一个历史人物的道德考量，特别是在那种过于功利主义和意识形态化的语境中的道德考量，并不可靠。但是，我依然疑惑，王安石究竟是否是一个超级实用主义者，一个因为自己设定的改革目标而多少损失了操守的败德者呢？

第二个疑惑，王安石的改革是延伸了宋朝的国运，还是动摇了所谓国本，使宋朝更加"弱势"，更快地趋向衰亡呢？王安石的改革究竟在什么维度上是合理的、成功的，在什么维度上又是不合理，甚至是糟糕的？

我看史料，似乎也有截然相反的两种观点。有的人振振有词，说没有王安石，宋朝早玩儿完，还说，他的改革带来了富国强兵，或者至少可能带来富国强兵。另外一种说法恰好相反，说这小子把本来还好的事情弄得不堪收拾，就像一个病人本来还能喘两口气，结果被他这么一折腾，直接就挂了。

类似的这种完全对立的看法，我想，我们现在没有办法把它摆平，在可以预期的将来也未必能摆平，这涉及我们对于宋朝社会状况的评价，涉及我们自己的需要，涉及我们在现实生活中的立场和选择，涉及我们的思维方式和价值标准。

大家知道，在王安石力排众议铁腕行政时，便已经遭遇到非议甚至抵制，但他的形象完全沦为负面，应该是在宋室南渡以后。到了晚清戊戌变法时期，负面形象得以改善，以至被揄扬为所谓"中国十一世纪的伟大改革家"。这样的称许，与梁启超翻案性的评价不无关系，他在 1908 年前写成的《王荆公》，即《王安石传》，就充分体现了他本人的个性特征和教养，也体现了他所处时代的政治诉求。

王安石为什么值得推崇？按照梁启超的说法，宋朝立国，跟别的朝代不一样，跟汉唐大不一样，汉唐的君主，特别是创业的君主，大都有统一宇内、澄清天下之志，也有那种气魄，通过剪除群雄，然后一统江湖。宋朝不是这样的，陈桥兵变，黄袍加身，是哥儿们推举宋太祖从孤儿寡妇手中篡国，或许他原本就没有澄清天下、统一宇内的大志雄心，即使有，他也无法落实，因为他不具备那样的权威，并且牵制他的力量足够强大。

梁启超认为，宋朝的"弱"就是从这个时候落下了根子。到了王安石的时候，这种情况更加严峻，北面有辽金，西面有西夏，版图受到挤压，尊严受到挑战，必须有所作为。这种国家大义，是梁启超无法不戚戚于心的，富国强兵，这是王安石的梦想，也是梁启超的梦想。直到今天，我们还在用这样的梦想激励国人也借以自我激励。

不过，梁启超毕竟是一个对西方政治有所了解，有某种程度的现代政治学教养的人，麻烦就出在这个地方。他一方面说，王安石的变法是要振兴萎弱的宋朝，为国家谋取富强与尊严，这太理直气壮了；另一方面他又分明意识到，王安石的做法似乎总是要朝着他的初衷相反的方向运行，他的很多设计是值得商榷的，最根本的就是他所有的变法，都不免朝着国家主义的方向发展，以至最终要全民皆兵，甚至政教合一。而一个社会，最理想的治理方式其实是国家不干涉或者尽量少干涉，也就是梁启超所说的"放任"，没有边界的干涉，最终只能是自取其辱。

梁启超是一个特别能够为我所用的人，当他自己以改革家的立场和情感观察王安石的变法时，他看到的当然是王安石伟大的抱负和使命感，他逆流而上、百折不回的勇气，何况他不是出于一己之私，而是为了国家，置身于相似的家国背景下的知识者很难不认同王安石内心深处的那种冲动和改革路径。但是，作为理性的启蒙者，梁启超深深懂得，国家主义并不一定带来社会的安康与人民的幸福，而且，从现代政治的角度看，人民的自主生长和自由选择，也许才是真正的王道。

这就是我的第三个疑惑了，看《王安石传》，我觉得，梁启超摇曳生姿的言论，表达的是他在文化情感上对于王安石变法的毫无保留的赞赏，夸张的表述和非此即彼的思维，加强了他对于王安石人格与作为的美化，而诉诸于并不强大的现代政治觉悟，梁启超终究意识到，王安石的设计充满可疑之处。或许，这正是一个过渡时代的知识者最真实的自我呈现，而一百多年后的今天，面对王安石，我们仍然不免依违两可，无法出离他留下的疑惑与困扰。

（本文系在安徽省图书馆所作演讲，刊于《光明日报》2013年6月17日）

曾国藩：

作为"圣贤"与"魔鬼"的演绎

我算是曾国藩正宗的乡后辈，求解乡贤，不止出于好奇，也是自我认同、自我成立的重要法门。

曾国藩作为"圣贤"，这不用多说，他还没死就很让人崇拜了，所谓"集功德言于一身""挽狂澜于既倒"。但是，大家都知道的，他还有一个绰号，叫"曾剃头"，这不就是魔鬼吗？共和国以前，人多许之以"圣贤"，之后，"曾剃头"的称谓逐渐普及。这些年，主流话语并没有完全放弃"刽子手"的指认，但教科书之外，则无论官民，都乐意把他当作成功人士的楷模，当作道德文章、做官做人可以私淑的对象。

"圣贤"值得仰望，"魔鬼"让人恐惧，一个人怎么可能在历史的流程里获得这样两极完全不搭的评价？是水火不容的时代观念作祟？还是屁股决定脑袋，什么阶级说什么话？或者，曾国藩的作为及其所服膺的理想，原本就充满内在的紧张与矛盾，连他本人都不免天人交战，以至有"外惭物议，内愧神明"的时候，而世道与人道，天下与苍生，庙堂与江湖，从来就没有也不可能有融洽一致的是非与标准，无量数的"生民"，总是被裹挟在历史的沧桑里，兴亡皆苦，命如草芥，知识者甚至不惜用"天地不仁，圣人不仁"的哲学加以解释和开脱。

显然，曾国藩作为"圣人"与作为"魔鬼"的演绎，不是一个可以简单处置的问题，如果能有所澄清的话，秦皇汉武以来中国历史上一些至今纠缠着我们、困扰着我们的根本性的含混与暧昧，也许就会变得稍稍明白一点。

我手里拿着的这本书，是《刘蓉集》。曾国藩在岳麓书院求学时，有两个特别要好的朋友，一个是刘蓉，一个是郭嵩焘，他们一见如故。据说三个人在长沙正式结拜过，有人曾经见到过他们结拜的帖子，他们也确实亲如手足，"相期无负平生"，是金兰之交，更是君子之交。

晚清有所谓"同治中兴"。我觉得，如果真有"中兴"的话，那便是由曾国藩一班人的努力所造就的，而他们之所以能成就这样的局面，除了风云际会，根本上还在于他们那种从灵魂深处生长出来的理想主义怀抱与"好汉打脱牙和血吞"的实践精神。

曾国藩做翰林时，有段时期推崇司马迁、韩愈的文章。刘蓉就告诫他，兄弟，这可不太好，不是他们的文章不好，而是从治国平天下的意义上不值得你那样去崇拜他们。我们要以道德自诩，而不只是以文章自诩。如果仅以文章自诩，你太小看自己了，担负不起这个时代，这是一个需要圣贤崛起、立德立功的时代。

在某种意义上，我觉得，刘蓉就是另一个版本的曾国藩，名头小一点，但他们的教养和思想，包括他们做人做事的逻辑，基本上是一致的，解读了刘蓉，也就解读了曾国藩。

为了深入我要讲的主题，我找到刘蓉给曾国藩、曾国荃写的两封信，仔细体会这两封信，也许就能体会他们在作为"圣人"和作为"魔鬼"之间的婉转与纠缠，二者又如何集于他们一身。

给曾国藩的信，写于曾氏回任两江总督后。刘蓉他们早年有个约定，说是哪一天，当然是功成名就之后，我们就"归去来兮"吧，回到故乡，回到山水田园里去。但此时，曾国藩位极人臣，身不由己，功成而无法身退，刘蓉早有赋归之想，真正回到家乡却有点狼狈，他在陕西巡抚任上遭到弹劾，被革职留任，接下来又遭遇了沪桥之败。

战败归来，刘蓉给曾国藩写了这封信，信很短，意思如下：差不多一年没有书信往还，我很想念你，听说你最近从直隶总督回任两江总督，政和民治，身体康强，不像在直隶总督任上那么郁闷。又听说今年长江下游地方喜获丰收，但家乡非乐土，有旱灾虫灾，地方不安静，当局者呢，抓不到问题的根本，事情发生了，惶然失措，事情过去了，又漠然置之，相互推诿，吏治废弛，人心窳败，乡国之祸，怕是才刚刚开始。

套话讲完，"且有恳者"，恳求什么呢？我在陕西做了三年拮据的巡抚，风雪交加的沪桥之役，死了两千多子弟兵，裸尸纵横，无人收敛。到如今，这些死在异乡的子弟，不仅没有得到抚恤，连他们活着的时候的欠饷也没有补发。在跟捻军打仗的时候，欠饷已经一年多的士卒，衣履破弊，入冬还穿单袷，被贼人刳腹剔肠后，肚肠中仅有麸糠，想到"孤人之子，寡人之妻，独人父母，而卒无以存恤之"，想到"生者含悲故土，死者饮泣黄泉"，真是惭负神明，负疚在心，无法安枕。为此，

"伏乞阁下，念惨死忠魂，沦骨异域"，咨照有司，捐银兴工，在他们战死的地方，"建祠葺冢，以慰安之"，"庶冀九幽毅魄，稍有凭依，不至啼青燐而泣宵露"。

这封信，很沉痛，很悲怆，仔细读的话，会把眼泪读出来。那种伤怀，那种悲悯，那种怜爱，是刘蓉对他自己的，也是对三湘子弟，对天下苍生的。我想，这就是他们曾经努力要作为"圣贤"的一个基本出发点吧。必须承认，传统士大夫为天地立心，为生民立命，为万世开太平的豪迈之情，是从对于具体生命的这种怜爱和悲悯出发，也多少是以此为归结的，所谓"视民如伤"，于是要"抚辑疮痍"。我们不妨设想，像曾国藩、刘蓉，原本衣食无忧，为什么会冒着饥寒"举家效愚忠"去打仗？要搭上性命地建功立业，要搭上全家人性命的功名利禄，是何其得不偿失的功业和利禄？

他们的作为显然必须有内在的情感冲动作为依据，对于他们来说，这种情感冲动当然是从神圣的家国伦理生发出来的，否则的话，不可能有那样大的决心和意志去坚持。这封信，我想，大致可以说明他们作为圣贤的抱负和情怀从何而来，那种高远的期待和自我期许是从哪里出发的。

可是，我还得给大家念另外一封信，这封信是写给曾国荃的，写信时，刘蓉是四川布政使。信中说，得到你的来书，知道朝廷任命你为浙江巡抚，说明朝廷使用楚人"唯恐或失"，说明老兄的作为"上契帝心，下孚民望"。我到四川已经一年多，对地方毫无裨益，只有一件事情还值得告诉你，就是石达开就缚，巨患荡平。接下来，刘蓉就说这件事，整个信的口气，跟我前面念的信完全异样，一点都不悲苦颓丧，而是自负骄傲，志得意满。说自己如何飞调重兵，力扼大渡河，让石达开部困处穷山峻岭间，归路既断，粮道复绝，死亡枕藉，偶尔有逃跑以及冒死抢渡的，也均被击毙或落水溺毙。最后，"石逆势穷力竭，束手就缚，所剩部曲数千人悉弃械乞降"。

我们都知道，石达开确实在大渡河边走到了绝路，但石达开其实是主动投降的，为保全手下人的性命，这才有刘蓉所说的"束手就缚""弃械乞降"。那么，刘蓉怎样处置投降的石达开及其部属呢？信中说，除了将石达开和他的儿子、亲信共五人押解成都，其他人全部"骈戮于大渡河畔，竟无一漏网者"。信中还说，石达开在接受审讯时，词气不亢不卑，不作摇尾乞怜之语，枭桀坚强之气溢于颜面，最后"临刑之际，神色怡然，是丑类之最悍者"。这样描述，刘蓉显然不是要表彰石达开的英雄气，而是在向曾国荃告白，我所面对的是这样一个强悍的家伙，而我比他更强悍、更凛然。

两封信，前一封表露的是他对牺牲子弟的负疚，对无辜苍生的悲悯，这封信则是写他"治国平天下""济生民于水火"的作为。从我们今天的立场看，包括石达开，那几千被刘蓉一一处死的太平军，显然也是无以为生、无路可走的苍生，但是，就像曾国藩当年在"讨粤匪檄"中所表明的那样，为了列祖列宗，为了我孔子孟子，为了名教，必须施以雷霆霹雳。当名教落实为君臣父子的纲常借以保证统治秩序的安全有效时，当名教抽象为一种需要去无条件卫护的主义，所谓苍生，在曾国藩、刘蓉的手眼中，就不能不一分为二了，一半是子民，一半是禽兽。

如此，作为"圣人"和作为"魔鬼"，从温情脉脉到暴戾恣睢，就成为了他们面对苍生的一体两面，出自同一个人的作为，并且同样基于他们经国济世的抱负，存菩萨心肠而付诸霹雳手段，仰望圣贤却难免堕入魔道，向往王道却总是辅成霸道。此时，以家国伦理为中心的儒家义理，就有了准宗教的性质，在极端的境遇下，"圣人不仁，以百姓为刍狗"的铁血逻辑，变得不可挽回，而他们所杀的人和他们自以为保护和"字养"了的人，原本都是生民，都是子弟。

　　自然，这不是曾国藩、刘蓉他们可以自我解除的困境，缓解以至超越此种悖谬性的逻辑，只能在新的思想文化与制度框架中。我就说到这里。谢谢大家！

　　（本文系 2013 年在湖南图书馆"湘图讲坛"所作讲演，刊于《光明日报》2013 年 6 月 10 日）

肠断阴山敕勒歌：

刘蓉在养晦堂里的悲伤

小时候，身边的大人，有不止一个人名叫"涤生""霞生"的（老家方言里，"霞仙"与"霞生"发音相同），觉得有点怪，但也不知道是为什么。后来，读了点书，才知道，吾乡大人物曾国藩，号"涤生"，还有一个大人物——曾国藩的结拜兄弟刘蓉，号"霞仙"，在晚清，他们因为"立德立功立言"，成为封疆大吏，是共和国成立以前，乡人崇拜攀附的偶像，于是，很多人家的子弟就直接袭用了他们的名字。

毛泽东早年钦仰的有"大事业家兼大宗教家"风范的曾国藩，一度只剩下"刽子手"的骂名，现在"咸鱼翻身"，朝拜他不曾住过的故居——富厚堂的人已经络绎不绝。比曾国藩小六岁，但曾经可以直言不讳地告诫曾国藩必须向圣贤看齐而不可以以作为文学侍从自了的刘蓉，则人们还来不及想起，包括在吾乡，也已经籍籍无名，他真正住过的故居，曾经广有名声的"养晦堂"，不知道是否"零落成泥碾作尘"了。

寒假，作家金泰打听到"养晦堂"就在如今属于娄底市的茶园中学，邀我去走一遭。赶上修路，可怜的车像摇篮一样在路上颠簸了一个多小时，在好奇心和耐心快要消磨殆尽时，总算到达茶园中学。

原来，茶园中学的地盘，全在当年刘蓉家的院墙内，校园内保留有一株罗汉松，已经一百多岁，据说正是当年刘蓉家人手植，学校外有一栋正在败坏下去的青砖房子，就是"养晦堂"的一部分，刘蓉自述，少年时在这里"俯而读，仰而思，思有弗得，辄起绕室以旋"。此地叫"儒阶村"，正在纳入娄底市的开发规划中。听到"开发"二字，让人惊悚不安。果然，在离"养晦堂"不远的正要开发的山上，刘蓉的墓已经被毁，老乡告诉我们，就在前年的某一天晚上，很多人聚集在那里，说是挖到了宝贝。刘蓉做的官大吗？

刘蓉官至陕西巡抚，出身的家庭较曾国藩家殷实，曾国藩进京赶考前，还到刘家借过盘缠。少年刘蓉，虽然同样就读于岳麓书院，但并不像其他士子一样热衷于科举，而是立志做圣贤，要明道修德，启蒙天下。有文献说，他获得秀才头衔，还是出于父亲的敦促以及当时湘乡县令的设计安排，因为在他的好朋友曾国藩、郭嵩焘等人纷纷成了进士，循例进入仕途之后，有大才情、大学问、大胸怀的刘蓉，如果连"学"都进不了，不仅说不过去，也影响他万一可以出山替爱新觉罗朝廷做事的远大前程。

近代史上，刘蓉做的最著名的一件事情，是在四川做布政使时，诱捕了太平天国名将——那个据说是太平天国内最有胆识才略而且长得风华绝代的石达开，然后将石达开"凌迟处死"。

我有时候还真想不明白，作为心中有花草、笔下常多情的一介书生，刘蓉如何可以"凌迟处死"一个宁愿自己主动投降以换得手下弟兄性命的可尊敬的敌手？像曾国藩一样，是为了维系那所谓千秋万世的纲常名教，并且因为这纲常名教对于他们来说，差不多就是一种准宗教的信仰吗？

而最让刘蓉不能释怀的事情是，他忠心耿耿为朝廷杀"贼"，不仅自己的弟弟早早战死，自己最终却落了个"革职"离任的下场（死后才获得平反）。就在陕西巡抚任上，先是有人参劾他"挟重赀而内膺重任，善夤缘而外任封疆"（用今天的话说，就是靠花钱买官，靠巴结上位），他据理抗辩，说自己"皎如白日"，问心无愧，朝廷据此认为他"放言高论，妄自尊大，语多过当，有乖敬慎"，于是被降职。然而，降职却不让他离职，仍然要他带兵剿"匪"，新任巡抚则百般掣肘，结果就有震动了朝廷的"灞桥之溃"，刘蓉所部在灞桥遭遇捻军的埋伏，值风雪凄迷，无路突围，死伤兵勇三千，战将多名。

这一次，刘蓉还来不及自我检讨，朝廷已谕旨严斥，说他"贻误地方，实堪痛恨，着即革职，毋庸再留"。

如此，从降职到革职，刘大人一世英名，矜持自爱，为朝廷效犬马之劳，恪尽职守，却不足以自保，至于前功尽废。他曾经在诗中哭泣，在陕西哭父母，哭家山——"慈颜寂寞今黄土，回首湘山泪数行"；回到家山又哭陕西任上的遭际——"悲来掩卷空垂泪，肠断阴山敕勒歌"，在离乡万里可以听到敕勒歌的北方，他多少次亲冒矢石，出生入死。后两句作于离世前不久。他还曾致信曾国藩，请求帮助，希望可以筹集经费为那些在饥寒交迫中战死异乡的湘中子弟收尸埋骨、茸冢建祠，"庶冀九幽毅魄，稍有凭依，不至啼青磷而泣宵露"，可以给那些在老家哀哀待毙的孤人之子、寡人之妻、独人父母以应得的抚恤，以免"生者含悲故土，死者饮泣黄泉"。

不难想象，刘蓉在故乡，在"养晦堂"里，如何抬头俯首都伤感，如何惭负神明，如何痛生生地体会自己居然被指为"不清不白"的仕宦生涯。他可是幼聆庭训"一室之不治，何家国天下之为"，自诩清洁，把名誉当作性命，死活"要留清白在人间"的人，他甚至无数次地悔恨，"名山或许千秋业，瀚海终非一苇航"，自己本应"长为击壤之民"，早该还山归田的。

人间万象，世事沧桑，也许不出几年，他曾经所还的山，所归的田，将无可寻觅了。

他曾经徘徊过的庭院，真的就是我们眼前所见的奄奄一息的庭院吗？

一方水土上的精神坐标

我是双峰人，"双峰"建县，在 1952 年，此前世上无"双峰"，"双峰"全境属湘乡。

说到湘乡，不能不提曾国藩、罗泽南。因为行政区划的改变，他们从湘乡人变成双峰人，稍有历史记忆的人都难免觉得别扭，对于多情敏感者来说，别扭之中也许还会有某种无法复原的东西被无端毁弃的痛惜。

这且不说。曾国藩首领的所谓"湘乡派"，是湖南仅见的几个在中国文学史上获得命名的流派之一，作为乡后辈，真是与有荣焉。曾国藩的结拜兄弟、相期无负平生的另一个理学名臣刘蓉，也是湘乡产，一度算是涟源人（涟源由安化、湘乡与邵阳的一部分组成，最初称为蓝田县，同样是 1952 年的新建置），他生长之地现在已经纳入娄底市区。

很小的时候，父亲就经常在我面前念叨曾国藩的家训"早扫考宝""耕读为本"，念叨刘蓉家的教子格言"一室之不治，何家国天下之为"。当时不太懂"早扫考宝""耕读为本""家国天下"是什么意思，也不知道曾国藩、刘蓉是何方神圣，但父亲强迫我必须早起，必须每天扫地，必须对着字帖练毛笔字，尤其早起，是很令我"记仇"的事情。大冬天包括过年的寒假，不知道多少次，我在心里默默地咒骂过父亲把我从热被窝里拎出来的"暴政"。

父亲身上体现出很多普通双峰人的个性：固执、刻苦、认真、自尊、自我中心、自以为是。

双峰人的个性特征，应该与自成一体的双峰话有些仿佛，也有些瓜葛。双峰话是所谓"老湘语"的典型，这是方言学者曾经负责任地告诉过我的。外人听来，双峰话绝对等于一门外语，而双峰人学讲普通话也基本上相当于学一门外语。我的一个教英语的同事曾经告诉我，她大学时有一个同学是双峰人，该同学平时努力用"普通话"和同学沟通，但还是不知道他说什么，有一天，同学们终于爆发了，她们命令他以后讲英语，不准讲他的双峰普通话，因为相比普通话，他说英语要好懂得多。

双峰如今属于娄底市，我上学时，还曾属于邵阳（宝庆），由双峰、涟源、新化组成现在的娄底市（娄底是涟源所辖的一个小地方，古来属湘乡，原名神童乡，1934 年始更名娄底），则属于改革开放以来的"新政"，也是这个天翻地覆时代的证明。

娄底市所辖，大体属于文化人类学上所说的"梅山文化"的核心区域，在"想象的异邦"中，梅山文化充满浪漫气质和蛮荒气息。我看到过一篇关于梅山地区方言民俗的文字，那些特殊的词汇和用语，在双峰话中都有，那种死人拽着活人的巫风灵术，我小时候也大多见识过。而在今天的娄底市城区内，冲击你耳膜的，是一种既像双峰话，又像新化话，还像邵阳话的"普通话"——高亢，尖锐，旁若无人。我曾经想到，当年主要由这个地方的人组成的"湘军"，不仅有着现在称为娄底人的某种特殊秉性，或许他们还有着某种特殊的内部语言和风俗，这才有了"湘军"不一样的凝聚力和战斗力吧。

然而，我也知道，所谓"倔强""生猛""强悍""匪气"，所谓"打碎牙齿和血吞"的个性背后，其实是一种无可奈何、艰苦卓绝、费尽心机的生存境遇和生存现实。在农耕时代，这里本不是一块富饶的土地，而且远在"化外"，无从分享皇权政治的阳光雨露，岂止无从分享，甚至还屡屡被镇压、被驱赶。所谓封闭，常常与强权者的封锁有关。辖区内最早建制的新化县，便经历过反复的封锁、征讨，直到宋熙宁五年（1072）才终于成为"王化之新地"，所以有"新化"之名。

如此，则不难想象，在这块土地上讨生活的人民，所谓不怕苦，正是因为这里从来只有苦；所谓不怕死，是因为这里处处是死的胁迫。如今成为"文化遗产""旅游佳境"的新化紫鹊界梯田，在我的眼里，就怎么看也只能是老家农民祖祖辈辈刻苦谋生的象征，而不是"风景"。

很多年前，看过保罗·高更作于南太平洋塔希提岛上的一幅画，画的是色调艳丽、怔忪莫名的土著女子，还算写实，并无多少"现代派"的抽象，但画的标题却让人心跳过速："我们从哪里来？我们是谁？我们往哪里去？"正处在所谓"灵魂飘香的形而上学"年华的我，曾经很为此醍醐灌顶般的诘问发过一阵呆。自然，发呆之后并无下文，我是儒家文化的受惠者，懂得想不下去的问题不必跟自己过不去。

如今人到中年，粗通文墨，跟自己过不去的问题更加懒得费神，但某种与传统有关的似乎与生俱来的教养告诉我，其实可以从历史人文的流转中，置换并且解答高更对于人类自我的西方式诘问。历史是我们的"宗教"，我们从古至今活在血缘、地缘、人缘的广大关联中，我们有自己安身立命的方式，对于我们来说，渊源深厚，时间上几乎没有尽头的乡土家园及其精神脉息，在无远弗届地决定着我们的前世今生，在引导着我们的认同和选择，让我们活得意义饱满、神气十足。

孟子说，"所谓故国者，非有乔木之谓也，有世臣之谓也"。如今自然不再有什么"世臣"，我们姑且把"世臣"理解为"人物"，那么，稍稍牵强一点，孟子这句话就可以翻译成这样的表述，所谓故乡，所谓故国，是一个"以人为本"的人文概念，而不是一个自然地理概念，并不是因为山上有不一样的树，而是史上有不一样的人，人物才是"故国"的标识。

如此说来，曾国藩、罗泽南、刘蓉、陈天华、禹之谟等，就算得上是可以让如今称为双峰人、娄底人的族群拥有"故乡"和"故国"的"人物"了。遥想当年，他们以野蛮未化、天性未泯的朴拙、虔诚、踏实和不惜牺牲的理想主义，拔起寒乡，从"边缘"到"中心"，以至饮誉乡邦，模范天下。他们是我的家乡及其人民的精神坐标和骄傲，即使这方水土不得不进入现代化的嘈杂旅程中，也依然是。而对于异乡游子来说，他们就成为让人终究可以隐约感觉到乡邦依然有所在的有效证明了。

（《潇湘晨报》编辑命题述"故乡人文"，如其所请。文章刊于《潇湘晨报》2011 年末）

君自故乡来:

循环的历史与空虚的文明

"十一",回了趟老家。长假对于我这样的人来说是十足无聊的,不懂得小赌怡情,也不会应酬,到哪里去消遣呢?双峰没有太多可以游览观光的山水,行到水穷处,或许偶尔也能碰到一点悦目赏心的地方,但多零章碎句。耐人寻味的是这里涌现的一些人物,他们曾经光彩照人,在可以预见的未来也会同样如此。于是,走访曾国藩、罗泽南的故里,还到双峰县委党史办的退休老主任罗绍志家里请教家乡人事,老先生称得上是最熟悉双峰文史的人了。

有朋友曾经问:双峰为什么会出一个曾国藩?我胡乱应答:"穷山恶水出刁民。"双峰可不止出了一个曾国藩。

这一次,朋友小柯引用王维的诗"君自故乡来,应知故乡事",让我从故乡人事说开去,谈谈乡土,谈谈历史。

问:

这些年,许多地方纷纷在打造辖区内的"历史"和"人文",连不太雅观的"西门庆故里""夜郎古国"之类的牌子,也打出来招摇了，有点匪夷所思吧？

答：

"历史"和"人文"的遗产，需要挖空心思打造，证明原本子虚乌有，或者曾经有，却被不肖的我们弄得四大皆空了。

想想也真是这样的。落寞的乡村不用说，当今中国大大小小的热闹城市，从京城到小县城，你能清晰地感知到它的历史和人文吗？真古董大体上被糟蹋得差不多了，假古董和所谓新地标，从理念到格调差不多如出一辙，连使用的建材都是统一规格的，你除了从它们身上看到正在"天翻地覆"中的慌慌张张、不伦不类的现实，还能够感受到的，就是从当代人并不健康的心灵所投射出来的历史的阴影，仿佛一块块伤疤似的。

一些教科书也是这样，我们能从中感受到深远的历史与厚重的文明吗？几篇主题鲜明的范文似的文言文，几则无本无源古为今用的成语掌故，几个如雷贯耳早已被我们敬奉成神仙的历史名人，发明了远不止一次的几大发明，从兴盛到危机，从酷苛到窳败，从一统到无序，从整齐到涣散——反反复复没完没了的王朝兴替，如同缺少内容的清单，缺少表情的偶像，没有氛围，没有质感，空洞到仿佛只剩下年代和名字。有关历史的"知识"越多，真正的历史似乎越不能彰显，历史背后的文明似乎越发空虚。正像近年来，一些人别有所托地热衷"国学"，弄出很多国学班、国学所、国学院，反而让你觉得所谓"国学"，更加莫名其妙，也更加无依无靠。

问：
贵家乡可有值得打造的历史文化资源？

答：

还真有，而且用不着凭空打造，冯子振（元代诗人、曲家、书家）、曾国藩、罗泽南、禹之谟（早期湖南华兴会、同盟会领袖，创办实业以及新学堂，1907年死难，遗言说"同胞，同胞，其善为死所，宁可牛马其身而死，幸毋奴隶其心而生"。这样的句子，今天读了也不免令人魂悸魄动的吧），都是敝家乡水土养育出来的人物。只是，有很长一段时间，我一直以为我们那里是一片蛮荒之地，至少，在我从小学到大学的教育里，除了毛泽东的长沙一师范同学蔡和森和他的亲属，基本上就不知道自己的家乡还有其他历史人物。

问：

怕也不只是贵家乡的"历史"如此。

答：

克罗齐有一句名言："一切历史都是当代史。"这句话，如今治史的人差不多都知道，这是历史学中一个含义极其深刻的命题。但我们这里的现实倒是在最简单的意义上诠释了这句话，人们往往把历史作成了长官意志之下的教材，而且是与时俱进的。

问：

这未必是今天才有的情形吧？

答：

确实，中国虽然史乘浩繁，号称以史立国，有煌煌二十四史，有正史野史，但仔细观察却不难发现，古往今来，我们差不多总是只有一个朝代的历史，那就是当朝的历史。否定前此的一切历史，特别是前朝的历史，常常是确立新朝合法性的依据。这甚至构成了我们的世界观和价值观，支配了我们全部的历史教育，以至一代接一代的人，总是"不知有汉，无论魏晋"，或者更准确地说，是不知有钦定教科书以外的复杂的历史，以及历史表象背后复杂的人事与人性。

在当代，这种倾向体现得尤其显著。部分原因是，古典时代的文官选拔制度不再继续，古典教养不再是当政者必需的教养，以古为尚的道德理想主义也不再熠熠闪光，一些大小首长们，位居要津，却依然像古代士大夫一样以为自己是"天与之"的"牧羊人"，是字养生民的"父母官"，无法不把自己的见识当作最高明的见识，把自己的教养当成最高级的教养。

问：

好像是这样的，为什么？

答：

中国的文明史漫长，有文明古国之称，是所谓唯一没有中断过的文明，但文明的历史积累其实相当有限，无论文献还是文物，总是不断从终点回到起点，总是不断归零。除了陈独秀所说的"大流氓的家谱，小流氓的传记"，鲁迅所说的那些满本子写着"吃人"二字的陈年流水簿子，除了始料不及的考古发现，我们几乎找不到所谓漫长文明的有效证明。这也许不只是由于古代文明的传播手段和承载材料的限定所导致的。

曾经有学者说，从秦皇汉武到唐宗宋祖，从永乐大帝到康熙王朝，不管是阿房宫大明宫，长乐宫未央宫，还是谁的林苑，谁的庄园，在经常上演的皇权更迭中，最终难免不化作一场壮观的烟火。表面看，真是十分可惜，仔细想来，却也未必真的可惜。且不说，这些东西原本由苍生的血泪砌成，却从来与苍生无干，更重要的是，从故宫就可以看到古往今来中国皇家宫观的大体，从承德避暑山庄、颐和园就可以知道帝国园林的概貌，从小衙门封闭的院墙就可以领教自首都到省垣数十里城墙的威严。天不变，道亦不变，只有城头的大王旗在变，我们习惯的是"彼可取而代之"的重复，是"三十年河东，三十年河西"的循环，是一仍其旧的简单的存亡绝续。

问：

三皇五帝到如今，我们倒也确实不缺少家谱似的历史谱系，看戏（如今是看电视），听人闲话，人们似乎把帝王家的事，当成家事一样。

答：

没错，家国一体，这是神圣伦理。我们对每一任家长，都充满梦幻般的期待和嗷嗷待哺的翘首，尽管除了失望还是失望。原来一无所有，折腾一番后结果还是一无所有，但我们对朝廷包括后宫里的鸡零狗碎，依然充满好奇，对围绕皇权的进取和纷争，照样兴致勃勃，连毛泽东当年也打压不住"帝王将相"在文艺作品中的猖獗。每个人都有一册"天下大势分久必合合久必分"的账簿，每个人都有一本"五百年必有王者兴"的春秋。这联系着我们灵魂深处对于"英雄"的认同，对于"家国天下"的理解。说得难听一点，我们心目中的英雄，就只有那些纠缠着折腾着"家国天下"的"帝王将相"，现在总算还可以加上富商巨贾了。我们拥有一种由旧的文化传统与当代观念共同陶冶出来的中国特色的"精英"意识，前面说到的历史观和价值观与此紧密相关。

现代社会的精英意识，显然不止是一种精英崇拜意识，而更应该是一种毫不别扭也毫不功利主义地接纳、尊重、发现、认同与自己迥然不同的人物及其独立个性的意识，懂得欣赏、爱惜不同领域、不同禀赋的卓越者，并且不以奇迹视之，而能够纳入人道主义理解范围的意识。

从这一角度看，我们的精英意识，有时恰恰是反精英的，是常常不免要把真正的精英扼杀于摇篮中萌芽中的伪精英主义。

然而，我们又出奇地信奉成功哲学，高度认可成王败寇的逻辑。我们会对一切成功地使自己成为"人上人"的人，充满了莫名其妙的敬畏和不可置信的迷恋，只要是菩萨，就习惯下跪。我们的是非，常常是基于一时一己需要的是非，我们的仰望常常只是基于现实目标的仰望，我们无法从现实政治的逻辑之外，分蘖出纯粹精神、情感、知识、人格的维度，更不要说宗教的维度，甚至没有成长出基本的人道主义情怀。

如此，人们把特定时代的政治要求看成是历史存废的全部依据，把存在即合理的现实看成是全部历史的必然结果，以至片面地得意洋洋于"数风流人物，还看今朝"，就丝毫不奇怪了。

问：

还是来说贵家乡的历史人物吧。

答：

他们在旧的文献中大体被称为湘乡人，譬如被称为"曾湘乡"的曾国藩，由他"领衔"中兴的桐城派古文余脉，被称为"湘乡派"，他的家乡就是现在的双峰县荷叶镇。双峰是1952年之后才有建制的一个县，此前，这里属湘乡，包括现在的涟源县（曾国藩的结拜弟兄刘蓉，现在算涟源人，其实也是湘乡人，他的故居就在双峰涟源交界的茶园）。

这也是我的家乡一种特殊的尴尬，有这种尴尬的地方应该不少。钟叔河先生曾和我说，"善化"是一个内含多少人文信息的地方，可现如今到哪里去找"善化"呢？

这种多半因为偶然的行政需要，或者干脆是某人心血来潮指点江山产生的新建制，从文化传承的角度考虑，可以说是破坏性的。似乎空穴来风的行政区划，很可能让你从此就不能够名正言顺地找到和确认自己故乡的历史与人文。而我们这里的一切，又从来都是由行政主导的，政府之外很少有经营某种事业的空间和可能性，政府不出面，或者没有相对应的政府机构管辖，一切免谈。经过修缮后对外开放的曾国藩故居"富厚堂"（其实曾国藩在这里一天也没有住过），如今参拜者不少，还是地方政府费尽心机的努力，前些年才终于争取成所谓"全国文物保护单位"，参拜起来总算是名正言顺了。

半个多世纪以来，属于双峰的乡土文化以及历史人物的"演绎"，自然是顺应长官意志且符合时代潮流的，和全国人民一样，我们曾经信心十足地破旧立新，把一切超出自己认知范围的东西，视为"封资修"，接下来一些人则常常以发展为口实，以"人民"为旗帜，干利己的勾当。乡土成为我们需要迫不及待逃离的所在，乡邦文献文物更加是需要我们勇敢地拆迁捣毁和背叛的对象。

如此，我们所收获的历史，常常不能不是反历史的历史。

崭新的行政区划似乎也正是为了成全我们的这种需要而设计出来的，我们乐于把自己所在的地方，当作一张白纸没有负担，以便走进新时代。

然而，罗马毕竟不是一天建成的，当社会一旦走出自诩为"天翻地覆""日新月异"的进步与进化后，乡邦历史与人文，就是让我们可以有所归属的重要依据所在。作为所谓万物之灵长，人其实是需要有所归属的，不能赤条条来去无牵挂，乡邦文献文物，正好对应了可以给我们带来方位感和归属感的属于我们自己的历史、地理与人文，我们甚至可以由此获得一些基本的教养和相对真确的自我认知，这不仅关乎文明，也关乎人性。

问：

这几年曾国藩可是很热。

答：

是的，近年来，我们的生活终于有了一点温饱之后的余裕和管治者鞭长莫及的宽容，而且伟大领袖早年确实白纸黑字地崇拜过曾国藩——"独服曾文正"，视之为"大事业家"兼"大宗教家"，加上曾国藩经略天下，位极人臣，还有"相术"，还有"挺经"，还懂得官场厚黑，所谓集"功德言"于一身，"修齐治平"一样不落下，既是理想主义者，又是实用主义者，所以，在我们的教科书上还没有摘掉他"刽子手""反革命"的帽子的同时，他正在比晚清民国期间更热闹地走上神坛。又因为我们的历史观其实是一种"英雄"史观，而且是那种一人独大的"英雄"史观（与我们爱好"正统"，认同"一元"的文化心理相一致），我们始终相信，一个时代，一种局面，必定是由某一个大英雄导演的。本该群星灿烂的星空，我们总是非弄成众星拱月的局面不可，现实中是这样，对于历史的理解也是这样。

曾国藩如今成为上上下下无人不仰慕崇拜的独大的英雄，此前弃之如敝屣刚刚毁掉的生养了他的房子"白玉堂"，前不久也平地起高楼加以重建了。看到那样"簇新"的假古董，说夸张一点，我真是悲从中来。早知现在，何必当初？然而，这样的当初，却依然在继续。罗绍志老先生告诉我，二十年前，在去曾国藩老家的路旁，秋瑾的故居还在（秋瑾祖籍绍兴，生于厦门，1896 年嫁入湘乡，即今双峰县荷叶王家，十年后和荷叶家人"诀别"，不久即赴死），现在完全没有了；曾国藩的弟弟曾国荃（郭嵩焘曾经感叹，此人绝非"一介武夫"的评价可以打发）的"大夫第"曾经很完整，现在也只剩下一堵墙了；禹之谟家的老屋，早已剥蚀倾颓。

要么追捧，要么遗弃，这就是由我们打造出来的"历史"节奏，在这样的节奏中，除了不能保守文明和文化，真是什么"人间奇迹"都创造得出来。当然，常识常情平常心，是永远缺席的。

问：

罗泽南的故居还在吗？

答：

参观了曾国藩的系列故居后，作家金泰带我去看了离曾国藩家的"富厚堂"不远的罗泽南故居。

罗泽南一生大部分时间耕读于双峰的石牛山冲，按照金泰的说法，罗泽南比曾国藩更称得上是早期湘军的创始者和精神领袖。他在理学以及教育方面的建树，让曾国藩"极所钦仰"，称他"读书明大义""可为师表""信为吾乡豪杰之士"，同治九年十月二十九日曾国藩日记"夜读罗罗山《人极衍义》《姚江学辨》等书，服其见理甚真，所志甚大"。辛亥革命以前，罗氏的《小学韵语》作为发蒙读物，曾经流行天下。不幸的是，在与洪、杨的战争中，他早早战死，没有建成曾国藩那样的"中兴"伟业，也没有来得及像曾国藩那样苦心经营自己"三不朽"的光辉形象，倒是与曾国藩共享了作为镇压"太平天国"罪人的"荣名"。

早死的罗泽南，如今差不多成为了匿名者，包括在他的故乡。我和朋友走到他的出生地，向一个当地青年询问罗泽南的屋堂时，这个住在罗氏屋堂几十米远的青年一脸茫然，不知道罗氏是何人。

罗泽南出生的老屋还在，屋主人并非罗氏后裔，他向我们确认，这栋房子就是罗氏生长的地方。在屋前的地坪上，屋主人正用电锯锯木头，准备过年后把房子拆了。他说，房子太老太旧，实在不能住了。我说，你能等等吗？我多少有点心虚地向他保证，五年之内，应该会有人出面来保护这所房子的。他说，他已经给县里打过报告，县文物局的人说，可以拆，隔壁是当年清廷为战死的罗泽南建的祠堂，保护那里，这里就算了。我们马上走到隔壁看祠堂，所谓祠堂，仅剩下一堵墙，是一个完全没有人打理过的烂屋场而已。

想到那个大体犹存的罗泽南真正的故居，几个月后将不复存在，我有点不寒而栗，赶紧拍了一些照片，日后有人念及，我至少还有照片可以应对。

"大义昭于万古，公论自在人心"，这是罗泽南当年战死武昌城下时留下的绝笔。他所说的"大义"，我们未必会服膺，他所期望的"公论"，则是每一个对于人道世道有所关怀的人一定会殷殷期望的。然而，"世道人心"，悠悠万古，"世道"从何说起，"人心"在哪里安放，"公论"又是谁人之论？

究竟是什么在支配着我们这个民族对于历史以及历史人物的认知呢？又是什么在填充我们的记忆并且主宰我们的判断呢？如今，我们终于知道曾国藩需要敬重，是因为我们突然发现他可以带来可观的经济效益吗？而我们的时代正在以经济建设为中心。

如果真是这样，我想，在可以预见的将来，这块土地上的历史，也许将依然在暗黑的循环中婉转，而所谓文明，也将依然空虚下去。

"大人物"的还原

2011 年是曾国藩诞辰二百周年,《南方日报》的朋友希望我对这位重要的乡贤给出直截了当的评价,下面就是我的回复。

问:

对曾国藩的评价,百余年来是南辕北辙,对于同一个历史人物,同样的历史资料,为什么人们对他的评价如此不同? 这是曾国藩个人的矛盾,还是社会观念的矛盾?

答:

这些年来,以曾国藩的名字为招贴的出版物、议题越来越多。唐浩明那部以曾国藩为题、不失传统演义性质的长篇小说,可以算是一个"标志",让据说早已被钉在了历史耻辱柱上的曾氏开始"否极泰来",声名再度显赫。有关曾国藩如何赚得封侯拜相的"成功之学"与权术、风水、命相之说,也因此转眼间腾嚣于庙堂公卿和草野百姓之口,版本众多,各取所需。

曾国藩在寂寂无闻或者说有所闻而只剩下骂名的大半个世

纪后，骤然成"热"，且"热"到几乎要视之为"圣人""完人"，并不表明时代理性的健康，正像曾国藩在晚清乃至民国俨然是"教主"，之后又显然是"屠夫"的重彩赋形，也并不表明一种健康成熟的理性一样。确切地显示出我们时代对于历史多少拥有了一份冷静和理智的，是羊春秋先生他们在二十多年前开始整理的三十卷《曾国藩全集》的出版，以及某些小范围内举办的关于曾国藩与近代中国命运的学术研讨，而不是举国若狂的唾弃或者膜拜，那只是说明时代及其观念的混乱与人们在精神上的空虚、恐慌、不知所措而已。

问：

今天很多人看曾国藩的《家书》，它启发了很多人，不少人在读曾国藩的同时，也把他当做成功学的教材来读。然而他的一生中也有很多矛盾、挣扎、冲突。曾国藩真实的一面是怎样的？

答：

《曾国藩家书》，包括他的其他书信及一些日记，阅读者众，一度成为国人"修身齐家"的教科书，朴实严肃、激情内敛而文采斐然，充满着有关为人处世的教训、聪明和智慧，所谓"极高明而道中庸"。但在今天，窃以为，更值得我们激赏的显然是其中交代出来的日常生活以及人情世故，艰难、琐碎、不厌其烦，某些时候甚至充满忧伤、苦楚、委屈和无奈，还原了一个人们崇拜的"大人物"的"心曲"，记录了一个时代、一种生活方式的"真实"。

至于我们习惯于把成功人物的言论作为，当做成功学的教材，当成"真理""模范"，在一个没有"上帝"声音的国度，这是很自然的，也是传统社会发育得最为充分的实用理性所敏于接纳和"创造"的。

问：

有人评价曾国藩，说他既是圣人，却又深谙官场的各种"潜规则"，他做官的思维到底是怎样的？

答：

中国传统文化中最龌龊的一部分就是所谓"权术"，所谓"官场潜规则"。曾国藩在传统制度下为官作宦、做人做事的"技术"和"技巧"被同时代的人，特别是后来的人无限放大，也许恰恰证明我们所处的时代和社会，在这个时代和社会的某些地方、某些部分，有较之过去更加龌龊不堪的景象。因为，从对于传统与经验的选择性的记忆和诠释，往往可以看出我们的现实需要，看出时代的精神状态。

问：

有人说，曾国藩代表了传统精英最后的辉煌。传统的精英有怎样的特质？

答：

曾国藩为人们津津乐道的作为，最重要的当然是毛泽东当年嘉许为"完美无缺"的"收拾洪杨一役"。但是，因为"洪杨"所领导的"太平天国起义"曾经被当作"中国革命史"的重要一环，曾国藩不能不成为"反动分子"，成为"魔头"。如今，"洪杨"被越来越多的人视为"邪教"领袖，"太平天国起义”也似乎并不代表所谓“先进文化”，而只是传统“民变”的另一个样本，如此，曾国藩自然又回归“正统”，说他主导了晚清的“中兴伟业”，他几乎成为拔起寒乡、济世安邦的典范。

基于“改革开放”的自觉，曾经被指为“卖国”的洋务运动也有了新的评价。没有太多异议的是，自曾国藩始，中国方多有言“洋务”者，方有近代化的开端，曾氏手下诞生了第一个机器工厂、第一艘机动船、第一批留学生，这些都是可以给曾国藩形象加分的地方。还有，曾氏一生渴望以文章不朽，标榜“桐城派”而成为所谓“湘乡派”的领袖，开启宋诗运动而在近代诗坛有所谓“同光体”。

其实，这一切也许更多是一种符号和表象，通过现实的坐标对于它们的解读，赋予它们的含义和意义，总是变动不居的，难得有定谳，这才有“身后是非谁管得”的浩叹。而历史，对于具体的个人来说，常常只是一种偶然的机遇而已，所谓选择大半是被动的。因此，真正重要的是作为历史主体——个人由此所显示和表达的心智、才华、理想、信念，以及这一切与“人道”“人本”以及广大的生存意志之间的亲疏远近。

近代历史，虽然无法割舍地影响和决定了今天的现实，但对于我们来说，它毕竟已经和正在化作一种背景，其中数不清的恩怨纠葛、是非好歹逐渐远去，最简单而清楚的事实是，我们确实不能回避而是需要正视曾国藩在近代中国留下的庞大身影。当然是因为他包括镇压“太平天国”（革命或者反动）“兴办洋务”（爱国或者卖国）在内的“事功”，才使得他可能真正参与近代历史的，然而，他之所以能够影响近代中国，又绝不止因为他的"事功",或者说,"事功"是有限的,更加绕不过去的是他对于近代中国精英阶层精神上的统领,这也是他可以成就"事功"的根本依据。

在某种意义上,他确实"中兴"了晚清,让一个萎靡涣散的王朝又延续了半个世纪。同时,有更充分的证据显示,他是儒家乃至传统文化在旧中国最后一个称得上代表的代表,他身上集中了传统精英某些最优秀的品质。他并没有在传统文化上发展出全新的范式和章程,但是,他以并不缺少悟性的刻苦和执着,重新体验和阐释了迤逦数千年的天人之道、伦常之理。较之同时代满朝野的文武士子,他不止是聪明,简直是高瞻远瞩,提纲挈领:服膺儒教而不拒斥庄老申韩,汲汲于事功而不乏形上之思,既有强人意志,又有淑世婆心;"好汉打脱牙和血吞",修身养性严谨到刻板;"书蔬鱼猪早扫考宝",持家持身峻洁到固执;肩担道义、满门报君,忠诚到迂阔伪善;见机而作、实事求是,通达到狡黠怯懦。

这一切,有着远不止可验于彼时彼地的意义和内涵,可以示范当世,警醒未来,可以唤起意志,涤荡人格,即使是具体而微的出处计量与现实安排,也无不贯彻着他对于世事与生命本相的洞察,对于人生艰困的体验。曾国藩不止是一个脚踏实地的现实主义者,更是一个以自胜胜人、以圣贤自许的理想主义者,他甚至构成了一个时代的精神标高,一种让人可以仰望的方向。

很多年前,我曾经到离湘乡县城 80 公里双峰县城 40 公里的偏僻乡间,参观如今被辟为曾氏故居的"富厚堂"。那是一所在乡间算得上宽大的房子,却也想象不出当年的奢华,院墙是土夯成的，所有的房间几乎没有任何装饰的痕迹，而其时作为封疆大吏的曾国藩，却为弟弟花钱七千串修如此府第而省躬自责，以为无颜面对父老乡亲。曾国藩真正的出生和成长地是"白玉堂"和"黄金堂"，那更是名不副实的乡间普通住宅而已。

一种类似于禁忌的文化自律让曾氏位极人臣却渴望与百姓保持相同的简朴俭约，除此之外，对他来说显然并不存在别的约束。也许，一个庞大的帝国及其政府的运作，正是这种上升为禁忌的文化自律来加以维持的，而代表这种文化自律要求的儒家伦理道德，正是一种对于"天心"与"人心"充满内心敬畏和谦卑的道德，一种处穷积善、戒惧奢华的道德，一种基于共同的生存窘境之上并且保证其某种程度的一律性的道德。历朝历代，皇权政治的坍塌，也往往是从这里，从士大夫丧失廉耻与"人心不古"开始的。从这一点看，曾国藩堪称"补天"之人。

我想，这一切，或许就是早年毛泽东视曾国藩为可以领袖群伦的"大事业家"兼"大宗教家"的原因所在。

问：

曾国藩三十岁的时候可以说是他性格突变的分水岭，看别人写他，感觉他的一生都在不断脱胎换骨。他的性格有什么特点？有没有受到一些湖湘文化的影响？

答：

与其说湖湘文化具备一种全然区别于传统文化的异质性，还不如说它就是传统文化在湖湘水土上的近代光大而已。因此，所谓湖湘文化体现在它具有代表性的人物身上，有时比正统更正统，有时比异端更异端，它似乎极端封闭又极端开放，极端革命又极端反动。从王船山到曾国藩到毛泽东，确实可以看到某种精神上的一贯性和生命气质的一致性，如果说，他们身上所体现的就是湖湘文化的特征的话，那么，我宁愿认为这是一方水土以及水土之上的生命特征和性格特征，而不是文化特征。

问：

今天知识分子的队伍越来越大，但是有人看到，我们现在的知识分子身上已经没有了曾国藩那样的"书卷气"，为什么会这样？

答：

不要把曾国藩与所谓"知识分子"混为一谈。中国古代的"士人"是完全不能按照现代知识分子的概念去想象和定义的，现代知识分子也无法获得曾国藩那样的"书卷气"，他的"书卷气"联系着他的信仰、信念，也联系着他的"饭碗"和"手艺"。当然，如果把"书卷气"理解为一种人文教养和忧生忧世情怀的话，那么，这正是现代工具性的知识人发展为"有机知识分子"所必需的。

问：

我们现在缺不缺曾国藩这样的人？需不需要他这样的人？研究曾国藩，对于今天有什么意义？

答：

郭嵩焘晚年说，自己曾经和曾国藩议论过，人生在世，要作成一个天下不可少之人，才算全德；又要作成一个家庭内可少之人，才算全福，但"此语惟文正公（曾国藩）足以当之，吾则反是"。这几句话几乎可以看作是传统士大夫的"警世通言"。曾国藩去世后，很多人确实发自内心地伤感不已，疼惜不已，以为国家失去了梁柱，人们失去了仰望。我们的文化是习惯以人为典范的，对曾国藩的眷顾并不奇怪。

但是，我想，此一时，彼一时也，对于历史人物的缅怀是为了滋补现实，而不是为了取代现实，现实也无可取代。我们也许不必过于夸大曾国藩所具有的现代意义，不要以为曾国藩的道德理想、政治理想，可以补救现代中国道德与政治的严重失范，不要以为他所张扬的主义和精神，他的智慧和人格，可以覆盖现代人的全部心灵。如果传统可以拯救传统的话，所谓现代启蒙就是我们无端自扰了，真是这样吗？

曾国藩的道德文章，并不足以应对现代国家与个人的困境，更不可能指导我们怎样去摆脱国家与个人在现代与传统制度以及文化选择上的被动、不安、无所适从。在更深的层次上，曾国藩所代表的教养和文明，是一种与现代社会生活，特别是政治生活有着诸多抵牾的蒙昧主义的和功利主义的教养和文明，在"名教纲常"范围内所呈现的主体和主体性，也多半充满工具主义意味，本质上是一种服务于皇权政治的工具性。

在"名教纲常"的旗帜下，在"自我做圣"的期许和暗示中，以所谓匡扶社稷、字养生民为旗帜，往往也可以"成就"草菅人命、以百姓为刍狗的"伟业"。曾国藩曾经被称为"曾剃头""曾屠夫"，并不完全是曾氏被妖魔化以后的命名，其实也表明了他所谓的"霹雳手段""乱世重典"在今天看来的反人道性质。曾氏虐杀李秀成，他的老友刘蓉在四川"凌迟"处死据说风华绝代的石达开，在很多时候，他们对于在绝望的饥寒中以血肉之躯作为抵押来抗争的人们，并无恻隐之心，对于他们所认定的"纲常名教"的敌人，他们也绝无悲悯之情。在他们的手眼中，所谓"家国"，所谓"生民"，所谓"立德立功"，都是范围在"名教纲常"之下，并且是以"名教纲常"为依归的。

然而，我们今天所在的世界，或者说我们所乐于认同的世界，已经不是需要通过"名教纲常"来维护的"家天下"了，我们必须拥有新的价值理想，拥有对于个人、国家、世界的新的解释，并由此出发创造新的精神秩序、文化秩序以及现实政治秩序。一切历史遗产的传承都只能是以此为轴心的，而不是相反，只有这样，近代以来中华民族奋不顾身的自我牺牲与自我迷失，从一场灾难走向另一场灾难的"宿命"，也许才不至于循环往复继续演绎下去。

苦闷的先知：

湘人郭嵩焘

最初知道郭嵩焘，是差不多三十年前，我正在读研。湖南出版的《走向世界》丛书里，收录了郭嵩焘的《伦敦与巴黎日记》，我读下来，既怦然心动，又瞠目结舌。

2007 年，湖南教育电视台开办"湖湘讲堂"，请我讲一个湖南的历史人物，我首先想到的就是郭嵩焘，此时我对郭嵩焘已经有较多了解，惊讶他的见识，同情他的遭遇。我曾随电视台的编导去了郭嵩焘老家湘阴，与左宗棠得到格外重视不同，郭嵩焘在湘阴几乎找不到"遗迹"。我跟当地的朋友讲，五十年之后，郭嵩焘的名望会高于左宗棠，朋友不敢置信。我为什么这么说？我当然也喜欢左宗棠，多能耐的一个人，英雄。但是，我想告诉诸位，这种英雄哪朝哪代都有，特别是在中国文化水土里，而类似郭嵩焘这种能够提供新的"世界观"，新的文化视界的人，却不多见，这样的人往往被我们忽略甚至敌视，因为他提供的是一种与既成观念和秩序有所冲突的事实与道理，这会给我们的内心带来焦虑和不安。

求解郭嵩焘，意味着我们需要正视传统文明在近代的困境，正视与我们自身的作为息息相关的累累伤痕。历史其实联系着偶然的人事，并不是一个纯粹宿命的过程，也只有看到历史的偶然性，我们才会去反思历史，去发现历史的复杂与诡异，去理解历史与我们自身的关联。通过郭嵩焘，我们会看到，近代中国也许有着不止一种可能的方向与命运，如果他的思想能够成为晚清社会的主流思想，如果可以按照郭嵩焘的见识去调整自我、面对西方，会怎么样呢？这虽然有点"事后诸葛亮"，但正本清源，返回历史的现场，正是作为人文学者应该具有的一种能力，也是不应该逃避的责任和使命。

一、郭嵩焘生平大概

我先稍稍介绍一下郭嵩焘的生平。郭嵩焘 1818 年出生在湖南湘阴。湘阴在清代属于长沙府，是湘江在洞庭湖的出口，一个通达之地。郭嵩焘家曾经"富甲一方"，到他父亲一代，家道中落。

郭嵩焘"进学"后，到岳麓书院读书，与曾国藩、刘蓉一见如故，结为金兰。他们的亲近跟性情有关，跟抱负更有关，用今天的话说，他们都是有志青年，郭嵩焘临终前作《枕上诗》，说他们"笑谈都与圣贤邻"，"与贤谈邻"，当然就是要比肩圣贤。

1841 年，郭嵩焘入浙江学政罗文俊幕，见识了英国炮舰在宁波定海一带的攻击，意识到"自古边患之兴，皆由措置失宜"，由此发愿考察历史上的"中外关系"，撰著《绥边徵实》。

1847 年，郭嵩焘中为进士。很快，"太平天国"起来了，曾国藩出山，罗泽南出山，郭嵩焘也亲临战场。大约在 1856 年初，郭嵩焘奉曾国藩之命，赴浙江筹饷，顺道去了上海。根据《南京条约》，五口通商，其中包括上海。郭嵩焘到来时，英国人法国人已在"洋泾浜"落脚十余年，经营得已有模有样。这是郭嵩焘第一次与洋人打交道，他有点始料不及：传说中的"红毛""鬼佬"，居然长得很漂亮，居然很讲礼貌，修的房子居然窗明几净，洋酒——葡萄酒居然也不难喝，停泊在黄浦江上的船舰，尤其超乎想象，那完全是一种新文明的产物。

从上海返回后，郭嵩焘前往北京就任翰林，不久，入值"南书房"。其时，英、法诸国要求重订条约，要求更多门户开放，要求使臣驻京。在无法得到许可时，便以武力相要挟，炮舰停泊渤海，窥伺京师。咸丰皇帝命郭嵩焘参赞主持天津海防的王爷僧格林沁，以郭嵩焘已有的见识和理解，他认为"洋务一办便了，必与言战，终无了期"。这样的思路显然无法对应英雄阔步的僧王，而僧王却获得了庚子、辛丑以来与洋人作战的最大胜利，举朝欢呼。对此，郭嵩焘似乎并不开心，曾国藩在来信中就奇怪他为什么对于备战欲言又止，对于胜仗"无动于衷"。接下来，受命作为钦差稽查山东沿海厘税而遭算计，被朝廷处分，继续到南书房任职。郭嵩焘请求回籍，他以身体为由的反复告假，连皇帝也觉得有点不可思议。

回到湘阴仅一个月，咸丰十年八月初四，郭嵩焘从朋友来信中得知天津塘沽失陷，然后是京城失陷，咸丰逃往热河——号称"驾幸"。郭嵩焘"为废寝食""痛悼不已"，事情的发展是他早已有所预判的，想不到自己"不幸而言中"，而且还是"昨岁之言"。

他因此愤然说："诸臣之罪，岂复可逭哉！""僧王之罪，杀之不足蔽辜矣！"他开列出"洋务四凶"，包括琦善、耆英、叶名琛、僧格林沁，他解释，之所以没有算上林则徐，是因为林则徐的人格实在令人钦敬，但处置洋务，林则徐同样不得要领。

同治改元后，正与太平军作战的李鸿章希望借重既懂洋务且能理财筹饷的郭嵩焘。郭嵩焘复出，先是作为"苏松粮道"，然后转任"两淮盐运使"，不到一年，朝廷任命署理广东巡抚。同治五年，1866年，因为左宗棠的纠参，也因为他自己在抑郁愤懑中的请求，郭嵩焘解职还乡，回到长沙。

长沙八年，郭嵩焘仰观俯察，对于家国天下事，有更多思考，也有更多忧患。同治十三年，郭嵩焘57岁，朝廷诏命他赴京陛见。这年二月，日本借口琉球渔民被害，兴师台湾。看来，正是这种敷衍不过去的危机，让朝廷想起了在洋务上似乎有些办法的郭嵩焘。

郭嵩焘束装就道，朝廷先是任命他作为福建按察使，到任不满三月，又紧急召回，让他出使英国。原来，朝廷因为云南"马嘉理事件"，需要有大臣前往英国"赔罪"，此事尤其紧迫。

光绪二年十月十七日，1876年12月2日，郭嵩焘一行从上海冒雨登舟，前往英国，正式就任驻英公使，后兼任驻法公使。在公使任上，郭嵩焘"如鱼得水"，他曾经对于西方的一知半解都得到了印证，他像海绵一样吸纳西方文明，寻找这种文明的动力，并由此自我反思，感叹国家迟暮，自己"年老失学"，小楷的日记有时一天写到七八千字。

不幸的是，和他一同出使的副手刘锡鸿似乎"别有用心"，成为郭嵩焘英伦生活的心腹大患。光绪五年，1879年初，郭嵩焘黯然离任，他甚至没有再到北京述职，而直接返回了长沙，他对于朝廷有点绝望，对于朝廷大佬们主导的洋务也几乎失去信心。

然而，伊犁事件、琉球事件、中法战争，眼见国家危殆，民生悲苦，郭嵩焘"不忍不谈洋务"，他希望人们可以从"天朝上国"的迷思中早一点觉醒过来，对自己以及身边的世界有真确的了解与认知，尽量减少因为颠顿带来的自我伤害。

1891年7月，郭嵩焘在长沙去世，李鸿章等人上疏，请求朝廷将他的学行政绩，宣付国史馆立传，并予赐谥，朝廷的旨意是："郭嵩焘出使外洋，所著书籍，颇滋物议，所请着不准行。"

二、郭嵩焘的性情

让最高当局认为"颇滋物议"而至于妨碍给他立传赐谥的"所著书籍"，是郭嵩焘出使英国后发回总理衙门刊印的《使西纪程》。

或许是因为郭嵩焘在洋务上已经落下"口碑"，左都御史景廉在出使前就参奏他"一以顺悦夷心为事"，家乡士子更以"未能事人焉能事鬼"相讥讽，差点烧掉了他的住所；或者是郭氏"显赫"的朝臣身份，让人对他的言动格外关注；更重要的是，郭嵩焘力求平和而其实无法掩饰的批判性的自我观照，让《使西纪程》在朝廷上下引起的反响异常强烈，好朋友王闿运认为他的文字已经"中洋毒"，李慈铭说郭嵩焘所言"诚不知是何肺肝""凡有血气者，无不切齿"。

这是当时号称有见识的学者的议论，政客的反应则是"动手"。光绪三年六月，翰林院编修何金寿，奏劾郭嵩焘"有二心于英国，欲中国臣事之"，请求将《使西纪程》毁版。接下来，张佩纶奏参，不仅要求禁书，还要求撤回郭嵩焘。

知道此事后，郭嵩焘有点想不明白，他在为反击何金寿的奏劾所上折片中说，何金寿"所据为罪状者，在指摘日记中'并不得以和论'一语"。《使西纪程》中确实有一段议论，说"南宋以后边患日深，而言边事者峭急褊迫，至无地自容。""以夷狄为大忌，以和为大辱，实自南宋始"，而现在的形势与南宋不同，"西洋立国二千年，政教修明，具有本末，与辽、金崛起一时，倏盛倏衰，情形绝异"。如此，怎么能不认真讲求应付之法，怎么就一定"不得以和论"呢？无缘无故把"和"字当作罪行，"侈口张目以自快其议论，至有谓宁可覆亡国家，不可言和者"。郭嵩焘早已经听惯了这种"爱国"言论。

郭嵩焘认为，办理"洋务"不当的重要表现，就是自己首先明确立场，以"玉碎瓦全"相激发，弄得没有立足的余地。观念和立场上的自我孤立，直接带来对策上的盲目。这种"主题先行"的做法，其来有自。他曾经指出，历史上的事，特别涉及"国际"关系时，必须"究知当日之情事"，才能有公允的理解，他一直对宋明士大夫"于天下大势懵然无所知""不考当时之事势，不察人情之顺逆"的放言高论不以为然，譬如明末魏禧论岳飞"朱仙镇班师事"，他认为就"不足当有识者之一笑"，为此不惜专门著文辩论。

以对于历史的理性认识为前提，不再被高亢的自我中心主义所主宰，郭嵩焘因此不仅可以从流行的议论中看出"厚诬古人，贻误后世"的历史偏弊，而且可以返回实情，还原是非。

有可靠的认知，才会有准确的判断。郭嵩焘说，办"洋务"必须讲道理，而且是讲全面的道理。什么是全面的道理？并不高深，只要"以之处己，以之处人，行焉而宜，施焉而当，推而放之而心理得，举而措之而天下安"就行。如果既不能"心理得"，又不能"天下安"，却人人自矜其气、自我鼓噪，这就是"妄人"了，"妄人"充斥的世界，情形可想而知。

郭嵩焘说，此"区区愚忧，不惜大声争之，苦口言之，以求其一悟。愿与读书明理之君子，一共证之"。没想到，苦心的"言"和"争"，"证"成的却是"有二心于英国"的苦果。

事实上，郭嵩焘出使之前的言论，被指为"不容于尧舜之世"的出使本身，已经触犯了时人的世界观和价值观。而郭嵩焘本人，就如同少年时被人评价的"猛兽鸷鸟"，对于所见分明的是非，对于自己洞若观火的判断，不免固执，尤其不能忍受为了个人"持禄固位博盛誉"而置家国大义于不顾，谋食不谋道。曾国藩说他"芬芳悱恻"，刘蓉说他"天资粹美，莹澈无瑕"，他显然不是那种权势欲强、功利心重、可以屈己从人的人，而是精神卓越、气质清洁、灵台澄澈的人，似乎"非今世有也"。

因为所思深远，富有洞察力，眼界和价值理想非一时一地的功利可以笼络，又因为敏感于忧患，忠诚于使命，遭遇不可理喻的人事时，难免生发议论，议论多批评，批评难免针对现实，于是容易让人以屈原、贾谊视之。一旦以屈、贾视之，在功利主义的官场文化中，就很不容易存身，很容易成为"潜规则"的敌人。

一直以来，人们认为郭嵩焘的任事能力与人格魅力远在晚清中兴诸名臣之下，他无法把自己做大做强，做得像左宗棠一样前呼后拥，做得像曾国藩一样左右逢源，"失败"的原因正在于他自己的性格。在我看来，这样的讲法是似是而非的。

首先，所谓"失败"就是一个中国式的"成王败寇"标准，不足以衡量一切人，尤其不能以之衡量变革时代的人物。在一个"坏时代"，"成王败寇"的标准，尤其远离人道。

其次，人与人的相处或共事，性格当然重要，但观念与思想同时主导着一个人的性格与人格，思想上不能相安，性格再好也无法真的相处妥帖。郭嵩焘与僧格林沁，与李湘棻、瑞麟、左宗棠、刘锡鸿等人的冲突，表面上看来是个性使然，实际上无不隐含了观念上的深刻对立，包括对于曾国藩，虽然情同手足，但他没有表现出类似刘蓉那样的无以复加的尊崇，其实也在于郭嵩焘认为曾国藩"于洋务素非通晓"。因此，郭嵩焘的骄傲，正是一种基于思想观念上的骄傲，有着此种"先知"般思想观念的人，除非出落成为纯粹的哲学家、宗教家，否则，很难容忍周围的"蒙昧"。其实，郭嵩焘对于自己"勇于任事而轻于信人""嫉恶太深而立言太峻"，以至"一事乖方便锥心自激"的"质性之隘"，所见分明。但是，因为关乎"是非"，关乎"家国大局"，他虽屡屡告诫自己，却无法"吃一亏长一智"，让自己圆通起来。

最后，郭嵩焘的时代，在今天的反观中，最重要的国务就是"洋务"，观念的突破是最重要的突破，没有观念的突破，一切所谓"事功"，所谓"作为"，只能范围在传统的价值理想之下，也无法改变一次失败接着又一次失败的悲情局面。如此，可以肯定地说，人们对于郭嵩焘"性情"的接受程度，正取决于对他的"观念"的接受程度，这也是如何评价他的关键。

三、先知先觉

郭嵩焘的仕途三起三落。李鸿章等人在上疏朝廷希望给他立传赐谥时，尽量转弯抹角，强调他对曾国藩、左宗棠出山如何有推挽之功，其《礼记质疑》一书如何"折中群经，淹贯三礼"。这自然煞费苦心，他们想把郭嵩焘纳入世人普遍可以接受的认知体系和价值体系，或者说，这些在郭嵩焘时代最能理解和同情他的人，试图按照自以为宽容的标准来肯定他的作为，以便弘扬他的业绩。

不得不承认，真正泄露了郭嵩焘的精神特质，彰显了其思想和人格魅力的，仍然要数他的三次出仕，特别是作为驻英法公使期间的表现，以及他在书信日记中的自我表白。从这里，也真正能够看到他值得钦敬的地方：求真知的勇气，至诚的天性，相对统一的人格。刘锡鸿处心积虑劾奏郭嵩焘的所谓十大罪，在今天看来都是笑话，什么让小老婆学英语，与英国公使威妥玛"尤其亲昵"又"愤争如仇敌"，无非证明郭嵩焘心地开朗，对于西洋人与西洋文明并无先入为主的自卑和自负。而活着时被指目为"汉奸"，以至死后多年，义和拳兴起时，仍然有京官上奏要掘棺戮尸，这样的攻讦与侮辱，无非表明他生前身后的世界如何神智昏乱而已。

按照我们今天的"后知后觉"，郭嵩焘在近代士大夫中算得上是一个"异数"，他的"先知先觉"可以概括如下：

首先是对西洋，特别是对洋人的认知。

甚至在见识上海"洋泾浜"之前，郭嵩焘就认为洋人也是人，可以"以理格之""以礼通之"，"洋人之与吾民，亦类也，未有能自理其民而不能理洋务者"。这就是先知吗？是的。举个例子，1880年，在长沙，郭嵩焘参加的一个聚会上，民国后还被聘为国使馆总裁的王闿运引经据典侃侃而谈："彼夷狄人皆物也，通人气则诈伪兴矣。""非我族类其心必异"，曾几何时，中国文化开始以"夷夏之辨"建立自尊，韩愈的文章已经把"禽兽夷狄"作为一个词来使用。而在郭嵩焘看来，即使上古时候，所谓"夷狄"也只是一个政治地理概念，而不是歧视性的文化概念，"非有划然中外之分也"。这样的说法，颠覆了多少年来把"夷狄"等同"禽兽"的霸权话语。

不仅如此，郭嵩焘还认为，眼前的"夷狄"已非"古之夷狄"可以比拟，"西洋之入中国，诚为天地一大变，其气机甚远"，而且"夷人之于中国，要求通商而已"，"得其道而顺用之，亦足为中国之利"。因此，虽尧舜生于今日，"必急取西洋之法推而行之"。否则，就会是人家西洋"以其有道攻中国之无道"，那才是真正的灾难。自然，这样的认识带来更多的是惊悚，而不是认同，对于洋人，人们"始则视之如犬羊，不足一问，终又怖之如鬼神，而卒不求其实情"。

第二个方面，是关于商人、商业的。

郭嵩焘认为，商人跟士人是平等的。这样的说法，自然也多所冒犯。古代中国，虽然有士农工商"四民"之说，但在作为统治的文化里，"商"一直多负面性含义，所谓"无商不奸"。

郭嵩焘对于商人的认可，可能和他的身世有关。他们家曾经富裕，有一项营生就是借贷，他一定见识过商人的精明与慷慨，商人创业的勤勉与艰难，因此面对商人没有道德主义的洁癖。而且，从出道开始，他就替曾国藩理财，尽管持身俭朴、律己严苛，但懂得流转的必要，懂得交换的好处，懂得钱能生钱的秘密。

他意识到，"西洋以行商为国计，其势必不能竟已也"。仅此一点，西洋之入中国，就是无法阻挡和拒绝的，这是商业的逻辑，比强权的政治逻辑更加持久有力。出使之后，郭嵩焘更觉察到，西洋的商人与政府是互动的，商贾"与国家同其利病，是以其气常固"，政府的一切作为都是为了保障商业的权益，为商人提供便利。作为官员，郭嵩焘认为，通商造船，不能"官样行之"，"一切行以官法，有所费则国家承之，得利则归中饱"，"利未兴而害见焉"。泰西"富强之业，资之民商"，"西洋之富，专在民，不在国家也"，"岂有百姓穷困而国家自求富强之理"？那么，对于当局者来说，重要的就是为商民提供保障与服务，而让郭嵩焘懊恼的现实是，"西洋汲汲以求便民，中国适与之反"，中国的事情，"阻难专在官"。

一般认为，郭嵩焘与左宗棠的隔阂，主要是因为性格、能力和行事方式上的差异导致的，其实未必没有观念方面的原因。郭嵩焘任广东巡抚时，主张成立一个类似"市舶司"的机构，管理海上商贸，允许商民参与贸易与制造，与洋人竞争逐利。他甚至有过动议，与洋人一起入股设厂，建造火轮船，派士绅主持，此事未及执行，便卸任还乡了。与此同时，左宗棠在福建却得到朝廷旨意，创办福建船政局。郭嵩焘眼睁睁看到官办的企业如何被洋人"欺侮愚玩",如何靡费国帑而效率低下,直到马尾船厂在中法之战中化为灰烬,感叹自己的主意被搁置而左帅的方略得以执行,乃是"国家气运使然"。

第三个方面,是对"政教工商"所谓"本末"的认识。

李鸿章与郭嵩焘是同年进士,李鸿章一直欣赏他在办理洋务方面的才能。郭嵩焘在英国时,李鸿章极力维护保全他,郭嵩焘心知肚明,但他对李鸿章并不全盘认可。原因之一,便是郭嵩焘觉得李鸿章办洋务"徒能考求洋人末务而忘其本",派留学生到欧洲去学开船、制炮,指望买几艘铁甲船,摆到中国海口,以为如此便可以"制夷",在郭嵩焘看来,这是儿戏,因为"西洋立国有本有末,其本在朝廷政教,其末在商贾、造船、制器,相辅以益相强"。

在郭嵩焘看来,"惟天子以天下之政公之天下,而人能自效其诚",这是西洋正在遵循的政教,也是西洋崛起的秘密。他引用《诗经》的话说,王者之政,"俾民不迷",但是,秦以后的中国,"悬法律以束缚天下","民之受其迷者两千余年"。他甚至质疑所谓"圣人之治",认为靠君主个人道德维持的政治其实是不能持久的,可以持久的是"公之众庶"的政治,这就是西洋立国之本,"西洋治民以法,法者,人己兼治者也",此"法"当然不同于秦"法"。由此出发,教育学术,人心风俗,焕然一新,工商业的繁荣,顺理成章。

但是,郭嵩焘同时意识到,取法西方,不可能一蹴而就,从技术上讲,可以"先通商贾之气,以立循用西法之基,所谓其本未遑而姑务其末者"。这样的"本末之辩",证明郭嵩焘不仅较真,同时也务实。

第四个方面，是对中国问题的观察。

郭嵩焘屡屡直言，说"天下之大患，在士大夫之无识"，"天下之乱，由大臣之无识酿成之"。刘蓉曾经议论"非英夷之能病中国，而中国之自为病也"，郭嵩焘深以为然。

与刘锡鸿势不两立，他不觉得刘锡鸿是他的对手，他说刘锡鸿"一诗张为幻的小人，何足与较？然其中消息绝大"。所谓绝大的"消息"指什么？显然，无非是刘锡鸿背后密不透风地把持着朝政左右着舆情的利益集团，无非是士大夫阶层面对西方文明所呈现的普遍的人格分裂，由此导致的便是郭嵩焘不忍目睹的举国"昏顽"。

郭嵩焘在英国时便注意到，此时更全面地学习西方的日本将勒逼中国，"诸公欲以无本之术，虚骄之气，以求胜于日本，于人于己两失之"。此时距离甲午战争还有二十年。

与郭嵩焘差不多同时的王韬说："中国不及百年，必且尽用泰西之法而驾乎其上。"郭嵩焘的预期没有这么乐观，晚年参天地，观世局，他感觉朝廷行政用人"颠倒失次"，而人心诡变，连读书人都无礼无信、不仁不义，"上有酿乱之有司，下有应劫之百姓，乱至无日矣"，"回首人间忧患长"，苦难或许才刚刚开始。按照郭嵩焘的说法，中国需要差不多三百年才可能走出秦汉以来累积深厚、流极败坏的政教，非这样漫长不能指望振兴。他说，武器、制造，有贤者担当，也许三五十年勉强能"望见其涯略"，百年树人，以百年之力或许可以"涤荡旧染"，磨砺出合适的人与人才，再以百年之力方可以累积成人心风俗，真正的改变在于人心风俗。

作为先知，还体现在他对于自我的认知。

世上有很多聪明人，聪明人可以做出很多惊天动地的事情。但我一直觉得，最令人心仪的人，是那种对于自己的处境有清明的认知而不悔初衷，同时又有自嘲勇气和能力的人。

从英国返回后，郭嵩焘觉得自己把身边的世界都得罪了，他原本无意得罪的。但是，他毕竟珍惜自己由此得到的经验和见识，于是把"乡里士大夫群据以为罪言者"编成了一本书，叫《罪言存略》，送给"一二至好"，一点名心，不能张扬，也无法压抑，心底的动力依然是希望"以先知觉后知，以先觉觉后觉"，为此不计"区区世俗之毁誉"。他甚至沿用张居正的话说，自己"愿身化为稿荐，任人溲溺其上，终教人凭以安寝而已"。

他还写了两首小诗《戏书小像》："傲慢疏慵不失真，惟余老态托传神。流传百代千龄后，定识人间有此人。""世人欲杀定为才，迂拙频遭反噬来。学问半通官半显，一生怀抱几曾开。"所有的骄傲与自信、苦闷与悲凉都写在这里了。他曾比较自己与曾国荃的处境，在曾国荃生日时写信戏言：沅浦（曾国荃）在山西履艰巨之任，自己在泰西作清逸之游；沅浦惠泽披亿万生灵，自己骂名遍九州四海；沅浦让山西人民俎豆敬奉而做人越来越谦抑，自己让湖南人民视为粪土而说话越来越高亢；沅浦建功社稷忙不过来，自己身兼衰病正好退休。曾经有人恭维他，认为他官至二品，朝廷将来按例会"赐谥立传"，郭嵩焘在《自叙》中说，此种"朝眷"，"自分不敢希冀"。

他的遗嘱很有点"绝情"："三日成服，传知本家及一二至亲，并于灵前行礼，其他亲友概不通报。"如此痛苦而倔强的自我安排，证明郭嵩焘甚至已不再在乎他那个阶层的人无法不在乎的虚荣了。

被称为粗人的曾国荃，曾经替朝廷惋惜，为郭嵩焘不平，他说："居今日而图治安，舍洋务无可讲者。仅得一贾生，又不能用，此真可以为太息流涕者也。"这应该是那个时代能给予郭嵩焘的最高评价，也是士大夫所能得到的最高褒奖了。

一百年后，钟叔河先生在编辑《伦敦巴黎日记》时说，郭嵩焘在19世纪70年代中期，已经突破了"办洋务"的水平，率先创议"循习西方政教"，成为末世士大夫阶级中最早向西方寻找真理的人物。海外学人汪荣祖先生在《走向世界的挫折——郭嵩焘与道咸同光时代》中说："当时人觉其独醉而众醒，但今日视之，实众醉而斯人独醒"，郭嵩焘是那个时代中，"最勇于挽澜之人，我们追踪其人，印证其时、其地，很可觉察到此人的孤愤与无奈。他的思想过于先进，同时代人鲜能接受，他的个性貌似恭俭，实甚自负与固执，以致被人视为易遭物议、性格褊狭之人，终身受挫"，然而，"这个弄潮儿的挫折，很可说明那个挫折的时代"。

（此为2013年为《光明日报》"光明讲坛"所作演讲，刊《光明日报》，2013年7月15日）

一个"汉奸"的本相

问：

听说你将在"湖湘讲堂"讲郭嵩焘，我和我的朋友，充满期待。

我有点迷惑的是，湖湘近代以来，建功立业、赢得大名的人物多矣，你为什么会选择郭嵩焘？据我所知，郭嵩焘是一个生前身后都不"得志"的人。他有很多怨愤，很多郁闷，他身上有很多是非，很多尴尬，以至在世时，就被有些人指目为"汉奸"，其个人性格似乎也并不完美，"功业"更难言卓著。

答：

是的，你关于郭嵩焘的说法，并非"不实之词"。至于我选择讲他的理由，我在开篇的讲演中，有所交代。节目播出时，这一段想必保留了，你看了就会知道我的一点用心。当然，很难说那就是我讲他的全部理由。

我可以告诉你的是，刚刚开办的"湖湘讲堂"提出让我讲一个湖湘人物时，我首先想到的就是郭嵩焘。我也知道，湖湘近现代伟人很多，以至于今天，人人心中都有一个"舍湖南无以言中国"的英雄谱。而郭嵩焘在很长时期内，甚至未必是一个能够让人乐于接受和认同的"正面人物"。但是，我一点也不觉得我的选择是轻率和荒唐的，我甚至觉得，讲郭嵩焘，有一种难得的使命感和神圣感。我想说出这样的意思，近代中国"三千年未有的变局"中，不仅有雄浑的激情，也有清明的理性；不仅有集体的奔赴，也有高明到近乎"异端"的省思。而郭嵩焘，正是最能够代表后者的人物，在某一个时段，他甚至是唯一的。

郭嵩焘（1818—1891）与曾国藩、刘蓉有金兰之谊，与左宗棠是"发小"，但他的知名，并非如曾国藩、左宗棠等同治中兴名臣那样因为有显赫的"功业"，而是作为"湘军"台前幕后重要的运筹者，作为洋务运动中最有见识的思想者和实践者，作为晚清首任驻外公使——以钦差大臣身份于1876年至1879年出使英国、法国，显示出了不同寻常的思想、精神与人格魅力。

郭嵩焘曾经协助曾国藩办理团练，参赞僧格林沁军务，巡抚广东，是两次鸦片战争的亲历者，又"以老病之身，奔走七万里"，作"赔罪之旅"。在此过程中，逐渐形成了关于国家事务，特别是有关"洋务"的卓越见解。

他对于西洋文明的理解和判断，对于晚清现实的检讨与未来中国的认识，在他的同辈中罕有能够企及者。

正因为如此，他的生平和仕途更加举步维艰，坎坷不断，充满争议、攻讦乃至毁谤，也充满传奇色彩。

在某种意义上，郭嵩焘的认知、思想、勇气和精神历程，抵达了一个传统士大夫所能抵达的极限。说他的思想可以延伸到戊戌变法，延伸到辛亥革命，甚至延伸到五四，说他是"洋务先知"，并不夸张。谭嗣同、梁启超等，都曾表达过对于郭嵩焘的无限景仰。正如海外著名史学家汪荣祖先生所说的，他是那个时代中最勇于挽澜之人。我们追踪其人，印证其时、其地，很可觉察到他的孤愤与无奈。他的思想过于先进，同时代人难以接受，也很少接受；他的个性貌似恭俭，骨子里其实非常自负与固执。

然而，郭嵩焘执着之深，正见其信心之坚。这种信心，源于一种道德勇气，更源于求"真"务"实"的知识勇气。当时的人们，觉得众人皆醒他独醉，今天看来，实在众人皆醉他独醒。

讲述郭嵩焘，我们可以对中国近代史有一次特殊的领略，领略其中与我们自身的作为并非无关的屈辱和悲哀，领略先知先觉者的苦闷与激愤，领略一个"芬芳悱恻"的性灵，领略一段充满戏剧性的人生。在一个重新开放的时代，在至今并未出离"三千年未有之变局"时，也就是说，在中西文化的融会贯通、中国的现代转型依然未完成时，我们可以因此而获得重要的启示与教益。

问：

在我们今天看来，一些哪怕用脚后跟思考也能认同的观念和举措，为什么在郭嵩焘的时代，只能给他带来骂名？

答：

这就说来话长了。近代中国的"挫折"，不能简单归咎于某一个人的无知与颟顸，也无法单纯归结为"文明的自负"，但也无法让人们不作这种归结和归咎。一个巨大的民族共同体和文化共同体的转型，本不是一件简单的可以一蹴而就的事，其中充满了认知的障碍、人事的舛错、价值观的混乱。而利益的博弈、心气的消长与观念的鼎革，伴随了守成和开放的每一步。郭嵩焘屡被"骂名"，甚至被指为"汉奸"，就是因为他超越性的前瞻，以及由这种前瞻而带来的作为，不仅会触及利益、观念，甚至会触动整个民族根本性的文化心理。按照郭嵩焘的反思，这种文化心理支配下的有些反应，特别是对"外部世界"的反应，南宋以后就未必是健康的了。

简单地看，近代中国从"洋务"发端的社会变革，其动力和阻力显然都离不开"利益"与"观念"的驱使。在传统社会结构中，以皇权为中心的包括士大夫在内的利益集团的利益，以及与此相一致的观念，很大程度上决定着"洋务"的方向和范围。

清廷之所以对于"洋务"首鼠两端，既出于"利益"的考量，也出于"观念"的相持。

"洋务"的兴起，原本就是对既定的皇权政治的挑战，"洋务"的目标自然必须限定在"皇权政治利益"可以接纳的范围，也必须限定在支撑这种利益的观念体系之内，即"洋务"只能是"末务"，而不能是"本务"。否则，就将在观念上也对"皇权政治"的合法性构成挑战。因为"洋务"一旦走到郭嵩焘所理解和召唤的那一步，即从器物的发展到商贾的登台，再到政教的协同，就会牵一发而动全身，导致整个社会的转型和变革，这是一个不能分割的系统，不是可以"攻其一点不及其余"或者"看样选购"的。所谓"中体西用"的学术表述，在某种意义上正可以看成是一种政治表述，是"妥协"的结果。

道咸同光时期的清室，需要借助"洋务"以自存，正像它有时候也要借助"义和拳"之类的力量来抵抗外来力量的压迫。但是，这两者对于"皇权政治"来说，都是双刃剑，难以被简单地利用和收编。其中，甚至完全可能成长出"异己"的力量，打破平衡，破坏秩序，颠覆"社稷"。

　　自然，郭嵩焘之所主张与作为与"义和拳"的性质不同，他并不是要超越"皇权政治"的整体利益，这常常也是所谓民族的利益。但是，从"观念"的角度看，郭嵩焘之所主张和作为却可能具有颠覆性，因为他心目中的世界图像，他的思维和思想，他的价值观，已经有新的元素加入，由此可以带来关于人以及人与人关系的重新理解和设定。如果承认"洋夷"也是人，如果承认"洋夷"也是文明的，甚至是更文明的，"普天之下莫非王土，率土之滨莫非王臣"的万世经纶，如何继续演绎？"天下定于一尊"的政治，如何继续展开？"与外界完全隔绝原是保存旧中国的首要条件"（《中国革命与欧洲革命》，《马克思恩格斯选集》第二卷）。因此，郭嵩焘的思想也许比并没有新观念元素的"义和拳"更加可怕。

　　此时，对于"观念"的恐惧和抵触，常常左右当局者的选择和判断。这也是郭嵩焘最终被清室一句话——"郭嵩焘出使外洋，所著书籍，颇滋物议"——打发了的根本所在。

　　对于"观念"的恐惧，说到底，仍然是对于可能的利益丧失的恐惧。所以，郭嵩焘非常认同一个出自洋人的讲法，说朝廷不仅对于洋人有"难言之隐"，对于中国百姓也有"难言之隐"。什么"难言之隐"呢？说穿了，就是"难言之私"吧，即朝廷对内对外的任何选择，都是以自身威权的神圣存在为目标，一切可能危及这一目标的认知、观念、政策，都可以而且必然会舍弃。

在此前提下，相对于特殊的个人利益、集团利益的不可动摇（所谓"朝廷"并不是一个空虚的概念，而是由具体的人、群体所构成），相对于对可以带来利益的传统"人际关系"的倚重，可以打压和自我牺牲的只能是"观念"，特别是"异端的观念"（马克思说，统治的思想，就是统治阶级的思想。这决定了"朝""野"之间的某种协同性。在面对外来文明的颠覆性力量时，尤其容易达成这种协同），必须迁就的只能是原则与戒律，放弃的只能是对于历史趋势和历史必然性的起码尊重。

这正是我们常常不能不失望于历史，也失望于现实，绝望于他人，也绝望于自己的原因和理由。

郭嵩焘晚年的日记中就写满了这样的失望和绝望。

问：

郭嵩焘对于"洋务"的"先知"，不仅基于他对于世界的新的认知，同时基于他对于传统的批判。他的见识可以为我们带来怎样的反思，特别是在有关中国文化的特殊性与世界潮流的普遍性之间的关系方面。

答：

近代以来，中国与世界的关系一直是"倾斜"的，不平衡的，不论是经济、政治、文化，还是人心。古典的"天下观"已经不能对应也无法处置眼前的世界，主要以伦理关系建构国家关系的理念，无法继续演绎下去，而不免要被新的民族国家观所颠覆和取代。我们曾经拟议的国家关系，正像传统的人际关系，要么是"朝贡"，要么是"输款乞和"，要么是"夷狄"，要么是"天朝上国"，讲求情感的依附而缺少理性的权衡，没有平等的人格和独立完整的尊严。

如何建构被颠覆的文化自我，中国文化的主体性如何在普遍性的世界潮流中获得延伸，如何既不封闭又不瓦解，既不自闭自恋又不自卑自残，如何不再是"走向世界"，而是完整地"拥有自己的世界"，或者说，拥有自我及其世界的完整性，如何重新打量和安排非古典的"天下"，这是一个既关涉到历史选择也关涉到现实选择，既取决于历史遗产也取决于现实创造的重大命题。

郭嵩焘悲剧性的生涯，他的个性和思想，正是在近代中国与世界的倾斜关系中展开和呈现的。他最早意识到这种倾斜，并且试图通过自我唤起以及由此带来的适应与改善，来最大限度、最快地消除这种倾斜。但是，他所面对的，也许不是一个通过改变策略就可以改变局面的问题，照他的话说，这同时是一个"有本有末"的问题。只是晚清当轴者的势利和昏迷，凸显了其中的困局和悲情，使得哪怕是策略的改变与改善，也极其艰难，让人痛不欲生。

清朝总理衙门最早不得不雇用的驻美"洋员"——美国人蒲安臣，曾经提醒美国当局，"我们必须牢记我们身处其中的是一个特殊的民族，他们的文化是多么古老，他们是多么骄傲，他们对于我们是多么无知……"。他说这话的意思自然是要求美国人"不应过存奢望"，以为"中国和我们比较进步的文化"可以一举"相沟通"。（1863年4月18日美国《外交函

件集》，钟叔河《从东方到西方》50 页，岳麓书社 2002 年）

这段话给予我们的联想则是，近代以前的中国，确实并非"蛮荒"之地，即使相比于西方工业文明，它也是一种堪称系统的文明形态，其文化所内含的世界观和生命观，并非空穴来风，并非用"前文明""潜科学""前宗教"的名义可以一言以蔽之，可以一举清算干净。因此，它与西方文明的关系至今不能是一种可以简单替换的关系，简单的替换似乎也不能解决它的问题。它的改变，必须是一种带着自己的基因和元素的新的嫁接、生长和发育，这种改变至今是未完成的，在固执与妥协之间，充满焦虑、挫折与不安，充满希望，也常常让人失望。

而对于我们来说，已成的历史，当然需要尊重，未成的历史可能性，则更加具有启示性。由历史延伸过来的现实，其实并不是宿命的。我们可以有所作为，我们需要有所作为，我们需要通过对于历史的反思，重建人的主体性、民族国家的主体性和文化的主体性，如此方能应对眼前这个依然处在"三千年未有之变局"中的时代。

问：

郭嵩焘的性情和作为，是否也多少透露了湖湘人文的某种秘密？

答：

湖湘人文在近代蔚为大观，其中彰显在出类拔萃者身上的，有豪情，也有悲情；有感性、诗性，也有理性；有开通，也有狭隘；有光彩，也有阴影；有极端的功利，也有极端的浪漫；有充满野性的朴拙，也有精明务实的机巧；有少见的认真，也有少见的灵乏；有随机，也有刻板；有极端的真诚（精诚所至），也有极端的虚伪（大奸似忠）。

谭嗣同曾经奇怪"中国沿元明之制，号十八行省，而湖南独以疾恶洋务名于地球。及究其洋务之谓，则皆今日切要之大政事，惟无教化之土番野蛮或不识之，何湖南乃尔陋邪？然闻世之称精解洋务，又必曰湘阴郭筠仙（嵩焘）侍郎、湘乡曾劼刚（纪泽）侍郎，虽西国亦云然。两侍郎可为湖南光矣，湖南人又丑诋焉，若是乎名实之不相契也"。（《谭嗣同全集》173 页，中华书局 1981 年）

趋向"两极"而同样固执的认知、判断和选择，基于"性情"。这种性情，不同程度地表征在湖湘近代人物的生涯中，最终主宰了或者说能够成就这种"性情"的，是根植于湖湘水土与民性的那种没有被成熟文明所驯服和宰制的浩然之气、生猛之气、蛮荒之气。

这同样可以从郭嵩焘的作为中找到说明。

郭嵩焘在巡抚广东返回湖南后，一度主讲长沙城南书院，他在书院原有的南轩祠旁，建立了王船山先生祠，期望以乡里先贤开示后学者，使之知所归向。在《船山先生祠安位告文》中，他说"盖濂溪周子与吾夫子，相去七百年，屹立相望。揽道学之始终，亘湖湘而有光。……如嵩焘之薄德，何敢仰希夫子而为之表章，意庶以乡贤之遗业，祐启后进，辟吾楚之榛荒"。（见《郭嵩焘诗文集》）

在这里，郭嵩焘把湖湘命名为"榛荒"，也就是说，此地并没有太深文明的开化。这是对于湖湘文化的贬抑吗？当然不这么简单，他表述的仅仅是一种事实。从种族生存的经验，从传统人文的"文质"观，从现代历史理论中的所谓边疆地理学说，等等，我们都可以知道，"蛮荒"对于一个地域及其文明的生长来说，并不一定是一个贬义词。当地方水土、民性中的"野性""朴拙"，获得特殊的时代机缘，与某种"文明""理性"融合时，由此发育出来的东西，可能会有着比原来的"文明"和"理性"，更健康、更饱满的活力和生命力。

在我看来，这正是近代湖湘人文崛起的奥秘之一。

杜甫诗中"万古一长嗟"的"湖南清绝地"，在中华民族"三千年未有之变局"中，终于获得机缘，以充满野性和蛮性的朴实至诚及旺盛生命力，远接楚文明的基因，近绍理学、汉学的机理，终于成长为一种最终赢得主流地位的文化力量，"独大"于近代。

但是，这种文化力量，这种文化，并不天生地具有一种现代性，它只是传统文化的老树新枝。它必须接受现代文化的充分洗礼，才可能消解其作为农业社会产物的负面的精神属性和品格。

这正是我们今天需要加以历史的诠释，并在此基础上去主动地创造性地建构的，仅仅把它当作一种自我慰安和自我膨胀的文化资本，而不是一种建构现代文化的有限的本土资源，那将是对于先贤的辱没。带来的只会是虚荣与迷思，而不会是光荣与梦想。

恕我直言，近年来所热衷铺陈的有关近现代湖湘人物的生平及其光彩照人的成功和伟业，正像近年来同样热衷铺陈所谓不世君王、强梁将相的"丰功伟绩"一样，甚至正在演绎成带有蒙昧性而不是启蒙性的传奇。

在多少有些让人不安的对于乡邦人物的顶礼膜拜中，那种一元的接近于道统论的历史观，那种以效果范围动机，以成王败寇作为认识出发点和判断标准的思维方式，似乎越来越深入人心。

然而，历史不应该只是继续当年"五四"思想领袖们所批判的"大流氓的家谱、小流氓的传记"，我们更需要还原历史的当事人所置身的复杂的现场和语境，接近历史人物选择的初衷、目标，考量此种初衷、目标的现实可能性与历史合理性，以及它们对于个人生命与民族命运的意义。这种意义不必是一时一地、一朝一代的，而是可以延伸到今天乃至未来的。如此，他们的事迹不仅可以让我们获得传奇的满足，获得作为乡后辈的骄傲与自豪，同时，可以让我们获得一种具有反思性的历史认识与自我认识。

对于复杂的历史与暧昧的人事的关注，不必只是关于权力、关于权术、关于君臣大义、关于家国天下的演义，而应该更多拥有人道的温暖与人性的光辉。

具有启蒙意义的历史理性，往往在以成败论英雄的逻辑之外。

这也许正是我在近代湘湘人物中，毫不迟疑地钟情于郭嵩焘的根本动机。

（本文系湖南教育电视台"湖湘讲堂"答客问）

"未能事人，焉能事鬼"

问：

大作《洋务先知——郭嵩焘》的腰封上，给了郭嵩焘三个定语："湘军'财神'""晚清首任驻英法公使""第一个睁眼看世界的中国人"。最后一个说法，之前我们不是用来形容魏源的吗？

答：

这个腰封是凤凰出版社设计的，我本人并不太认同"财神"的说法，但他们说这个必须有，因为现在市场经济，"理财"很吸引人，郭嵩焘也确实为湘军、为曾国藩理过财，据说很有创意。"第一个睁眼看世界的中国人"，则是我特别愿意推荐的说法。事实上，在我接触的材料中，不止魏源，也有人把林则徐看成是"第一个睁眼看世界的中国人"。林则徐对于当时世界的认识基本上是传统士大夫式的，郭嵩焘认为，林则徐在处置洋务问题上"贻误事机，甚于琦善"，仅仅因为林则徐高尚的心术人格，郭嵩焘才没有把他放在"洋务四凶"之列（郭嵩焘大约在 1861 年开列的"洋务四凶"是琦善、耆英、叶名琛、僧格林沁）。至于魏源，确实也有理由被我们称作"第一个睁眼看世界的中国人"，郭嵩焘就曾经在文章中肯定过魏源作《海国图志》的见识用意，自然也指出了魏源见识的有限。

从对于当时世界的认知的全面、准确、客观、深入程度，从躬身洋务、亲炙西方的特殊履历，从面对西方文明的自如心态等方面看，我以为，只有郭嵩焘堪当"睁眼"二字。在林则徐、魏源的文字里，西方毕竟仍然是几近于"妖魔"的，"夷夏之辨"也完全不可动摇。

问：

今天，我们对于郭嵩焘还比较陌生，谈论"湖湘文化"时，很少谈到他，为什么？

答：

这些年，我们之所以热衷于谈论"湖湘文化"，毋庸讳言，大半是因为湖南人在近代以来所成就的"事功"和"伟业"，我们试图论证湖湘人物在近代走上中国历史舞台中心的理由，试图找到"若使中国亡，除非湖南人死绝"的文化依据。如此这般，谈"湖湘文化"，往往只剩下张扬风流人物与主流思想了，对于"边缘"与"异端"则缺少关注，更谈不上尊重。

郭嵩焘虽然也取得过不错的功名，虽然也曾官臻二品，位列巡抚，但他生不在咸同将相之列，死后无法获得朝廷立传赐谥的嘉许，迎接他的是一次又一次的挫折和失败，不论做人还是做事。他没有把自己的"事业"做得风生水起，做得像左宗棠那样前呼后拥，做得像曾国藩那样集"功德言"于一身，做得像李鸿章那样左右逢源。

他所全力以赴从事的事，他自认为最拿手的事，他梦寐以求的事，不是无所措手，就是乘兴而来，狼狈而归，甚至因此"身败名裂"，被人指目为"汉奸"。就在光绪初年，他将要前往英国作"赔罪之旅"时，读书人中间甚至流传一副讽刺郭嵩焘的对联，说他"出乎其类拔乎其萃，不见容尧舜之世；未能事人焉能事鬼，何必去父母之邦"。

以湖南人的"实用主义"精神，以"汉奸"这样现代语境中令人避之唯恐不及的命名，谁愿意理睬郭嵩焘呢？更何况，郭嵩焘所醉心从事的对于西方文化的认知、判断与借鉴，原本不是一朝一夕可以完成的，是非丛生，充满疑义，今天仍然如此。在很多方面，我们其实并不比郭嵩焘同时代的衮衮诸公，有更开放的视野和胸怀，有更高明的对于"人""鬼"的分辨。

问：

如果说郭嵩焘是"湖湘文化"中被低估的人物，那左宗棠呢？得知左去世后，郭伤感不已，为30年的交情，但也认为左"可以为一代名臣，而自毁太甚"，"自矜张，自恣肆"。他认为左与胡林翼、江忠源相比，"遗泽之及人者，犹未逮也"，这样的评价，是否太低了，太感情用事了？

答：

左宗棠在人们心中的地位，用不着我们作太多论证，且不说他收复新疆，在几乎只剩下屈辱的近代历史上，是国人可以稍稍扬眉的罕见亮点，他因此也几乎成为爱国的代名词。最近我两次去湘阴，看到左宗棠的故居和祠堂，修葺一新，足以慰左公于九泉。相比之下，郭嵩焘家那所至今无人"认领"的破败房子，就有点让人"情何以堪"了。我和当地的乡贤们聊到左与郭，我说，凭我的判断，郭嵩焘在日后中国历史，特别是文化思想史上的地位，只会比左宗棠高，而不是低。乡贤们把脑袋摇得像拨浪鼓，觉得完全不可置信。"官大学问大"，我们不能责备人们只有一个标准去认同历史人物，因为我们原本就缺少除了"权""势"和"正史"以外的价值尺度。郭嵩焘评价左宗棠，当然不能说没有感情因素，但我感觉他的说法大体上是言之有据的，他主要从德义与人格的角度着眼，同时也基于他对左宗棠所从事的"事功"的不同"寻常"的看法。

问：

除了郭嵩焘在担任广东巡抚期间，左对他的屡次嘲讽暗算的个人恩怨，郭其实对左的诸多功绩是持不同意见的，比如办福建船厂，郭认为最好是商办，那样效率最高，政府也不需要花钱，但左花费了数百万两，造船的事才算起步，投入产出比极低。对于是"商办"还是"官办"，郭与当年大多数办洋务的实权派，意见是相左的？

答：

不能说完全相左，但区别是有的。办洋务，按照一般官员的习惯思维，当然是"举国体制"，对此甚至没有太多反思，正像我们今天讲到国计民生的产业，也往往下意识地认为是国家的事。而郭嵩焘一开始参与洋务，就认为，必须"通商贾之利"，"恤商"才能"裕国"，他意识到，西方的富强，是"商民"孕育出来的必然结果，也只有以"商民"为主体，发展才会有可持续的动力，为此，他认为商人与士人具有同等的人格尊严，这样的说法很让人诟病，包括他的好朋友。他还认为，"西洋之富，专在民，不在国家也"，而中国，"言富强者，一视为国家本计"，但世上"岂有百姓穷困而国家自求富强之理"？他甚至直言，中国采矿、制造、商业、包括铁路、轮船、电报之不能兴旺，其"阻难专在官"，"西洋汲汲以求便民，中国适与相反"。这样的论断在今天也有点"耸人听闻"吧。

问：

你在书中还有一点没展开，郭对"左宗棠举倾国之财力言备战也并不完全以为然"，具体来说，是什么不同意见？

答：

这一点，我之所以没有展开，也是因为郭嵩焘本人并没有太多阐述，我想郭嵩焘之所以不能更多阐述，是因为他意识到，他如果为此"放言"的话，别人首先会认为他是嫉妒左宗棠。同时，在主战即爱国的"共识"和"氛围"中，他会因此成为"全民公敌"，而他的言论作为也确实早已惹得全民共愤了。

这样的尴尬，就像他早在 1859 年参赞僧格林沁时那样，他完全不能认同僧格林沁一门心思要收拾洋人的盘算，却又无法让人相信，洋人来中国的目的其实是商业利益的驱动，并不是故意来欺负人的。这甚至让曾国藩都觉得很费解，曾国藩曾经在信中问他，既不能认同僧王的决策，那你本人到底是什么意思呢？你怎么不说得清楚一点呢？今天想来，当时僧格林沁正在痛击洋人的兴头上，朝廷上下也完全与僧格林沁同调，郭嵩焘能说清楚？他敢说清楚吗？

问:

当年左宗棠的成功，有"举国之力"的支持，很大程度上，也是因为有朝野的主流舆论的支持。这种为了打击"夷狄"不惜代价，"只求一死"的思维，郭嵩焘认为来源于南宋？他对南宋以来的士大夫的"民族主义"情绪是持批判态度的？

答:

是的，郭嵩焘因为躬身洋务，很早就在写作一本叫作《绥边徵实》的书，目的正是考察古往今来的所谓"中""外"关系。

他首先就颠覆了有关"夷狄"的传统解释，把"夷狄"从一个歧视性的文化概念，还原为一个政治地理概念。他认为，边疆事务，从来就是一件基于国家现实需要，妥协或者强硬皆为手段而非目的的事，不能不顾时地形势，不顾情理，"主题先行"地把国家关系弄成"玉碎瓦全""势不两立"的道德选择。汉唐之所以"宽大""裕如"，就在于实事求是，"控御"有方，而南宋以后，国家关系被士大夫阶层那种空虚狂躁的"爱国主义""民族主义"所裹挟，"虚文无实"，最终，只有自我颠覆和瓦解。此种状况，郭嵩焘痛生生地看到，正好延伸到了他所在的时地。

问:

实际上，也有人当年说郭嵩焘是"汉奸"的，因为他大多时候不是"主战派"。这点他与李鸿章观点类似，但似乎又不完全一致。他们的"妥协"外交策略有什么异同？

答:

如果仔细辨析的话，还是很有区别的。首先，在郭嵩焘看来，当时西方的文明程度已经高于中国，因此，主战的结果只能是灾难性的，应该妥协，并且从妥协中逐渐自我提升；其次，郭嵩焘在根本上认为，办理洋务并不是要开战，而是要把事情摆平。摆平什么事呢？就是西洋人远道而来通商逐利的事，这样的目标，其实中国正可以因势利导，为我所用。他不认为，西洋列国的目的就是不远万里、不惜血本来和中国人打仗。

李鸿章的"妥协"也许更多一点不得已的策略性，而不是出于对西方文明的清醒认识，这也是李鸿章平生的行事方式，郭嵩焘不太看得起李鸿章对于洋务的理解。

问：

在办洋务和"夷务"中，郭嵩焘谈得最多的是"理"，比如他认为洋人来中国最主要的目的是通商，是谋利。他在广东时，就曾经通过"讲理"并运用法律手段来处置逃匿在香港的太平军将领。这个"理"用今天的话来说，是否就是指理性和常识？但当时，为什么在士大夫阶层，在民族主义问题上，会出现集体非理性和反常识的状况？

答：

郭嵩焘屡屡强调的"理"，自然不外乎理性和常识。在我看来，郭嵩焘强调的"理"，最重要的一个内涵就是：洋人也是人，人同此心，心同此理，不能先入为主把人家看成是"鬼"，只有这样，你才能正确地面对。这看上去实在是太容易的事，但其实很难，郭嵩焘晚年在长沙的一次朋友聚会上说洋人也是人，号称开通的"大名士"王闿运就大不以为然；我们今天不也是乐意以"别有用心"揣度洋人吗？

非理性、反常识，其实在一种个人状态下往往不容易发生，反而是群体性的非理性、反常识更常见，也更令人惊悚。郭嵩焘时代，有的士大夫私下里对于郭嵩焘的某些说法也同情，甚至深以为然，但一旦在场面上，则必须是另一种慷慨激昂的面孔。他的好朋友兵部尚书陈孚恩，就曾经在郭嵩焘当着众人说办洋务不是为了打仗的话时，恨不得捂住郭嵩焘的嘴。晚清整个士大夫阶层在所谓"民族"问题上的歇斯底里倾向，一方面源于上千年"华夏中心主义"的一朝崩解；一方面也许得归咎于士大夫阶层南宋以来日益深重的在整体文化人格上的分裂，这实在一言难尽。

问：

钟叔河先生在郭出使英法时的副使刘锡鸿的日记《英轺私记》绪论中，认为刘与郭的矛盾，是刘"'以夏变夷'的一次失败"，你则认为这是两种文化人格的差异，刘所代表的还是多数人的人格。

答：

刘锡鸿所代表的就是我所说的那种分裂的文化人格，所谓好花不常开、好景不常在，美丽的一定是淫荡的，物质的一定是堕落的，无法直面真实，无法正视包括自己的感性欲望在内的人性。反知识，伪道德，表现在意识形态上，则是"阳为道学，阴为富贵"，主题先行；表现在政治性的人际关系以及公私生活中，则是阳奉阴违，两套话语，双重人格。

郭嵩焘曾经谈到他为什么要和刘锡鸿斗法，他说，刘锡鸿小人一个算什么，问题是从他身上看得出当时病态的政治文化的"绝大消息"。

问：

郭嵩焘在出任英法公使的任上，最欣赏的人才，可能就是当时在英国留学的严复。1891年，郭嵩焘去世后，严复也写下了这样的挽联：平生蒙国士之知，而今鹤翅翩翩，激赏真惭羊叔子；惟公负独醒之累，在昔蛾眉谣诼，离忧岂仅屈灵均？美国汉学家史华慈甚至在《寻求富强：严复与西方》中认为："郭在英国期间最大的收获，是使自己的思想与本国这位年轻同胞相一致，而大大超过了李鸿章。"为什么他们俩这么投机？

答：

他们的投机确实源于他们对于西方文明几乎相同的认识和判断，对于家国现实同样的洞察和忧患，性情上的相似尚在其次。

问：

但据汪荣祖的《走向世界的挫折》介绍，郭的继任者曾纪泽却觉得严复性格"狂傲矜张"，文字也"未甚通顺"，怎么评价曾的这种心态和看法？

答：

曾纪泽所说的严复在性格上的"缺陷"，郭嵩焘也有所谈及，他甚至担心，这也许会影响严复的前程。但是，郭嵩焘更看重的是严复的新知识和新见识，这才是那个时代最重要的。郭嵩焘认为，曾纪泽对严复的"冷处理"，不免有点嫉妒的意思。相对于当时严复的热情洋溢，郭嵩焘觉得，自己的这一位晚辈亲戚，多少有点不思作为的"公子习气"，对于时政变革，对于西方文明，缺少热衷和主动，又不惜屈己从人，为了迎合清议时论。自然，相比当时满朝文武，曾纪泽已经算得上鹤立鸡群，足够开明了。

问：

但从世俗的角度来看，郭嵩焘和严复，生平均是坎坷曲折，不甚得志，这样的命运，是一种偶然，还是一种必然？

答：

这个问题，有点吊诡。"坎坷"成就了我们今天乐于谈论的郭嵩焘与严复，但他们的现实生涯确实没有太多让人艳羡的"虚荣"。上升到"命运"的角度，则真是无言以对了。

我想，时代越狭窄，他们充满"偶然"和"舛错"的命运越是必然，时代越宽阔，他们的灵魂也许会越舒展。我有时候想，或许，只有一个充分开放、足够专业化的未来国度，可以接纳和安顿他们"芬芳悱恻"的性灵，容忍他们总是超前的思想和判断。

问：

郭嵩焘那句自我预言"流芳百代千龄后，定识人间有此人"，也适合用来形容严复吗？当年严复的名气，多半来源于他的翻译，但时过境迁，他在思想史上，还有那么重的分量吗？

答：

适合。我私下里认为，我们对于严复的认识，特别是对于他在中西文明交汇时所作出的思想努力及其贡献的认识，至今没有摆脱"一时之是非"的局限。真正"时过境迁"的那一天，才会是我们开始看重严复思想的时候。

（《晨报周刊》袁复生为拙著《洋务先知——郭嵩焘》所作访谈，凤凰出版社 2009 年）

"回首人间忧患长"：

没有走出来的近代

应柳理兄邀请，伙同谭伯牛与做客"湖湘讲堂"的马勇教授聊天，题目是"不革命，会死吗？"题目看上去很有点惊悚，其实说的就是晚清时候的"中国"，是否有可能避免革命，为什么最终没有避免革命，以至后来一发不可收拾地走上了"大革命""不断革命""继续革命"道路的问题。

从"自强""洋务"，到"戊戌变法""立宪运动"，再到"辛亥革命""二次革命""大革命"，我们拟议的"中国"，就这么一步步走过来。眼睁睁看着现实成了历史，而作为读书人，特别是一百多年后的读书人，免不了要歪着脑袋想一想，只能这样子吗？必须这样子吗？为什么我们似乎总是让最不可爱的一个选项成为现实（这样的"高明"多半是事后诸葛亮）？

尤其不能掉以轻心的是，历史总是纠缠着也辅成着现实。近代历史翻江倒海，载歌载哭，它至今依然在我们面前演绎和延伸，或者说，我们至今并没有走出近代，现实中的每一步选择，其实都可能决定着我们将会拥有怎样的未来。如此，知识者的辨析讨论，怎能不"如临如履""斤斤计较"？下面就是我向马勇、谭伯牛二位的发问，个别问题想问又咽回去了。

一、所谓晚清"立宪""改良"的"光明"，是否与朝廷越来越弱势，威权不再有关？渐进改革之不能施行，责任主要在朝廷，还是更在革命者之同样习惯威权，并且在思维上总是试图"一举廓清"？

二、"革命"在某种意义上确实从来不曾给中国社会带来太多的改善，反而形成了一种"改朝换代"的定势。秦晖教授曾说，晚清中国，革命是必然的，改良反而是偶然的。对于国人而言，革命我们驾轻就熟，改良则几乎是一种陌生的文明。但是，毛公当年说："不革命，行吗？"谁愿意革命，谁愿意成为革命的牺牲呢？那么，我们可以跳出这个陷阱吗？"革命"之成为陷阱，其实就是黄炎培当年到延安向毛公请教所说的"循环"，毛公的回答是，施行民主，可以避免历史的循环。信然。可是，民主的实现方式究竟是什么？民主如何可行，如何兑现，如何在中国文化水土上顺利成长？回到诸子时代，可以给我们提供某种新的想象力和新的思维吗？回到晚清民初，可以发现也许能够实现而未曾实现的可能性与思想资源吗？

三、郭嵩焘晚年（郭嵩焘逝世于1891年）在长沙观世相，参天地，认为士大夫颠顸无知，国家主导者自私骄横，社会浮躁不安，充满戾气，充满绝望和恐慌，如此将导致天翻地覆、连根拔起的局面，以致"万劫不复"。而沉渣泛起之后，想尘埃落定，将绝不会是一个短暂的过程，他感叹"殆无复承平之望矣"，"回首人间忧患长"。此种预判，是在怎样的苦闷与灰心中形成，堪称"先知"？

四、说《辛丑条约》使中国迈出了"全球化"的关键一步，那么，从《南京条约》开始，每一个条约是否都意味着"全球化"的必然？如何处置、如何看待其中至今困扰着我们的悲情和愤怒？如何解释并且消除其中的悖论与困境？

五、光绪上谕："泰西之教，本是劝人为善，即从教之人，亦是中国子民，仍归地方官管辖，民教本可相安"，这样的认知，在晚清似乎并未普及，相反，泰西之教，最终被妖魔化，最终弄得与我们"势不两立"。此种不能相安的局面，究竟是官方所导演出来的，还是民间自然发生的？是出于统治者政治上的难言之私、别有用心，还是出于所谓"文明的冲突"？

六、慈禧"具有统御和笼络群臣的绝大天才，却没有推动中国走向近代化的任何意识"，其能力、个性与见识如此不匹配，该如何评价，又如何看待她的"改良诚意"？

七、据说光绪有跟慈禧一样的争强好胜，他花三年时间，遍读西书，然后"明定国是"，成为"爱国的维新党"，成为"民族英雄"。最终，"却在一个女人面前落荒而逃，像逃避恶鬼"一样，这如何解释？其中的细节究竟如何，性格气质上的因素是决定性的吗？

末世袁世凯的"实用主义"与"流氓气"

骆宝善先生主持和参与《袁世凯全集》整理 26 年，年近 80，日前在"湖湘讲堂"讲袁世凯。应邀对他做访谈，下面是我提出的访谈问题：

一、袁世凯的家族关系非常复杂，他是所谓"世家子弟"，也就是我们今天说的"官宦子弟""干部子弟"，或许还可以算是"高干子弟"。这样的出身和社会关系，是否影响甚至多少决定了袁世凯日后的"出息"？是否影响甚至决定了他日后的为人处世方式？

二、袁世凯有十房妻妾，子女众多，他的"家政"如何？是否如曾国藩那样"整齐严肃"，讲究"祖德流芳""克绍箕裘""承上启下"？

三、慈禧太后戊戌政变的发动，并不是起于袁世凯的告密，那么，袁世凯在戊戌变法过程中，都干了些什么？他究竟扮演了怎样的角色？

四、大儿子袁克定屡出昏招，譬如 1908 年袁世凯被载沣罢斥，逐回原籍，袁克定策动父亲到天津依靠杨士骧或外逃，好在杨士骧拒不接纳，袁世凯在其他人劝说下返京"谢恩"，此事极端鲁莽，后果不堪设想。武昌起义，清廷重新起用袁世凯，袁克定又怂恿父亲不应诏，另起山头。最昏的招当然是帮助父亲谋划帝制，以太子自居，以至局面不堪收拾。尽管如此，袁世凯为什么在很长时期内都认为"只此一子，可支门户"？是爷儿俩心智相似，理想相同，还是别有原因？

五、袁世凯称帝，事前隐瞒了自己很重要的亲信，包括北洋元老冯国璋，他为什么要这样做？因为他的性格，还是因为谋略所需？

六、从袁氏的曾祖父开始，袁氏家族中的男人很少有活过58 岁的。据说袁世凯很在意这道坎，他之所以选择在民国五年他虚龄58 岁时称帝，似乎与他对此的恐慌有关，他或许是想借称帝这样的大喜事来冲破58 岁的大限。对于自身生命的"要命"恐慌，是否比混乱的时局更加让他心智迷乱，以至对于当时形势失去了基本的判断力？

七、在传统文化教养中成长起来的士大夫，很少有不"迷信"的，这也是古代"天人合一"哲学的题中之义，或者说，把一个具体的生命与天地之间的某些表征联系起来，对应起来，原本就是"天人合一"世界观的来源和依据。袁世凯自然是"迷信"的，但"迷信"在袁世凯那里并不意味着"诚实""诚信"，袁世凯的四妹待字闺中，成了"剩女"，袁世凯为了成就妹妹的婚姻，居然可以弄虚作假，瞒报年龄，这件事清清楚楚地写在1897 年他给从弟袁世承的信中。可是，我们都知道，那个时代，那样的家庭，相亲的第一件事就是要根据双方的生辰合"八字"，所谓"天作之合"也，如果瞒报年龄，合出来的"八字"又如何能够当真？这件小事，是否也显示了袁氏做人的本色？

八、袁世凯称帝后，内外交困，"忧惧病死"，年仅57岁。到底是他的身体不堪，还是精神不堪，"羞愤""忧惧"到以至于死吗？

九、据说，在袁世凯生前，人们就论定袁世凯"不学有术"，这一论断是什么意思？我看他虽然在科举上没有成绩，但早年接受的教育还算完整，文字也不错，绝不只是一介武夫，一个混混，相比后来的军阀，那是太有文化了。

在今天，我们怎样理解"学"与"术"，怎样理解历史人物的"学"与"术"？"学"是不是意味着一种"主义"，一种价值观，一种理想，而"术"仅仅是手段，是工具，是权谋。没有"主义"支撑的"权术"往往不会有善果，有"主义"的"权术"会如何？如何看待袁世凯的"不学有术"？

十、李鸿章在袁世凯25岁时，就非常赏识袁世凯了，这也是袁氏发迹的重要契机。袁氏早年，李对他的评价是"胆略兼优，能持大体，足智多谋""血性忠诚，才识英敏，力持大局，独为其难"。李氏与袁氏均是晚清能臣，但其人格精神似乎也有着某种几乎相似的致命缺陷，您怎么看待他们在晚清困局中多少偏于"实用主义"的作为与充满"流氓气"的做派？他们的"实用主义"与"流氓气"是出于不能不如此去应付打发时局时事，还是传统政治文化中从来有此一路？丁文江曾经预言：未来引领中国的将是一个集"书生"和"流氓"性格于一身的人，这真是一个"残忍"的说法，这样的说法是否基于他对于中国历史，特别是近代以来历史的某种深刻领会与洞察？

十一、骆先生在评点袁世凯的函牍中说："人治社会的传统，让史学过分张扬了维护道义和喻世的作用，对于反面的人物及其所为之事，大都仅仅从其道德品质去追索，甚至有意无意之中，为揭其丑而夸大其恶。在鬼化其面貌之同时，却又神化了其能量。"我很认同骆先生的这一说法。

其实，对于所谓正面人物，也是这样。这自然都是出于我们的"实用理性"，结果是遮蔽了历史的真实，简化了复杂的问题，妖魔化或者神化了历史人物，历史成为发泄特定时代或特定个人情绪的工具，从中想要得到和能够得到的，不是真确的认知，而是热烈的情绪。这当然很糟糕，因为历史认识的歪曲与草率，往往意味着我们对于现实的认同与未来的选择同样是歪曲和草率的。那么，如何还原历史的真实？作为个人，无法离开时代对于我们的决定，但是作为史学从业者，我们该如何努力洞察历史的玄机，如何抵达相对客观的真理和事实？以骆先生多年来的治学经验，特别是通过对有关袁世凯全集的整理与研究，对此有何高见？能够给我们分享怎样的心得和智慧？您对袁世凯的认识一开始就不是教科书上给定的答案，还是处在不断的变化之中？

十二、中国近代以来的历史，我们屡屡看到，当局者总是希望通过加强自己的权重，以期达到社会的治平，而不是通过逐渐分权，"国退民进"，发扬"代议"，鼓励自治，启动社会，认可妥协，尊重独立，辅成民主，来实现国家的新生。而且，他们往往还自认为"设若天下无孤一人，不知几人称王，几人称帝"，自己不出山，"如天下苍生何"。

袁世凯就任民国大总统后，制定袁记约法，修改总统选举法，以至成为几乎可以终身、可以世代相传的被洋人称为世界上权力最大的"大总统"。但是他还觉得不够，于是谋求成为皇帝，以为如此方可以号令天下，带来长治久安，结果自然是国家走向更深的动荡，自己成为了"无信无耻"的"独夫民贼"。然而，当他不得不取消帝制，却仍然希望回到"大总统"的位置，自以为"有统治全国之责，亦不能坐视沦胥而不顾"，真有点把国家当成自家菜地来安排处置的意思。

如何超越此种"悖论"式的困境？超越这一困境，是否需要建立关于民族国家、关于政府、关于个人的新的认知和信念？

世有围棋之戏：
一个中国文化的样本

一、很多年前，为撰写一篇关于阮籍的小文，翻阅《晋书·阮籍传》，其中一段文字记忆犹新，说阮籍"性至孝。母终，正与人围棋，对者求止，籍留与决赌。既而饮酒二斗，举声一号，吐血数升。及将葬，食一蒸豚，饮二斗酒，然后临诀，直言'穷矣'，举声一号，因又吐血数升"。

通过强调在日常生活中的"失礼""无礼"，来表彰阮籍包括"竹林七贤"们的"魏晋风度"，表彰他们至情至性到"越名教而任自然"，譬如阮籍的"胡闹"——母亲去世，却不管不顾，继续与人下棋，有人前来吊丧，却酣饮自若，箕踞啸傲。这些出现在有关六朝文献中的故事，读起来很过瘾，也不免让人讶异，而更让人讶异的是，围棋在差不多两千年前，居然已经如此深入地参与了中国士大夫的"高尚生活"。

阮籍之后，很快有"手谈""坐隐"之说的风靡，《世说新语》说"王中郎以围棋为坐隐，支公以围棋为手谈"。证明围棋在那个特殊又未必特殊的政治年代，已然成为知识者自外于世俗腥膻的一种生活方式，一个局外人未必懂得的额外的自由空间，甚至象征着某种真诚的持守与清洁的精神。在阮籍那里，围棋正是他以之"遗落世事""背生忘死"（从另一个角度看，他才是真正在乎"世事"和"生死"的，否则不会因为母丧而屡次"吐血"，以至"形销骨立"）必不可少的消遣物。

我设想，应该是围棋那种环环相扣的紧迫，那种步步为营的权衡与算计，让参与者心无旁骛，以至可以暂时忘却眼前的忧愁、困窘与险恶，这才有他不近情理的放达，而不是说阮籍有天生异于常人的脾气。《晋书》上还有记载，说大将军谢安临百万强敌却继续"围棋赌墅"，捷报传来，也"了无喜色"。谢安的不紧张、无喜色，与阮籍的不悲伤，显然是基于同样的道理。

所谓"坐隐忘情""土木形骸"，常常成为魏晋名士做派的写照，写照背后也许是一种不同寻常的生存境遇，一种对于自我的发现，一种多少与他们的身份和教养有关的忧（生）伤（世）、骄傲与狂诞，看上去风平浪静，其实危机四伏。于是，不得不"别有用心""虚与委蛇"地活着，游心方外，钟情玄学，沉迷酒药，自恋自虐，"一点正经也没有"，甚至不得不像老子那样以退为进、甘居"下流"——如嵇康头面常不洗而以锻铁为乐，像庄子那样天聋地哑、长歌当哭——如阮籍长啸长醉。在后世文人的轻薄书写中，演化为传奇的"六朝烟水""名士风流"，都与此有关。

我一直觉得，老庄哲学是中国知识者终于觉悟到自己无所逃于天壤之间的另一种哭泣，何况，在逐渐成为定势的体制和路径中，对于知识者，特别是对于那种"有诸己"的思想者而言，无论王道、霸道，无论庙堂与江湖，总不免"人为刀俎，我为鱼肉"，让人身不由己，甚至脊背发凉。此时，围棋正可以用来转移或缓解生存境遇中的紧张焦虑，可以释放内心的压抑和风暴。

二、作为"游戏""争竞"之具，围棋据说产生于尧舜时代，尧的儿子不够聪明，所以"尧造围棋，丹朱善之"。这是战国时就有的说法，一切想列入正统的"道德""人文"，都需要冠名到三代乃至三代以上，这是我们这里的祖宗成法，不必多议。"游戏"伴随人的诞生而诞生，围棋作为"博弈"的一种，在中国历史久远，这也用不着太多疑问，许慎《说文》、杨雄《方言》，都把"弈"释为围棋，而在《论语》中，孔子说："饱食终日，无所用心，难矣哉。不有博弈者乎，为之犹贤乎已。""博弈"总比无所用心地当活死人要好，孔子的说法很合乎日常理智。

孟子把沉溺于"博弈"列为五不孝之一，但并没有全盘否定"博弈"的意思，他批评的是"好博弈，好饮酒"而"不顾父母之养"，正像一个人"好财货，私妻子"而"不顾父母之养"一样。孟子还说，弈之为数，虽然是"小数"，如果不专心致志，却是"不能得"的，即使称为"通国之善弈"的弈秋，也无法教好那种手里下着棋，心里却念着鸿鹄将至的人。

真正给围棋一种崇高到缺氧的释义的，是班固。

在传世的《弈旨》中，他首先把围棋与靠掷骰子论输赢的"博戏"区别开来，认为"博戏"的胜负多半出于偶然和侥幸，围棋则不然，不仅体现智力，甚至体现道德，不仅是对于自然的模仿，也是对于人事的拟议："上有天文之象，次有帝王之治，中有五霸之权，下有战国之事，览其得失，古今略备。"而且，按照围棋的形制，"局必方正，象则地也；道必正直，神明德也；棋有白黑，阴阳分也；骈罗列布，效天文也。四象既陈，行之在人，盖王政也；成败臧否，为仁由己，危之正也。"

在班固眼中，一张棋盘上，几乎可以读出宇宙盈亏、历史治乱、人情虚实，读出天道、人道乃至神鬼之道。这样的比类引申，出于"审美化"的思维——一种多少接近于人类学家列维·布吕尔称为"互渗律"（law of mutual infiltration）的思维，主体感受、愿望与想象混融于客观世界，或者外在事物高度主观化，视所有事物都是互相渗透，互相传递，互相缠绕贯通的，以至"物我两忘""表里俱澄澈"，所谓"天地合德""天人合一"，"万物并育而不相害，道并行而不相悖"。这种境界的背后所隐含着的，正是一种融汇了特定自然认知、历史经验和人文理性的有机主义世界观，加上是以"比类""隐喻""象征"的方式来表达，更加强化了其中的有机主义与整体主义性格。

这正是传统汉语思维所擅长而我们至今无法一言以蔽之地加以处置的。

除此之外，班固还对下棋者的精神状态给予了肯定性的描述，说当一个人沉酣于围棋时，"至于发愤忘食，乐以忘忧，推而高之，仲尼概也；乐而不淫，哀而不伤，质之诗书，关雎类也；纮专知柔，阴阳代至，施之养性，彭祖气也。外若无为默而识，静泊自守以道意"。意思是说，下棋时的沉迷，可以媲美孔子说的"好学自得""发愤忘忧"，下棋产生的情感体验，合乎儒家的诗教精神，而下棋带来的心智与身体合而为一的状态，尤其可以养性养生，达到阴阳调和、刚柔并济、无为默识、静泊自守，活出彭祖一样的气象。

三、把围棋与天地之象、神明之德、圣人之度联系起来，班固称得上始作俑者，后来者大体延续了他的思路。

但是，面对围棋的两难，其实远不止一端。

孔子毕竟把"博"与"弈"列为一档，在没有现代社会的制度机制而可以把"博弈"之戏纳入多元共生的良序美俗之前，无论"博""弈"，都难免被指有"玩物丧志"之嫌，甚而至于"伤风败俗"。在"实用理性"的观照下，一切感性游戏之具，如果不能敦美人伦、辅成教化，难免要被讨伐，连参与了"伦理之始"的女人在很多时候也难免被指为"尤物""祸水"，何况"妨日废业，终无补益"的围棋——"胜敌无封爵之赏，获地无兼土之实，技非六艺，用非经国"（《三国志·韦曜传》），"下无益于学植，上无裨于化源"（宋白《弈棋序》）。因此，关于围棋"无用"的检讨，历朝历代，无时无之。

好在，出于"教化"与"自我教化"的需要，人们虽然常常从道德伦理的高度否定某一种"游戏"的意义，有时候却也同样可以通过上升到道德伦理的高度去肯定某一种"游戏"的意义。孔子说"志于道，据于德"的同时，不就说过"游于艺"吗？而人之为人，毕竟会有情不自禁、逸兴遄飞的时候，毕竟会有凌空蹈虚、超越饮食男女的时候，所谓"人情所不能绝"，包括功名之士，甚至包括"奉天承运"的圣上。这就好了，围棋总是有暗度陈仓、登堂入室的机会。

此种情景，汉魏以后尤其见得分明。

因为免不了上有所好，如梁武帝便"棋登逸品"，还染指过有关围棋的著述，下棋的人因此可以"应诏""待诏"，可以获得"棋博士""棋待诏"的身份，与从事僧、祝、卜、艺者一道成为皇家的职业侍从。所谓"博弈"，在义理上也可以朝"经国之大业"的方向演绎，甚至干脆把"弈之数"纳入"六艺之数"。

沈约《棋品序》说，围棋"体希微之趣，含奇正之情，静则合道，动必适变，若夫入神造极之灵，经武纬文之德，故可与和乐等妙，上艺齐工"。按照元人虞集的说法："棋之制也，有天地方圆之象，有阴阳动静之理，有星辰分布之序，有风雷变化之机，有春秋生杀之权，有山河表里之势，此道之升降，人事之盛衰，莫不寓是。惟达者能守之以仁，行之以义，秩之以礼，明之以智，夫乌可以寻常他艺忽之哉！"而且，"其学之通玄，可以拟诸老子众妙之门，杨雄大易之准，且其为数，出没变化，深不可测，往往皆神仙豪杰玩好巧力之所为"。入神造极，经纬文武，拟诸众妙之门，大易之准，这是我们十分熟悉的致思方式与径路，几乎把儒家与道家的最高旨趣囊括殆尽。

唐人刘禹锡在《论书》中曾感慨"众尚之移人"，说"今之人""敢以六艺斥人，不敢以六博斥人"，可见围棋之类的"长技"在上有所好的前提下可以如何强势，如何有面子。关键是，理论上"有用""无用""有益""无益"的分辨，骨子里其实大半取决于拥有支配力和话语权者的好恶，取决于主流文化的取舍，其功能的定位，其意义的生成，其话语体系的建构，无一不在传统思维与思想的笼络之中。

按照韦曜的逻辑，相比于经国济世，仅仅为了功名利禄，围棋也不是士人所应该沉迷的，他说："当世之士，宜勉思至道，爱功惜力，以佐明时，使名书史籍，勋在盟府，乃君子之上务，当今之先急也。夫一木之枰，孰与方国之封？枯棋三百，孰与万人之将，衮龙之服？金石之乐，足以兼棋局而贸博弈矣。假令世士移博弈之力而用之于诗书，是有颜闵之志也，用之于智计，是有良平之思也，用之于资货，是有猗顿之富也，用之于射御，是有将帅之备也。如此，则功名立而鄙贱远矣。"

如果以现实目标作为参照，纳入功利的指标体系中，关于围棋，无论怎样宏大的言说，都不免苍白无力，围棋也无法成为"君子之上务，当今之先急"。

事实上，把围棋纳入"六艺之数"，或者旨归道家，或者与时俱进地把它与佛禅境界融为一体，正是使得围棋很难生长出属于自身的章程、逻辑与价值的原因之一。这样做，表面上似乎提升了围棋的地位，事实上却降低乃至限制了围棋应有的"专门"属性和"专业"意义。混融的整编，遮蔽乃至取代了分解的独立和自我生长，无边界的提升，反而导致"初阶"的迷失与自身规定性的斫丧，以致经、艺不分，道、技（器）两误。在没有外力作用和改变的前提下，作为"博弈"的围棋，很难走出或为"主"或为"奴"，或"神圣"或"卑微"的依附性状态而获得自主的价值空间和生存空间。

自然，这也是传统社会一元化的政治结构和整体主义的文化逻辑共同营造的结果。

近人意识到，中国的"达官贵人，富商巨贾，亦未尝不有嗜弈者，然其目光不过以弈为雕虫之小技，专门棋士为门下之清客，爱则招之使来，恶之挥之使去"。"围棋如是，其他学术亦莫不如是。"这是1937年1月出版的《中国围棋月刊》创刊号之"丛谈"上的说法。这本刊物的"发刊词"还说，在近代，确实是日本人"发前人之所未发，而完成棋界之大革命"，以至于欧美人士有所"不察，竟以围棋为日本人所发明"。

这何其令人沮丧，然而，却是围棋在近代中国所彰显的真实处境和命运。

四、因为"人情所不能绝"，因为"圣人"也是人，围棋在某些历史时期，名正言顺成为宫廷游戏，成为风雅附庸。

但是，即使"有用"的围棋，也终究无法讳言其"秉性"与世俗道德的乖违："以仁义为反道，用谲诡为明德"，它确实无关乎忠信仁义，甚至是反忠信仁义的，特别是"拟军政以为本，引兵家以为喻"（曹摅《围棋赋并序》）的时候。韦曜说："求之于战阵，则非孙吴之伦也；考之于道义，则非孔氏之门也；以变诈为务，则非忠信之事也；以劫杀为名，则非仁者之意也。"唐人皮日休在《原弈》中说："夫尧之有仁义礼智信，性也，如生者必能用手足任耳目者矣，岂区区出纤谋小智，以著其术，用争胜负哉？……岂能以害诈之心，争伪之智，用为战法，教其子以伐国哉？则弈之始作，必起自战国，有害诈争伪之道，当纵横者流之作矣，岂曰尧哉，岂曰尧哉。"

从渊源上论证围棋不可能出自圣人之手，而只是战国纵横家的伎俩，正好说明了围棋与争竞，与智谋，与工具理性的关联。

这样的真相，常常让人无法直视。

以兵道喻棋道，其实是很自然，很确切的。吃子占地，这是围棋的逻辑，同样是战争的逻辑，桓谭《新论·言体》谓"世有围棋之戏，或言是兵法之类也"。东汉马融之《围棋赋》云"略观围棋兮法乎用兵，三尺之局兮为战斗场。陈聚士卒兮两敌相当，拙者无功兮弱者先亡"。桓谭、马融的说法绝非无据。问题在于，孙子说，兵者，诡道也，兵以诈立。敦煌写本《碁经》中说，围棋"不以实心为善，还须巧诈为能"。那么，以此作为围棋的宗旨，则不仅有违仁义之旨，似乎也有违上天好生之德。

然而，问题的问题还在于，儒家不可能息争泯兵，自然不能无视兵道在社会生活中的重要性，道家的柔软——"以虚无为本，以因循为用"，也无非是为了求得存活几率的最大化，为了"得其环中""为万物主"，岂能不顾生存大计？那么，讳言兵道，期待的便只能是不战而屈人之兵，不见血腥而可以攻城略地，如果不能有这样便宜的捷径，就只有在理论上把类似兵道的争竞，分解为正大的与肮脏的，道德的与反道德的，分别加以处置。

如此，便有了类似宋张靖所著《棋经十三篇》之《斜正篇》里的说法：

> 或曰：棋以变诈为务，劫杀为名，岂非诡道耶？
> 予曰：不然，易云，师出以律，否藏凶。兵本不尚诈谋，言诡道者，乃战国纵横之说。棋虽小道，实与兵

合。故棋之品甚繁，而弈之者不一。得品之下者，举无思虑，动则变诈，或用手以影其势，或发言以泄其机。得品之上者，则异于是，皆沉思而远虑，因形而用权，神游局内，意在子先，图胜于无朕，灭行于未然，岂假言辞喋喋，手势翩翩者哉！传曰，正而不谲，其是之谓欤！

把兵道纳入仁道的范围而拒绝"诈谋"，即便我们能想象古代社会的战争如何堂堂正正，如何充满贵族气息，也只能说，充满仁道的兵道，无非是把人性的幽暗涂上必要的油彩，让输赢胜负之分通过必要的理性和程序，使你死我活的争竞显得堂皇体面一些，如果不济，便只能处之以"胜固欣然，败亦可喜"的精神胜利法了。

面对人性中一些无法回避的禀赋，譬如好胜、好色、好争、贪婪、多欲，以道德理想为中心的下意识言说，多半会以"一分为二"的方式加以安排，把一部分与天理人伦联系起来，以便显得"天经地义"，把另一部分则视为洪水猛兽，打入另册，以便圈禁。

对于围棋，也常常这样。

除了把"实与兵合"的棋道，朝"正而不谲"的路径指引，把围棋与"仁、义、礼、智、信"直接挂钩——所谓"棋之为道在乎恬然，而取舍为急，仁则能全，义则能守，礼则能变，智则能兼，信则能克，君子知斯五者，庶几可以言棋矣"。（《宋史·潘慎修传》）这其中的牵强显而易见。此外，还可以把下棋过程中斤斤计较、你死我活的用心，解释为"潜翰化机，默运方略"（胡助《围棋赋》），"圆而神，诡而变"（黄宪《机论》），甚至把围棋千变万化的"象数"，干脆等同"造化"，列于"神迹""道妙"。

这不仅升华了围棋，也升华了下棋者。

《鹤林玉露》中有一则掌故，说南宋理学家陆象山，少年时常常坐在临安市肆看别人下棋，一看一整天。棋工说："官人天天来看，必是高手，愿求教一局。"陆象山回答说，自己不是。可过了三天，陆象山却前来买了一副棋，回家悬挂在墙上，躺着仰视了两天，忽然顿悟说："此河图数也。"然后回到市肆，与棋工对弈，棋工连负他两局。

陆象山从围棋图谱悟出河图数，与朱熹从井底的一团森森白气看出太极阴阳，差不多是同一种路数。这个难辨真伪的故事，表面上看是为说明日后成为大儒的陆象山，少年时便如何天赋异禀，聪明过人，实际上有更重要的暗示：道学传承中几乎成为文化图腾的神秘的河图，原来竟然是围棋所仰承的智慧之源。这样的对接，让围棋获得了更高的存在意义，下棋的人或许也将因此更有神圣感而不是负罪感。

自然，这是对那些高明到不以围棋为业，甚至不以围棋为意的士大夫而言，纯粹以此"牧猪奴戏"（王思任《弈律》）作为营生的"弈人"，则无与乎这样的光荣与神圣。

围棋史上，以弈"适情""忘忧清乐"的高明者，往往被称述为清节侠奇之士，有经略天下之才智，却自隐于棋，不以世间法为依归却比谁都懂得世间法。这样的人格、风度与生活范式，在唐宋以后的士大夫文化中，发展得越来越充分，越来越成熟。

自然，驾轻就熟的裕如自在之中，已多少丧失了阮籍时代知识者那样明确的是非、个性化的立场与决绝的勇气。

在"兼济天下"与"独善其身"的婉转彷徨之间，对于士大夫而言，围棋作为无言之道妙，无声之有声，可以收心静虑，遣畅幽怀，可以全真保性，所谓"老僧入定""纵浪大化"；而作为争竞之器具，攻伐之代拟，"运智奇复诈，用心险且倾"。高明者又可以从中洞明世事，破译人心，以至由此获得人生的般若金丹，所谓"长安似弈，坏局日新"（黄俊），"落日千年事，空山一局棋"（赵湘），"局上闲争战，人间任是非"（朱熹）。

以蜗角蛮触喻棋局，以棋局喻世事营营，包括被文人墨客反复咏唱的烂柯故事，个中魅力正在于它将人生在世的空幻感，恰到好处地呈现出来，由此去拥有日常生活必不可少的聪明，机敏洞达，绝尘洒落，执着而不自丧，旷放而不恣纵。关于"与世推移"的智慧，也日见圆融，从争竞到和平，从浮躁到宁静，从兵家话语到仙家话语，从下棋到观棋（苏轼强调"观棋"的自在超脱，称自己"素不解棋"，却乐于观棋，至于"竟日不以为厌也"），从反道德到道德，从功利心到审美心，顺理成章，当下自然。

与此相应，围棋在技术上的讲究，也逐渐转化为一种"辩证法"，一种用世或者持身的韬略，强调"用战之法，非棋要道"，"取舍者，棋之大计"（刘仲甫《棋诀》），而"善胜敌者不争，善阵者不战，善战者不败，善败者不乱"（张靖《棋经十三篇》）。于是，以"道"胜"智"，以"智"胜"力"，以柔克刚，四两拨千斤，这是老子之道，也是充满魅力的中国智慧。按照老子哲学的辩证思维，反者，道之动，弱者，道之用，大直若屈，大巧若拙，大辩若讷。以无为应对有为，以忘却技巧为最高技巧，以朴拙应对精明，以出神入化应对穷形尽相，这同样是可以适用于围棋的手段，甚至可以描述为一种难得的棋品和人品，一种聪明到极致的存在方式。

获得此种存在方式的人，常常被反复称述。

其中，"江湖可，庙堂可，以庙堂而暂憩于江湖可，以江湖而允升于庙堂亦可"的"坐隐先生"——晚明为官行商两不误的汪廷讷，就是精彩的范本。

汪氏自谓"性不偕俗，妄意好古""安分知儿，不与俗竞，由是室外之情熟，丘壑之兴浓，道义之念笃，是非之心淡"（《坐隐先生订棋谱自序》），在作为"盐使"赚得泼天富贵之后，大兴土木，挖山造园，掘地成湖，醉心风雅之事，赢得拥戴。对于围棋，汪廷讷自称，"不过淘汰俗念，温养性灵，为止静之工夫，藏机炼神之活法也"，他其实是有心无意、无拘无束、挥洒自如的。由此带来的状态，让旁观者几乎难以置辩："谓汪君无心于弈乎，则所著述所歌咏者是何物也，彼且托迹于弈之中。谓汪君有心于弈乎，则眼前身世，彼且以棋局视之，尚安肯以弈为眷恋耶。"最终，称述者只能以禅喻之，说他对于世事人生，当然也包括对于围棋，就如同"终日穿衣，一丝不挂体，终日吃饭，一粒不粘牙"。（程朝京《汪盐使坐隐订谱全集序》）说他"一于道，得于心，忘乎遇，宛如神龙，大之而乘风云，撼江海，霖雨万方，小之而盂盎之中游泳自怡不自知也，此正先圣之所谓无入而不自得者也"。（林世吉《题坐隐先生传后》）

如此精致的高雅，如此恰到好处的任性与顽皮，如此光风霁月的生活，当然是由充分的物质条件、足够的社会关系打造出来的，具有某种"偶像"的意味。围棋在完成这样造像的过程中，成为了区别于阮籍以此"胡闹"的另一个意义上的最合适不过的道具。

五、在某种意义上，所有关于围棋的附会与夸张，不论是儒家式的义理解读，还是道家式的境界诠释，包括所谓"河洛之旨"，所谓"仙机武库"，都是士大夫文人"仰观俯察""学究天人"的产物，出于个人的或时代的文化用心，出于集体的认同或个人的想象，与围棋本身似乎并无绝对可靠的关联，正像他们同样可以把类似的思想和信念，寄托在其他游艺项目之中一样。

明人王世贞《弈旨》谓："博物志云，尧造围棋，丹朱善之。彼王中郎之坐隐，支道人之手谈，雅语也；尹文子之喻音，刘中磊之兵法，正语也；杜夫子之裨圣教，班兰台之象地则，效天文，通王道，夸语也。盖孔子之谓贤于饱食终日者而已，所谓小道可观，致远恐泥者也。"

此种对于围棋限定性的清明认知，在古代棋论中，并不多见，虽然最终也难免要从"见其为戏"过渡到"见其为道"，但至少没有升华到让人神智昏迷的程度。

近人徐去疾稿成于 1921 年的《围棋入门》这样定义围棋："围棋乃以黑白子布列于纵横各十九线之交点互相围绕之一种游艺也。"李子干在《手谈随录》中说："棋经之言曰，有用之用，不如无用之用，愿推广斯言，使人知弈虽无用，然用之焉得其道，或较世间有用之学，为更有用也。"恽铁樵在为《围棋布局研究》所作序言中声称："举世纷纭，皆有所为而为，独弈者无所为而为。"谷月在《中国围棋月刊》之"弈事闲话"中说："余意围棋之为物，性质不在于胜负，其所以有胜负者，亦犹之乎体育之有锦标，盖为启人争竞向上之心，而为提倡之意焉。"

通过肯定"无用之用""无为之为"，近代学人中最具专业主义精神的王国维把"美术""哲学"的功能和性质，从功利主义的思维定势与传统知识谱系中解放出来。徐去疾等人对于围棋的理解，同样不再婉转沉沦于未免夸张的玄学释义和趋于矫情变态的士大夫趣味，而回到了基本的人道——人情所不能免，还原围棋本来的旨趣，尤其不再回避围棋的"争竞"属性，认同其作为类似"体育"的游戏，虽然"无用"，却可以"启人争竞向上之心"。

自然，现代人也可以有现代人的引申、比附。

李子干曾以现代学术概念辨析围棋的旨趣，他说："弈者，推析微茫，近于美学；布置攻取，近于兵学；穷理尽性，近于哲学。善学者触类旁通之，且与各种科学相发明哉。"褚民谊为徐去疾《围棋入门》所作序言，其中的"演义"尤其有着令人会心的时代印迹，他对比象棋与围棋说："其组织上，有根本不同之点，象棋色彩封建，富有阶级；围棋一体共和，完全平等。而作战之策略，又复古今不同，象棋作战，一似上古，一一对敌，以博胜负，各子之力量与步趋，大相径庭，而统军之帅，深居简出，围棋对阵，合于现代战略，犹官长士卒，同其甘苦，亦步亦趋，一子力孤，二子进为后援，充其声势，三子继起加入，力量益见雄厚，集少增多，有若几何级数，故名之曰围棋，即合围绕而攻之意，而子数愈众，所占面积亦愈广。"

李子干的辨析，不免虚张声势；褚民谊的解读，或许近乎无稽。但是，这样的解读冲动并没有伴随围棋的"现代化"而有休止的迹象。

确实，围棋是极其简单朴素的，却又深邃复杂，充满玄机；是黑白分明、精确严密的，却又不可思议，可以无限引申；是最自由、最少规定性的，但系统联动，每一步都关乎大体，关乎生死。它似乎正有着传统中国文化与思想所特有的审美气质与诗性品格：有机，通灵，圆融，神秘，无中生有，无为有为，有限无限，圣俗一体，人神同质，道器（技）合一，工夫即本体，似乎子虚乌有，又似乎囊括万象，似乎只是一种单纯的符号和结构，又似乎可以表征人世间的一切的一切。

于是，最离奇荒诞的附会，也常常显得其来有自，而不纯粹是空穴之风。

如此，两千多年来，所有关于围棋的模糊认知、暧昧体验与神秘主义归结，就未必完全取决于古典知识谱系及其话语方式，而与围棋自身非理智可以穷尽的"玄学意味"与"人文精神"有关，它的魅力以及由此构成的言说，每每不可通译，"运用之妙，存乎一心"，以至言人人殊，无边无际（界）。

在《象棋的故事》中，伟大的茨威格以"小说家之言"感慨国际象棋所具有的"品德"。他说："把下象棋说成是一种'游戏'，这难道不是对它进行了一种侮辱性的限制吗？它不也是一种科学，一种艺术吗？……一种包含着各种矛盾的独一无二的混合物：既是古老的，又永远是新颖的，其基础是机械的，但只有靠想象力才能使之发挥作用，它被呆板的几何空间所限制，而同时它的组合方式又是无限的，它是不断发展的，可又完全是没有成果的，它是没有结果的思想，没有答案的数学，没有作品的艺术，没有物质的建筑。但是，尽管如此，业已证明，这种游戏比人们的一切书本和作品更好地接受了时间的考验，它是唯一属于一切民族和一切时代的游戏，而且谁也不知道是哪一种神明把它带到世上来消愁解闷、砥砺心志、振奋人心的，它从哪儿开始，又到哪儿结束？"

茨威格对于国际象棋的解读，同样显得充满"玄学意味"，安在围棋头上，同样有效。或许，这也算得上是"东海西海，无非性海，中学西学，皆为人学"的一个另类的注脚，由此也警醒我们，围棋确实是中国智慧中国文化，却不可以把它诠释成人类普遍理性之外的神秘的创造物。

六、围棋之学，称为"弈学"，由来尚矣。

何云波以围棋为志业，不止一纪，著述多种，成绩夥矣，今次又捧出二十余万言的《中国围棋思想史》，把从先秦到民国有关围棋的话语，纳入体系，对于围棋之为"技"为"艺"与为"道"，给予了富于历史感的论述与具有系统性的解析，开棋论研究之先河，让人无法不钦佩其弥深弥坚的毅力，其不依不饶的倔强，其好之者不如乐之者的性情，其敢于跨"学科"、反"体制"的学术勇气。我虽暂时对"中国围棋思想史"的提法心存犹疑，却也知道，围棋是一个有关中国思想的意味深长的例证，一个中国文化的样本，不仅粘附了累积深厚的中国智慧与观念，而且，在漫长的传承演绎中，事实上参与了中国人的日常生活（在宋元以后的话本戏曲中，"琴棋书画"作为教养的象征，几乎成为叙事者和剧中人的口头禅），影响乃至塑造了中国人的人格与精神世界，或者说，它是某种意义上的中国人的精神世界的一个载体，一个隐喻，一个出口。关于围棋，言道言技，言深言浅，言广大言精微，都有足够多的材料和凭据，足够充分的理由和动机，它曾经接纳过无数沉迷者的精力、智力和想象，慰藉、消化了他们的幽微心事、浩渺情怀和沧桑际遇。

故而，治围棋之学，可以是好之者、乐之者的自我遣发，又何尝不可以包含洞察世事、体悟人生、认知传统、解读文明的激情和使命？何尝不可以见证乃至召唤关于世界、关于生命的大智慧？一个人对于世界的最深理解，最终是对于自己的理解，一个人对于文明的特殊领会，最终是关于自我的领会。孔子曰，古之学者为己，今之学者为人，云波教授治围棋之学，乐而忘返，其"为己"乎！

（本文系为何云波著《中国围棋思想史》所作序言，此处文字有修改，湖南人民出版社，2017 年）

汇通古今　创辟新境：

林继中先生的治学路径

《林继中文集》八卷，新近由上海古籍出版社出版（2020年），是古典文学研究界的重要事情。我曾经购买过文集中收录的《文学史新视野》（北京大学出版社，2000年），也因为这本书，结识了林先生。

大约是2001年，在芜湖安徽师范大学参加中国韵文学的一个讨论会。古典文学的会，我从二十世纪八十年代初读研时就开始跟着导师羊春秋先生经常参加了，说句心里话，因为古典文学研究的领域实在过于广大，从业者虽然各人抱荆山之玉，学有专攻，却未必可以对话，而我自己又长时间醉心于所谓中国的"文艺复兴"，试图以现代精神观照古典文学，于是，很多会议，很长时间，似乎都不能餍足我的求知欲和价值要求。记得那次会上，我自以为很深情地讲了王国维的治学径路，讲他在中西古今之间的辗转，说这是中国新人文学术的起点，无法回避，必须赓续。会议间歇，北京师范大学的过常宝教授悄悄跟我说，你讲这些干什么，研究古典文学的人也许并不热衷了解王国维在中西古今之间的苦闷与彷徨。我说，我知道很多人对此不会有感应，可是我也不能按照他们有感应的去说哦。这当然是两个年轻学人的自负和轻狂。就在这次会上，我看到了行迹和话语似乎同样有点不太合群的林先生，气度儒雅，和夫人一起，如神仙中人。我告诉他，我读过他的《文学史新视野》，很有好感，这样就算结识他，然后就读到了他寄赠的《文化建构文学史纲》（北京大学出版社，2005 年）、《激活传统——寻求中国古代文论的生长点》（上海古籍出版社，2007 年）、《文本内外——文化诗学实验报告》（中国社会科学出版社，2016 年）。

诸位都知道，林先生是以研究唐诗，尤其是杜甫研究名家的，出道很早。他的博士论文《杜诗赵次公先后解辑校》，2012 年上海古籍出版社出版了修订本，书前有萧涤非先生的评语，谓该著为"杜甫研究提供了一个至今为止最完善的赵注本"，辑佚部分之甲乙丙三帙的辑佚工作"尤属创造性劳动"，校刊部分"不但要求作者慎思明辨，剖析毫芒，作出判断，而且要求作者博涉群书，发现问题，付出巨大的工作量"。而"前言部分的综合研究，颇多独到的见解，如对赵次公其人其书的考证及其时代背景的考察，对复杂的宋人注杜所作的一些清源通塞的工作等，大都能做到无征不信，实事求是"，全书"卷帙虽庞大，但提挈有体，行文亦复明净"，"是一部有相当高价值的学术专著"。

除此之外，我的手头还有林先生的《杜甫研究续貂》（台湾天空数位图书有限公司，2010 年），《唐诗与庄园文化》（漓江出版社，1996 年），《诗国观潮》（福建教育出版社，1997 年），《栖息在诗意中——王维小传》（河北大学出版社，

2000 年)，《唐诗——日丽中天》（广西师范大学出版社，2000年），《杜诗精华》（台湾三民书局，2015 年）等几种。

从上面的著述中，我们大体上可以看到林先生潜在的学术倾向，他是具有从事朴学、实证之学的学术能力的，但同时，他的文字有着抒情的审美的意味，而他的文字内部，更呈现出逻辑的艰辛与思辨的紧张。如此，就我的了解和理解，林先生在二十世纪八十年代以来的古典文学研究领域，就多少显得有点"异端"。异端的重要表现在于，他总是把从古典文学中得到的知识，置于中西文明融合交汇的问题意识之下，由问题而方法，由方法而思想，由此获得一种深度发问的能力。他有一个比较的文化的视野，不仅从唐诗感受到了古希腊艺术的意味，认为"与古希腊艺术相似，唐诗也是那个'永远不能复返'的时代人们生活中不可或缺的部分"。(《唐诗——日丽中天》)而且体会到，它们的出现不止是一个文学问题，唐诗"就如同古希腊的艺术的不可企及一样，因为它是一种文化现象，其永久的魅力'是同它在其中产生而且只能在其中产生的那些未成熟的社会条件永远不能复返这一点分不开的'"。(马克思《政治经济学批判导言》)

如此，林先生对于唐诗的解读，借重的就不仅有思想史、文化史的资源，而且对于士大夫的政治身份与文化身份，他们的经济状况与人格状态的关联，他们的社会心理与审美心理的变迁，都有远不止于文学的审视。他所征引的文献是阎步克的《士大夫政治演生史稿》，余英时的《士与中国文化》，是葛兆光的《七世纪前中国的知识、思想与信仰世界》，是雅各布·布克哈特的《意大利文艺复兴时期的文化》，唐长孺的《魏晋南北朝史论拾遗》，陈寅恪的《金明馆丛稿初编》，余敦康的《何晏王弼玄学新探》《中国哲学论集》，刘师培的《中国中古文学史》，等等。当然，还有朱自清的古典文学研究。他所关注的不仅有文化的混融，如儒、释、道的冲突与融合，还有主体身份的混融，以及生命内部的分裂与统一。

懂得林先生发问和检讨唐诗背后的这种动机、动力和方向，包括他对李白"大雅正声"、杜甫"道德文章"的特别领会，对他们的史诗精神和个体自由精神的细致分辨，对于接下来他从唐诗研究、文学史的建构，扩张到"文化诗学"的领域，我们就会多一分理解。

我一度反复琢磨，林先生治学和思考，为什么并不自足于他得心应手、轻车熟路，在古典文学界赖以扬名立万的杜甫和杜诗，并不自足于盛唐诗歌与文化，甚至并不自足于他独出心裁的文学史——"文化建构文学史纲"，而是再次出发，兴致勃勃地和他的同道他的学生开始讲论"文化诗学"，而且一讲就是十年以上？

获得方法论上的启发，从西方文论中获得具有阐释力的概念和具有穿透力的视野，显然是目标之一。方法的自觉，是理论自觉、思想自觉的重要表征，是提升近乎本能而并不一定具有开放性的直觉判断，是超越下意识的意识形态垄断的基础。在我们这个地方，这个时代，这一点尤其艰难，也尤其重要。

但是，我感觉，这绝不是他全部的动力，甚至不是最根本的动力。真正根本的动力也许在于，他试图拥有一种充分理解传统文学与传统文化的精神高度，一种具有普遍意义和价值的思想逻辑，并由此出发，融贯中西，汇通古今，创辟新境，所谓"一生二，二生三"。此种文化上的自觉，此种因为自觉而带来的心灵的自由与开放，才是林先生未必自觉的动机与动力。此种自觉与自由，甚至不只是要重建诗意，召唤盛唐，而别有期许。他说："从长远看，保存民族文化并非我们的终极目的，构建全人类共同的新文化才是我们的高远目标。我们将拿出什么样的'菜单'，以之贡献于人类新文化？"

因为视野如此高远，动机如此具有超越性，林先生在这些年来学术文化界"否定之否定"的潮流及其难免遭遇的糊涂中，就有了一般人不具备的大度和明白，这也许同时得力于他所享受的开放的盛唐时代及其精神吧。自然，眼前虽非盛唐，但中外交流、八面临风的情形，却仿佛相似，只是我们还远没有盛唐时代的好胃口，像鲁迅所说的什么都消化得了，而是什么都不免要忌口。

林先生意在承继王国维、闻一多的香火，以现代学术视野与现代思维面对传统资源，并由此期待，生长出新的文化"宁馨儿"，有新的诗意、新的精神，也有新的形制和局面。林先生说"文学史的视野永无边界"，正是要召唤一种能够突破定势与模式的审美的思想力和判断力。

而林先生本人，就如他在《杜甫研究续貂》自序中说的，"况周颐《蕙风词话》云，吾听风雨，吾览江山，常觉风雨江山外有万不得已者在。此万不得已者，即词心也。余览杜诗，则有忧生忧世万不得已者自沉冥杳霭寂寞中来，此万不得已者，即杜之诗心也，此诗心诗意即之愈稀，味之愈浓，超越语言，超越个体之生命，与华夏文化同在，引我思，引我悟。"

我想，林先生创辟新文化的目标和觉悟，正得力于他的此种关乎家国、关乎天地的心志和情怀，得力于他对历史与现实的特殊感应，并由此表现为他在治学为人中的特别的风度和风采。

林先生是"异端"的，异端的结果是：一，他打通了专业主义与人文主义的壁垒，把专业性的学术置于人文主义的关怀与观照之下，因此他感受和究诘唐诗，就有一种通透的手眼。二，他突破了知识考古与精神阐发的藩篱，既不拒绝知识考古，同时用真切的自我体认和具有形而上高度的精神，照耀历史的知识的现场。三，他的学术研治，是学术的，同时是艺术的审美的，因为我们研究的对象是文学，如艾略特说的，文学不止是文学，又只能是文学。四，他将语境的还原与诗意的呈现联系起来。他以文化之经与诗学之纬阐释了唐诗当年之辉煌，正像美国汉学家，《叫魂——1768年中国妖术大恐慌》的作者孔飞力所说，千万别把饶有兴趣的一个故事写成一篇干巴的论文。林先生的论说，具有大雅的气质和只属于他个人的意味，不干巴，有诗性，辨识度很高。

还有，更重要的，因为天资，因为悟性，也因为他的努力，他在学问、识见、超越性的精神诉求、思想、技术、工夫等方面，获得了巧妙的平衡和一般人难以企及的通达。他是有手艺的人，据道修德，居仁游艺，能书善画，具有相对深厚的传统教养。从他的学问和艺术表达中，可以看到他丰满的整全的人性与超出常人的广大修为，看到他丰富的感受力、感悟力和创造力。

因此，我要大胆地说，在当下中国学术，尤其是人文学术陷入伪专业主义、伪科学主义的千篇一律，陷入学报体文章式的热闹、平庸、肤浅、重复甚至腐败时，在大量学术从业者以记工分的方式、以小学生的算术思维、以小商贩赢利的价值观从事学术，特别是人文学术时，林先生的所作所为，就是方向性的，有着正本清源的意义，这种方向性，不仅是方法论上的，更是价值论上的。

文学是人学，古典文学同样是人学，这是文学研究的起点的要求，也是终点的要求。做学问需要整全的丰满的人性，需要充足的人道精神，要说人话，要呈现人的精神，人的光辉。中国人文学术想要获得真正的繁荣，林先生所代表的方向，就是十足珍贵的。它的存在，就是一种至关重要的提示、召唤和警醒。

（本文为作者在 2020 年 12 月上海古籍出版社与闽南师范大学举办的"《林继中文集》新书发布会暨林继中教授学术思想研讨会"上的发言）

千年未了"昭君怨"：

王昭君如何成谜

大凡有中学文化程度的国人，都知道一点关于王昭君的故事。

在不同时代、不同版本的中国古代美女谱系中，也几乎少不了王昭君。而王昭君"出塞和亲"，确曾带来过边疆的和平与百姓的安宁，《汉书》上说，昭君和亲后，"边城晏闭，牛马布野，三世无犬吠之警，黎庶亡干戈之役"。

按照常识，有上述两样，人们便很难再把她污名化了。

或者说，遵循日常理智，人们应该不会对王昭君施以某种高调的道德指控和声讨了。

但是，很遗憾，对于昭君的道德指控和声讨，居然真实地发生过，指控者甚至是一些所谓知识精英。

宋明两代都有拟昭君为褒姒、玉环者，他们往往特别不能原谅其实更可能出于传说的昭君不耐寂寞的"请嫁"，以及她遵循胡俗、于史有据而与两代单于的"续婚"，说她"不堪坐守寂寞苦，遂愿将身嫁胡虏"（孔平仲《王昭君》），"纲常紊乱乃至此，千载玉颜犹可耻"（高明《昭君出塞图》）。

自然，历史上也有更多喻昭君为"烈士"、为"忠诚"化身的慷慨悲歌，以至在后世的文艺作品中，还设计出昭君抵死不入番界，最终殉国自尽的戏剧性情节。

如此云泥之别的评判，是因为什么？

有关昭君身世的历史记载，哪些可以落实，哪些仅仅是附会？

进入文艺作品的有关昭君的种种故事，是如何演绎过来的？

在漫长的流传过程中，王昭君究竟唤起了国人怎样的基于个人身世际遇的情怀，怎样的基于家国天下的抱负，怎样的基于伦理观念与道德意识的良知与恶意？

一

王昭君是一个真实的历史人物。

蒋方在《昭君与昭君文化》一书中，梳理了历史上昭君大致有过的行迹，她的出生地，她的姓名，她的被征选，她的北上长安，她的宫廷生涯，她的出塞，她之作为单于阏氏的经历和遭遇。在可能的范围内，不仅努力还原了昭君的生平，而且还原了昭君生前身后的王朝历史，其政治、经济、社会、交通状况，还原了昭君时代的边疆、族群、族群之间的冲突与和平，包括匈奴内部的分分合合，单于的传承统绪，等等。而对作为人文地理重要关节的王昭君故里——湖北秭归兴山，包括那里流传至今的风物民俗，以及传说中她的葬地——"青冢"，尤其多所着力，不仅有大量基于历史文献的分析考辨，还有实地的田野调查。

强调历史的真实与准确，并不是要否定传说的意义、否定昭君形象的审美功能，而是强调历史的归历史，传说的归传说，事实的归事实，想象的归想象。

这一点，对于中国传统文化从业者来说尤其重要。

因为在古代中国的文化与文明中，宗教、历史、道德、神话、政治，常常是浑然一体，互相缠绕的，它们之间的边界非常模糊。

在很长时期内，无论是精英知识者，还是蚩蚩之氓，无论是官方，还是民间，无不秉承着一种人神未判、虚实兼容的历史意识与宗教意识，追求事实的真确未必是终极目的，终极目的更在于道德伦理秩序的完整，更在于通过人文化成创造整体性的社会和谐与安全，或者说，通过历史叙事，给社会提供一个有章可循的文明的轨辙，一个值得延伸和继承的传统，一个深沉饱满、取之不竭的精神策源地。

在某种意义上，历史是我们这个民族的宗教。

受有机主义和整体主义世界观与生命观影响，古代中国的历史叙事每每包含了神话、传说，乃至包括政治性、道德性的演绎与附会，人们并不因为混淆了"真实"与"臆想"的界限而觉得不恰当。

基于此，成就现代中国学术的第一步，就是把有关中国的人文建构与历史书写，从蒙昧的道德演义中解放出来，以专业性的学术思维取代教化的逻辑和理想，以充足的学术理性清理政治化的情感性的引申与附会，这其实就是"五·四"时代的文化领袖们曾经共同奔赴的事业。

而这，对于研究那种传说的材料远多于真实的历史材料的历史人物如王昭君来说，显得尤其重要。

二

自然，如果仅仅停留在对真实的历史人物的考证辨析，《昭君与昭君文化》就只是一本研究王昭君的书，而不是一本关于昭君文化的书。而且，汉代以来关于王昭君的大量口头传说、故事、歌谣以及见诸文字的文学书写，包括诗歌、小说、戏剧，事实上已经构成"昭君文化"最核心和最意味深长的部分，对它们同样有必要作历史的文化的考察和辨析。它们所呈现的并不一定是有关王昭君的历史事迹，而是不同时代人们对王昭君的观照和解读。

这种观照和解读的内涵，极其丰富。

按照蒋方的说法：王昭君本来只是因为和亲而载入史册的一位女子，由于人们对她保持了长期的热情关注，因她而创作了数量可观又内涵丰富的文学作品，记录了不同时代、不同地位包括不同民族的人们的思想认识和内心感情，既在传承中有异见，又在新见中有传承。因此，竟宁元年（公元前33）的昭君出塞和亲，就像一个小小的雪核，在漫长的历史道路上被人们推拥着向前滚动，或快或慢，从未停止，或左或右，从未消失，于是越滚越大，最终形成了一个巨大的雪团而包孕了复杂的意蕴。

在这里，有文学，有历史，有政治，有外交，有个人的命运，有国家的安危；有诗歌，有词曲，有小说，有戏剧，有名士大家的抒情议论，有无名人氏的润色加工；有高尚与卑劣的品格褒贬，有贤良与忠奸的善恶斗争，有怀才不遇的人生遭逢，有舍身报国的赤胆忠心，有缠绵悱恻的爱情，有宁死不屈的坚贞，有恶有恶报的后果，有善有善报的结局。

自汉末魏晋以来，这些因昭君而感动的人们，既是读者，又是作者，或有名字，或无名字，都以各种方式将自己对于社会、对于生活、对于现实、对于历史的种种认识和种种思考揉进了"昭君出塞"的话题之中。

这样，"昭君"二字已经不再是单纯的人名，而成为了一种复杂厚重的文化载体。

毫无疑问，包括根据野史外传创作的文学作品，同样是关于昭君话题的重要篇章。在有关昭君的充满想象力的传说，乃至今天看来未免不着边际的附会、演绎与自我抒发中，同样有着我们这个民族曾经有过的心灵史，有着与传统道德政治息息相关的文化秘密和心理秘密。

今天谈论昭君，我们不仅想要知道历史上真实的昭君，同时更想知道，昭君故事两千年不曾中辍的传播，是如何一步步地延伸过来的，两千年来，她的形象如何参与了中国人的精神生活，如何成为了民族心灵的一个载体，一个出口，一个关于命运、生活、政治、道德的隐喻。

三

除了探究昭君故事的流传与影响，《昭君与昭君文化》还考述了一些原本于史无据的虚拟情节，如何逐渐进入了关于王昭君的叙事，并因此赋予昭君故事更大的魅力，更多的戏剧性，譬如毛延寿的出现。

毛延寿最早出现在魏晋时期的有关记述中，属于传说附会无疑。

但是，毛延寿的出现，对于昭君故事的发展，至关重要，尤其毛延寿作为画工而点破昭君美人图的情节，使昭君出塞的文人题咏从单纯的同情而走向了历史的思考和现实的批判，将善恶、忠奸一类的道德命题与怀才不遇的士人悲怨结合到一起，特别能够打动那些在专制社会中坚持理想追求的古代文人。

在某种意义上，昭君故事真正的戏剧性，那种不止于抒情的戏剧冲突，正是从毛延寿的出场开始的。

从这里，无论是民间的歌唱，还是文人的题咏，才拥有了更具体也更广阔的抒写空间。

据统计，历代题咏昭君的诗词有近千首之多。

在昭君出塞之后，还在汉代，就出现了《王昭君》和《昭君怨》的乐府歌曲。而就现今保存下来的文献看，西晋名士石崇的诗《王明君》无疑是最早的题咏昭君之作。此后相沿，历代的名家大诗人，如唐代的李白、杜甫，宋代的欧阳修、王安石，元代的耶律楚材、元好问，明代的何景明、李攀龙，清代的沈德潜、袁枚等，均有题咏昭君之诗。

而在历代题咏昭君的作者中，除了大量的文人士大夫之外，还有帝王、僧侣，还有不少的女性。

借别人的酒杯，浇自己的块垒，这是汉唐以来中国士大夫越来越驾轻就熟的本领。而在诗人们充分发挥想象，借昭君故事抒情言志的过程中，有一些特定的符号，得到不同时代的诗人的认同，被大量使用，以至成为昭君出塞的情感象征。

马致远《天净沙》"西风塞上胡笳，月明马上琵琶，那抵昭君怨多，李陵台下，淡烟衰草黄沙"中的"琵琶""胡笳"，就是咏叹昭君的经典象征物。

事实上，王昭君随同呼韩邪离开长安，北去单于庭，一路心情如何，既无文字流传，也无实物佐证，所谓"琵琶""胡笳"更是无从谈起。

但是，作为文学，需要有情感的感性载体，即使是通过想象生发出来的。

宋代之前，题咏昭君的作品，或是同情昭君的不幸，或是因为昭君而伤感自己的不幸，哀伤凄凉是诗作的主调。

宋代以后，随着道德热情的高涨与道德理想的日益膨胀，长期为泪水所浸泡的昭君，也有了悲壮慷慨的亮丽，如刘宰的《昭君曲》，代昭君抒情，曰"岂余身兮惮殃，抗风沙兮万里"。出塞的昭君，不再是愁眉紧锁的悲苦忧郁，而是迎面风沙，勇往直前，大有壮士一去不回头的气概，如周秀眉的《昭君》曰"琵琶弹马上，千载壮君名"，如王循的《青冢》，曰"女子英雄泪，琵琶壮士歌"。

受到昭君道德义气的感染，向来被想象为哀怨低回的琵琶乐曲，也变得高亢响亮起来。王大谦在《王昭君故里》中感叹"吁嗟天地间，多少须眉子，那肯沙场行，但顾生与死。""一去靖兵戎，大义光青史"。

经过这样的表彰渲染，出塞的昭君演绎成为国士，成为英雄，形象高大，光洁辉耀，直照出索贿的画师毛延寿的猥琐、卑劣和丑陋，落入尘埃，人所不屑。于是诗人盛赞："忠节岂劳传画史，巍巍青冢壮胡山！"（戴亨《昭君》）

然而，同样是在宋代，伴随着文人对昭君道德品格的高度肯定，质疑之声也开始出现，元好问《郭显道美人图》谓"君不见昭阳殿里蓬莱人，终惹渔阳边马尘。又不见吴宫夜夜乌栖曲，竟使姑苏走麋鹿。移人大抵物之尤，丧乱未免天公愁。虽然丹青不解语，冷眼指作乡温柔。试问人间何处有，画师恐是倾国手。却怜当日毛延寿，故写巫山女粗丑"。

类似指昭君为"尤物"足以祸国殃民的宣示，宋元及以后的文人笔下，所在多有。

如此，出于虚构的毛延寿，又演绎成为另一种"英雄"，一个替帝王分忧，替国家免祸的勋臣，所谓"当时合把毛延寿，画作麟台第一勋"，是毛延寿出于皇室的安全考虑，把太耀眼、太妖艳的王昭君特殊处理，以至最终把她弄出了汉庭。

此种"女祸"式的思维，不止出于士大夫由来久远的传统教养，同时联系着他们对于历史的理解，对于时代问题的关切。

古代中国的王朝，其兴也勃焉，其亡也忽焉，文质治乱，循环往复，国家总是徘徊在稳定与危机之间。宋以后，所谓民族矛盾以及因为民族矛盾而带来的内部矛盾尤其激烈，内部矛盾又显化为意识形态斗争（常常以"和""战"为主题，选边站队，由此而更加突显了所谓"忠奸"之辨）。在相对平稳安定的时期，庙堂上多的是关乎利益的营求与党争，而危机光临

291

的时候，则常常只剩下慌乱和抱怨，剩下相互之间无聊的忠奸指控。

而且，宫廷政治，开明健康理性的时候少，阴暗病态荒唐的时候多。

于是，王昭君便不免要被演绎为某一种品质的代言，某一种道德的象征，某一种家国气象的隐喻。某些时候，她甚至常常与屈子联在一起被诗人们咏叹，不仅因为他们都是秭归人，还因为他们那种被抛弃被牺牲而忠贞不屈的命运与个性，如北宋晁补之《和东坡先生梅花诗》曰："幽闲合出昭君村，芳洁恐是三闾魂。"

无止境的道德攀引，可以把王昭君塑造成屈子，同样可以把她"化妆打扮"成败德的丑类。

这其实是以道德统率历史者的一体两面，相去不远，遵循的是同一种逻辑和思维。

历史上，正是那种高亢的伦理中心主义者和不知轻重的华夏中心主义者，用今天看来莫名其妙的理由，声讨王昭君之作为两代单于的阏氏，丧失了贞洁廉耻，声讨她远嫁异族，屈身事虏，而让堂堂中国体面尽失。《昭君与昭君文化》引述了大量资料，譬如书中"别有块垒"一节，便把历代文人借昭君之题浇自己块垒的心事泄露无遗，甚至把他们某些叽叽歪歪的感慨和计较，也作了必要的交代。"堂堂忠义"一节，又把士大夫借昭君际遇召唤士子道德、家国伦理的用心，呈现得清清楚楚，以至我们可以看到，是在何种用心和意义上，人们竟然把昭君与屈子合而为一，使他们成为了某种品格气质的象征，所谓"绝代佳人，千秋国士"。

四

古往今来，世界上的事大半与"饮食男女"有关。

孔子所谓"食色，性也"的说法，讲的是人作为个体的赋性，其实，作为群体的人类生活，也无外乎此。而其中的"男女"关系，尤其构成一个地方道德、风俗、人心最重要的指标，也是一个民族获得自身文化独特性的最基本的人类学渊源。

在古希腊文化中，诸神任性恣睢地徜徉于男女之间的游戏与狂欢，似乎百无禁忌。美丽、狡黠甚至自私、傲狠的女神们，往往因为与男神们未必"纯洁""忠贞"的婉转纠缠，反而更加光彩照人，更加深入人心。

华夏民族与此不同。

我们的先贤古圣，至少是后来被儒家的伦理道德编排过的先贤古圣，似乎早早把"男女"之间的事情，看成是建构全部社会生活的基础，认为天下经纶，肇端于男女之道，天地阴阳，乾坤父母，一切神圣与神圣的一切都归结于此；一切紊乱与不堪，也是从这里出发的。

于是，事关"男女"的书写，无论是涉及历史的，还是涉及现实的，往往充满幽暗的禁忌、张皇的顾盼与上纲上线的绝对归结。《诗经》《楚辞》里一些其实清纯坦荡的情爱故事，在经学家、道学家的诠释与发扬中，也无不端正严肃到几乎与"饮食男女"无关，而成为伦理道德的示范和标本。"饮食男女"似乎是阻止我们进入某种崇高的道德境界的反人性的洪水猛兽，成为人们不愿意齿及的禁忌。

同样，古希腊史诗中，作者可以把事关生死存亡的部族战争，无比欣悦地设想成是因为倾慕女人的美丽而发生的一场如同盛典的竞技，一场英雄的争锋。

而在我们这里，至少从有了体制化的官修历史以后，在文艺作品中，哪怕是神仙鬼怪的传奇中，女人的美丽，都不免带来幽灵一样的惊悚和恐惧，而一旦关乎政治，女色常常成为罪恶的渊薮，褒姒妲己，飞燕玉环，往往都被归罪成为祸害家国的不祥的妖孽。

王朝政治，很少可以理性地接纳女性的美丽，更加不可以想象由美丽的女性导演出光荣的历史。在一元化的皇权政治中，在以伦理秩序为中心的意识形态谱系中，无论"人"还是"物"，它们所具有的价值与功能，无一不归结或取决于皇权政治的认同与需要。这种认同和需要，虽然在不同的时代语境中并不完全一律，但整体的取向却是基本一致的，一切都不能免于实用主义的与功利主义的考量，一切都不能不是工具性的，是手段，而绝不可能是目的。

置身于此种价值阵营与观念体系中，所有的幸福，所有的悲苦，所有的毁誉，都只能是这种工具性命运中的身不由己的"风云际会"。

检视华夏历史，很少有例外。

这很少的例外，便发生在涉及"国际关系"的某些事件与场景中，尽管她们所具有的光彩，仍然与工具主义的价值取向有关，而不仅仅是因为她们作为女性的魅力。

确实，在漫长的民族融合过程中，作为文化桥梁和亲善之使的女性，虽然也不免悲情，不免要被改写，甚至被清算，却多多少少可以从愁云惨雾中脱身出来，以至于获得崇高的认同，享有政治的道德的褒奖，譬如西施，譬如昭君，譬如文成公主。

区别于主要出自传说的西施，西施日后更多成为美女的代名，成为政治人物"报仇雪耻"故事的道具，也不像文成公主入藏那样使命单纯，履历清楚，评价一律，王昭君既是正史中的人物，又是演义中的角色，对于她的观感和评判，更加复杂微妙。

在王昭君身上，几乎集合了中国古代社会差不多全部意识形态的分裂与矛盾。

饶是如此，昭君成为了某种意义上的文化符号，一个不再单纯的谜，一个与我们的精神世界有关的永恒的话题，正如《昭君与昭君文化》的结尾所说的，"昭君出塞"是一个内蕴丰富的历史话题，是一个价值多维的现实话题，因而总是能在不同的时代激动人们的情感，激发人们的想象，引出不同的议论和看法。

在中国漫长的古代社会中，正是这些说不尽、道不完的历史与现实交织的话语，使"昭君出塞"从一个简单的历史事件而演化形成内涵复杂的昭君文化，以至千年未了"昭君怨"。

（本文系为蒋方著《昭君与昭君文化》作，该书由商务印书馆出版，2015年。文章刊于《书屋》杂志）

第三辑

冬夜颂

酷儿·男风·后现代

一、小说《洛丽塔》的作者，声名远播于文坛之外的纳博科夫曾经说："性作为人们所熟悉的东西，性作为一般观念，性作为一个问题，性作为老生常谈——所有这些都是我觉得难以用文字来表达的。我们不谈性吧。"葛尔·罗宾说："虽然人们在看待什么是恰当的饮食方式的问题上也会不耐烦，也会愚蠢，或者具有强迫性，但是食谱的差异很少能够像性趣味的差异那样，激起那么多的愤怒、焦虑和纯粹的恐惧。性活动在意义的过度重压之下不堪负担。"

纳博科夫不愿在性的话题上作理论停留，似乎就是为了回避葛尔·罗宾说的"愚蠢"，尽管他的《洛丽塔》甚至被人们读成了"情色小说"。关于"性"，人类确实留下了太多的"口水"——一些箴言似的谎言与冠冕堂皇却无补于事的箴言。

然而，"性"作为一种天赋和人皆有之的实践，实在太普遍又太个性化，太公共又太私人，太平常又太不可捉摸，太迷人也太恼人，因为它的存在，我们体验到什么是狂喜、什么是尴尬、什么是幸福、什么是绝望，它是诗意的开始，也是原罪的开始，是解放之所，也是禁锢之地，这让我们欲说还休又欲罢不能，明明知道是一个也许永无澄清之日的话题，但我们还是乐于继续或庄重或粗俗地言说，甚至借此度日。

二、差不多20年前，年少懵懂的我在北京香山脚下的某部队招待所参加过一个读书班，同室而居的有两位正当盛年的文化人，一个健谈明朗，一个沉默阴郁。我与健谈者有过一些交谈，至今记得，我当时非常郑重地对他说，我只对现代派文学有感觉，在接触过现代派文艺作品之后，似乎心智、情感都发生了改变，不能再接受原来习以为常的"食物"。第二天，那位健谈者就从书店搬回了一大堆有关现代派文学的书籍，让我惊讶。

更让我惊讶的是，两位同室开始是因为少一张床而睡在一起，后来床有了他们却不愿分开，仍然挤在那张床上。有一天晚上，朦胧中有人钻到了我的被窝里，我看清是那位健谈者，我问他是不是太冷，我同时隐约懂得他并不是怕冷，我有点恐惧地抗拒，他几次停下，但又不肯放弃。终于，我说，你要干什么。他便不再动，然后回自己的床去了。读书班结束时，他问我是不是觉得他不良，我用多少有点伪装的大度从容说没有，我还说我理解，但我不是。

这是我最早一次与同性恋者"亲密接触"，此前从别人言传和自己的阅读中，我已知世界上除了有说不尽的"异性恋"之外还有更加说不尽的"同性恋"，但小时候，从汉语词典上看到的却只有"鸡奸"一词，诠释为道德败坏的可耻癖好，是伤天害理见不得人的丑恶勾当。

据说，对同性关系的这种不宽容见解，在中国完全是近代以来西化的结果，中国古代社会对此反而是宽容的，不仅帝王将相中有"龙阳"之好者代不乏人，而且普通士大夫群体中，同性恋有时也蔚然成为时尚。《世说新语》中的嵇康，美仪如"孤松""玉山"，令追随者神往不已；何晏面如处子、行步顾影，爱着妇人装；卫玠风姿绰约、观者如墙，以至被人"看杀"。很难说，这其中没有我们今天所说的同性恋趣味。明清"男风"甚炽，因为盛于江南而称为"南风"，称男妓之所在为"南院"，热闹到居然可以让以女性招徕客人的风月场所"气象潦倒、生意萧条"。

既好"美婢"又好"娈童"的晚明大名士张岱在《陶庵梦忆》中说"人无癖不可与交，以其无深情也；人无疵不可与交，以其无真气也"。此话很容易被以启蒙的使命自居的学者专家，解读成明清思想界关于人性解放的"宣言"。其实，让张岱生发出如此大道理的朋友祁止祥，原来正是一个"去妻子如脱屣，独以娈童崽子为性命，其癖如此"的人。

明清小说戏曲更以浓墨重彩铺陈过同性间生死以之的浓情故事，《儒林外史》中杜慎卿不满意"人情只在男女"，为自己未能有"相遇于心腹之间，相感于形骸之外"的知己而"对月伤怀、临风落泪"。《红楼梦》描述宝玉与秦钟、琪官的关系，堪称风光旖旎。《弁而钗·情侠记》写钟生慕恋张生而让张生震怒，钟生表白道："弟实慕君才色俱备，愿一嗅馀香，死亦甘心……今业已完我愿矣，请斩我首以成两美，令天下后世知钟生为情而丧其生，张生为失身而诛匪义，吾两人俱可不朽于天壤。"这与"情不知所起，一往而深，生者可以死，死者可以生"的杜丽娘，区别何在？

利马窦在回忆录中曾经以愤怒的口吻讲述过他在北京所见的男妓和达官贵人们对此的迷狂，称之为"极其令人憎恶的犯罪和非自然的行为"。利氏的愤怒不止因为他不能理喻同性恋，也因为他看到了此中的血污和泪水，即他见到的同性恋多是有钱有势者按照自己的需要去培养和制造的，他们的另一方缺少主体性，缺少自由与自决的权力。

三、有一种实践，就绝不会缺少关于这种实践的理论支持，对于中国文化来说尤其如此。

中国古代社会之宽容"男风"与中国哲学中的某些理念可以互为解释，譬如说"天理人欲，同行异情"，理、欲之间并不对立到绝缘；又譬如阴阳动静构建生命，但阴阳动静之间并非截然两分，而是相互含纳、消长、转化。如此有机辩证的哲学，足够服务于生命在特定条件下的任何取向与选择，其中当然可以包括性的取向与选择，何况中国社会本无"法律"，也殊少"戒规"，特别是对于有闲的士大夫来说，可以接纳一切有助于逍遥的游戏与游戏之具。对于同性恋，自然不会成长出类似西方中世纪的"庄严禁忌"，"性"自然也不是原罪。

话说回来，那种事关生命的宽容尽管包含了特定历史情境下的腐朽气味，却仍然可以作为构建未来生命伦理的有效资源。中国哲学用"情""色"来概括人性中的"爱欲"，表达那种广泛而深刻的能量，正是对生命极其高明的体察。清代小说《品花宝鉴》中的名士田春航说："我最不解今人好女色则以为常，好男色则以为异，究竟色就是了，又何必分出男女来。"如此表白和申诉，同时说明，古代社会的通达与宽容，毕竟也是在有限的范围内。

四、20 世纪下半叶以来，西方的性观念与性伦理发生了显著的变迁。

20 世纪 70 年代，同性恋者"盛装"登台。按照福柯的理论，人类的性不能仅仅从生理学意义来理解，性更是由社会和历史构建的，因此，同性恋、异性恋、虐恋或其他性少数群体的性取向，应该具有相同的合法性，谁也未必是"优选"，更不需要"钦定"。

这样的理论并不费解，麻烦的是与这种理论相应的生活实践。

既然"性"是一出文化导演的大戏，那么人的生理性别、社会性别以及欲求之间就根本用不着有统一的搭配方案，森严的条理是我们自己设定的，而我们原本有选择的自由，性的民主由此成为醒目的标题。前此被视为淫秽、危险、邪恶的种种性爱方式及其相关物，均获得了容留的空间，不仅是"性的解放"，同样重要的是"从性中解放"，保持对任何可能的性的专制的警觉。

90 年代兴起的"酷儿理论"便是联接于此。

有关"酷儿"（queer）的表述不可胜计。斯蒂文·艾普斯坦（Steven Epstein）说："酷儿一词提供了一种包罗万象的方式，因此代表所有那些因其性向而站在了目前的'规范化统治'的对立面的人。"李银河说："许多酷儿活跃分子不再将自己定义为女同性恋者、男同性恋者、双性恋者，甚至不说自己是异性恋者，而简简单单地自称为酷儿，酷儿的性活动很难在传统的性结构领域中加以定位，它是一种更具流动性、协商性、争议性、创造性的选择。"麦可·沃纳（Michael Warner）说："酷儿群是某种与其他社会群体根本不同的社会群体，是一种仅次于阶级的身份群体。"阿琳·斯泰恩和克恩·普拉莫（Arlene Stein and Ken Plummer）说："酷儿理论是一种召唤，召唤对所有传统分类和分析的大规模的破坏和超越——一种对性别、性欲和人际关系的边界的萨德式和尼采式的破坏，它是对异议和唱反调者的召唤。"

对"酷儿"的理论描述所显示的复杂性，正如同"酷儿"现象本身，很难一言以蔽之，它召唤的原本就是差异、独立性，它使多少有些麻木和贫困了的性解放思潮，获得了新的内涵和深度。在很多方面，它与后现代哲学是相通的，解构"中心"与"本质"，反抗理性的霸权与欺骗，强调距离、游戏与快乐，唾弃固定不变的分类、身份和归属，等等。

其实，在不止一个时代，我们都可以看到"性"的飘移与性取向的"舛错"，正像我们在不止一个时代可以感受到那种类似于后现代的精神状态。对原初、对自我、对肉身的穷究，可以指向解放也可以指向蒙昧，而性的尝试是人类自古至今最根本的一种尝试。视之为"罪错"的漫长历史证明了人类对自身的羞恶、嫌憎、自我去势与自我神化，也证明了文明的虚弱与虚弱的文明间歇性的自我否定的品质。

当我们今天又以"艾滋病"之类口实，对性的飘移与性取向的"舛错"重复古老的指控时，结果也许同样是自欺欺人的。有些因果推断常常是一元化冲动下的"文明"借口，并不真实，无所谓正确。

人类的交流、互动以及不同层次的相属，正在无可挽回地变得频繁、变得复杂，不同性别属性之间，同样如此，而这一切缘于人性的广大。基于人性的"表演"是永远变化着的，是不可限定甚至永远捉摸不透的，即使我们发展出一种"自慰"的卫生的伦理，即使我们真的认为"手淫才是跟自己真正爱的人做爱"（伍迪·艾伦），我们仍然忍不住要去追逐自己真正爱的人和真正满意的包括性的生活。

断骨增高、小脚及其他

2004 年的《潇湘晨报》上曾经登载过一则图片新闻，说一位正是芳龄、从事公关业的女孩，不满意自己 1.57 米的身高，在长沙著名的湘雅医院做了"断骨增高"手术。手术原理极其简单，即将小腿骨弄断，然后让断处生长，通过适当牵引，达到增高目的。该女孩上手术台后仍然犹豫，但终于一咬牙做了。

图片上的女孩坐在轮椅上由母亲推着，满脸自豪幸福的笑容。据介绍，她已增高 7 厘米，3 个月后她将以新的身高下地行走。医生警告说，此类手术要求很高的医术和技术条件，不宜在小医院草率从事。

我曾经摔断过手臂，领教过断骨是怎样一种钻心的痛，这则新闻因此看得我心惊肉跳，想忘也忘不了。我能设想其中的恐惧和痛苦，但不太能够设想女孩忍受这种恐惧和痛苦所需要的勇气与决心，特别是无法设想促使她作出这一决断的背后是如何一种不惜"牺牲"的社会文化动机。

我马上联想到的是曾经风行华夏近千年的"裹足"运动。

让现代中国人难免觉得脸红、觉得匪夷所思的裹足，在明清两代是一种时尚，一种深入人心的集体迷狂，皇帝下令也难以阻止，正像他难以取消八股文。作为一种性意味的表达方式，按当时社会的伦理，小脚应该是深藏不露、不可见人的，于是才有因为小脚为外人所窥而自感贞节被污以至自杀的。

但是，小脚又实实在在是性感的张扬之具，不止明清小说中小脚被咏叹为比相貌、身段更令人魂销魄荡的"尤物"，士大夫们甚至含茹品咂出了一种关于小脚的美学。李渔说"瘦欲无形，越看越生怜惜，此用之在日者也；柔若无骨，愈亲愈耐抚摩，此用之在夜者也"，表达的尚是痴迷；方徇著《金莲品藻》，分列"九品""三十六格"，将品诗、品画的概念差不多用在了小脚上，全然一副精深冷静的专业眼光；20世纪大名士辜鸿铭说"女子缠足后，足部凉，下身弱，故立则亭亭，行则窈窕，体内血流至'三寸'即倒流往上，故觉臀部肥满，大增美观"，活生生一种"美色家"的嘴脸。王世贞《万历野获编》载，有人甚至想通过小脚的办法去抵御逆虏，说是小脚女人可以使"男子惑溺，减其精力，惰于击刺"。

与上述种种理论解释相对应的是，华北不少地方有热闹的"赛脚会"，给人们提供露脚赏脚的狂欢式的机会，情形与今天的选美及时装发布，似无二致。

表面看来，女性之于缠足是全然被动的，但事情其实并不如此简单，学者指出，所谓"小脚一双，眼泪一缸"，并不完全是出于被迫，她们更多地把它看成是为"美"而做的牺牲。这种牺牲根源于士大夫的生活趣味与审美逻辑不言自明，所包含的性压迫、性屈从意味也并不费解，耐人寻思的是，这种生活趣味和美学之所以深入人心的文化机制与心理机制，观念的接受、心理的接受如何内化为一种动力去抵御肉体的痛苦与伤残，又如何使眼泪转化为灿烂的幸福的微笑？

这正是我们面对"断骨增高"现象时，同样需要索解的。

应该指出的是，女子裹足常常在未成年，与要求断骨增高的成年女子相比，前者作为主体，其自觉自主程度毕竟要低得多，后者则几乎是自决，在法律层面上，含义迥然不同。但无疑，"缠足"与"断骨增高"的动力都是外在的，都是为了有资格或更充分拥有被主流社会接纳的机会和可能性，即使我们承认，它们同样是趋求一种美，这种美事实上也是外在的文化标准赋予的，并不具有"客观性"和永恒的"正义性"。而且，"断骨增高"绝不比"缠足"有更高的审美意蕴、更纯正的审美趣味，只是它毕竟出现在一个有着更多选择机会的时代，一个标榜科学与民主的时代，它至今并未像隆胸、减肥一样成为人人趋之若鹜的潮流（经济上难以负担或者是不能流行的原因之一），其中的文化"压迫"显得更具渗透性、弥散性而非强制性，性别歧视的意味也要隐晦得多（矮个子的男性同样可以"断骨增高"），而所显示的"残忍"及其"受虐"倾向则是一致的。

李银河在《虐恋亚文化》中谈到，"虐恋"实际上是对人际关系的渴求，是对孤独的拒绝，而使自己隶属或屈从于某人，是避免孤独、建立关系的最可靠办法。虐恋关系的重心是与另一个人深刻强烈地联系在一起的方式，用以缓解分离、孤独、伤害、毁灭、罪恶、遗弃的感觉。

这种阐释其实可以印证在更广泛的生活中。

现代社会，当我们自以为选择有着更充分的自主性时，其实常常有着更大的文化力量在左右和制约着我们，趋同之所以成为一种顽固的动机，就在于趋同可以让我们消除孤立，进入一个有关利益、权力、文化或者审美的阵营，找到一种有组织有归属的感觉。为此，我们甚至愿意以牺牲自我的尊严或肉体的完整作为代价，其中所显示的心理能量大到让我们可以超越痛苦，甚至以苦为乐、以苦为荣。

正是希望融入到一种主流的利益与文化中，才塑造出了那种舍生忘死的努力，比如"裹脚"，比如"断骨增高"。

自然，趣味是无可争辩的，对人自身的观照和处置同样可以归结为趣味。事到如今，我们甚至不能用理性与否作为唯一的标准去要求和衡量个体的自主选择，尽管我们知道，选择其实是有限的，选择往往也是一种屈从。生命是丰富多元的，其实又是贫乏有限的，这要求我们对任何个人的选择保持一种宽容。为此，杜拉斯不惜说"除了杀人以外，一切都是允许的"；"一些人，也许是所有的人，生而不平等，生而受束缚（与所谓人生而自由平等的民主精神相对立），只有抛弃了虚假的自由和平等观念，使自己陷入屈从和奴役之中，他们才会得到真正的快乐"（见《虐恋亚文化》125页）。前一句话当然不能没有限定，后一段话也是针对虐恋情境中的戏剧性与虚拟性而言的。

越来越清楚，越来越不必一惊一乍的是，在人类对生命可能性的探求与尝试中，也包括了以自身作为工具和手段的探求与尝试，特别是在性的领域。我们往往用伤害自己的方式成全自己，或者说每一种自我成全都不免自我伤害。对此，合理性的赋予常常不是出自认知，而是出自价值判断。而人自身的心理与生理呈现，很难一劳永逸地确定底线，它们所能达到的程度与极限是不在其中便无法想象的。我们不能想象"裹足""断骨增高"的愿望如何能够成为现实，更加无法想象，某些特殊事件的制造者如何能以集体赴死的决念表达灵魂的风暴——人类最大的恐怖正在我们每个人的内心。萨德认为，只是因为缺少勇气和智力的明确性，才使我们不能面对自己的堕落、残忍和淫荡的本性。而瑞克说，变态是人类智慧的杰作。

　　也许，正如毛姆说的，正常是一种例外。

祈祷新千年

"千禧年"的说法早已如雷贯耳，一直没有当回事儿，感觉还很远，还是 1998 年，还是 1999 年。

到了 2000 年，专家又早早提醒，"千禧年"是 2001 年，那时 21 世纪才真正开始。

终于，眼前就是 2001 年，就是 21 世纪了。尽管知道这是我们自己的约定，就像我们约定某一天是情人节某一天是国庆节一样，"划时代"的不朽盛事并未发生，周围依然是人间烟火，人们依然要吃喝拉撒，但总有一点不明不白的惆怅，总有一点邈远之思，悄然升起，不能自已。

一千年前我们都在干什么呢?

彼时，大宋江山正是一派锦绣，汴京城里市井繁华，熙熙攘攘，词就像今天的流行歌曲一样唱彻大街小巷。没有钱也可以有风流呵，那个背时的"白衣卿相"柳耆卿，居然"赢得青楼薄幸名"；有钱有势当然更好，欧阳修他们的文章就显得格外的富贵雍容。黄仁宇说，那是古典的中国文化发育得最好最充分的年代，也是中国人的精神气质从外向到内向、从开拓到因循、从舒张到压抑的分水岭。

此时，莫斯科公国刚刚受孕，美利坚无父无母，连名字也没有，欧洲大陆的人群辗转在上帝与魔鬼之间，将古希腊古罗马时代的自信和虚荣心压在心底，求证上帝、批判自己。据说，那种无怨无悔的修行，极有可能培养了他们深重的苦难意识与虔诚的献身精神，为日后"发迹"埋下了伏笔。

千年后，"中土"的人们果然"落魄"，甚至不敢相信自己原来也是一座光鲜豪宅中的主人，也可以是别人的口碑和梦想，譬如在18世纪巴黎贵族的沙龙中。好汉不提当年勇，历史总是以现在作为唯一的依据去评判和终审的，没有不势利的历史，正像少有不势利的人。我们因为自身的阴郁、乖戾与卑微、丑陋而解读出了先人的阴郁、乖戾与卑微、丑陋；我们说是物质的缺乏导致了精神的孱弱，我们又说是精神的孱弱导致了物质的缺乏；我们说是人性的狭窄衍生了生存的窘迫，我们又说是生存的窘迫衍生了人性的狭窄。

类似的解说与争吵已经持续了一个多世纪，有时候干脆走向毫无保留的认同或者否定，然后又痛不欲生。

好了，面对新千年，我们总算开始懂得，缺乏应该弥补，孱弱应该康复，阴郁必须解放，丑陋必须自肃；我们还明白，无论缺乏还是丰足，无论空虚卑微还是旺盛强壮，都要求自我澄清与自我把持，只有对自己的需要和状态了然于心，我们才会有收放自如的恰当行止和高雅风度。我们从来没有像现在这样拥有如此多自我满足的机会和自我发展的可能。我们已经在瞩望自由了，因为我们逐渐懂得自立；我们正在学会民主，因为我们逐渐能够承担和妥协；我们还知道，人与人之间关系可以不再阴暗扭曲，可以是温暖而自然的，可以因为爱而风光旖旎，如果我们懂得厘清公共空间与私人空间、公共权力与私人权利的话。

是的，在新千年，我们同样拥有足够多自我损害、自我毁灭的工具，足够多导致自我毁灭的厌倦与冷漠，我们可以制造出毁灭自己也毁灭别人的"主义"。而且，我们已经无法找到上帝，我们只能每一个人都成为上帝才有自我保存的可能；我们已经是一个不能分解的整体，一荣俱荣，一损俱损，我们必须成长能够感应所有生命脉息的神经，学会善自珍摄，也学会慈悲宽容。

海子曾经在诗中说："千年后如若我再生于祖国的河岸/千年后我再次拥有中国的稻田/和周天子的雪山/天马踢踏/和所有以梦为马的诗人一样/我选择永恒的事业。"千年的许诺何其浪漫，千年的信念何其悲壮。

是的，新千年，即使是我们自己设定的符号，也无法不让我们悲欣交慨、泪水滂沱。我们知道，人或者人性，是可以指望的，又是不能无条件地指望的，最终还是不得不指望的。我们必须对自我保持足够的警惕，正像我们对于自我同样需要有足够的信任一样。

新千年的某一天，也许我们将不再刨食于地球这一渺小的村落，但地球上曾经上演过的爱恨情仇，一定会继续上演，我们无法也毋须预测自己的结局和归宿，我们只有以大雄无畏的悲愿，自我祈祷，"天作孽，犹可违，自作孽，不可活"。

六十年代生人

二十世纪六十年代是个"热闹"的年代。

巴黎和东京的大街上流行过"揭竿"的"红卫兵",美国的大学校园里军警与学生几度对峙。可卡因、摇滚、反战、广场、青春反叛、情感出轨,因为冷战而有点歇斯底里的国家意识形态被狠狠地"唐突"了一回。沉闷到让人窒息的时代氛围被撕碎一角,一片让人不可能轻描淡写的精神高原在动荡中升起,其中一些元素如今已经内化为基本的生命伦理,积淀为基础性的文化命题。

无法阻断的隔代缅怀,很容易衬托出眼前时代的殷实、平淡与萎靡。

六十年代的中国,同样发生过一些难以遗忘的事件。刚刚告别饥馑、动荡的人民,马上又心醉神迷地投入到一场日后称为"轰轰烈烈"的运动。红卫兵、知青、文攻武卫、上山下乡、反帝反修、全国山河一片红。从梦魇中醒来的反思,多半是抚伤自慰的呻吟或道德指控,而省略了不应该省略的精神还原。投身者对原初的动机与热情避之唯恐不及,充满自我厌弃与否定——信仰崩溃、价值虚无、行为无界,只有自己的需要是实有，清醒到冷酷与贪婪。

但是，终究有人怔忡恍惚，不能与时俱进，他们是某些六十年代出生的人，属于"后知青时代"，仅仅在七十年代初懵懵懂懂作过几天"红小兵"或别的什么。他们艳羡地关注着飒爽风姿、英气逼人的"红卫兵"（他们的另一些身份是知青、民兵、解放军战士），倾心于那些"年轻的成年人"们不爱红装爱武装的"潇洒"和"妖娆"——翻黄泛白的军帽、军衣与接下来的喇叭裤、长头发，简单的充满雄性意味的仪式般的歌舞，吐着烟圈、满嘴粗话的无聊和颓废。自然，还有那种"亡命之徒"似的流氓霸气，还有和他们常常有关联的那些或隐蔽或张扬地传递的掉了封皮的"黄色"书与没有名字的"黄色"歌，让人想到有另外一个世界存在。

六十年代出生的孩子，从这些表象里感受到的，是那个"浩歌狂热"的年代童话般的诗意与梦想，他们不太了解因此也不太记得诗意中裹挟的血腥，他们并没有经历过那个年代的所谓理想主义的幻灭，因为理想在他们的少年心事中原本就是装饰性的，就是一种寄情的向往，而不是现实人生的残酷的领略，而不是伤痕累累。他们的青春大约在如同"小阳春"的八十年代度过，纠缠在禁欲与启蒙的自相矛盾中，这强化了他们的理想主义色彩，于是，他们顺理成章地成为了那一次思想和信仰的纯情表白与幼稚表演中真正的受伤者。因为他们远没有他们的长辈、他们的大哥大姐那样的见识、历练与狡黠，他们有的人至今没有完全从失败感与创痛中恢复过来，神色中掩饰不住一种让人难以理喻的沉闷与压抑。

九十年代以来，这些人逐渐显示出"时代夹缝中的人"的气质，懂得已经是一个物质的时代，却没有动物般的理性与机敏，懂得漫无边际的悲悯与忧患，结果只会让自己被悲悯和忧患，却无法收拾起这种悲悯与忧患。懂得所谓开放时代的伦理就是将更多生物性原则纳入人性的范畴，就是用多样性的纷扰代替一元性的单调，却总是忍不住奢望着一劳永逸的解决和淳朴清洁的人性。他们的大哥大姐与小弟小妹都比他们有现实感，比他们生猛，也比他们自如。

在有点无所适从的孤立与尴尬中，他们的心底常常回荡着一些旋律，关于解放，关于远方。当然，还有英雄主义情调，还有对介于虚实之间的苦难的温柔感应，像沐浴着神明之光，像初恋的无邪的幻想，单纯、缱绻、忧伤、绵绵不断，呵护着也纠缠着他们。

真正喜欢张承志、韩少功的作品的，不是他们作为"红卫兵"作为"知青"的同龄人，而是六十年代生的人。他们的同龄人会世故地联想到激情背后的暗淡、虚伪和蛮横，但六十年代生的人没有，或者少得多，他们的内心可以接纳甚至需要接纳那种不止于个人的宏大的主体精神，那种与整体命运的关联和归属愿望，那种有点虚幻的匿名的朝觐与献身。对于一些属于个人的基本欲望满怀羞涩或"罪感"，甚至有不乏伪善的轻蔑，真正面对时，往往慌乱。

然而，日益深入的商业社会，带来了越来越私人化的伦理与情感，更物质也更肉身化的偶像与英雄，提供给人们的更多是感性的召唤。一切关系与现象，在文学艺术中都以两性关系为核心，获得替代和虚拟；一切心情与想象，简化或者平面化为招摇的艳情或暴狞的恩怨。这时，我听到了刘欢新出版的专辑《六十年代生人》，其中包括 10 首六七十年代甚至八十年代初流行过的歌，尽管整体上显得草率而且单薄，但有些歌所表达和唤起的情绪汹涌而来，我甚至从中多少体验到了一种或许自作多情的沧桑，一种悲欣交慨。

刘欢是"六十年代生人"的歌手，他的声音一直有着一种属于记忆中的浪漫的悲情，即使在诠释现代都市主题时，他的动人之处仍然是那种有别于小资情调的热血衷肠，不像老一代歌手那样"字正腔圆"，也不像另一种语境下的歌手或年轻一代歌手那样"含混暧昧"。他对情感的处理与演绎，已经没有那种宣言般的直接，那种"斩钉截铁"，但也并不日常化与个人化到如同情人之间的幽情私语、痴狂独白。一种不失慷慨的柔情，一种内含缠绵的激越，英雄失路，壮士击筑，茫茫苍苍。

我想，他翻唱《映山红》《翻身农奴把歌唱》等歌，不说完全是内心情感的驱使，也实在不会是一种偶然制作，一种媒体时代的偶然作秀。CD 封面上有这样一段话："六十年代，对于我们上一代的人可能是家灾国难；对于我们下一代的人可能是天方夜谭；对于我们，可能只是似真似幻的童年。每个人各自的童年或幸福或苦难，我们记住了很多，可能也忘记了很多，可是当那些回荡在记忆深处的旋律飘然而至，心底的咏唱就印证了一切，再癫狂的时代都会留下一些美好，因为有人在，因为有音乐在。"

我们也许不会认同这段话的全部，但可以从中感受到，某些六十年代出生的人，他们曾经成长过一种辽阔的心情与飘渺的情怀，曾经用诗意的性灵感应过一个贫困、空虚而志存高远的时代。

十年后，我和我生活的城市

关于媒体

十年之后，长沙会出现很多类似《晨报周刊》的媒体吧。夸张一点说，《晨报周刊》的出现，意味着长沙终于有了一种属于都市的声音。它所代表的话语方式更能接纳个性和私人性。市民阶层、中产阶层的发育成长，需要更加开放、平等、沟通的话语平台，符合这种需要的媒体会应运而生。十年之后，来自民间的社会的声音也许会更多一些，出自当局者的宣示性的训诫性的不由分说的威权话语，应该会有所减少。出版物表面上看起来使用的还是同样的汉字，但骨子里会呈现深刻变迁的观念、抱负和价值理想。

关于价值观

十年之后，不止长沙人，全体国人的价值观都应该有所改变吧。从以家国为中心，逐渐走向以人（具体说就是个人）为中心，这会是深入骨髓的"进化"，当然，这也许并不是一个十年就可以完成的重大使命。

古人忠孝一体，家天下即国天下，这其中有很深的政治秘密需要我们去思考、去诠释，有很强大的政治伦理需要我们去反省、去解构，否则，很难有新的"人"。正如经济学家陈志武所言，现在的人也许不需要再做所谓"孝子"了，随着现代金融体制和社会保障体制的完善，人们不需要依靠血缘关系和扩大化的血缘关系来获得安全感，获得生存的权利和保障。伦理关系会演变为一种更加纯粹的情感关系，而不是撕心裂肺的利害关系，用长沙话讲，是更加"了撇"了。人们生孩子是因为喜欢孩子，并且有抚养他长大的责任和能力，而不再是养儿防老。

这其实也预示着国家与个人关系的改变。

你会发现，现代国家和个人的关系，并不是没有前提可言的绑架式的关系，神圣，是由相互间的情感所致，而不是由"神圣伦理"所规定。规定的关系，往往是不道德，至少是不美好因此也不可靠的关系。

而以个人为主体，以个人的自主性为依据的生活，需要人与人之间、国家与个人之间达成各种妥协，同时需要个人承担独立的自主责任，所谓社会生活中的民主和自由，就是由此发生的。

关于教育

充满"科举"意味的考试文化，短时间内还不会瓦解。以证书为目标的培训机构会越来越多。

但十年之后，大学的定位应该会更加明确，大学教育与基础教育，与职业技术教育的区分，会更准确明确。人们的成才之路，会多元分层，并非官越大就越好，钱越多越幸福。人们在自主选择的职业和事业中，会成就最大的自我。就像龙应台和她儿子讨论的，如果她的儿子喜欢，替河马刷牙也未必不是一件幸福的事。

人们会拥有更多元的成长方式和成就感吧。人不再简单地把自己等同于工具，会有更多元的物质取向和精神要求。个人的自主性增强后，会去做自己真正喜欢做的事情，而非没有自我判断地接受社会的分配和安排，接受一元价值的驱使。当然，这是有制度和精神前提的。

文学艺术的生长空间应该会更理想一些。更多的亚文化群体，如同性恋、刺青族、绿色和平组织等，会小有气候。

关于信仰

眼前是一个比较焦灼的时代，十年之后，人们会比今天更加渴求真正自如的生活，舒展的心灵，而这需要信仰的支撑。届时，也许会出现一些有识之士，去成全这种信仰的需要，去创造人们可以依靠的空间。当然，首先要有思想，要有思想的可能，对于思想者来说，思想即依靠。

古代的中国人有比较稳定的世界观，相信万物有灵，抬头三尺有神明，近代以来，剧烈的社会变迁与恐怖性的"文化革命"，使人们逐渐失去了这种对天地万物崇拜的有机生命观，以至"无法无天"了。但是，人不可能让自己的内心永远没着没落，人不可能忍受自己总是禽兽不如。

关于生活环境

我们的生活环境，涉及到城市里有形和无形的各种设置。十年后，房地产商的广告词也许会变成"远离城市喧嚣""离某某商圈有多远"，而不是"多近"。触目惊心的标语口号会变少，平实的温暖的事物会增多。广场上马路边的各种标识，各种灯光，也许不再那么耀眼，建筑物也许不会像现在这样，似乎扯着嗓子喊"我在这里"，生怕人家不知道。

长沙是有悠久历史的城市，尽管这种历史几乎触摸不到。周围的风物已经很难让我们想起它一千多年前的样子，我们总是只有一个朝代的历史，而且是本朝，这真是对于中国文明最大的不恭，这真是最糟糕的自我否定。但是，血液里带着传统养分的长沙人，应该会引领某些未来的潮流吧。所谓"敢为人先"。

让人担忧的是，现代化应该是反一元化的，但我们心目中的现代化恰恰是一元化的，清一色的水泥森林，清一味的时尚派对，见一知万的人造风景，一切都可以预测的，因为一切都是克隆的，我们的现代化克隆了三十年前的东京和香港，十年后的长沙会克隆了今天的京沪吗？

一个不是自己长出来的，而是被长出来的城市，正像一个被长大的人，前景未可乐观。

都快忘记了，"五·四"

1980年代是一个贫瘠的年代，到处是无处发泄的青春，找架打，找球打，找女孩子泡，空气中似乎还弥漫着一点后"文革"时代的流氓霸气，一点过度压抑之后的反叛与混账。但打架泡妞很危险。我们那几届大学生，一个院系，每一届里面总要开除一两个，大多是因为男女之事。1985年前后，年轻人特别多，因为三年困难时期之后是一个生育高峰。由于上大学的机会很少，很多人还在社会上打流，那时候动不动就严打，枪毙人。大学校园内打架的人也不少，但我既没有打过人，也没有被打过。

我高中毕业上大学的时候太小，年龄小，个子也小，一米五三，40公斤，完全没有发育成人，系里的总支书记和他的女儿都叫我"小朋友"，一直叫到我大学毕业任教多年后。其实心里很不愿意别人以小孩视之，特别是不愿意女同学把自己看成小孩。但确实是小，地方上第一次开始所谓人大代表选举，班上绝大多数同学都参加了，自己就不能去，没满18岁，没有选举资格；有一年湘江涨水，同学大都被要求去抗洪，去堤坝上巡逻，我太小，也不让去。倒不觉得有多么失落，只是因为不能参与，不好玩。

第一次恋爱（暗恋也算）：结婚之前的恋爱几乎都是暗恋，直到某个女孩像天上的馅饼一样砸到自己头上。我们这一代应该有很多像我这样的腼腆少年。我的一个朋友曾经说，他和一个女孩相好不止一年，有一天那个女孩终于要分手，她说"他不爱她"，我的朋友当时百思不解，很多年后他才明白过来，他居然没有和那个女孩有过任何肌肤之亲，连手都没有拉过，难怪人家说"他不爱她"。

一本印象深刻的书：山口百惠的自传，中文书名好像叫《苍茫时分》，80年代能够出版这种书有点奇怪。我记得书中那种美丽的忧伤，那种似乎不是红极一时的山口百惠应该有的痛楚。并非沧桑渡尽后的感受，而是属于饱满的灵敏的青春特有的空幻。沈从文说过，"美总不免叫人伤心"，这可能就是山口百惠当年在我心中唤起的感觉。

一首不能忘记的歌：《历史的伤口》，我记得前面几句歌词是这样的："蒙上眼睛，就以为看不见；捂上耳朵，就以为听不见。"这首歌成为我对于一个永远不能忘怀的时段的隐秘记忆。我第一次喝醉酒，就是在那个时候。

一部感动了你的电影：《啊，野麦岭》，因此知道什么叫苦难。

书的来源：那个年代，几乎每个书店都是文化书店，不像现在，十个有九个是卖教材教辅书的。

有什么要告诫现在的年轻人的：以我现在的职业，我觉得，年轻时能够碰到一个学识弘通、不止为自己的功名利禄活着的老师，很重要。

以前大量年轻人在社会上漂着，都渴望能翻过大学的围墙去感受文化。现在的情况有点倒过来了，大学里几乎找不到文化，好不容易有一个讲座，还是某某领导兼教授，某某委员兼教授，某某成功人士兼教授的，一看就知道是脑满肠肥那种。我经常告诉我的学生，需要翻过围墙到社会上去，城市里有一些小团体小沙龙，在做一些跟文化有关的事，还有点真正创新的理念与风雅的品格。如今的大学，机械、功利、实用主义，比市井更市井，比官场更官场。学生为考试，老师为指标，行政官员主宰一切，一切服从教育 GDP。

一个优秀的民族，应该有好的青年文化。青年这个群体越健康，越有个性，越有活力和想象力，这个民族的未来 20 年甚至更远就会越健康，就会越有活力和创造力。

目前大陆的青年文化，还看不到多少除了财富和地位之外的其他价值取向，这不像是一个美好时代的迹象。我不太敢设想，无论一个人，还是一个民族，当财富积累到一定程度，这种以实用主义为中心的价值取向走到极致，会是什么情景，什么结果，没有财富以外的价值观和精神依托，该用什么去支撑这一条腿的人生与社会？会否有物极必反的一天？如果是那种二元对立的反动，那也很恐怖。

（《晨报周刊》周晟所作"五·四"访谈，2011 年）

"性启蒙"四问五答

一，你是怎么对孩子进行性启蒙教育的？

二，中国的家长为什么会羞于对孩子讲述性的事情呢？

三，中国的孩子为什么对自己的身体没有使用权呢？

四，你理想中的性启蒙教育应该是什么样的？

第一，问"性"于我，相当于问道于盲，我不是这方面的专家，只能勉强谈一点类似盲人对于道路的感觉。

谈论"性"，特别是"性启蒙"，不仅需要有"良知"，还非常需要有专业知识和对于某些背景的了解。但每个成年人都不会没有"性经验"，于是，似乎每个成年人都可以成为青少年的"导师"，加上任何社会都不可能没有其实主要是由文化所塑造的道德樊篱与禁忌，这就造成了在我们生活中流行的"性学"，大半是"伪学"。

至少，在我受教育的年龄所获得的性知识，基本上就是伪知识，譬如把同性恋性行为命名为"鸡奸"，把自慰称为"手淫"。字面上就告诉人们，这是下流可耻的。

我后来知道这些其实未必都是"罪错"，是在完整地读了台湾张老师翻译的《金赛性学报告》之后。

第二，我没有很刻意地对孩子进行过性教育，只是根据自己少年时代的"挫折"（直到大学毕业，我的父辈基本上是以不信任的甚至鄙视的眼光打量我和异性极其稀少的往还。我们这一代很多人在婚姻上的失败，我觉得最重要的原因，就是青春期的"发育"不完整，也就是说，那个年代的男女关系充满了禁忌和羞耻，所以常常把第一个和自己发生性关系的异性当成或不得不当成了配偶），信任甚至鼓励孩子与异性任何层面的交往，偶尔触及到生活中的性话题，譬如怀孕，我会说，要注意安全，要小心，尽量把这个问题看成一个"技术"问题，一个可以自我把握的问题，而不是要命的道德问题。

第三，国人的性心理也许从宋以后就不是很健康了，"文革"时期当然是极致。

中国古典小说，包括《红楼梦》，几乎没有一部作品的性描写是阳光的、是温暖的，所以废名先生曾经感叹：一旦涉"性"，中国只有两种人，一种是流氓，一种是比流氓还流氓的道学家。这实际上是宋以后的文化心理的体现，也是社会生活、民族精神从开放、舒张，趋向于压抑、保守、病态的结果。宋以前也许并不如此。

这个说来话长。

但是，中国家长（应该不是全部，而是特定文化时代及其政治背景下成长起来的家长）之所以把性问题当成了不可告人的"秘密"，肯定与此有关。而且，性的问题，确实涉及到人的根本，是哲学最重要的"发源地"，对于个体生命来说，可以构成某种可以想见的"建设性"或者"颠覆性"。尤其在我们的世界观里，夫妇（也就是男女吧）是"人伦之始"，"一阴一阳之谓道"，据说，一切道德、伦理、政治都是从这里生发出来的，所以尤其显得事关社稷生民。事关天下兴亡，真是拿不起，也放不下。

第四，孩子对于自己的身体当然还没有完全的使用权、处置权，因为他还是"被监护人"，但这并不是说，我们可以欺骗他们，向他们隐瞒身体的真实。

第五，没有绝对理想的性启蒙教育吧，因人而异，因时而异。每个时代有每个时代的自我认知和生活逻辑，不可简单地把一个时代的选择看成是"愚蠢""无知"的表现。

我对于国人的性教育、性观念，从封闭到开放，持乐观态度。汉文化是一种没有严格意义上的宗教信仰、宗教戒律的文化，禁忌多是相对的，多是政治性的，多是特定历史条件下的"领导"的意思，不难被否定。

我倒是有点担心，在所谓"西方"，再怎么性解放，他们的精神世界毕竟还有宗教"保守"着，再怎么堕落，他们在制度和文化上还有自我把持、自我更新的机制。我们这里呢？一个人活到"极致"，结果常常只剩下《金瓶梅》中西门庆那样的"四大皆空""每下愈况"。问题是，在我们每个人的内心深处，似乎都希望拥有西门庆一样的"解放"与"自我解放"，都希望拥有西门庆一样在声色犬马方面的高度"自由"，所以，我们的文化和社会生活，无论禁锢还是放纵，总是同样令人窒息，这如何是好。

（《晨报周刊》访问，2011 年）

艺术·游戏·宗教：
关于足球的精神梦游

久旷的梦想

自认为是一个温和优雅的球迷。

平生只在校园里踢过几场球，并且被固定在边后卫的位置上。现场看球的经历非常有限，几场甲A（现在早已称为"超级联赛"了），几场亚洲杯，坐在遥远的球场边上（中国大陆很少有专用足球场，比赛基本上都是在田径场进行，此种场地，最靠近球场的位置也和运动员相距遥远，不敢指望像欧洲人那样可以享受运动员摔倒在自己身上的狂喜），看到攻防中的运动员像小蚂蚁一样游走在草地上，待到全场叫声"雷动"时，才知道有一方已经进球，于是跟着"雷动"。

尽管直接的体验与经历如此隔膜，足球仍然成了我"精神梦游"最惊心动魄的题材。很多年里，我常常不知是梦是醒地想象着绿茵场内如潮水奔涌的情景，想象着自己钟爱的球队行云流水般的攻防，想象着那最终被定格的神秘如命运、偶然如游戏、残酷如战争的比赛结局，直到呼吸紧促、手掌潮湿、心旌摇动、不能自已。

我的"作为艺术、游戏与宗教的足球"观，正是在漫长的梦游中沉淀出来的，它支撑着我对于人生的有限信念，帮助我理解一切美好的与未必美好的情感和作为。

为足球而忘形的最早记忆，是1982年世界杯外围赛中国队与科威特队的比赛。不记得此前对于足球一无所知的自己是如何被同学鼓动到电视机前的，但接下来就完全身不由己了。中国队先是被判罚了最要命的点球，而点球居然被矮小的守门员李富胜扑出，然后中国队童话般地狂进对手三球。或许是那种大悲大喜、大起大落如同奇迹般的转折，唤起了我心底的激情，但唤起的前提应该与家国情感有关。

百年来屈辱的民族记忆，如同梦魇，一直伴随着我们，而沉重的有时荒谬的现实，常常加深或者直接增加了民族记忆中的悲情。于是，我们的自尊和自卑，都变得异常敏感，一些不着边际的事情，被赋予民族家国的大义。体育，特别是足球，在我们的生活中变得不堪负担，"国运兴，球运兴"，"冲出亚洲，走向世界"，"我们赢了"，每一句口号背后，都隐含了并不明朗也并不健康的情感和自我暗示。面对国旗宣誓，声称"国内练兵，一致对外"，然而，"哪壶不开提哪壶"，我们一回接一回地收获了挫折和失败，直到那个周游列国、善于"合纵连横"的前南斯拉夫老头——米卢提醒我们，足球是一种快乐的游戏，除此之外，并无更深奥的宗旨，或者说，任何更深奥的宗旨都在它作为快乐的游戏之后。之后，你可以满怀虔诚地把它看得、玩得像艺术，像宗教，像民族国家的宏图伟业一样庄严、细致、认真。

如此这般，天可怜见，我们真的不小心闯入了节日般的2002年世界杯，获得了和"外星人"罗纳尔多领衔的巴西足球队同场共舞的机会。

自然，我们未必真正认可和服膺了米卢的"快乐足球"说，不是我们不够世俗，而是我们不够单纯；不是因为足球太平凡，而是因为它太神圣，神圣到只有单纯的心灵才可能单纯地接纳它，投入它。它的魅力的构成，确实不止于它自身，它之既可以是欢乐的渊薮又可以是愁惨的媒介，正在于它可以容纳足够多的功能和意义，只要你愿意倾情赋予。

一本关于性文化的书上讲过这样一件事：一个父亲问自己成年的儿子是否有经历男女之事，儿子告知没有，父亲连忙把儿子领到风月场所启蒙。父亲的意思是，人已成年，却全无异性经验，难免会对异性生出渺茫而不切实际的幻想，久而久之，保不准铸成大错，惹出大祸。

不再年轻的中国足球，总算有机会去经历世界杯，也许多少可以补偿一个民族久旷的梦想，可以松绑郁积深厚的心结和情结，不能期望所有的病态和变态会因此一朝痊愈，但至少，我们能够肆无忌惮地享受一次足球的"风月"。

一场游戏一场梦

心理学关于游戏的一般观点是，游戏是儿童走向成人过程中对成人世界的模拟。尽管体现的是儿童的心智，显示的却是对成人生活的向往，是儿童适应环境的初阶。随着年龄的增长，游戏逐渐远去。成人耽于游戏，则是不能适应环境的表现，游戏过程中每每现出不适与凄凉。在由常识与习惯组成的生活中，一个成人如果全身心地投入一种类似儿童的嬉戏中，轻则视之为老顽童，重则难免被指目为神经病。

事情其实并不如此清晰明确。

当我们细心打量自己和自己身边的生活，就会发现，游戏或许是伴随每个人终生的事。它让我们能够从没完没了的生计和贪婪的物欲中短暂地脱身出来，缓和厌倦与疲惫，还原更接近生命的本色与真实，而这，对于维持身心的健康与完整，可能是必不可少的。

在某种意义上，甚至是游戏使我们的生活区别于完全受制于生存目的的动物般的生活，而能够具有诗意和审美性，具有虚拟的空间和想象力。人之为人，不正在于他拥有一些不止于衣食饱暖的难以定义的需要吗？不断地赋予意义，不断地创造规则，不断地沉醉于自己设计的梦想中，以至内不见己，外不见人，物我两忘，生死度外。

在完全没有可能像古代帝王、神秘主义者那样以人和人命作为游戏之具，或者竟至于可以让所有的人都陷入魔幻般的戏剧状态时，现代人把生命力与激情投入到了虚拟的游戏中。韦伯称之为"有序的斗争游戏"的体育，就是此类游戏中的大者，而足球被称为第一运动。

足球的始源据说可以追溯到中国宋代的"蹴鞠"，一种也是用脚踢着玩的逐球游戏，《水浒》里的高俅高太尉就因为对此"术"有专工，不小心赢得了泼天富贵。但显然，正像其他许多古代游戏一样，"蹴鞠"的根本品质是娱乐，而且是少数人的娱乐，其中并不具有现代体育所具有的精神：开放的竞技性与开放性的参与，挑战自我、挑战生命极限的动机与动力。足球虽然不失娱乐品质，所体现的内涵却远非"蹴鞠"可以比拟，它以对于生命本能与人性可能性的容纳，成为一种全人类瞩目并为之狂热的运动，深深地影响着人的生活与精神，并被编织进现代文明体系中，构成一种重要的亚文化与亚文化群体。

最简单的事，常常是最丰富、最耐人寻味的。

在所有的球类运动中，足球的游戏规则即使不能说是最简单的，也一定是简单者之一。除了不能有意用手"牟利"之外，可以用身体的任何部位处理球；除了恶意并且严重地侵犯对方外，你可以用任何手段阻击对手，所谓"合法发对"；除了避免落入"越位"陷阱之外，你可以在球场内外的任何一个地方奔跑。比赛可以在专用球场内进行，也可以在任何一片泥地、草地、沙滩乃至室内"搬演"，球门大小，场地宽窄，都可以视具体情况确定。

更加重要的是，足球比赛是踢球者的事，更是看球者的事，它少有古典艺术的秩序和趣味，而是充满所谓"后现代"文化精神：消解等级和"精英"化取向，参与者无论王子与贫儿，在球场内一律平等，它打破了生活与"艺术"（表演）的界限，打破了主体（表演者）与客体（欣赏者）的界限，使优雅、悲壮、反讽、嬉闹等美学风尚混杂统一在同一场"演出"中，任美好、邪恶、崇高、卑劣的情感情绪同时获得宣泄，真、假、虚、实之间的分辨令人恍惚，"艺术"似乎又回到了原始的情境中，拥有原始艺术的仪式感和美学特征。

某种时候，足球比赛就像一场民族或部落战争，可以释放出如同战争一样的敌意和激情，近20年来英国和阿根廷之间的比赛便是如此；也可以像一种文明或文化的冲突，从中可以看到两种不同文化的血性与气质，1982年、1986年、1990年世界杯上的巴西足球与意大利、德国、阿根廷相比，就如同一种艺术的审美的文明与理性的功利的文明的竞技，结果每每是理性和功利获胜，艺术和审美气质留下的是令人黯然的悲伤。

　　足球，显然已成为民族国家重要的文化象征。

　　一场经典的足球大战，往往还有着一种宗教仪式般的氛围与感染力：足球场如同一片广大的旷野，裁判如同祭司，鼓队、歌唱者、假面的球迷方阵，应和着绿茵上攻防的舞蹈，山呼海啸，气势磅礴，球场内的每一个人，感应别人的感应，吞吐自己的迷狂，直至灵魂出窍，歇斯底里，沉浸于集体催眠之中。

　　此时，对于球迷来说，足球就是宗教，是古典宗教瓦解之后，现代人无意中实践的替代宗教。

　　确实，现代足球兴起仅百年，却最大限度地覆盖了人的各种可以名之和无以名之的情感与能量，它重新定义了游戏，也重新诠释了运动。人们乐此不疲，迷而难返，正像沉溺于梦乡，尽管梦终究有不得不醒来的时候。

快乐是浪　悲伤是浪底的潮

　　第17届世界杯走到了终点，罗纳尔多的巴西队如愿捧杯，罗本人也从4年前法国世界杯的噩梦中走出来，用他举世瞩目的合不拢的兔牙，表达了无以名状的喜悦。黄色球迷阵营的上空山呼海啸，在心中祷告了千万遍的愿望终于实现，结集已久的情感终于释放出来。

今夜将不眠，今夜可以在快乐的晕眩中死去。

巨大的快乐是在漫长的期待和等待中积攒起来的，是在无数的失望和悲伤奠基的情绪高度上突然降临的。于是，梦想成真的一刻才这样无法自控。

什么东西现在还需要如此细心而几乎无望的等待呢？什么事情还能让我们忍受那样噬人的失望和悲伤呢？连美丽而冰冷的女人都不再需要了，可以直截了当地约定和召唤，如果你有足够的由金钱或权力奠基的魅力的话；可以将失望和悲伤自由地转移，琵琶别抱。只有足球的胜利无法约定，悲伤难以转移。

它至少不是由一个人或几个人的愿望所能够决定的，它需要绝非乌合之众的众志成城，需要以自身足够的强大作为参与的资本，需要全力以赴，瞬间的犹疑就足以前功尽弃，还有无数偶然而细小的因素可以导演出难以逆料的结果。对于球迷，甚至对于球员来说，等待是唯一的不会旁落的命运，而且需要耐心，以免在几乎无望的等待中崩溃；失望和悲伤是能够预期的遭遇，却依然投身，4 年前巴西足球的倾慕者就是如此，20 年、16 年、12 年前同样如此。那种委屈、失败的巨大悲伤，至今让人隐隐作痛。还有更多的失意的伤情者。胜利者只有一个，其他的都倒下了，不是因为他们不够努力，不是他们不够强大，甚至不是他们不够细心不够虔诚，但失败无可挽回，即使是那种由别人的错误强加的失败。

当绿茵上的舞者脱下汗水泡湿的球衣黯然离去时，多少人已经心碎，多少人已经泪水滂沱。

但是，记忆中哀愁的美丽因此也变得不可泯灭了，比胜利的狂欢更不可泯灭。

其实，原本也懂得，机会实在是太渺茫，不敢过多指望，只是事到临头，又倾情而出了，星星之火在自己的每一个细胞中旺盛地燃烧，狼藉得收拾不住。再怎么卑微弱小，也禁不住时时放大的希望的诱惑，何况没有人不愿意相信自己是最好的，没有人不觉得别人的胜利是侥幸，自己的失败属于偶然。只要出现过一次机会，就没法不感到那就是成败一念间，只要有一次胜利，就没法不让毕生的记忆定格于此，快乐和兴奋从那里不停地生长，生长到可以抵御所有的失败。而失败是那样平常，强大如阿根廷、巴西、意大利、德国，也会有止步落马的时候，不是今天，就是明天，不是这一回，便是下一回。

伤心总是难免的，足球是悲剧的艺术。需要记忆、想象和投入，容纳舛错、偶然和宿命。

你必须进入那种集体催眠的情境之中，你必须让自己的情感无保留地倾注在你偏爱的对象身上，一分倾注便有一分激情，最枯燥寡味的比赛也会让你血脉偾张。而冷漠与中立将使你成为局外人，所谓成人的理性、理智和功利将使你觉得那是荒唐的闹剧，是歇斯底里，是无谓的疯狂。于是，你体会不到那种极致的情绪：快乐或者悲伤到不知今夕何夕，不知生死，不知男女。

快乐之巨，一如悲伤之深。快乐是浪，悲伤是浪底的潮。

因为悲苦，所以喜乐：

冬夜颂

每到岁末，各种晚会就多了，单位里，所在城市里，尤其是电视里，几乎天天过节，夜夜笙歌。套路当然多半沿袭央视春晚或者湖南卫视的什么晚会，主题是快乐，过程很热闹，主持人个个声音高亢，喜气洋洋，把祖国的无限美好和生活在祖国的无比幸福，悉数挂在脸上，让你想不高兴就会觉得自己阴暗。

偶尔有一个纯净点的音乐会，也是"步步高"开始，"拉德斯基"结束，中间如有李焕之的"新春曲"，必定被乐队演绎得像兴高采烈的进行曲。

总之，就是叫你不能空虚、寂寞，尤其不能悲伤，不能颓唐，不能想得太远，不必想得太多，以至于活不下去，不想活了，动什么也别动感情，当然，对于祖国母亲的恩情是时时不忘提示的。

阿弥陀佛，一个奇寒的深夜，凤凰卫视居然播出了一台达勒姆大教堂举办的音乐会——史汀（Sting）的《冬夜颂》，演出就在教堂的大厅里进行。应该是为圣诞节举办的音乐会吧。

整个气氛自然是热烈的，有华丽的灯光，也听得到观众的尖叫，还有极其欢快的表演场景。但是，从曲目和演唱，似乎更能感受到属于"冬夜"的宁静、归根、反省的意味，感受到生命的神奇与神圣，前世今生、悲欣交集，甚至有极度的哀痛，令人颤栗。记得其中《冬日猎犬》中有这样的歌词："我不能相信，她已经离我而去，我将追随而去，她照亮我的生命，温暖我的至寒之夜"，还有一首歌的一句歌词大意是："世界天崩地裂，只留悲伤，智者羞愧难当"，曲调当然是与歌词相匹配的，那种黯然神伤的怀念、深情的眷顾与仰望，特别个人化，又特别不可能属于个人，如果你的内心同样有着孤独、柔软、伤痛的一角，你就无法释怀，无法不有所感应。

这样"怀旧"，这样"悲伤"的情调，是不会出现在我们这里的，我们这里需要的是喜乐，而不是艺术，正像我们在无告的时候需要的是菩萨，而不是信仰，何况在此举国欢庆、万众一心、"继往开来"的时候。

然而，我知道，我们真的需要喜乐，也真的需要菩萨，沉重的生计、辛苦的生涯、如影随形的恐慌、从头到脚的不安全、早已麻木了的屈辱、早已习惯了的被剥夺，让我们的内心无法容留空虚、寂寞、缅怀、颓唐、自省，乃至丧失必要的记忆。我们只有悲苦，无法启齿的悲苦，难以置信的悲苦，无告的悲苦，因为悲苦，所以"喜乐"，"苦无尽头，得乐时零碎乐些"（徐渭），"在每一件事情上寻找乐趣"（罗素）。如此，据李泽厚先生说，我们的文化，是"乐感文化"，我们的理性，是"实用理性"。

年末岁首又新春

还在春节假期中，就开始有人谈到如今"年味"的淡薄了。

谁都承认，现在的物资远较从前丰盛，能够刺激感官的"声色犬马"之娱也已经多得多，但就是挥不去心头一种平淡甚至索然无味的感觉。欢乐中的孤寂，热闹中的冷清，不知如何遣发，融不进却又跳不出，把电视频道一一按过去又按回来，留下的印象是单调而不是丰富，网络上多的是鸡毛蒜皮的八卦和政治绯闻，无聊而且令人沮丧。

跋山涉水奔赴亲人所在，但一旦面对，想要说的话似乎并不多，有时还不得不用蓄积心底的亲情爱意去抵御相处或言谈中透露的失意与隔膜。孩子们将鞭炮放成了炸弹，将大鱼大肉吃成了"肯德基"，仍然不过瘾，为不停地冒出来而未能满足的一个个愿望扭着大人哭闹。

好在从孩子那让人羡慕的狂野混账中，终究可以感受到一点似曾相识的过年的意味。

是的，春节是孩子的节日。也许，很多节日都只有对于孩子或拥有孩子一样心境的人来说才是内涵充足、性格完整的，而百事无味，正是成年人不断增长的心情。

总记得小时候数着手指盼放假、盼过年的情形。几元压岁钱，一挂鞭炮，已足够让自己惊心动魄地期待和守望了，何况犯点小错，也因为过节而可以不遭遇长辈的雷霆之怒，那种因为放心的小心与乖巧，就成了一种自律、自尊和自我奖赏。期待别人的期待，守候别人的守候，享受平时不敢奢望的物资和礼遇，以相同的时间和设定的心情，渴望那个时刻（不如说是以大年初一为中心的那一段时期）的到来，指望它慢一些远去。

如今，从童年走进成年，不再有狂喜的等待，不再有守望的热情，一切时光与场景都在同样的冷漠轻慢中打发。成年是庸常之年，是理智之年，而童年即使在最苦的环境中也不会没有发痴的向往，那是诗性的年华。

从唯美到唯实，这不是"年味"在变，是我们自己在变，如同感到任何美味都不复当年一样。

然而，"年味"也确实异样了。

它不如情人节来得时尚与浪漫，也不如圣诞节，对我们来说，既没有宗教负担，又享有节日的轻松、自由与疯狂。春节是农业社会一年一度的春种秋收冬藏的结束与开始，其中有享受年成的喜悦与对新的年成的祈祷，有辛苦一年后的平静、从容与放纵，有困窘后的解脱与奢侈。是一次蓄积，也是一次释放，是一次清算，也是一次整理，无论对人对物，还是身心、情感皆如此。对于长者来说，这是威严体面的时候，是人鬼接洽的最好时机，他将主持一些仪式，向天地神圣还愿和许愿。同时是平淡简单的生活中难得的社交旺季，可以处置一些必要的公共事务和私人关系，强化伦理情感和秩序。

事实上，这一切，都与刻苦朴拙、物资缺乏的生活相关。

当受制于天地人伦的生存紧张终于缓解，当长幼伦常的秩序与祸福吉凶的讲究不再森严，当沉重的面具连带庄重神圣一同卸去，过年也就失去了其原本厚重的色泽而任凭游戏亵玩了。何况现代家庭和交通方式带来了有关远与近、亲与疏、热与冷的迥然不同的含义，春节的宗教、伦理和情感意味丧失大半，成为了一个忙乱的休闲时段。

终究有一些情感的或者功利的"债务"需要还报，譬如，选个时间承欢父母膝下，或者"不耻下问"，赚得儿女的欢心，要在三亲六戚前显示亲情甚至体面，要巩固因为精神或物质关联而建立的社会网络，要向直接关涉于自己前程与利益的上下左右奉献关爱与殷勤。

还有一些不能不提及的情形，社会剧变，生活方式和理念从原始到"后现代"杂陈，很多不能理喻的对立因为春节团聚而凸显，一个父亲不能认同儿子替孙子买上千元万元的节日礼品，一个孙子不能理喻自己说错一句话（不吉利）为何让长辈那样不悦，父亲视打牌为赌博，儿子视赌博为娱乐，父亲想在年饭桌上顾往思来、规范当下，儿孙避之唯恐不及……大体上，我们拥有一种顽固的准传统的社会关系，又多少置身于现代物质与精神条件下，既不能免传统熟人社会热闹之"俗"，又不得现代陌生人社会清净之"雅"，既无法解除牧歌式的情感归属要求，又向往以个人为本位的独立与自由。分裂的环境、观念，对应着并不统一的内心，于是，有点紧张，有点疲累，有点无聊，有点对于春节的恐惧。

年末岁首的气氛常常是类似的，天阴沉得有些压抑，下很冷的雨和雪，寒气直指人心，停留在户外的人越来越少，大地一片空莽。

或许，一切美好与不堪原本属于内心，春节同样如此，毕竟，从被你踩过去的那一株小草艰难的抬头中，你可以看到，春意已在萌生。

拉萨治不了你的伤

看了高群书导演的《神探亨特张》，这是一部不错的试图"纪实"的电影，把中国最威武、最现代、最车水马龙的城市中的"前现代"一面用镜头体现出来，而电影的本意，似乎还不在此，而在于人物，那些几乎在边缘又分明是城市主体的人物——警察，小店主，小偷，碰瓷团伙，换假币的……

每一个人都不容易，每一个人都艰难地费尽心思地活着。

在我看来，电影不尽人意的地方也许就在这里，那种艰难是导演很用心地想要传达给我们，想要叮嘱我们的。是的，从人道的层面看，每一个人都是沧桑历史和艰难时世的载体，每一个人都可以给予同样的悲悯，然而，我总觉得，在我们这个连贪官与杀人犯都不难找到一套堂皇说辞来自我开脱的坚硬的现实中，从来不缺少这种婆婆姥姥的瓦解一切是非高下的世界观和人生观，何况，对于电影艺术来说，当你不能把传达一种道理的用心隐藏在流畅的叙事中而试图硬生生地告诉观众时，最深刻的道理也难免时过境迁，不复当初。何况，电影中周云蓬唱的那些让人心碎的歌，很难说可以与电影的主题搭调。

好了，这是一部不错的电影，挑剔是因为意犹未足。

却说在电影中周云蓬不仅唱了歌，还饰演了东北贼王张发财，看到无比憨厚木讷，一副无边自嘲嘴脸的老周，真是忍俊不禁。想起暑假最热的一天，在衡山上与小古、走狗、邹容、老熊、老七、长安、吕叶一干才子佳人一起，同老周瞎聊的情景。那是小古他们操持的一个诗会，在长安权当阿庆嫂的烟霞茶院举行，来者多衡阳本土诗人，诗歌朗诵完毕，"牛羊下山了"，热爱诗歌同样热爱热闹的人们下山了，剩下我们几个听周云蓬唱他的"民谣"，唱到月上东山，老周甚至为烟霞茶院的厨子现编现唱了一首"香干歌"。歌罢饮酒，畅叙平生，有一哥们煞是多情，说自己骑自行车上拉萨，下山后人生焕然一新，问老周曾经去拉萨是为啥，有什么感受。老周说，失恋呗，拉萨治不了你的伤，除非你原来无病呻吟，走出拉萨，失恋还是失恋，痛苦还是痛苦，没有饭吃还是没有饭吃。

酒喝到吐，闲聊调笑到七荤八素，人仰马翻。据说，那天晚上的后半夜发生了很多意想不到的烟霞满山的故事。第二天上午，吕叶带路，和走狗、邹容、老熊、长安、左岸，还有神采奕奕的老周一起到广济寺混了一顿斋饭，老周应广济寺的住持要求，唱了几段在西藏学到的曲子。出广济寺，老周准备走路返回，躺在广济寺外的凉亭上休整，凉亭建在放生池上，老周如果翻身就会掉到放生池里，众人喧哗，说"老周，小心掉下去"，老周说"掉下去好，那就放生了"。

朋友在路上

朋友王姓，昵称博士，研习道教，二十年前以东北某省名列前茅的成绩进大学修哲学。成博士后，来到我谋饭的学校就业，在校报上发表一篇《浣花溪畔读书郎》的短文，文章见出不浅的道行，让我向慕。

某一天，我在自家门前由几位老人四季把守的棋坛旁，看到一个东北口音、平头、矮而壮硕的汉子，扮相似民工，但脸上不失饱满的精气，流光溢彩。从棋道到人道一阵攀谈，始知彼人就是"浣花溪畔读书郎"——省内第一位宗教学博士。其时，小可肠胃不适，面目酸楚憔悴，未及向健硕如牛的博士讨教养生护体之道，他已不容置疑地叮嘱我要多食薯类与豆类，伴以开心"可乐"。

自此，博士常来聊天，也有来了又走了或相对坐着一言不发的时候，有时一天可以见到他几回，有时候一个月也难觅仙踪，不知他在何处作何许营生。

博士书读得扎实，悟性好，又不失果断，一语之下常常逼人呛人，对滔滔者天下皆是的学术、学问、学者，少所认可，但自己很少"述"，也很少"作"，故博士毕业多年仍以"博士"

称而不是以"教授"称。博士掩饰不住的锐利、透彻与通脱，得力于他难以泊停的心性与空无依傍的立场（不止是思想立场，还有利益立场），烟酒陪伴他这种孤绝的立场，博士酒量不大但好痛饮，烟瘾很大，一天三包。有一天被朋友请去"洗脚"，回来说，"洗脚"的感觉真好，"堕落"的感觉真好。但一介书生，此种待遇甚是少见。

我曾经几次与博士出差赴会，会间会后博士必叩门访问，谈到夜深，人困马乏时，博士依然神采奕奕，缠着到外面走动，无目的，无方所，为走而走。

有一天博士告诉我，他已调到学校另一个院系上班。又一天，博士说他想去长江出海口的某一所大学，那里的宿舍面朝大海可以垂钓。还说，某一天夜里，他喝了点酒，走在杭州大街上，手提衬衣，晃晃悠悠，一路狂呼高歌，第二天看当地报纸，有《夜行男子狂呼扰民》的新闻，他腹笑不已，想不到自己以如此方式见报。

博士终于要去长江出海口的那所学校，有人饯行，把我捎上，轮到我举起杯来，方觉得心情沉重。博士一直在行走中，仿佛延续着八十年代青年那种有点崇高和神圣的精神之旅。他说他早已习惯离别。我说，哥哥此一去，那里有比此处更广大的容身之所吗？博士说，没关系，反正是流浪，在那里，我也未必靠岸落锭。

下雪了，已经是过年的气氛，餐桌上蒸腾的热气让我眼前的世界变得虚幻不实，酒精的挥发加剧着这种虚幻。第二天醒来，想必博士已经在远行的火车上昏昏睡去。

笔下的女人与刀下的女人

女人也是人。

这句话的潜台词是女人曾经甚至未必是人。至圣先师孔子说"唯女子与小人为难养也"，这大抵道出了中国男人对女人的共识，即使孔子的话原本不是对于女人的轻蔑，也挡不住千百年来男权社会的世俗经验已经积淀为一种文化。

不止中国，西土的圣人也有过"女人是劣等人种""千万不可唤起女人的激情"之类谆谆告诫，女人天生的易感气质，在激情状态中更容易陷入盲目，陷入非理性和歇斯底里。

"尤物""祸水禽兽"之类的命名，想必因此而来。

于是，关于女人的"冤案"伴随着整个文明史，有的甚至被我们当作了"风雅"颂。

查阅中国文学典籍，女人特别是沉鱼落雁风情万种的女人，她们"客串"于男人性灵的工具地位极其明显。且不说士大夫唱晓风残月，赢得青楼薄幸名，在他们笔下，对于女人的讴歌，骨子里总不免亵玩的意思。即使被文学史家看出了男女平权意识的市井小说戏曲，其中女人的工具性与依附性，反而更加明显。在被视为自由婚恋"范本"的《西厢记》中，主人公张生说，若是能与多情小姐共鸳帐，也不让红娘叠被铺床，分明是一副想占便宜的轻薄下流嘴脸。最可观的要数是非丛生的《金瓶梅》，《金瓶梅》中的女性无一不处在被某种欲望支配的状态下，唯其如此而不能不一个个飞蛾扑火似的沦落为西门大官人股掌中的玩物（还不是"玩偶"）。此时，所谓女人所意味着的也就仅仅是一团浑浊的分泌物，自侮而受侮，被害而害人，而且如痴如醉。

显然，《金瓶梅》的男性视角加强了女人们的动物性意味。

但是，简单的经济归结与阶级分析似乎并不能全部解释女人的依附性质与恐怖遭遇。依附其实也是一种"人本"，无论男女皆如此。在安于并且乐于拥有某种有所归属的可靠（未必可靠）待遇时，一个人，甚至一个民族，其精神世界在限定的空间与可能中，同样能够经验无比丰富的恩怨悲欢，同样能够制造出幸福或者痛苦、团结或者分裂、光明正大或者阴谋诡计，同样可以为此欲仙欲死，不可开交。

问题的实质也许还在于"一阴一阳之谓道"的宇宙生命逻辑，似乎至今有效，人而不能最终解除男性与女性的性别区分，"女人也是人"的话题就会一直延续下去，"冤案"也就会继续发生，男人践踏女人，女人糟蹋男人的冲突而构成的悲喜剧，也就接着上演。

公元 1993 年初，一本曾经广有声誉的文学杂志上发表了诗人顾城谈《红楼梦》与"女儿性"的文字。我们一直认为，《红楼梦》是尊重甚至高扬女性的，喜欢《红楼梦》的顾城自不例外。他认为，《红楼梦》不朽的本质在于它所充分展示的"女儿性"。简单地说，"女儿性"就是如水的至柔至刚，大地母亲般深沉、宽厚的博大情怀，等等。一片充满"女儿性"的国度，就像是一片"人道"的净土和男人的乐土。

可以肯定，顾城渴望和要求保卫的"女儿性"，绝不全部属于女人或等义于女人。他不可能不知道武则天空前绝后的暴虐和慈禧老佛爷令人发指的祸国殃民，是同样没有"女儿性"可言的，他也不可能不知道《红楼梦》中的赵姨娘、王熙凤之类简直就是"女儿性"的敌人。

女人并不代表"女儿性"。

"女儿性"成为一种甚至远离了女人的理想，它更像是一种男人的渴望，同时表征着男人的虚弱与虚弱男人心底的专制主义幻想。这样的幻想，在极端的时候甚至会演化成为带着寒光的刀，而刀下的女人也许正是曾经在那个挥刀的男人的幻想中充满了"女儿性"的。

因此，表达了"女儿性"的《红楼梦》和渴望"女儿性"的顾城，也许少不了与"女儿性"背道而驰的男权主义品质。

其实，据说与曹雪芹同时的脂砚斋就看出了《红楼梦》中无比赞美女性的主人公贾宝玉有"情极之毒，亦世人莫忍为者"。这数百年前的提醒，让所有关于《红楼梦》如何充分地张扬了女性光辉、贾宝玉如何尊重女性的迂阔之谈，有点难以自圆其说。按照同样的逻辑，渴望"女儿性"的顾城，未必一定能够成为一个现代意义上的真正尊重女性的公民，这件事甚至可以与他创造性的艺术成就分开来看。

就在刊发论"女儿性"文章不久的 1993 年 10 月，在草木葱茏绿叶扶疏的南太平洋希基岛上，顾城举起一把用来劈柴的斧头，砍向了扶持他宠爱他向他充分展示了"女儿性"的妻子谢烨。谢烨倒在血泊中，顾城自缢而死。之后，我们知道他留下了一本名叫《英儿》的诗化小说，向世人继续述说着他孜孜以求的关于"女儿性"的梦想。

由此，我们总算可以有所觉悟，"女儿性"不仅是一种美丽的梦想，也是一种悲怆的梦想，一种专制的梦想。在这种梦想中，女人也许更像女人了，但女人终究还不是人，即使可以穿牛仔裤。

女人是人，女人的"女儿性"是社会文化赋予的，并不是天生地属于女人，女权主义者如是说。这已经是"后现代"了，"后现代"很少有我们满意的诗，也很少有我们满意的诗人。

礼失求诸野：

召唤新的诸子时代

"饱暖生淫欲"，在汉语世界中似乎从来就是一个真理性的表述，充满炽热的道德关怀。其实，这个词的构成在宋明以后，见于"劝善惩恶"的话本小说。此之前，国人并不反感饱暖安逸，对于"淫欲"甚至也别有诠释。

孟子说："人之有道也，饱食暖衣逸居而无教，则近于禽兽。"亚圣强调的是"教"——教育、教养、教化，他的意思是说，吃好穿好住好了，还得有教养，否则就容易回到动物世界去，但是，"饱暖"与成为禽兽，并没有可怕的因果关系。至于"淫欲"，固执而不失高明的道学家也大体认为，"天理""人欲""同行异情"，它们是互相包含着的，离开人欲，天理何在，离开天理，人欲何为。而"淫"的本意，是"多"，是"充分"，是"雨水奔流""覆水难收"，是"挡不住""搁不下"，并不仅仅是后世不肖者直指脐下三寸的所谓"万恶淫为首"的"淫"。即使"淫"，也是人之为人的题中应有之义，明代大儒陈献章说，所谓"人"，就是"能行淫欲"、会说话的"一包脓血"而已，并不深奥，也未必崇高。

当我们一度把人之所以为人的某些基本欲望界定为不可宽容的罪错，而且总是把这种罪错子虚乌有地编排在愚夫愚妇头上时，人的世界自然也颠倒了。

或许，这正是华夏子孙很长时间以来不得安生的重要原因。

"仓廪实而知礼节"，管子当年作为国家管理者的心得，如今已成为我们投奔"小康"的共识。丰盛的物质财富，并不一定是破坏性和腐蚀性的，只有当它与垄断性的威权合而为一时，才会辅成人性的卑污与堕落，以至遍地官腔，满街假人，集体伪善，智力斜出，羞耻尽丧，文明只剩躯壳。

两千多年前，是华夏文明鼎盛的诸子时代，史称"王纲解纽，礼崩乐坏"的时代，造就了我们梦寐以求的"百花齐放"盛况的，是诸侯、大夫、士人的"良性互动"，是贵族豪门、富商良贾的"饱暖思淫""别有用心"，是"礼失求诸野""思想在民间"，齐人冯谖这才可以在孟尝君门前唱"弹铗无鱼"的咏叹调，孔子这才可以在中原大地"周游列国""抚琴容与"。自然，纯粹以政权为轴心的思想，最终不免演绎为工具性的技术和手艺，体现在帝国晚期幕府翰院中的"人文"，尤其不堪，令人窒息。

没有古希腊的商业文明，苏格拉底们的思想和人格是不可想象的，没有美蒂奇家族，意大利的文艺复兴是不可想象的，没有非政府的社会组织，没有由工商业供养的财团基金，眼花缭乱的现代思想与现代艺术，更加不可想象。

（刊于《名牌》杂志，2012 年第 2 期，本文略有改动）

新学期到来的惶恐

过完春节，又到了开学时候。

当老师多年，新学期到来的激动已经谈不上，但仍然会有一点不明就里的兴奋、紧张和隐隐约约的期待，足够让自己收拾起假期的懒散和松弛，凝聚心力，抖擞精神，准备上课。想必，这也是每一个当老师的人都有过的经验。

对我来说，这些年还多了一点惶恐不安。

因为不是力争上游的人，而且一直以为相对的清净有利于自己简单地生活，有利于保留一点心智上的自由与价值观上的自主，所以，对于大学里如今竞争得如火如荼的所谓指标、业绩、名分、待遇，大体上已经可以不动心。或者，更准确地说，因为脸皮不够厚，手不够长，所以尽量让自己"心如止水"，免得看到身边的同志们一天天发达起来，方寸大乱，以至不能自持。

让我不能"枯木槁灰"下去而竟然有点惶恐不安的，是面对自己教的学生，面对他们显然还保留了天真和纯洁的眼神，有所信托、有所期待的眼神。想到又要站在讲台上，做张做致地给他们"授业解惑"，不免手心冒汗，脑袋发闷。

我希望他们花了父母的钱，赔上自己的花样年华，在他们满怀梦想投奔的大学里，可以找到他们愿意终生以之的价值、理想、意义和目标，找到从他们内心生长出来的激情和爱，找到一点照亮生命、抚慰心灵的"光明"和"温暖"，找到对于生活的信心，而不是恐惧。

然而，并非危言耸听，我分明感觉到了他们的失望，感觉到了他们中的大多数人面对未来的恐惧，而我几乎没有帮助他们免于失望和恐惧的技术与手段。确实，鲁迅早就在他平生最抒情的篇章《伤逝》中说过，要活着，爱才有所附丽。我们每一个人，我们这个伟大的族群，一直在为活着努力，像一个人一样活着，不再遍体鳞伤地活着，则是我们未竟的理想。可是，在我们这里，活着和像一个人一样活着，似乎总是不可兼得，总是充满令人尴尬的对立和反动。

毫无疑问，作为一种生物本能，活着有比像一个人一样活着远为坚硬的逻辑和力量。但我又常常以为，像一个人一样活着应该是活着的前提，甚至，只有争取像一个人一样活着，才可能真正赢得每一个人活着的机会。人之为人，不就是那一点无法失而复得的"灵明"和"温度"，以及由此而来的尊严与尊贵吗？活着的动力，不也就是让那一点伴随着尊严与尊贵的"灵明"和"温度"，可以扩张，可以扩散，可以"推己及人"，可以多少驱除生命中永恒的黑暗和寒冷吗？

我得承认，不知从何时开始，我最喜欢的学生，在这个社会往往最不能混，混来混去常常就混到了体制的边缘乃至对立面。而最能混的学生，能够混到所谓"主流"和"中心"去的，却未必是我最喜欢的，有的干脆就是我绝不可能喜欢的，他们往往机灵到没有底线，小小年纪就懂得当"干部"的好处，就懂得欺生杀熟，没有仰望，无情无信。

到目前为止，情况大体如此。

作为老师，我当然指望围绕在身边的是那种活力十足、天资过人的孩子，但是，我知道，在目下中国，这样的孩子一定会离你而去，甚至会离你所在的专业而去，你心有不甘，但强忍失落，为他们庆幸，替他们高兴。因为，你懂得"识时务者为俊杰"的古训，也记得从小学念到大学的哲学定理——"物质决定精神"，你并不想看到自己的学生一个个存"尾生抱柱"之诚，把诸如"明天学校为我骄傲"之类的锦绣前程，捆绑在某些相比物质现实可能要虚弱得多的信念和操守上。

如此，反求诸己，你将要在课堂上传授的那些东西，或者说在你的课程背后所暗示所呈现的那些东西，也许不仅无益于自己的学生谋生，反而有碍于他们行动；你指望他们在这个并不雅致的年代，将来可以活得生猛强势一些，但是你教给他们的却是要他们如何懂得脆弱；你指望他们像绅士像淑女，但是你很清楚，连校园内都已经是丛林法则了，如何还可以激赏礼义廉耻乃至要命的谦恭、惭愧与羞涩？

是的，你不能不惶恐不安，因为至今为止，我们只拥有一种现实，那就是绞尽脑汁拼命活下去的现实。而在我们的文化传统和我们所服膺的教育理想中，其实也只有一种主义，那就是用不同方式表述的引人入胜的实用主义——中国式的而不是哲学家杜威们的实用主义，这种主义的哲学基础，当然包括"物质决定精神""识时务者为俊杰"这些我们作为标题列在教科书上或者早已深信不疑的定理。

王国维：

父亲眼里的衰人

王国维（静安先生）的父亲，一个小职员出身，当过幕僚的读书人，望子成龙，以振兴家业相望，在日记中屡屡申饬长子王国维学业不进。光绪十七年（1891）10 月 17 日日记中，更是伤心地感慨道："可恨静儿之不才，学既不进，（又）不肯下问于人。而作事言谈，从不见如此畏缩拖沓，少年毫无英锐不羁，将来安望有成……患吾身之后，子孙继起不如吾……盖求才难，而欲子弟才过父为尤难。"

一个在父亲眼里毫无英锐不羁之气，畏缩拖沓的衰人，日后如何成为了新史学的开山，新文化的健将，中国现代学术的精英？

看来，即使是所谓英锐不羁之气，所谓畏缩拖沓，也不是可以一概而论的。

一个人在某一方面、某一种场合、某一个人面前的英锐不羁之气或畏缩拖沓，并不意味着他在另一个方面、另一种场合、另一个人面前同样如此。表现出英锐不羁之气是有对象的，同样，表现出畏缩拖沓也是有对象的。一个在篮球场上英锐不羁的人，在台球桌上也许就是畏缩拖沓的，一个人动手时是英锐不羁的，动脑时也许就是畏缩拖沓的了。一个父亲眼中的"不肖子"，也许"不肖"的仅仅是他的父亲，甚至仅仅是他父亲没有能够自我实现的愿望和期待而已，而未必是真的"不肖"，或许，"不肖"乃父，正是他作为独立自我的开始？

每一个人都是独一无二、不可复制的，每一个个体对于他自己来说就是生命的全部，全部的意义，全部的可能，全部的幸福，没有可逆性，也无法挽回。因此，关于人的教育，最不可以想当然地胡乱作为，尤其不可以律之以简单粗暴的一元化的"政绩"和标准。教育是一件类似艺术性质的工作，而不是科学性质的工作，作为艺术的标志，就是与众不同，就是足够充分的个性化，如果雷同了，如果去个性化，那就是失败的艺术。其实，这也是人作为目的而非工具的本质所决定的，自然，这样的"本质"是我们在现代启蒙精神照耀下才得以洞见的。

我们的教育，之所以千呼万唤而终究不如人意，甚至越来越不如人意，关乎体制和文化。然而，简单地看，也许就是我们每一个家长有太多王国维父亲那样的殷切期望，有太多替自己的孩子安排未来的良苦用心和"不择手段"，这才有了今天这样近乎无解的局面。

"后科举时代"

　　废除千年科举，在晚清是一件大事，几经周折。了解一点其中的周折，再了解一点当局者废除科举时关于"学校""人才"的设想与安排，对理解中国教育的现实乃至中国的现实，也许会更理性一些。

　　二十世纪以来的很多时候，我们这里的所谓现代教育，并没有完全区别于科举时代的价值目标和人文理想，也没有容纳这种价值目标和人文理想的制度环境。因此，无论"先知"们如何启蒙呐喊到心碎人亡，教育总是一不小心就朝着类似于科举应试的方向狂奔。置身其中者，几乎没有人敢无视这一方向的"合理性"和"必然性"，只有顺应潮流，以便占得"先机"。

　　我原来以为，如今高中以下的教育，该是开放性的"义务教育"了，不以应试为目标，相对健康，相对人道。最近才知道，大不然也。就在我谋生的城市里，初中生毕业时几门主干课程的成绩如果能得六个A，就可以自己选择所谓名校，如果只有五个A又该如何，四个A，又如何……为了这几个A，孩子们以及孩子们的家长，自然无不奋勇争先，唯恐落后，不仅有年考期考，还有月考，每一次考试都怠慢不得。这种选拔式或者更准确地说淘汰式的教育，大有延伸到小学和幼儿园的趋势。

如此不忍闻的局面，表面上看是由于资源（不止是教育资源，其背后是生存资源）短缺造成的，机会不多，家长不敢让孩子"输在起跑线上"。其实，最根本的原因，仍然在于一元性的垄断性的社会经济结构，以及协同于这种社会经济结构的价值目标与理想。在某种意义上，正是这种社会经济结构以及因应而来的价值理想、制度安排，反过来决定资源短缺成为了一种难以改善的痼疾。

谁都明白，如果人生舞台上只有一个优胜者，那么所有不能优胜的人，就只有生活在屈辱、压抑与失败之中，而不能不以翻身求解放为子子孙孙的梦想，所谓"鲤鱼跳龙门"；同时，"成王败寇"，如果天下"名""器"尽归于优胜者——居上位者，除了跻身优胜者行列外，人们唯一的活路便是最大程度地向获得了垄断性权力的人和机构靠拢，以至视垄断为当然，视靠拢为必须。

这样的时代，可以命名为"后科举时代"，种种匪夷所思的现象，可以称之为"后科举时代"的症候。

却说当年废科举，此事戊戌变法期间就多有议论，但戊戌变法不幸中辍，此议也就消停。庚子事件以后，有所谓"晚清新政"。1901年，朝廷令督抚大臣上奏直陈，设计新政蓝图，废除科举的议题再次提起。1902年，袁世凯利用请假回籍安葬生母的机会，先后在武汉、南京会见端方、张之洞，商量怎样会奏"分科递减"以让科举最终停摆。1903年开年，袁世凯就致电张之洞，商议草拟奏稿之事，其时，张被称为"当代文学之宗"，封疆大吏中资望无出其右者，主稿奏章，似乎非他莫属。但张之洞却坚持不任主稿，袁世凯只好"义无多让"，领衔上奏了《请递减科举中额专注学校折》，谓"强邻环伺，讵能我待"，"欲补救时艰，必自推广学校始，而欲推广学校，必自先停科举始"，"科举一日不停，士人皆有侥幸得第之心"，"学校决无大兴之望"。

为了减少震荡，袁世凯还为读书人的出路设计了政策：已经取得科、贡、生员资格的读书人，三十岁以下的，易于改业，均入学堂继续深造，三十至五十岁的，可入仕学馆或速成师范，五十至六十岁以及其他年龄段，不能入速成科的，为之宽筹出路，六十岁以上的，酌给职衔以示宽慰。

新式学堂学生将来的出路又何在呢？同样分为等次，让他们与科举出身挂钩：第五级，高等小学堂毕业，给廪生等生员身份，升学可升入第四级学堂；第四级，中学堂、中等实业学堂、初级师范、初级简易师范毕业，给拔贡、优贡等贡生身份，除中学毕业者外，其他科授州学、县学官等，升学可升入第三级学堂；第三级，大学堂预科，各省高等学堂，实业高等学堂，优级师范学堂毕业，给举人出身，授官知州、知县、内阁中书或相同级别的官职，升学可入大学堂分科；第二级，大学堂及相应学校毕业，给进士出身，授翰林院编修、检讨、庶吉士、各部主事等官，升学可入通儒院；第一级，通儒院毕业，给翰林身份，按三等分别授以较优越的京、外官职。

袁世凯们的"设计"，可谓用心良苦，自然也体现了他和他的同时代知识者通常的思维方式，设立学校，并不是要造就具有新的人生观和价值观的"新人"，而是通过另一种"工具"

和"方式"，为朝廷培育"栋梁"，为国家培育可以对付"强邻环伺"的人才，而最后的出路仍然是"官"，也只能是"官"。

这在今天是同样深入人心的逻辑。

如此，假如我们简单地把废除科举、兴办学堂便看成是中国教育的"现代化"，则难免有见骆驼而以为马背肿之嫌。何况，就是袁世凯这一多方奔走、煞费苦心的上奏，也因为大学士兼军机大臣王文韶的坚决反对而被搁置。直到后来王文韶的军机大臣罢直，袁世凯、张之洞、端方等人再次联络上奏，这才有光绪三十一年（1905）八月初六的上谕准奏，千年科举终于成为历史。

然而，不得不承认，"科举"的精神，却依然萦绕着我们这个神奇的国度，至今没有化蛹成蝶，"后科举时代"的终结，也就不敢轻易预期和许诺。

一首儿童歌曲中的"奴隶道德"

春节假期，陪孩子玩，在网上下载了一个名叫《小燕子》的儿童歌曲专辑，有三十多首歌。其中，《我们多么幸福》《我爱北京天安门》《闪闪的红星》《让我们荡起双桨》《听妈妈讲那过去的事情》，等等，曾经伴随了我和我的父辈的童年少年，如今听起来不免眼睛发潮，脸皮发热。孩子太小，不解风情，对这些深入了我辈骨髓的特殊时代的经典，没有兴趣，倒是对《两只老虎》《泥娃娃》《读书郎》《蓝精灵》《小螺号》《卖报歌》很有好感。

专辑之外，孩子尤其喜欢罗大佑的《大兵歌》、唐朝乐队演唱的《国际歌》以及童声版的《大长今》。还有一首歌他也很兴奋，《好爸爸坏爸爸》。我想，除了节奏明快外，让孩子感兴趣的就是歌中"爸爸"这个不乏喜剧性的形象，他常常一边看着视频一边回过头来对我说：这个爸爸就是这个爸爸。

我不记得自己小时候是否唱过这首歌，但这首歌的流行，应该有些年头，作者是谁没有考证过，网上的歌词是这样的：

我有一个好爸爸

爸爸 爸爸 爸爸 爸爸 好爸爸 好爸爸

我有一个好爸爸

做起饭来铿铛铛 铿铛铛

洗起衣服嚓嚓嚓 嚓嚓嚓

高起兴来哈哈哈 哈哈哈

打起屁股啪 啪 啪啪啪啪

嗯 真是稀里哗啦

爸爸 爸爸 爸爸 爸爸 好爸爸 好爸爸

我有一个好爸爸

哪个爸爸不骂人

哪个孩子不害怕

打是亲来骂是爱

哪个不是好爸爸

这里的歌词也许不是"原版"，但大致的意思应该不差。

每天跟着孩子听，听到几乎不产生任何反应了。可是，有一次，突然觉得有点不对劲，原来歌曲进入感叹和抒情阶段后的几句歌词"哪个爸爸不骂人，哪个孩子不害怕。打是亲来骂是爱，哪个不是好爸爸"，让我有点心惊。仔细琢磨，觉得这几句歌词的意思，在今天看来也许不符合现代教育应该遵循的基本理念，尤其是关于孩子成长的理念。

"打""骂"，特别是长辈施与晚辈、强大者施与弱小者的"打""骂"，不能说完全找不到理由去为之开脱、原谅，但至少不是美好高尚到可以歌唱的，即使是以所谓"亲""爱"的名义，也绝不能延伸出可以"打""骂"的逻辑。尤其不能容忍与此相关的解释："哪个爸爸不骂人，哪个孩子不害怕。"我想，或许很少有中国家长没有打骂过孩子，这让我们每一个作为父亲的更加心安理得，也更加反感对此加以反省和拷问吧，但由此让孩子"害怕"（唤起恐惧是建立威权的捷径，强权者强势者可耻的败德莫过于此），却是千百年来中国式父亲的"原罪"。这是农业社会，特别是缺乏时代遗留下来的精神遗产。我们一直相信"棍棒底下出孝子""不打不成器"，并且以此来建构个人与"家国"的关系，以个人对于"家国"的绑架性的从属和无条件屈从，作为神圣伦理来认同，来歌颂，以至于多年来，在某些主流媒体从业者的嘴里，总是把一种原本自然、也不该失去理性的亲情，"情不自禁"地渲染到让人恶心的程度，特别是在逢年过节的时候。

除了在一些亚文化群体中，因为某种生理或心理需要而局部流行的施虐受虐"派对"，会把特定情境中的"打""骂"视为宣泄和享受外，"打是亲来骂是爱"所体现的那种家长式的"爱"，多少近乎歪曲乃至变态。这种"爱"，体现在国家与个人的互动上，尤其罪孽深重，不可不警觉戒惧。

如此，"打是亲来骂是爱"体现的就是一种可悲的"奴隶道德"了，这种"奴隶道德"总是被别有用心地神圣化，以便召唤出毫无反思性的迷狂与皈依。由此缔造出来的道德观和价值观，常常饱含着个人的血泪和普遍的悲剧。

自然，回到歌词本身的"语境"看，问题也许没有我说的这样耸人听闻。

确实，歌曲在前半段描述的"爸爸"，充满喜剧意味，以孩子的口吻唱出来的父亲是温暖可亲的，是一个或开心或严

363

肃，但并不带来恐惧的角色。包括"打起屁股啪啪啪"似乎也并不代表威权和强势，而是一种可以接受的互动。可是，到此为止，似乎仅仅是铺垫，是某一个重要主题将要出现前的引子，曲终奏雅，当作者接下来想要升华作品的主题的时候，他下意识地表达了自己作为一个成人，一个"家长"，其内心深处的文化秩序和伦理要求。

这或许就是症结所在，让我不惜"小题大做"的原因也在这里。

常常是这样，我们绝不能满足于那种基于生命真实性和开放性的日常叙事，绝不能容忍基于生活真实性与偶然性的矛盾、纠结与分裂，构成写作的主体。我们总是试图泯灭多元返回一元，千方百计把复杂的现象归结到单一的"本质"，一定要从混沌的现实中抽象出某种宏大的义理和主题，以便可以把肉身的自我提升到"圣贤"的高度，把"文"提升到"道"的境界。"小草"需要懂得回报"三春晖"，才不再卑微；徐霞客的旅行需要联系到对于祖国大好河山的情感，才意义充足、精神饱满；自杀需要联系到"国仇家恨"，才不是"自绝于人"或"自绝于人民"；劳动，特别是那种为他人服务的劳动，当然是出于崇高的道德情操，而与劳动者的内在动力和动机无关，至于劳动与个人尊严、快乐的联系，劳动作为"天职"带给劳动者的欣悦，自然是过于"小我"，难以启齿的。

一言以蔽之，只有归结到道德的旗帜下或者伦理的神圣目标中，才会有"人"的意义和"文"的价值，这正是我们这里做人作文的秘密，或者说是我们早已习焉不察的"良知良能"。

那么，把孩子与爸爸的日常互动提升到爱的高度，即使

"打""骂"仍然是出于"爱"，甚至是更高的"亲""爱"，而且得出"哪个爸爸不骂人，哪个孩子不害怕"的"普遍真理"，就是顺理成章的了。

几年前，一所名牌中学的高一学生，一个 15 岁多一点的孩子，曾经向我诉说她的"苦闷"。她说，自从进了那所名牌高中（所谓名牌中学，大体上是它的高考升学率造就的）之后，她的作文总是挨批，她原来在父亲单位的子弟学校念小学初中时（我知道那是一间大学的子弟学校，高考升学率很低，家长不把孩子的未来寄托在老师身上，老师不太需要承担太多升学的责任，孩子们因此可以有一点自由放任），作文却是经常得到老师表扬的，她不知道这是为什么。我问她，老师批评的理由是什么。孩子说，老师总是说她的作文不能上升到时代的高度。我无言以对。

前不久，我又听到一件同样性质的事。我的朋友李先生，是新疆某大学的文学院长，女儿念小学，正是奥运英雄刘翔最风光的时候。老师让孩子们作文，题目是"给刘翔叔叔的一封信"。孩子在家里折腾大半天，第二天高高兴兴上学去了。下午放学回家，朋友看到孩子很不开心，孩子告诉他说，自己的作文没有得到表扬，还被老师批评了。朋友要孩子把作文给自己看看，作文的大意是：刘翔叔叔夺得了世界冠军，很不容易，那些参加比赛的运动员都跑得那么快，跟刘翔叔叔比，就差一点点，只有一点点，多悬。刘翔叔叔如果下次还要拿冠军，一定得加油才是，她提醒刘翔叔叔，头发不能留得太长，头发长了阻力大，那一点点优势就没有了。还有，不能吃太多，吃多了就会长胖，胖了跑起来阻力更大。看了孩子的信，朋友说写得不错，问老师批评的是什么。孩子回答，老师说她的作文没有点题。

作文要"上升到时代的高度"，要"点题"，这对于我们这一代人来说，真是太熟悉了。谁都知道，这样的要求依然在名正言顺地继续，不只在学校，而是在整个社会生活中，也不仅因为应试教育的需要，同时出于与"作文"有关的思维定势和思想定势，这种定势甚至是"与时俱进"，不断有堂而皇之的新面孔、新冠冕的。然而，一个孩子能够"上升"到与自己有关的高度，就了不起了，又如何让他上升到"时代的高度"，如何让他去"点题"时代的政治与道德呢？

"成人化"的要求背后，是怎样的文化遗传和现实逻辑？貌似正确、高尚、健康的教化冲动中，隐含了多少不高尚、不健康的心理习惯？这种"作文"方式，是否与千百年来"拟圣人口吻""代圣人立言"的科举传统有关，或者还与政教合一的诗教与礼教传统有关？这种"作文"方式又隐含着怎样的对于"人道"的伤害？

这已经是题外话，另当别论了。

马修在长沙唱歌

10 月 19 日晚，在长沙的洋湖湿地公园，《晨报周刊》举办了一场马修·连恩（Matthew Lien）的音乐会。

马修的音乐是我们熟悉的，但现场的感受还是更加令人振奋，天清气朗，夜静如水，马修的演唱婉转在温柔与激昂之间，深情而澄澈。

自然，那种音乐家特有的专注与沉迷，那种围绕自己的音乐主题一浪一浪一层一层推进的热情与用心，那种以自我为中心而不是投观众所好的风格，对于习惯娱乐而不是习惯音乐的长沙听众来说，还是多少有些陌生的，而马修又是用英文演唱。

据说，整个音乐会只卖出两万块钱的门票，现场确实有一些空座，演出中途，我的身边还有觉得"冇一点味"而悻悻然退场的漂亮娘子。慧慧和我感慨，长沙也许还没有进化到可以群体性地消费一点所谓"高雅艺术"的时候。我们还在谋温饱，我们拥有不用花钱也基本不用花费心思去倾听就如雷贯耳的千篇一律的旋律，我们有咯吱你不得不笑的"快乐大本营"，而在我们的大学中学，音乐也大体上与年轻人无关，正如钱理群老师说的，在我们这里，与考试无关的进不了中学，与求职无关的进不了大学。

　　我知道的是，大学里中学里有很多社团，但很少有与艺术有关的社团，不仅费钱，而且年轻人一沾上艺术，特别是那种领导不熟悉因此也难以许可的艺术，似乎更容易不服管束甚至"反叛"。我还知道，听音乐的耳朵是需要训练和培养的，马克思当年说，最美的音乐对于"非音乐的耳朵"来说，也没有意义，正如同发情的马牛无法吸引对方，所谓"风马牛不相及"。

"创造性冲动"与"占有性冲动"

尽管孔子曾经说"有教无类",表达了足够人性化的教育思想,在中国古代,也不难找到以人的充分发育成长为目标的教育理念,找到开放性的教育尝试,但是,不得不承认,体制内的古代教育,很难不是一种服务于当局者具体功利目标和政治需要的工具性教育。特别是宋以后以科举考试为中心的教育(作为文官选拔制度,无疑是足以示范于古代世界的),并不是一种以辅成人的自由全面发展为目的的教育。

"人的自由全面发展",是启蒙运动、文艺复兴以来现代教育最核心的理念和理想,因此,如果没有启蒙的洗礼,没有关于"人的自由全面发展"的正确认知,文化和制度又不能辅成这种认知,教育就很难不盘桓在历史的阴影之下。

事情也确实如此,中国当代教育一个很不好的倾向,就是"考试"从一种手段演变成了目的,而且几乎演变成为新的"科举",让人不免触目惊心。两件事就可以说明这种情况,第一,这些年来,无论初中、高中,都会有不少家长租房子陪读、陪考,升学考试时,还会有更多家长备着好吃好喝的东西,在宾馆开房子,送考助考。第二,近年来,所有的书店几乎都变成了教辅教材书店、考试书店，包括高考用书，大学用书，考研用书，国考用书。分数至上，一切都是为了应试，孩子的前程，家长的脸面，均在考试一举。一考定终身，考试近乎赌博，尤其是高考。即使社会事实上已经不可能为"大学生""研究生"提供尽如人意的"终身"前程，人们仍然乐此不疲，以至，读了本科不行，那就考研，读了硕士不行，那就考博。相应地，所有的学校也以升级为重点，升级成本科学校，以成为有硕士点、博士点的学校为目标，上下动员，全力以赴。

然而，一个社会的美好并不是高学历可以解决的，一个人的幸福也不是因为学历高低一元性地决定的。而且，学历和文凭未必等于文化水平，何况考试？说句笑话，"神仙都怕考试"，一个文盲也可以把博士"烤糊"。很遗憾，应试消耗了我们太多的心力，这对于一个民族的伤害是无形而巨大的。而且，淘汰性质的考试，让大部分年轻人充满失败感和绝望感，因为优胜者永远只会是个别人，一部分人，而且，这一次考试的优胜也不能保证下一次考试不失败。于是，所有的人都会成为失败者，我们每一个人都在力争上游中充满失败感，充满委屈、怨愤和不平，教育成为讽刺性的"挫折教育"。

湖南教育台曾经播放过一个专题节目，显然是作为好的教育方式的示范：某小学，举行孩子、老师和家长的互动，互相真情告白，以激发孩子的学习热情。教室里家长、孩子、老师哭成一片。一位孩子考试成绩不好，大家一起找原因，孩子哭着说："妈妈在家打麻将，无法学习。"妈妈于是哭着许诺："妈妈不打麻将了，那么，你这个学期的成绩要进前十五名"，孩子哭着点头答应。另一位沉默的学生，老师当着家长的面指出："这个孩子，就是太固执，你喜欢打篮球，为什么不把打篮球的劲用在学习上？"这样的节目所暗示的教育目标和教育方法，显然大可商榷。一个小学生，什么是"前十五名"？什么是"太固执"？

我曾经在一个职校作演讲，受众就是那些高考不尽人意而勉强读职校的学生，用个不太恰当的词，放眼望去，台下真是"哀鸿遍野"，你首先要面对的就是他们普遍的失败感和深渊般的绝望，首先就得唤醒他们基本的自信和自我认同，情形令人酸楚。其实，人的智力和能力是多元的，因此，任何考试和测验其实都只能是权宜性的，包括高考。而我们的环境，却让孩子们以为，中考、高考就是对于他们全部智能和未来前途的测验。

问题是，有一些考试内容完全没有意义，纯粹是一种记忆力测验，甚至是错误的记忆力测验，譬如2010年湖南高考的"文综题"，我那天不经意之间在《潇湘晨报》某一页的左上角看到，选择题之30："19世纪中期，许多与西学相关的'日本新词'来自中国。而在20世纪初年，大量与西学相关的'日本新词'，如劳动、方针、政策、理论等迅速传入中国。出现这一变化的决定性因素是：A. 中国留学日本人数增多。B. 中国在甲午战争中战败。C. 日本明治维新成效显著。D. 日本先于中国接触西学。"标准答案是C。可以这样"单选"吗？什么才算是"决定性因素"呢？同一大题的27、28、31小题，都有类似的问题。最大的问题是，这不是一个可以简单选择的问题，而是为了命题而勉强设计的问题。

因为一切为了应试，考试在我们的生活中成为炙手可热的

"技术"行当，考试高手被称为"状元"，考试通过率高的学校被称为"状元的摇篮"，善于辅导考试的人成为"名师"。考试成为一个捉迷藏一样的游戏，命题者绞尽脑汁，猜题者脑汁绞尽。

我们为什么会如此看重考试？重视排名？

说到底，仍然是一个与传统、与体制有关的问题，与政府在资源上的绝对垄断性有关的问题。获得高学历、高名分、高规格的目的，不论个人，还是作为单位的学校，无非是让自己在事关利益的排名中处于优位，以便在政府垄断的"占有性"的资源分配中获得超胜，所有的人都不得不奔走在这一"争先恐后"的强迫性的"竞技场"。

简单地看，中国当代教育的问题，其实就是家长的问题。我们这一代人的问题很大，从观念、习惯到作为。我们一直生活在一种"缺乏性"的状态中，从古至今，一部分人的满足常常意味着对于另一部分人的剥夺，一部分人的"晋级"，意味着另一部分人的"淘汰"。或许，我们还习惯了这种被"淘汰"的命运，相信这种"淘汰"的永恒，于是，在这种"淘汰"中取得个人的优胜、成为"人上人"，就变成了我们奋斗的动力和成功的标志。如心理学家所说的"约拿情结"，我们既惧怕自己最坏的东西，也惧怕自己最好的东西；既害怕自己最低的可能性，又害怕（不敢相信、信任）自己最高的可能性。逐渐地，我们也习惯台湾作家朱天心说的，"许多人宁可跟着大家一起错，也不要一个人孤独地对"。

我总感觉，我们这些家长所有的努力和目标，就是让孩子不做普通人，而创造机会做有"特权"的人，让自己的孩子不付出太多劳动就可以"锦衣玉食"，就可以成为社会财富的拥有者，而不是告诉孩子，劳动、付出、承担责任有多么幸福、多么快乐，不是让孩子去充分地体验原本属于他自己的人生。

意义是通过承担责任来获得的，有产者的子女教育，最大的问题往往就是如何让孩子找到目标和意义。为什么我们这里有"富不过三代"的谚语？我想，简单地说，要么是你"为富不仁"，而你所处的社会最终不能容忍你的"不义之富"，要么是你不具备把"富裕"延续下去的基本动力、教养和文明。

罗素在他的自传中说，人的本性中有两种可以唤起的冲动："创造性冲动"与"占有性冲动"，前者是教育应该达到的目标，后者则通常是战争的动力。我们需要强化前者而弱化后者，教育一定要辅成人作为生物的多样性，作为社会有机因子的多样性，作为不可或缺的元素的多样性，而不是相反。社会生活的丰富健康有赖于人的个性、价值理想的多样性。只有出自个性的兴趣，才可能支撑一个人走远，也只有出自不同个性的多元文化，才能支撑一个群体保持长久的活力和生命力。所谓"和实生物，同则不继"。

"业缘"与"业报"

　　本次论坛的主题是"弘道·宏业——另一种公益",为我们作主题演讲的是香港中原集团董事、AM730主席施永青先生,中央电视台白岩松先生,中国人民大学张鸣教授,科学松鼠会创始人、果壳网CEO姬十三先生,四川建川博物馆馆长樊建川先生,欢迎他们。

　　诸位,以鄙人对中西文化的粗浅了解,我一直认为,在国人的生活中,是没有马克思·韦伯曾经说到的"天职"(vocation)观念以及与"天职"相应的道德伦理的。"天职"与基督教有关,认为一个人的职业、劳作,出自上帝的召唤和安排,无可逃脱,也无尚荣光,由此出发建构的职业伦理,自然是基于上帝意志的神圣伦理。这甚至被马克思·韦伯看成是某种意义上的商业资本主义的精神源头。兹不赘述。

　　如果仔细推求的话,在我们的文化中,有一个概念,似乎可以找到与"天职"相仿佛的含义。当然,这完全是为了异中求同,其实质性差异不言而喻,这个概念就是"业",也就是作为我们今天论坛主题的"宏业"的"业":职业,事业,功业,霸业,创业,守业,授业,安居乐业,宏图伟业,业精于勤，等等，都是这个"业"。

汉字"业"最初的含义是乐器架上的饰品，或者书册的夹板，后来才有职业、受业、基业等意思。佛教传入中国，"业"字作为梵文 karma 的意译，含义得到生发扩张，表示个人基于善恶因果的命运和缘分，甚至还暗示着某种与生俱来的罪孽（业冤）。

"业"字在后世的日常运用中，至少有两个词可以阐释出我们今天论题所需要的含义，第一个词是"业缘"，第二个词是"业报"，前者意味着一种上下左右的关联，后者意味着一种前世今生的关联。也就是说，无论"业缘"，还是"业报"，对于中国人来说，都意味着我们的一切作为，一切事业，永恒地，也必然地处于无法中断的"关系"与无法转移的"照应"之中，我们是从"关系"的"照应"中，获得"职业""事业"的意义、规范和禁忌的，获得安身立命的责任、使命和道德的。无论天子，还是平民，无论大人，还是小人，我们的所作所为，需要面对上下左右，面对列祖列宗子孙万代，面对自己的前世今生。这就是我们做事做人的"自律"与"他律"，这就是我们曾经有过的"宗教"，曾国藩当年所谓"外负苍生，内疚神明"的说法，正是因此而来的。

与此同时，我们大体上相信，"道由情生""功夫即本体""天道即人道"，人间无处不道场，"道"是通过我们具体的作为，通过我们成就的"业"来体现的，因此，"弘道"就在"宏业"的过程中，"道"不离"业"，"业"外无"道"。半个多世纪前，弘一法师曾经以"有此种因，便有此种果"的佛子精义，号召抗战，他告诉我们，无论个人还是国家，所谓未来，所谓结果，正是我们自己所种下的，正是我们此时此刻所种下的，过去的过去就在当下，将来的将来也在当下，天下系于足下，足下必须好自为之。

孔子说，"人能弘道，非道弘人"。我们的传统从来都是"肉身成道"，而不是"道成肉身"，我们需要以一己之从业，以个人之作为，去彰显人道，彰显关于人的价值。从现实着眼，用今天的话说，就是个人的尊严，社会的公正，政府的清明，就是用我们自己的行动成就一个有情有信、有道有义的光明世界。

为此，我们甚至需要人世间的楷模，需要世俗英雄的指引，这或许不止是一种政治对策，也是一种文化选择，特别是在诚信稀缺、道德不彰、他人即地狱的文明的十字路口，在每一个身边的人都感到不安、慌乱、惶惑、不知所措的时候。

是的，置身于今日中国，在拥有财富、创业、成功之外，或者说，在拥有财富、创业、成功的过程之中，我们需要有所仰望、有所信托，尤其需要通过社会贤达与行业精英，通过他们以身示范，现身说法，通过他们对于人生观与价值观的认知，对于个人、社会、国家的理解，给我们的践行提供参照和智慧。这就是我们所说的另一种公益，一种更多体现在精神和价值导向上的公益。

那么，闲话少叙，有请演讲嘉宾。

（此为 2011 年 4 月 22 日主持"南方周末华人精英论坛"的破题讲演的文字稿，有修改）

家国天下，酒神精神

　　我们家算得上是一个酒家，做酒的流程我非常熟悉，因为家里要做酒。我没有见过我的爷爷，但我估计，爷爷应该是经常喝酒的，每餐饭前都要喝一点，我父亲就是这样的，所以母亲必须会做酒。家里还必须备有做酒的全套"法器"，一般人家没有，爷爷在世的时候我们家算是小康之家。

　　很小就看着母亲做酒，那是一件很欢乐的事情，是家里的一个大工程，做酒的时候，父亲母亲的脸上都有一种特别的喜悦和兴奋。

　　先是量米，做一缸酒要二十多斤好米。把米蒸煮成饭，凉饭，然后洒一点凉开水，与酒曲拌匀，放到大酒缸里，密封，等待。过十天半月，酒缸里冒出越来越浓郁的酒香，这时米饭就变成了有甜味和夹带一点苦味的米酒。接下来就是架锅蒸馏，锅有两层，两层锅之间是一个封闭的大圆木桶架空，下层锅装米酒，不断加热加水，上层锅装满冷水，不时更换冷水，下层锅煮出来的酒气在上层锅锅底凝结成酒水，一个竹筒把酒水引到酒坛里，就成了可以永远保存的烧酒。

　　父亲每次去上班，都要把酒分装在小酒瓶里，一个星期带一次。每次回到家里，也总是要喝点酒，不醉酒，但一定把自己从沉默喝到精神，喝到滔滔不绝地和我们讲"咸同"（双峰话读作"含糖"，指过去，本意是咸丰、同治年间，这是曾国藩、胡林翼、左宗棠的湘军为家乡创造奇迹的时候，属于湖南人的高光时刻）如何如何，讲曾国藩耕读为本的家风家教如何如何。其实核心是隐晦地强调他打小开始对家庭的担当，他十多岁就开始扛起家庭的重担，他的薪水养活一家人。我们不爱听，但一般忍着。喝了酒的父亲跟平常时候有点不一样，似乎会有一点非理性，有一点自我扩张，有一点战无不胜、英雄阔步的意思。

回忆父亲当年喝酒、母亲做酒的样子，我除了想到贫寒家庭中也多少会有属于自己特殊的温暖幸福外，常常会想到"咸同"，想到我的老乡曾国藩、左宗棠、胡林翼他们如何拔起寒乡，如何成为近代中国的圣贤，成为英雄。我总觉得，他们书生出身，却可以横刀立马，一定和酒有关。他们的生活中，也一定有一个像我的母亲一样的人，给他们做酒，让他们有酒喝，让他们在极其艰苦、极其操劳焦虑的戎马生涯中，有自我解放的时候，有"飞扬跋扈"的时候，有豪情万丈的时候。

曾国藩在他的家书里经常提到几件事，辣酱、烟薰茶、竹蔬鱼猪之类，而我却在想，他们家的女性，也会像我母亲那样做酒吧。他手下的湘军有特殊的方言，特殊的家庭家族，特殊的伙食，当然也有特殊的酒水。他们的战斗力来源于对于儒家传统道德的服膺，这种道德的根本就是从家的伦理出发的，如家一样凝聚成为一个整体，从家到国到天下，休戚相关，生死以之。而酒的效应正是打通心灵与情感的阻隔，不仅让个人成为一个整体，也让族群成为一个整体，让身心融洽，形神俱济，懦弱隐去，士气高张。这才有他们特殊的战斗力，有他们特殊的对于儒家义理的忠诚和信仰。

湖湘文化是近代中国文化的主流和正统，主要指的就是湖湘人物心目中特殊的家国建构，在这种以国为家的体系之中，他们获得勇敢、忠诚、牺牲的终极依据。认识中国，理解中国文化传统，我们可以从曾、左、胡的文字之中找到滋养，找到尼采所说的酒神精神与日神精神。所谓家国天下的担当，正是由此发生，由此串联起来的。

他们旗鼓相当，都有着几乎不可替代的特殊功业与个人魅力，其道德文章都有着多少可以延伸到未来的价值和意义，他们履历非常，性情丰赡、精神饱满、人格光昌。他们留下的文字，照见幽暗的历史，也照见幽微的人心，洞彻天地，贯通古今，惊心动魄，荡气回肠。他们的组合，构成了完整人性的辉煌版图，构成一个互补的丰富广大的精神世界。

读曾国藩的书，所见的多是他的自律自省，自我超越，如何修身齐家治国平天下，如何安身立命，如何持盈保泰，不仅诗文中多推求讲究，书信日记也无不语重心长，俨然肃然，让人敬惧。呈现在他身上的光辉，让我想起尼采书写的阿波罗精神，理性、光明、沉毅。

读左宗棠的书，最多的感受是他的豪迈自诩，他掩饰不住的骄傲，天下尽在掌握之中的雄健，无所让人的蓬勃自信。他刚明耐苦，晓畅戎机，生平曾经经历漫长的容忍、砥砺与修炼，有足够的知识准备，有足够的天赋才情，有超乎常人的爆发力，同时顽强而具韧性，做事大开大合而心思缜密，做人不可一世又不失细致精明，自负天才，气质粗犷，纵横捭阖，狷介披猖。他说，天下没有办不成的事，也一定会有能够办事的人。他让我想起狄奥尼索斯，想起酒神精神，热烈、奔放、狂野，不顾一切。

读胡林翼的文字（主要是书信，他几乎没有什么诗文留存），无法不钦仰甚至震撼的，是他的坚卓忘我，宵旰忧勤，孤识宏怀，血诚肝胆。他的谋略与担当切实而高远，他的情感世界诚挚而深厚，刚健敢为，又悱恻缠绵，缜密理性，又温暖动人，他的自我安排和自我期许，既持重又豁达，既精锐又醇和，他所遭遇的苦境，他面对纷繁世事、艰巨使命的苦心苦情，既悲壮，又悲凉，让人心疼。胡林翼的风范和他丰盈饱满的性灵，他幽微婉转、阔大汗漫的精神世界，最令人向慕心仪，他用爱和包容，抵御人生巨大的疲劳和创造者同样不能回避的朽坏，让你感觉刚健与柔软如何集于一身，阿波罗精神与酒神精神如何集于一身，既理性又感性，既内敛又奔放，既深情又强悍。

生命的呈现，如同一个无限丰富、无限复杂的光谱，最深刻的驱动力，就是呈现在曾国藩、左宗棠、胡林翼身上的这种阿波罗精神与狄奥尼索斯精神。现代中国精英，需要重构并且重新获得这种精神，以便面对这个依然充满变故和苦难的世界。

一个人，一方水土，一个时代，要有才情。有才情，这个人、这方水土、这个时代才会精彩，才会激动人心。魏源、左宗棠曾经说，有情方有才，有大情然后有大才，这就是所谓才情的秘密。一个平凡母亲爆发出令人意外的才华、智慧和勇敢，来源于她对家、对孩子无保留的深情。

意味着原始生命力的充足感性，无限光明的理性，澎湃热烈的深情，永恒地成全着我们，成全着生命的精彩与美丽。生命中不能没有酒，不能没有酒神精神，就如同不能没有感性和深情，任何健康的饱满的自我建构有赖于此，有关家国天下的建构同样有赖于此。

（本文系为今时传媒茅台酒 2023 年长沙发布会所作演说辞）

后 记

在大学里混迹多年，偶尔自作多情，做点并不应景的文字，偶尔被朋友"要挟"，回答一些未必当行的问题，至无才思，岂敢自谓清华，然亦不能自弃。惊涛说，集成一册，或许可以自哂，于是有了这本书——《君自故乡来》。

书分为三辑。第二辑"君自故乡来"，内容涉及身边的历史与传统。历史是我们的"宗教"，"故乡"不仅关乎地理，更关乎人文，尽管我们的历史书写，至今难言自如，我们的"故乡"，依然充满悲情，有关"人文"的记忆，也大体上因为功利主义的遮蔽而不免畸形歪曲，但这同样构成一种现实，一种让我们无法逃逸还不能不辗转反侧的现实。

高贵的诗人奥登说："倘若希腊文明从来不曾存在……我们将永远不会成为完全有意识的人，或者说，我们无论如何都不可能成为完全意义上的人。"善哉此言！每一个人都不是无源之水，每一个民族都有漫长的身世，每一个时代都是无数因果的集结，返本归元，从头说起，不是矫情好古，不是要建构想象的异邦，而是因为过去与未来、异乡与故乡的永恒纠缠，因为渺小的自我虽如恒河沙数，却终究一沙一世界，此时此地是唯一的结点，方生方死，无穷有穷，我们在身不由己的限定中俯仰天地，稽首古今，此情无计可消除。太史公谓："夫天者，人之始也，父母者，人之本也，人穷则反本，故劳苦倦极，未尝不呼天也，疾痛惨怛，未尝不呼父母也。"生长人间，应运应劫，总不免有劳苦倦极、疾痛惨淡的时候，总不免有歧路穷途、不知所措的时候，于是，我们忍不住怀念甚至清点自己的"故乡"。

第一辑"两个外省人的盛唐"，主要是关于几个诗人艺术家的札记，他们的颠倒与梦想，他们的柔软与伤痛。传统美学习惯以"文如其人"理解并且要求艺术与艺术家，强调艺术家的"文行出处"，这成就了也限定了古代艺术。从越来越专业化的现代审美立场上看，艺术其实是一件与道德人格，与治国平天下需要区别对待的事情，美的判断必须独立于道德的与科学的判断，何况无论古今，这个世界上多的常常是伪道德与反科学。但是，独立并不意味着失去关联，在更高的意义上，在更宽广的范围内，"文行出处"依然是我们理解艺术与艺术家的重要途径，即使不是最恰当的途径。

第三辑"冬夜颂"中的文字，是我时常"不务正业"的产物。作为一个对于人的创造性与破坏性同样充满好奇心的人，一个在热闹场中总是沦为旁观者却常常自以为中了大奖的人，不小心拥有了一点跨越所属专业与职业的视界，这样的视界未必真确，从这样的视界获得的了解难免"指鹿为马"，但白云苍狗，除了上帝就没有全知，谁能断言生命的底里究竟是有是无，是实是虚，谁能确定今天的需要就是明天的需要，谁能相信今天的是非就是明天的是非？

自然，有些事情应该是确凿无疑的，譬如，我们养生励志清心寡欲却至今拒绝不了饮食男女，我们习惯用头顶天用脚踏地而不是相反，我们无法揪着自己的头发离开地球，等等。

伟大的嬉皮士庄子曾经感叹"天下沉浊，不可与庄语"。对人性充满刻薄怜悯的毛姆爵士说："我早就发现在我最严肃的时候，人们却总是发笑。实际上等我过了一段时间重读自己用真诚的感情所写的那些话时，我也忍不住想要笑我自己。这一定是因为真诚的感情本身有着某种荒唐可笑的地方，不过我也想不出为什么会如此，莫非因为人本来只是一个无足轻重的行星上的短暂居民，因此对于永恒的心灵而言，一个人一生的痛苦和奋斗只不过是个笑话而已。"

壶中日月，袖里乾坤，意识到孤陋，意识到荒诞，意识到世上最大的笑话其实就是自己，这无改于我们的执着和梦想。我们想象着自己完整地拥有这个世界，如果不能拥有，也试图加以命名，加以格式化，把可以存疑之处减到最少，即使"空留纸上声"——我们也许永远无法证成现实中的圆满，我们可能证成的只能是"纸上菩提"，就是这样，也还免不了像荒谬的"英雄"希绪弗斯一样一遍又一遍地推倒重来。

眼前据说是一个用数字说话，用行动说事的年代，我们希望把自己修炼得铁石心肠，水火不侵，以便应对人世间触处皆是的冷硬荒寒。但是，有时候，我们仍然免不了像《牡丹亭》里的杜丽娘一样，面对花花草草的世界，自我怀春，情不知所起，一往而深。

孟泽识于长沙，甲辰十月